AS SOBREVIVENTES

RILEY SAGER

AS SOBREVIVENTES

TRADUÇÃO DE Marcelo Hauck

GUTENBERG

Título original: *Final Girls*

EDITORA
Silvia Tocci Masini

EDITORAS ASSISTENTES
Carol Christo
Nilce Xavier

ASSISTENTE EDITORIAL
Andresa Vidal Vilchenski

PREPARAÇÃO
Nilce Xavier
Silvia Tocci Masini

REVISÃO
Miriam de Carvalho Abões

CAPA
Diogo Droschi
(sobre imagens de Shutterstock)

DIAGRAMAÇÃO
Guilherme Fagundes
Larissa Carvalho Mazzoni
Waldênia Alvarenga

Dados Internacionais de Catalogação na Publicação (CIP)
(Câmara Brasileira do Livro, SP, Brasil)

Sager, Riley

As sobreviventes / Riley Sager ; tradução de Marcelo Hauck. -- 1.ed. -- Belo Horizonte : Gutenberg Editora, 2017.

Título original: Final Girls.

ISBN 978-85-8235-462-9

1. Ficção norte-americana I. Título.

17-05733 CDD-813

Índices para catálogo sistemático:
1. Ficção : Literatura norte-americana 813

A **GUTENBERG** É UMA EDITORA DO **GRUPO AUTÊNTICA** 

São Paulo
Av. Paulista, 2.073,
Conjunto Nacional, Horsa I
23° andar . Conj. 2301 .
Cerqueira César . 01311-940
São Paulo . SP
Tel.: (55 11) 3034 4468

Belo Horizonte
Rua Carlos Turner, 420
Silveira . 31140-520
Belo Horizonte . MG
Tel.: (55 31) 3465 4500

Rio de Janeiro
Rua Debret, 23, sala 401
Centro . 20030-080
Rio de Janeiro . RJ
Tel.: (55 21) 3179 1975

www.editoragutenberg.com.br

Para Mike

CHALÉ PINE

1H DA MADRUGADA

A floresta tinha garras e dentes.

Todas aquelas pedras, espinhos e galhos mordiam Quincy, que corria berrando pela mata. Mas ela não parou. Nem quando as pedras cravaram na sola de seus pés descalços, ou quando um galho fino chicoteou seu rosto e um fio de sangue escorreu por sua bochecha.

Parar não era uma opção. Parar era morrer. Então ela continuou correndo, mesmo quando o ramo de um arbusto espinhento se enrolou no seu tornozelo e roeu a carne. O ramo se esticou até Quincy conseguir se libertar dele à força de um chacoalhão. Se doeu, ela não tinha como dizer. Seu corpo já tinha sofrido mais dor do que podia suportar.

Ela corria por instinto. Um alerta inconsciente de que precisava continuar, independentemente do que acontecesse. Até já tinha esquecido o porquê. As memórias de cinco, dez, quinze minutos atrás tinham desaparecido. Se sua vida dependesse da lembrança daquilo que motivou sua fuga pela mata, ela tinha certeza de que morreria bem ali no solo da floresta.

Então corria. Berrava. E tentava não pensar em morrer.

Uma luz branca, fraca, surgiu ao longe, no horizonte sufocado pelas árvores. Faróis. Estava perto da estrada? Esperava que sim. Como as memórias, todo o seu senso de direção havia desaparecido.

Quincy correu mais rápido, berrando mais alto, na direção da luz.

Outro galho surrou seu rosto. Era bem mais grosso do que o primeiro e o impacto a atordoou e a cegou por um instante. A dor pulsou por sua cabeça e faíscas azuis salpicaram na visão embaçada. Quando melhorou, viu uma silhueta destacando-se no brilho dos faróis.

Um homem. *Ele.* Não. Ele, não. Outra pessoa. Segurança.

Quincy apertou o passo. Estendeu os braços ensopados de sangue como se aquilo pudesse aproximá-la do estranho. O movimento fez a dor em seu ombro explodir. E a dor não trouxe nenhuma lembrança, apenas entendimento. De algo tão brutal e terrível, que só podia ser real.

Quincy foi a que a sobrou.

Todos os outros estavam mortos. Ela era a única sobrevivente.

1.

Minhas mãos estão cobertas de glacê quando Jeff liga. Apesar de todo o esforço, eu tinha creme de manteiga francês grudado que nem cola nos nós dos dedos e entre eles. Somente um mindinho permaneceu incólume, e foi ele que eu usei para apertar o botão do viva-voz.

– Carpenter e Richards, investigadores particulares – atendo, imitando a voz sussurrada e sensual de uma secretária de um filme *noir*. – Com quem gostaria de falar?

Jeff entra na brincadeira e usa um tom de cara durão que fica em *algum lugar* entre Robert Mitchum e Dana Andrews:

– Transfira para a Srta. Carpenter. Preciso falar com ela imediatamente.

– A Srta. Carpenter está ocupada com um caso importante. Gostaria de deixar recado?

– Sim – responde Jeff. – Diga a ela que o voo de Chicago está atrasado.

– Ah, Jeff. Sério? – Meu disfarce cai por terra.

– Desculpe, amor. São os riscos de se pegar um avião na Cidade dos Ventos.

– O atraso vai ser de quanto tempo?

– Algo entre duas horas e talvez-eu-chegue-em-casa-na-semana-que-vem. Só espero que seja tempo o bastante para eu perder o início da *Temporada de Fornadas*.

– Não vai ter tanta sorte, meu caro.

– Por falar nisso, como estão as coisas?

Olho para as mãos e respondo:

– Uma bagunça.

Temporada de Fornadas é o nome que Jeff dá ao exaustivo período que se estende do início de outubro até o final de dezembro, quando chegam, sem trégua, todos aqueles feriados em que se pega pesado nas sobremesas. Ele gosta de falar isso de maneira sinistra, levantando as mãos e serpenteando os dedos como pernas de aranha.

Ironicamente, foi uma aranha que fez minhas mãos ficarem cobertas de creme de manteiga. Feita com cobertura de chocolate amargo, a barriga dela fica tombada na beirada de um cupcake, e as pernas negras estendem-se por cima e pelas laterais dele. Quando eu terminar, os cupcakes serão organizados, fotografados e postados na área do meu site com ideias de guloseimas para o Halloween. O tema deste ano é "Vingança das Delícias".

– Como está o aeroporto? – pergunto.

– Lotado. Mas acho que vou sobreviver quando der um pulo no bar do terminal.

– Me liga se for atrasar mais – peço. – Vou estar aqui, besuntada de cobertura.

– Confeite como o vento – responde Jeff.

Finalizada a chamada, volto para a aranha de creme de manteiga e o cupcake de chocolate e cereja parcialmente coberto por ela. Se eu tiver feito tudo certo, o recheio vermelho deve escorrer para fora na primeira mordida. Esse teste será feito mais tarde. No momento, o que me preocupa é a decoração.

Decorar cupcakes é mais difícil do que parece. Especialmente quando os resultados serão postados na internet para milhares de pessoas verem. Manchas e imperfeições não são permitidas. No mundo da alta definição, pequenas falhas ficam gigantescas.

Os detalhes são importantes. Esse é um dos Dez Mandamentos no meu site, espremido entre *Recipientes de Medição são seus Amigos* e *Não Tenha Medo de Errar.*

Finalizei o primeiro cupcake e estou trabalhando no segundo quando o telefone toca novamente. Desta vez não tenho nem o mindinho limpo à disposição e sou forçada a ignorar a ligação. O telefone continua a vibrar e trepida pela bancada. Depois fica em silêncio, imóvel por um momento, antes de fazer um barulhinho. Uma mensagem. Curiosa, solto o saquinho de confeiteiro, limpo as mãos e olho o telefone. É de Coop.

Precisamos conversar. Cara a cara.

Meus dedos ficam parados sobre a tela. Embora sejam necessárias três horas para Coop chegar de carro a Manhattan, é uma viagem que ele fez de muita boa vontade diversas vezes no passado. Sempre que era importante.

Respondo à mensagem. *Quando?*

A resposta dele chega em segundos. *Agora. Lugar de sempre.*

Sinto uma fisgada de preocupação na base da espinha. Coop já está aqui. O que só pode significar uma coisa – algo está errado.

Antes de sair, faço apressada todos os preparativos habituais que antecedem um encontro com Coop. Escovo os dentes. Passo batom. Mando ver num Xanax, fazendo o comprimidinho azul descer com um pouco de refrigerante de uva, que bebo direto da garrafa.

No elevador, me dou conta de que deveria ter trocado de roupa. Ainda estou com meu traje de confeitar: calça jeans preta, uma das camisas de botão velhas de Jeff e sapatilhas vermelhas. Tudo chapiscado de farinha e com manchas desbotadas de corante comestível. Noto um naco de glacê ressecado nas costas da mão, e a pele aparecendo por baixo da mancha preto-azulada. Lembra um hematoma. Tiro-o com uma lambida.

Do lado de fora, na Eighty Second Street, viro à direita na Columbus, já lotada de pedestres. Meu corpo contrai-se ao ver tantos estranhos. Paro e enfio os dedos rígidos dentro da bolsa, em busca do *spray* de pimenta que está sempre ali. É mais seguro estar na presença de um monte de gente, concordo, mas essa situação também traz incerteza. Só depois de encontrar o *spray* volto a andar, com o rosto fechado numa expressão carrancuda do tipo *não mexe comigo.*

Embora o sol esteja brilhando no céu, um frio tangível ferroa o ar. Típico de Nova York no início de outubro, quando o clima parece oscilar entre quente e frio. O outono avança ligeiro. Quando avisto o Theodore Roosevelt Park, percebo que as folhas das árvores já mesclam tons de verde e dourado.

Através da folhagem, vejo a parte de trás do Museu Americano de História Natural, que nesta manhã está repleto de alunos de colégio. Suas vozes reverberam como pássaros entre as árvores. Quando um deles grita, o restante fica em silêncio. Só por um segundo. Congelo na calçada, abalada não pelo grito, mas pelo silêncio que o segue. No entanto, depois que as vozes das crianças começam novamente, me acalmo. Retomo a caminhada em direção a um café duas quadras ao sul do museu. O lugar de sempre.

Coop espera por mim em uma mesa ao lado da janela, com sua aparência habitual. Aquele rosto perspicaz e de traços fortes, que assume uma expressão pensativa quando está relaxado, como agora. Um corpo ao mesmo tempo comprido e robusto. Mãos grandes, uma delas ostenta um anel de formatura rubi, em vez de uma aliança de casamento. A única alteração é no cabelo, que ele mantém cortado rente ao couro cabeludo. Cada encontro traz uma salpicada a mais de grisalho.

Todas as babás e os *hipsters* cafeinados que lotam o lugar percebem a presença dele. Nada como um policial uniformizado para deixar as pessoas tensas. Mesmo sem a farda, Coop é uma figura intimidadora. É um homem grande, com músculos que parecem uma cadeia de montanhas. A camisa azul engomada e a calça preta com vincos afiados como faca ampliam ainda mais seu tamanho. Ele levantou a cabeça quando entrei e notei a exaustão em seus olhos. Provavelmente veio dirigindo para cá logo depois do turno da noite.

Já havia duas canecas na mesa. Chá Earl Grey com leite e muito açúcar para mim. Café para Coop. Puro. Sem açúcar.

– Quincy – disse ele com um aceno de cabeça.

Ele sempre cumprimenta com um gesto de cabeça. É a versão de Coop para aperto de mão. Nunca nos abraçamos. Nenhuma vez desde o abraço desesperado que lhe dei na noite em que nos conhecemos. Não interessa quantas vezes eu o veja, sempre revivo esse momento, que fica se repetindo sem parar até que eu consiga arrancá-lo da cabeça.

Estão mortos, falei com a voz sufocada ao agarrá-lo, as palavras gorgolejando viscosas no fundo da garganta. *Estão todos mortos. E Ele ainda está solto por aí.*

Dez minutos mais tarde, Coop salvou minha vida.

– Isso com certeza é uma surpresa – falo ao me sentar. Há um tremor na minha voz que tento reprimir. Não sei por que Coop me chamou, mas se a notícia for ruim, quero estar calma quando ouvi-la.

– Você está bem – ele comenta enquanto me dá aquela rápida olhada preocupada, de cima a baixo, à qual agora estou acostumada. – Mas perdeu peso.

Há preocupação em sua voz também. Ele está pensando na época seis meses depois do Chalé Pine, quando fiquei totalmente sem apetite, acabei voltando para o hospital e fui alimentada à força por um tubo. Lembro-me de acordar e ver Coop de pé ao lado da cama, observando a mangueira de plástico que serpenteava até minhas narinas.

Não me desaponte, Quincy, ele disse na ocasião. *Você não sobreviveu naquela noite para morrer desse jeito.*

– Não é nada – falei. – Finalmente aprendi que não tenho que comer todos os doces que faço.

– E como está indo? O negócio da confeitaria?

– Ótimo, para falar a verdade. Consegui cinco mil seguidores no último trimestre e outro anunciante.

– Que maravilha – parabeniza Coop. – Fico feliz que esteja tudo indo bem. Um dia desses você bem que podia fazer alguma guloseima pra mim.

Assim como o cumprimento com o aceno de cabeça, essa é mais uma das constantes de Coop. Ele sempre fala isso, porém sempre da boca para fora.

– Como está o Jefferson?

– Está bem. A Defensoria Pública acabou de nomeá-lo advogado de um caso grande e importante.

Não revelo que o caso envolve um homem acusado de matar um detetive da Narcóticos durante uma batida que deu errado. Coop já olha com desdém para o trabalho de Jeff. Não há necessidade de colocar mais lenha nessa fogueira.

– Que bom pra ele.

– Jeff está fora há dois dias. Teve que ir pra Chicago colher o depoimento dos membros da família. Ele falou que isso vai fazer o júri ter mais empatia.

– Hum – Coop resmunga, sem prestar muita atenção. – Imagino que ele ainda não te pediu em casamento.

Abanei a cabeça. Disse a Coop que achava que Jeff me pediria em casamento nas férias que tiramos em agosto, quando viajamos para Outer Banks, mas nada de anel até agora. Essa é a verdadeira razão que me fez perder peso recentemente. Tornei-me aquele tipo de namorada que corre para caber num vestido de casamento hipotético.

– Ainda estou esperando.

– Vai acontecer.

– E você? – pergunto, só para dar uma provocadinha. – Finalmente arranjou uma namorada?

– Não.

Suspendo uma sobrancelha e interrogo:

– Namorado?

– Este encontro é sobre você, Quincy – desconversa Coop, sem sequer dar um sorriso.

– É claro. Você pergunta. Eu respondo.

A dinâmica entre nós é assim quando nos encontramos uma, duas, talvez três vezes em um ano.

Na maioria das vezes, os encontros lembram sessões de terapia e eu mesma nunca faço perguntas a Coop. Estou inteirada apenas sobre o básico da vida dele: tem 41 anos, foi fuzileiro naval durante algum tempo antes de se tornar policial e ainda era novato na força quando me encontrou berrando em meio às árvores. E embora eu saiba que ele continua patrulhando a mesma cidade onde todos aqueles eventos terríveis aconteceram, não faço ideia se ele é feliz. Ou realizado. Ou solitário. Ele nunca entra em contato nos feriados. Nenhuma vez sequer recebi um cartão de Natal. Nove anos antes, no funeral do meu pai, Coop sentou na última fileira e escapuliu da igreja antes mesmo que eu pudesse agradecê-lo por ter ido. O mais próximo de uma demonstração de afeto a que ele chega é no meu aniversário, quando manda a mesma mensagem: *Outro ano que você quase não chegou a ter. Viva-o.*

– O Jeff vai fazer o pedido – afirma Coop, novamente conduzindo a conversa da maneira como quer. – Vai acontecer no Natal, aposto. Os caras gostam de fazer o pedido nessa época.

Ele dá uma golada de café. Dou um golinho de chá e pisco, deixando os olhos fechados por um tempinho extra, na esperança de que a escuridão me permitirá sentir o Xanax assumir o controle. Em vez disso, sinto-me mais ansiosa do que quando entrei aqui.

Abro os olhos e vejo uma mulher bem vestida entrando no café com um menininho gordinho igualmente bem vestido. Uma *au pair*, provavelmente. A maioria das mulheres com menos de trinta neste bairro trabalha como babá de luxo. Em dias quentes e ensolarados, elas congestionam as calçadas – um desfile de garotas permutáveis que acabaram de sair da faculdade, munidas de diplomas em Literatura e empréstimos estudantis. É parecida comigo, só por isso chama a minha atenção. Rosto jovem e bem cuidado. Cabelo loiro preso em um rabo de cavalo. Nem muito magra, nem muito gordinha. Uma pessoa que foi bem alimentada com o leite nutritivo do gado da região Centro-Oeste.

Eu poderia ter sido essa mulher em outra vida. Uma vida sem o Chalé Pine, sem sangue e sem um vestido que mudou de cor como em um terrível pesadelo.

Aliás, essa é outra coisa em que penso toda vez que Coop e eu nos encontramos – ele achou que o meu vestido era vermelho. Sussurrou isso para o policial que atendeu o telefone quando ligou para pedir reforços. Essa informação está tanto na transcrição da polícia, que li várias vezes, quanto na gravação da chamada, que consegui escutar em apenas uma ocasião.

Alguém está correndo em meio às árvores. Mulher caucasiana. Jovem. Está de vestido vermelho. E está gritando.

Eu *estava* correndo em meio às árvores. Galopando, na verdade. Chutando folhas para o alto, insensível à dor que corroía todo o meu corpo. E embora só escutasse o batimento do coração nos ouvidos, eu estava, de fato, gritando. A única coisa que Coop percebeu incorretamente foi a cor do vestido. Ele tinha sido, até uma hora antes, branco.

Um pouco do sangue era meu. O restante pertencia a outras pessoas. A maior parte era de Janelle, a quem amparei momentos antes de ser ferida.

Nunca vou esquecer da expressão no rosto de Coop quando percebeu o equívoco. Aquele ligeiro arregalar de olhos. O formato oval da boca e a força que fazia para impedir que o queixo caísse. O som alarmado de seu murmúrio. Dois terços eram choque, um terço era pena. É uma das poucas coisas de que realmente me lembro.

Minha experiência no Chalé Pine está dividida em duas partes. Há o início, repleto de medo e confusão, quando Janelle saiu de repente do meio da mata, não morta ainda, porém muito próxima disso, e o fim, quando Coop me encontrou com o vestido vermelho que não era vermelho.

O que se passou entre esses dois momentos permanece obscuro na minha memória. Uma hora, mais ou menos, inteiramente apagada.

"Amnésia dissociativa" é o diagnóstico oficial. Mais comumente conhecida como síndrome da memória reprimida. Basicamente, o que testemunhei foi aterrorizante demais para que minha mente frágil conseguisse reter. Então eliminei o acontecido mentalmente. Uma autolobotomia.

Isso não impediu que as pessoas implorassem para que eu me lembrasse do que aconteceu. Familiares bem-intencionados. Amigos mal orientados. Psiquiatras com imagens de estudos de caso dançando na cabeça. *Pense*, todos eles me falavam. *Pense de verdade naquilo que aconteceu.* Como se isso fosse fazer alguma diferença. Como se minha capacidade de recordar pudesse de alguma maneira trazer o restante dos meus amigos de volta à vida.

Ainda assim, tentei. Terapia. Hipnose. Até mesmo um ridículo jogo de memória sensorial em que um especialista de cabelo desgrenhado punha tiras de papel aromatizadas diante do meu rosto e perguntava como eu me sentia diante de cada uma delas. Nada funcionou. Na minha memória, aquela hora é um quadro-negro completamente apagado. Não há nada, com exceção de poeira.

Compreendo a ânsia por mais informação, o anseio por detalhes. Mas, neste caso, estou muito bem sem eles. Sei o que aconteceu no Chalé Pine. Não preciso lembrar exatamente *como* aconteceu. Porque vou dizer uma coisa sobre detalhes – eles também podem ser uma distorção. Adicione uma quantidade muito grande e eles obscurecem a verdade brutal sobre uma situação. Transformam-se no colar espalhafatoso que esconde a cicatriz da traqueostomia. Não uso artifícios para disfarçar minhas cicatrizes. Simplesmente finjo que não existem.

E o fingimento continua no café. Como se agir de modo que Coop não estivesse prestes a arremessar uma granada de má notícia no meu colo fosse efetivamente impedir que isso acontecesse.

– Está na cidade a negócios? – perguntei. – Se for ficar mais tempo, Jeff e eu adoraríamos te levar pra jantar. Parece que nós três gostamos daquele restaurante italiano aonde fomos no ano passado.

Coop me encara do outro lado da mesa. Seus olhos têm o azul mais claro que já vi. Mais claro inclusive do que o comprimido que neste momento está se dissolvendo e chegando ao meu sistema nervoso. Mas não são de um azul reconfortante. Há uma intensidade naqueles olhos que sempre me faz desviar o olhar, ainda que eu queira enxergar mais fundo, como se bastasse isso para desvendar os pensamentos escondidos atrás deles. Eram de um azul feroz – o tipo de olhos que você quer em seu protetor.

– Acho que você sabe por que estou aqui – ele diz finalmente.

– Para ser honesta, não sei, não.

– Tenho más notícias. Não chegaram à imprensa ainda, mas vão chegar. Muito em breve.

Ele. Esse é o meu primeiro pensamento. Isso tem algo a ver com Ele. Ainda que o tenha visto morrer, meu cérebro dispara na direção daquele reino inevitável e inconcebível em que Ele sobreviveu às balas de Coop, fugiu, se escondeu durante anos e está agora retornando com a intenção de me encontrar e terminar o que começou. *Ele está vivo*.

Um caroço de ansiedade enche meu estômago, pesado e volumoso. A sensação é de que um tumor do tamanho de uma bola de basquete se formou ali. Sou tomada por uma repentina vontade de urinar.

– Não é isso – Coop intervém, descobrindo com facilidade exatamente aquilo em que estou pensando. – Ele se foi, Quincy. Nós dois sabemos disso.

Embora seja agradável ouvir essas palavras, elas não ajudam a me acalmar. Fecho as mãos com força e pressiono os nós dos dedos na superfície da mesa.

– Por favor, me conta logo o que está errado.

– É a Lisa Milner.

– O que tem ela?

– Está morta, Quincy.

A notícia sugou o ar do meu peito. Acho que sufoquei um grito. Não tenho certeza, pois estou distraída demais pelo eco líquido da voz dela na minha memória.

Quero te ajudar, Quincy. Quero te ensinar a ser uma Garota Remanescente.

E eu deixei que ela fizesse isso. Pelo menos por um curto período. Presumi que ela fosse a melhor pessoa para me ajudar.

Agora ela se foi. Agora só existem duas de nós.

2.

A versão do Chalé Pine que aconteceu com Lisa Milner foi em uma república estudantil feminina em Indiana. Numa agora distante noite de fevereiro, um homem chamado Stephen Leibman bateu na porta. Ele tinha abandonado a faculdade e morava com o pai. Corpulento. Tinha o rosto tão pelancudo e amarelado quanto gordura de galinha.

A garota que atendeu a porta deu de cara com ele na escada segurando uma faca de caça. Um minuto depois, estava morta. Leibman arrastou o corpo para dentro, trancou todas as portas e cortou a energia e a linha telefônica. O que se seguiu foi aproximadamente uma hora de carnificina que deu fim à vida de nove jovens mulheres. Lisa Milner chegou perto de elevar a soma para dez.

Durante a matança, ela se refugiou no quarto de uma companheira de república, se agachou dentro de um armário e, abraçada a roupas que não eram dela, ficou rezando para que o louco não a encontrasse. Por fim, ele a achou.

Lisa pôs os olhos em Stephen Leibman quando ele estraçalhou a porta do armário. Ela viu primeiro a faca, depois o rosto, ambos pingando sangue. Depois de uma facada no ombro, ela conseguiu dar uma joelhada na virilha dele e fugir do quarto. Ela tinha chegado ao primeiro andar e estava a caminho da porta da frente quando Leibman a alcançou e começou a esfaqueá-la.

Lisa levou quatro facadas, no peito e na barriga, e teve um corte de treze centímetros no braço que levantou para se defender. Mais um golpe com a faca a teria liquidado. Mas, mesmo berrando de dor e zonza com a perda de tanto sangue, Lisa ainda conseguiu agarrar o tornozelo de Leibman. Ele caiu. A faca escorregou. Lisa a pegou e cravou com força na barriga dele. Stephen Leibman sangrou até a morte ao lado dela no chão.

Detalhes. Eles fluem livremente quando não são seus. Eu tinha sete anos quando isso aconteceu. É a primeira lembrança que tenho de notar algo sendo noticiado no jornal. Não suportei aquilo. Não com a minha mãe de pé ao lado da televisão, com a mão sobre a boca, repetindo as mesmas duas palavras: *Santo Deus. Santo Deus.*

O que vi naquela TV me amedrontou, desorientou e perturbou. As pessoas lá estavam chorando. O comboio de macas cobertas de lona deslizava por baixo das fitas amarelas entrecruzadas na porta. O respingo de sangue brilhava na neve de Indiana. Foi o momento em que me dei conta de que coisas ruins podiam acontecer, de que o mal existia no mundo.

Quando comecei a chorar, meu pai me pegou no colo e me levou para a cozinha. Enquanto minhas lágrimas secavam e se transformavam em sal, ele colocou uma coleção de tigelas na bancada e as encheu com farinha, açúcar, manteiga e ovos. Então me deu uma colher e me deixou misturar tudo. Minha primeira aula de confeitaria.

Existe algo chamado doce demais, Quincy, ele me disse. *Os melhores confeiteiros sabem disso. É preciso ter um contraponto. Algum ingrediente escuro. Ou amargo. Ou azedo. Chocolate sem açúcar. Cardamomo e canela. Limão e lima. Eles penetram no açúcar e amansam-no o suficiente para que quando você sinta o gosto do doce, o aprecie ainda mais.*

Agora o único gosto na minha boca é um azedo seco. Despejo mais açúcar no chá e esvazio a xícara. Não ajuda. O efeito do açúcar apenas contrabalanceia o do Xanax, que está finalmente começando a fazer sua mágica. Eles entram em choque dentro de mim e me deixam impaciente.

– Quando isso aconteceu? – pergunto a Coop, assim que meu choque inicial se reduz a uma latente sensação de descrença. – *Como* isso aconteceu?

– Foi ontem à noite. O Departamento de Polícia de Muncie achou o corpo dela por volta da meia-noite. Ela tinha se suicidado.

– Santo Deus.

Digo isso alto o bastante para chamar a atenção da *au pair* que parece comigo sentada a uma mesa de distância. Ela tira os olhos do iPhone e inclina a cabeça como um *cocker spaniel*.

– Suicídio? – questiono, sentindo a palavra amarga na minha língua. – Achei que ela fosse feliz. Quer dizer, ela *parecia* feliz.

A voz de Lisa ainda está na minha cabeça.

Você não pode mudar o que aconteceu. Mas pode controlar a maneira como lida com isso.

– Eles estão esperando o exame toxicológico para verificar se ela andava bebendo ou usando drogas – informa Coop.

– Então pode ter sido acidente?

– Não foi acidente. Os pulsos estavam cortados.

Meu coração para por um momento. Percebo a pausa vazia em que devia haver uma pulsação. A tristeza se derrama no vácuo, enchendo-me tão rapidamente que começo a me sentir tonta.

– Quero detalhes – digo.

– Não quer, não – nega Coop. – Isso não vai mudar nada.

– É informação. Melhor do que nada.

Coop olha para seu café, como se examinasse os olhos claros no reflexo turvo. Por fim, acaba falando:

– Isso é tudo o que sei: Lisa ligou para a polícia às quinze para a meia-noite, aparentemente repensando o que faria.

– O que ela falou?

– Nada. Desligou imediatamente. O policial que atendeu rastreou a ligação e mandou dois guardas pra casa dela. A porta estava destrancada e eles entraram. Foi então que a encontraram. Na banheira. O telefone estava na água junto com ela. Provavelmente escorregou de sua mão.

Coop olha para o lado de fora pela janela. Ele está cansado, sei disso. E, sem dúvida, preocupado com a possibilidade de algum dia eu tentar algo similar. Mas essa ideia nunca me passou pela cabeça, nem quando estava no hospital sendo alimentada por um tubo. Estendi o braço por cima da mesa em busca de suas mãos. Ele as afastou antes que eu pudesse segurá-las.

– Quando soube disso? – pergunto.

– Algumas horas atrás. Uma conhecida da Polícia Estadual de Indiana me ligou. A gente mantém contato.

Não preciso perguntar a Coop como ele conhece uma policial de Indiana. Sobreviventes de massacres não são os únicos que precisam de sistemas de apoio.

– Ela achou que seria bom te avisar – ele explica. – Antes da notícia sair.

Os jornalistas. É claro. Gosto de imaginá-los como abutres esfomeados com vísceras ensebadas pingando dos bicos.

– Não vou falar com eles.

Isso também chama a atenção da *au pair*, que levanta a cabeça, com os olhos semicerrados. Encarei-a até ela colocar o telefone na mesa e fingir ralhar com o menino aos seus cuidados.

– Não tem que falar. Mas deveria pelo menos pensar em emitir uma declaração expressando suas condolências. O pessoal dos tabloides vai te caçar que nem cachorro. Talvez seja melhor se antecipar e jogar um osso para eles.

– Por que tenho que falar alguma coisa?

– Você sabe por quê – responde Coop.

– Por que a Samantha não faz isso?

– Por que ela ainda está desaparecida do mapa. Duvido que vá sair do esconderijo depois desses anos todos.

– Garota sortuda.

– Sobra só você. É por isso que quis vir até aqui e dar a notícia pessoalmente. Agora, sei que não posso te obrigar a fazer uma coisa que não quer, mas não é má ideia começar a ser amigável com a imprensa. Com a Lisa morta e a Samantha desaparecida, você é tudo que eles têm.

Estico o braço até minha bolsa e pego o telefone. Ele tinha ficado em silêncio. Nenhuma chamada nova. Nenhuma mensagem. Nada a não ser algumas dezenas de e-mails de trabalho que não tive tempo de ler de manhã. Desligo o telefone – uma solução temporária. Não vai demorar para a imprensa me farejar. Coop está certo. Eles não resistirão a tentar conseguir uma declaração da única Garota Remanescente acessível. Somos, afinal de contas, criação deles.

"Garota Remanescente" é uma expressão que se refere à última mulher a sobreviver no final de um filme de terror. Pelo menos, foi isso que me disseram. Mesmo antes do Chalé Pine, nunca gostei de assistir a filmes de terror por causa do sangue falso, das facas de borracha, dos personagens que tomam decisões tão estúpidas que eu, sentindo-me culpada, achava que eles mereciam morrer.

No entanto, o que aconteceu conosco não foi filme. Foi vida real. *Nossas* vidas. O sangue não era falso. As facas eram de aço e um pesadelo de tão afiadas. E as pessoas que morreram definitivamente não mereciam isso.

Mas nós de alguma forma berramos mais alto, corremos mais rápido, lutamos com mais força. *Sobrevivemos.*

Não sei onde o apelido foi usado pela primeira vez para descrever Lisa Milner. Em um jornal do Centro-Oeste, provavelmente. Perto de onde ela morava. Algum repórter de lá tentou ser criativo sobre o assassinato na república feminina, e o apelido foi o resultado final. Ele se espalhou porque tinha uma morbidez indolente o bastante para que a internet passasse a usá-lo. Todos os sites que estavam nascendo naquele momento, famintos por atenção, se apoderaram dele. Sem querer perder a tendência, os jornais impressos foram atrás. Primeiro os tabloides, depois os considerados mais sérios, e, por fim, as revistas.

Em uma questão de dias, a transformação estava completa. Lisa Milner não era mais simplesmente a sobrevivente de um massacre. Era a Garota Remanescente saída direto de um filme de terror.

Quatro anos mais tarde, aconteceu a mesma coisa com Samantha Boyd, e comigo oito anos depois. Embora tenham acontecido outros assassinatos múltiplos durante esses anos, nenhum ganhou atenção nacional como os nossos. Éramos, vai saber por que razão, as sortudas que tinham sobrevivido a eventos em que ninguém mais resistira. Belas garotas cobertas de sangue. Como tal, éramos, cada uma de nós, tratadas como algo raro e exótico. Um belo pássaro que abre suas asas esplendorosas apenas uma vez por década. Ou aquela flor que fede como carne podre toda vez que decide desabrochar.

As atenções derramadas sobre mim nos meses seguintes ao Chalé Pine variavam de gentis a bizarras. Às vezes eram uma combinação das duas, como na carta que recebi de um casal sem filhos se oferecendo para pagar minha faculdade. Escrevi para eles, recusando a oferta generosa. Nunca mais obtive notícia alguma.

Outras correspondências eram mais perturbadoras. Perdi a conta de quantas vezes garotos góticos ou presidiários me escreveram dizendo que queriam me namorar, casar comigo, me aninhar em seus braços tatuados. Um mecânico de automóveis de Nevada voluntariou-se para me acorrentar em seu porão e assim me proteger de aflições futuras. Era surpreendente a sinceridade dele, como se me manter em cativeiro fosse o mais benevolente dos atos.

E uma das cartas alegava que eu precisava ser eliminada, que ser assassinada era meu destino. Não estava assinada. Não tinha endereço de remetente. Eu a entreguei a Coop. Só por garantia.

Começo a me sentir inquieta. É por causa do açúcar e do Xanax, repentinamente espalhando-se pelo meu corpo como uma dessas drogas da moda consumidas em boates. Coop percebe a minha mudança de humor e comenta:

– Sei que é muita coisa para processar.

Concordo com um gesto de cabeça.

– Quer ir embora daqui?

Concordo com outro gesto de cabeça.

– Então vamos.

Quando levanto, a *au pair* novamente finge estar ocupada com o menino, recusando-se a olhar para mim. Talvez ela tenha me reconhecido, o que a deixa desconfortável. Não seria a primeira vez que isso acontece.

Quando passo, dois passos atrás de Coop, pego o iPhone na mesa sem que ela perceba. Está enfiado no fundo do meu bolso antes de eu sair pela porta.

Coop me acompanha até em casa, caminha com o corpo ligeiramente à frente do meu, como um agente do Serviço Secreto. Nós dois vasculhamos as calçadas em busca de gente da imprensa. Ninguém aparece.

Quando chegamos ao meu apartamento, Coop para um pouco antes do toldo marrom que protege a porta da entrada. O edifício é do período pré-guerra, elegante e espaçoso. Minha vizinhança consiste em senhoras *socialites* de cabelo azulado e cavalheiros *gays* chiques de certa idade. Toda vez que Coop vê meu prédio, tenho certeza de que se pergunta como uma blogueira confeiteira e um defensor público podem bancar um aluguel em Upper West Side.

A verdade é que não podemos. Não com o salário do Jeff, que é risível de tão baixo, e certamente não com o dinheiro que o meu site gera.

O apartamento está no meu nome. Sou dona dele. Os recursos vieram de uma legião de processos arquivados depois do massacre no Chalé Pine. Liderados pelo padrasto de Janelle, os pais das vítimas processaram tudo e todos que era possível. O hospital mental que permitiu que Ele fugisse. Os médicos Dele. As empresas farmacêuticas responsáveis por inúmeros antidepressivos e antipsicóticos que tinham se confrontado no cérebro Dele. Até mesmo o fabricante da porta do hospital, com a tranca que não funcionava direito, por onde Ele havia fugido.

Todos fizeram acordos fora dos tribunais. Sabiam que valia a pena gastar alguns milhões de dólares para evitar a publicidade negativa que seria gerada se enfrentassem um monte de famílias de luto. Apenas a indenização não foi o suficiente para alguns deles. Um dos antipsicóticos foi posteriormente retirado do mercado. O hospital psiquiátrico Blackthorn fechou suas portas defeituosas um ano depois.

As únicas pessoas que não puderam desembolsar nada foram os pais Dele, pois já tinham falido, pagando pelo tratamento do filho. Por mim, tudo bem. Não tinha a intenção de punir aquele casal pasmado de olhos mareados pelos pecados Dele. Além disso, minha parte nas outras indenizações era mais do que suficiente. Um contador amigo do meu pai me ajudou a investir a maior parte do dinheiro quando as ações ainda estavam baratas. Comprei o apartamento depois da faculdade, bem no momento em que o mercado estava começando a se recuperar do estouro colossal. Dois quartos, dois banheiros, sala de estar, sala de jantar e cozinha com copa, onde improvisei meu estúdio. Eu o comprei por uma pechincha.

– Quer subir? – pergunto a Coop. – Você não conhece o meu apartamento até hoje.

– Outra hora, talvez.

Algo mais que ele sempre falava da boca para fora.

– Imagino que você tenha que ir.

– Tenho um longo caminho pela frente. Você vai ficar bem?

– Vou – respondo. – Assim que o choque passar.

– Liga ou manda mensagem se precisar de alguma coisa.

Isso nunca era da boca para fora. Coop está sempre disposto a largar tudo para me ver desde a manhã seguinte ao Chalé Pine. A manhã em que eu, dando espasmos de dor e tristeza, choraminguei, *Quero o policial! Por favor, me deixem vê-lo.* Ele chegou em meia hora.

Dez anos mais tarde, ele ainda está aqui, despedindo-se de mim com um aceno de cabeça. Assim que retribuo o gesto, ele protege os olhos azuis com um Ray-Ban e sai caminhando até desaparecer em meio aos outros pedestres.

Dentro do apartamento, vou direto para a cozinha e tomo um segundo Xanax. O refrigerante de uva que bebo em seguida é um jato de doçura que, junto com o açúcar do chá, faz meus dentes doerem. Porém, continuo bebendo, dando vários golinhos enquanto tiro o iPhone roubado do bolso. Após uma análise rápida do telefone vejo que o nome da ex-dona é Kim e que ela não usa nenhuma ferramenta de segurança. Consigo ver todas as ligações, pesquisas na internet e mensagens, inclusive a mais recente, de um sujeito de maxilar quadrado chamado Zach.

A fim de se divertir hoje à noite?

Só de sacanagem, respondo à mensagem: *Claro.*

O telefone bipa na minha mão. Outra mensagem de Zach. Mandou uma foto do pau. Encantador.

Desligo o telefone. Uma precaução. Kim e eu podemos ser parecidas, mas os toques dos nossos aparelhos são muito diferentes. Depois viro o celular, fico olhando para a parte prateada atrás dele, toda manchada com impressões digitais. Limpo até conseguir ver meu reflexo, tão distorcido quanto se o estivesse vendo em uma casa dos espelhos. Vai servir direitinho.

Puxo o cordão de ouro que está sempre no meu pescoço. Pendurado nele há uma chavinha, que abre a única gaveta da cozinha mantida trancada o tempo todo. Jeff acha que ela contém documentos importantes do site. Deixo que ele acredite nisso.

Dentro da gaveta há uma coleção variada de metal cintilante. Um tubo brilhante de batom e um grosso bracelete dourado. Várias colheres. Um estojo prata que surrupiei na enfermaria quando saí do hospital depois do Chalé Pine. Usei-o para olhar meu reflexo durante a longa viagem de carro para casa e ter certeza de que eu realmente ainda estava ali. Agora analiso os reflexos deformados olhando de volta para mim e sinto aquela mesma certeza. Sim, ainda existo.

Deposito o iPhone junto dos outros objetos, fecho a gaveta e a tranco, em seguida rependuro a chave no pescoço. É o meu segredo, aconchegado junto ao meu esterno.

3.

Passo a tarde inteira evitando os cupcakes que ainda tenho para finalizar. Eles parecem me encarar da bancada da cozinha, em busca do mesmo tratamento recebido pelos dois que estão decorados a alguns centímetros, orgulhosos de sua completude. Sei que devo terminá-los, ainda que somente pelo efeito terapêutico. Afinal de contas, esse é o primeiro mandamento do meu site – *Confeitar é melhor do que terapia.*

Geralmente, acredito nisso. Confeitar faz sentido. O que Lisa Milner fez, não.

Meu humor, porém, está tão sombrio que talvez nem confeitar ajude. Em vez disso, vou para a sala e folheio os exemplares não lidos da *The New Yorker* e do *Times* que chegaram naquela manhã, tentando me enganar e me fazer pensar que não sei exatamente aonde estou indo. Acabo lá de qualquer maneira. Diante da estante de livros ao lado da janela, usando uma cadeira para alcançar a última prateleira e o livro que está lá. O livro da Lisa.

Ela o escreveu um ano depois do encontro com Stephen Leibman e, olhando em retrospecto, deu a ele o triste título de *Vontade de viver: Minha jornada pessoal de dor e cura.* Foi um pequeno *best-seller.* O canal Lifetime o adaptou e fez um filme para a TV.

Lisa me mandou um exemplar logo depois do acontecido no Chalé Pine. Dentro, ela tinha escrito: *Para Quincy, minha gloriosa irmã de sobrevivência. Estou à sua disposição caso precise conversar em algum momento.* Debaixo da dedicatória, anotou o número do telefone com uma caligrafia impecável.

Não tinha a intenção de ligar. Disse a mim mesma que não precisava da ajuda dela. Levando em consideração que não conseguia me lembrar de nada, ligar para quê?

Mas não estava preparada para ver todos os jornais e canais de notícias da TV a cabo do país cobrirem exaustivamente o Massacre do Chalé

Pine. Foi o nome que deram para o evento – Massacre do Chalé Pine. Não interessava se era mais uma cabana do que um chalé. Era uma boa manchete. Além disso, Chalé Pine era o nome oficial do lugar, pirografado em uma placa de cedro pendurada acima da porta ao melhor estilo acampamento de verão.

Permaneci escondida, exceto para ir aos funerais. Quando saía de casa, era para consultas médicas ou sessões de terapia. Por causa do acampamento de repórteres que tomou conta do gramado, minha mãe era obrigada a sair comigo pela porta dos fundos e atravessar o quintal do vizinho para chegarmos a um carro estacionado na quadra seguinte. Isso não impediu que minha foto do anuário do ensino médio fosse estampada na capa da *People*, com as palavras "única sobrevivente" roçando meu queixo lotado de espinhas.

Todo mundo queria uma entrevista exclusiva. Repórteres ligavam, mandavam e-mail. Uma jornalista famosa – a repulsa me impede de citar o nome dela – socava a porta da frente enquanto eu estava sentada do outro lado, com as costas pressionadas na madeira que não parava de chacoalhar. Antes de ir embora, ela enfiou um bilhete escrito à mão por baixo da porta, me oferecendo cem mil dólares por uma entrevista exclusiva na TV. O papel cheirava a Chanel Nº 5. Joguei-o no lixo.

Mesmo com o coração partido e ferimentos de facadas ainda cheios de pontos, eu sabia o que queriam. A imprensa tinha a intenção de me transformar em uma Garota Remanescente. Talvez eu tivesse conseguido lidar melhor com a situação se minha vida familiar estivesse pelo menos um pouquinho melhor. Não estava.

Na época, o câncer do meu pai tinha voltado com violência, deixando-o fraco e nauseado demais com a químio para me ajudar a lidar com minhas emoções que estavam em frangalhos. Ainda assim, ele tentou. Por ter quase me perdido uma vez, ele deixou claro que o meu bem-estar era sua prioridade. Certificava-se de que eu estava comendo, dormindo, não deixava que eu me entregasse à tristeza. Ele queria que eu ficasse bem, mesmo sendo óbvio que ele não estava. Perto do fim, comecei a pensar que tinha sobrevivido ao Chalé Pine porque o meu pai devia ter feito algum pacto com Deus e trocado a vida dele pela minha.

Presumi que minha mãe se sentia da mesma maneira, porém eu estava muito amedrontada e tomada pela culpa para perguntar. Não que eu tivesse muita chance de conseguir uma resposta. Àquela altura, ela tinha ligado o modo dona de casa desesperada, determinada a manter as aparências a qualquer custo. Tinha se convencido de que a cozinha precisava de reforma, como se piso novo pudesse de alguma forma abrandar o golpe duplo que foi o câncer e o Chalé Pine. Quando não estava bravamente acompanhando meu pai e eu em várias consultas, encontrava-se comparando bancadas de cozinha e escolhendo cor de tinta. Isso para não mencionar que continuava com seu rigoroso regime classe média de aulas de *spinning* e clube do livro. Para a minha mãe, retirar-se de uma única obrigação social teria sido aceitar a derrota.

Porque o meu terapeuta com cheiro de *patchouli* disse que era bom ter um sistema de apoio, procurei Coop. Ele fez o que pôde, que Deus o abençoe. Teve que lidar com mais do que alguns telefonemas desesperados tarde da noite. No entanto, eu precisava de alguém que tivesse passado por um martírio similar ao do Chalé Pine. Lisa pareceu ser a melhor pessoa para o serviço.

Em vez de fugir da cena de seu trauma, ela permaneceu em Indiana. Depois de seis meses de recuperação, ela retornou exatamente para a mesma faculdade e se formou em Psicologia Infantil. Quando recebeu o diploma, os presentes aplaudiram-na de pé. Um batalhão da imprensa no fundo do auditório capturou o momento com uma explosão de *flashes*. Então li o livro dela. Encontrei o número. Liguei.

Quero te ajudar, Quincy, ela me disse. *Quero te ensinar a ser uma Garota Remanescente.*

E se eu não quiser ser uma Garota Remanescente?

Essa escolha não é sua. Já tomaram essa decisão por você. Você não pode mudar o que aconteceu. Mas pode controlar a maneira como lida com isso.

Para Lisa, isso significava encarar a situação. Ela sugeriu que eu cedesse algumas entrevistas à imprensa, mas de acordo com as minhas condições. Disse que falar sobre aquilo publicamente me ajudaria a lidar com o que tinha acontecido.

Segui o conselho dela e concedi três entrevistas – uma ao *New York Times*, uma à *Newsweek*, e uma à Srta. Chanel Nº 5, que acabou me pagando aqueles cem mil, mesmo sem que eu os pedisse. Ajudaram bastante na compra do apartamento. E se você acha que não me sinto culpada por causa disso, pense de novo.

As entrevistas foram terríveis. Eu sentia que era errado conversar abertamente sobre amigos mortos que não podiam mais falar por si mesmos, especialmente porque eu não me lembrava do que tinha realmente acontecido com eles. Eu era uma espectadora tanto quanto as pessoas ávidas por consumir minhas entrevistas como se fossem uma guloseima.

Cada uma delas me fez sentir tão vazia e oca que quantidade nenhuma de comida me satisfazia. Então parei de tentar, e acabei voltando para o hospital seis meses depois de ter saído dele. Nessa época, meu pai já tinha perdido a batalha contra o câncer e estava apenas esperando o soco que o nocautearia. Ainda assim, ele permaneceu ao meu lado todos os dias. Cambaleante na cadeira de rodas, punha colheradas de sorvete na minha boca para que eu engolisse os amargos antidepressivos que me forçavam a tomar.

Uma colherada de açúcar,[1] *Quinn,* ele dizia. A *música não mente.*

Assim que recuperei o apetite e o hospital me deu alta, Oprah me procurou. Um dos produtores me ligou do nada falando que ela queria que participássemos do programa. Lisa, Samantha Boyd e eu. As três Garotas Remanescentes enfim reunidas. Lisa, é claro, concordou. Samantha também, o que foi uma surpresa, considerando que ela já estava fazendo o papel de desaparecida. Diferentemente de Lisa, Samantha nunca tentou entrar em contato comigo depois do Chalé Pine. Ela era tão elusiva quanto minhas memórias.

Também aceitei, ainda que a ideia de sentar diante de uma plateia de donas de casa cacarejando empatia quase me fez descambar de volta para a anorexia. Mas eu queria encontrar as Garotas Remanescentes cara a cara. Especialmente Samantha. Àquela altura, eu estava pronta para ver qual seria a alternativa à exaustiva exposição de Lisa. Mas nunca tive a chance.

Na manhã em que minha mãe e eu pegaríamos o voo para Chicago, despertei de pé na cozinha recentemente reformada. O lugar tinha sido completamente destroçado – pratos quebrados cobriam o chão, suco de laranja pingava da geladeira, bancadas eram um campo desolado de cascas de ovo, amontoados de farinha e manchas oleosas de extrato de baunilha. Sentada no chão em meio aos escombros encontrava-se minha mãe, chorando pela filha que ainda estava com ela, embora irrevogavelmente perdida.

---

[1] Referência à canção "A Spoonful of Sugar" (Uma colherada de açúcar), parte da trilha sonora do filme *Mary Poppins*. Um dos versos diz o seguinte: "A spoonful of sugar helps the medicine go down", ou seja, "Uma colherada de açúcar ajuda a engolir o remédio". (N.T.)

Por que, Quincy? Resmungou. *Por que você faria uma coisa dessas?*

É claro que havia sido eu quem pilhou a cozinha tal qual um ladrão desleixado. Soube disso no momento em que vi a bagunça. Havia uma lógica na destruição. Aquilo era muito a minha cara embora não me lembrasse de ter feito aquilo. Aqueles minutos incógnitos gastos destroçando o lugar eram tão vazios para mim quanto a última hora no Chalé Pine.

Não fiz por querer, falei. *Não sei o que aconteceu, juro.*

Minha mãe fingiu acreditar em mim. Ela se levantou, limpou as bochechas e ajeitou o cabelo cuidadosamente. Contudo, um espasmo nos olhos dela denunciava suas verdadeiras emoções. Ela estava, me dei conta, com medo de mim.

Enquanto eu limpava a cozinha, minha mãe ligou para o pessoal da Oprah e cancelou minha participação. Como éramos todas nós ou nada, essa decisão desfez todo o programa. Não haveria encontro televisionado das Garotas Remanescentes.

Mais tarde naquele dia, minha mãe me levou a um médico que basicamente me deu uma receita vitalícia de Xanax. Ela estava tão ansiosa para me medicar que fui forçada a tomar um no estacionamento da farmácia, engolindo-o com o único líquido que havia no carro – uma garrafa de refrigerante de uva morno.

Pronto, anunciou ela. *Chega de apagões. Chega de ataques de fúria. Chega de ser vítima. Tome esses comprimidos e seja normal, Quincy. É assim que tem que ser.*

Concordei. Não queria uma tropa de repórteres na minha graduação. Não queria escrever um livro, nem dar outra entrevista, nem admitir que as minhas cicatrizes ferroavam toda vez que trovejava. Não queria ser uma daquelas garotas presas a uma tragédia, eternamente associada ao pior momento de sua vida.

Ainda sob efeito daquele primeiro Xanax, liguei para Lisa e disse a ela que não iria dar mais nenhuma entrevista. Eu não seria uma vítima perpétua.

Não sou uma Garota Remanescente, afirmei para ela.

O tom de Lisa era de uma paciência infalível, o que me enfurecia. *Então o que você é, Quincy?*

Normal.

Para garotas como você, Samantha e eu, não existe esse negócio de normal. Mas entendo por que você quer tentar.

Lisa me desejou tudo de bom. Disse que estaria sempre à minha disposição caso eu precisasse. Nunca mais nos falamos.

Agora observo o rosto dela me olhando da capa do livro. É uma boa foto de Lisa. Obviamente retocada, mas não de forma cafona. Olhos amigáveis. Nariz pequeno. Queixo talvez um tanto largo demais e testa um pouquinho exagerada. Não tinha uma beleza clássica, mas era bonita.

Ela não está sorrindo na foto. Não é o tipo de livro que pede um sorriso. Os lábios estão pressionados um ao outro da maneira correta. Não muito animada, não muito séria. O equilíbrio perfeito entre seriedade e autossatisfação. Imagino Lisa praticando a expressão no espelho. Um pensamento que me deixa triste.

Penso nela desmoronada na banheira, com a faca na mão. Um pensamento ainda pior. A faca.

É isso que não entendo, menos do que o suicídio propriamente dito. Merdas acontecem. A vida é uma droga. Às vezes, as pessoas não aguentam e optam pela saída mais fácil. Por mais triste que possa parecer, acontece o tempo todo. Até com pessoas como Lisa.

Mas ela usou uma faca. Não um frasco de comprimidos engolidos com vodca. (Minha primeira opção, se algum dia chegar a esse ponto.) Não o suave e fatal abraço do monóxido de carbono. (Opção número dois.) Lisa escolheu acabar com a própria vida exatamente com o objeto que quase arrancou a vida dela a punhaladas décadas antes. Ela propositalmente deslizou a lâmina pelos pulsos, certificando-se de que o corte fosse profundo, para finalizar o serviço que Stephen Leibman tinha começado.

Não consigo deixar de me perguntar o que teria acontecido se Lisa e eu tivéssemos permanecido em contato. Talvez chegássemos a nos encontrar pessoalmente. Talvez tivéssemos nos tornado amigas. Talvez eu pudesse tê-la salvado.

Volto à cozinha e abro o laptop que uso principalmente para negócios relacionados ao blog. Depois de pesquisar o nome Lisa Milner rapidamente no Google, vejo que a notícia sobre a morte dela ainda não chegou à internet. Que isso acontecerá em breve é inevitável. O que ainda não sei é quanto o impacto dela irá reverberar na minha vida.

Alguns cliques depois, estou no Facebook, aquele insípido pântano de curtidas e gramática abominável. Pessoalmente, não uso redes sociais. Não tenho Twitter. Nem Instagram. Tive um perfil no Facebook anos atrás, mas desativei-o depois que comecei a ter um monte de seguidores com pena e a receber solicitações de amizade de estranhos com fetiches pelas Garotas Remanescentes. Mas a página da minha empresa ainda está lá. Um mal necessário. Através dela, consigo acessar facilmente o perfil de Lisa. Afinal de contas, ela seguia a *Doçuras da Quincy*.

O perfil de Lisa tinha se transformado em um memorial, repleto de mensagens de condolências que ela jamais leria. Passei por dezenas delas, a maioria genéricas, porém sinceras.

Sentiremos sua falta, Lisa Pisa! XOXO

Nunca me esquecerei do seu sorriso lindo nem de sua alma maravilhosa.

Descanse em paz, Lisa.

O mais tocante era de uma garota de grandes olhos escuros e cabelo castanho chamada Jade.

Você ter superado o pior momento da sua vida me inspirou a superar o pior momento da minha. Sou eternamente inspirada por você, Lisa. Agora que está entre os anjos no Céu, continue zelando por nós que permanecemos aqui embaixo.

Encontrei uma foto de Jade nas muitas, muitas, muitas fotos que Lisa postou ao longo dos anos. É de três meses atrás, e nela as duas posam com as bochechas coladas uma na outra em um local que parecia ser um parque de diversões. Entrecruzadas no fundo estão as vigas de sustentação de uma montanha russa de madeira. Um enorme urso de pelúcia está nos braços de Lisa.

Não há dúvida de que os sorrisos são genuínos. Não se pode fingir aquele tipo de alegria. Deus sabe que eu tentei. Porém há uma aura de perda ao redor de ambas. Vejo isso nos olhos delas. Aquela mesma tristeza subliminar que sempre rasteja para dentro das fotos em que apareço. No último Natal, quando Jeff e eu fomos à Pensilvânia visitar minha mãe, nos juntamos todos para tirar uma foto em frente à árvore, agindo como se fôssemos uma família real e funcional. Mais tarde, vendo as fotos no computador, minha mãe confundiu meu sorriso rígido com uma careta e comentou, *Custa dar um sorriso, Quincy?*

Passei uma meia-hora fuxicando as fotos de Lisa, tendo vislumbres de uma existência muito diferente da minha. Embora nunca tivesse se casado, se estabelecido e tido filhos, parecia ter uma vida realizada. Lisa havia se rodeado de pessoas – família, amigos e garotas como Jade, que precisavam apenas de uma presença dócil. Eu poderia ter sido uma delas, caso tivesse permitido.

Em vez disso, fiz o oposto. Mantive as pessoas a uma distância segura. Afastando-as se necessário. Proximidade era um luxo que não poderia arriscar perder novamente.

Analisando as fotos de Lisa, me insiro mentalmente em cada uma delas. Lá estou eu, tirando foto junto dela no Grand Canyon. Lá estamos nós, limpando a neblina do rosto nas Cataratas do Niágara. Aquela sou eu, metida em um grupo de mulheres chutando para cima os sapatos de duas cores em uma pista de boliche. *Parceiras de Boliche!!* é a legenda.

Paro em uma foto que Lisa tinha postado há três semanas. É uma *selfie*, tirada de uma certa distância e ligeiramente de cima para baixo. Nela, Lisa está levantando uma garrafa de vinho no que parece ser uma sala de jantar com as paredes revestidas de madeira. Na legenda, ela tinha escrito, *Hora do Vinho! LOL!*

Há uma garota atrás dela, com a maior parte cortada do enquadramento inclinado. Ela me faz lembrar daquelas fotos que alegam ser do Pé Grande, que às vezes vejo em programas paranormais ordinários. Um borrão de cabelo preto afastando o rosto da câmera.

Sinto uma afinidade com aquela garota sem nome, ainda que não consiga ver o rosto dela. Eu também me afastei de Lisa, retrocedi para o fundo, sozinha.

Tornei-me um borrão – uma mancha de escuridão despojada de todos os meus detalhes.

CHALÉ PINE

3H37 DA TARDE

A princípio, a ideia da cabana fez Quincy pensar em um conto de fadas, principalmente por causa de seu nome caprichoso.

Chalé Pine.

Escutá-lo evocou imagens de duendes e princesas e criaturas do bosque ávidas para ajudar nas tarefas. Mas assim que Craig embicou com a SUV na entrada de cascalho e a cabana finalmente ficou visível, Quincy se deu conta de que sua imaginação a tinha iludido. A realidade do lugar era muito menos fantasiosa.

Do lado de fora, o Chalé Pine era atarracado, bruto, e completamente sem graça. Apenas um pouquinho mais elaborado do que algo que pudesse ter sido construído com peças de montar da Lincoln Logs. Ficava em meio a um aglomerado de pinheiros que se erguia acima do telhado de ardósia, fazendo o lugar parecer menor do que realmente era. Aglomeradas umas nas outras com seus galhos entrelaçados, as árvores cercavam a cabana como um paredão atrás do qual havia mais árvores que se estendiam na escuridão silenciosa.

Uma floresta escura. Esse era o conto de fadas que Quincy estava procurando, só que estava mais para Irmãos Grimm do que para Disney. Quando saiu da SUV e espiou o matagal emaranhado, uma indesejada aflição tomou conta dela.

– Então o lugar é assim no meio do nada – declarou ela. – Que sinistro.

– Gatinha medrosa – brincou Janelle, passando por trás de Quincy e puxando não uma, mas duas malas.

– E esse monte de mala aí, sua exagerada – retrucou Quincy.

Janelle mostrou a língua e manteve a careta até Quincy se dar conta de que era para pegar a câmera e registrar aquilo para a posteridade. Obedientemente, ela pegou sua Nikon nova na bolsa e tirou algumas fotos. Quincy continuou fotografando depois que Janelle desfez a careta e tentou levantar as duas malas, tensionando os braços finos.

– Quin-cyyy – chamou com aquela voz cantada que Quincy conhecia tão bem. – Me ajuda a carregar isto aqui? Por favorzinho?

Quincy dependurou a câmera ao redor do pescoço e respondeu:

– Neeeeem. Foi você que trouxe esse monte de coisa. Duvido que vai usar metade disso.

– Mas estou preparada pra qualquer coisa. Não é tipo isso que os escoteiros falam?

– Esteja preparado – corrigiu Craig, passando por elas com um *cooler* empoleirado no ombro forte. – E espero que uma das coisas que você colocou nessas malas seja a chave deste lugar.

Janelle agarrou a desculpa para ignorar as malas e fuçou os bolsos da calça jeans até achar a chave. Aproximou-se da porta com um salto e deu um tapa na placa de cedro em que ficava o nome da cabana.

– Foto de todo mundo? – ela sugeriu.

Quincy acionou o *timer* da câmera e a colocou no capô da SUV de Craig. Depois correu para se juntar aos outros na frente da cabana. Todos os seis ficaram sorrindo, esperando o clique. A Galera East Hall, como Janelle tinha denominado nos primeiros dias de faculdade. Ainda eram como unha e carne dois meses antes de passarem para o segundo ano.

Terminado o momento da foto, Janelle destrancou a porta cerimoniosamente.

– O que vocês acham? – perguntou assim que a porta abriu com um rangido, antes que o restante do pessoal tivesse sequer um mísero segundo para dar uma olhada no lugar. – É aconchegante, né?

Quincy concordou, embora sua ideia de aconchego não fosse pele de urso nas paredes e tapete bem gasto largado no chão. Ela diria que era "rústica e enferrujada", com ênfase no "enferrujada", que era o que caracterizava a pia da cozinha e a água cuspida pelos canos no único banheiro.

Mas era grande, em se tratando de uma cabana. Quatro quartos. Um deque no quintal, que deu uma leve estremecida quando pisaram nele. Uma sala grande onde havia uma lareira de seixos quase do tamanho do quarto que Janelle e Quincy dividiam, com lenha muito bem empilhada ao lado dela.

A cabana – o final de semana inteiro, na verdade – foi um presente que a mãe e o padrasto de Janelle deram a ela de aniversário. Eles queriam ser pais descolados. Aqueles que viam os filhos como amigos. Aqueles que aceitavam que sua filha com idade de fazer faculdade estava bebendo e ficando chapada, então podiam muito bem alugar uma cabana nas Poconos para que ela fizesse isso com relativa segurança. Quarenta e oito horas sem supervisores de dormitório estudantil, sem comida de faculdade nem carteirinhas de identidade que tinham que ser passadas em todas as portas e elevadores.

Antes de começarem, Janelle ordenou que todos colocassem os celulares dentro de uma caixinha de madeira.

– Nada de ligação, nada de mensagens e, com certeza, nada de foto nem de vídeo – disse ela antes de enfiar a caixa no porta-luvas da SUV.

– E a minha câmera – perguntou Quincy.

– Essa aí eu vou permitir. Mas você só pode tirar fotos que me deixem bonita.

– É claro – disse Quincy.

– Estou falando sério – alertou Janelle. – Se eu vir alguma coisa deste fim de semana no Facebook, *vou* deixar de ser amiga de vocês. Na vida virtual e na real.

Então, ao sinal dela, todos os seis correram para os quartos querendo reivindicar o melhor. Amy e Rodney ficaram com o que tinha colchão-d'água, que sacolejou freneticamente quando se jogaram nela. Betz, que não tinha namorado, aceitou educadamente ficar no quarto com beliche e se jogou na cama de baixo com seu *Harry Potter e as Relíquias da Morte*, da grossura de um dicionário. Quincy puxou Janelle para o quarto com camas de solteiro encostadas em paredes opostas, igualzinho ao dormitório delas na faculdade.

– Lar, doce lar – disse Quincy. – Ou pelo menos muito parecido.

– Legal – disse Janelle, mas a palavra soou oca aos ouvidos de Quincy. – Só que eu não sei, não.

– A gente pode escolher outro quarto. É seu aniversário. Você tem prioridade.

– Você está certa. E eu escolho dormir sozinha – disse Janelle, agarrando Quincy pelos ombros e levantando-a de sua cama cheia de sulcos.

Ela conduziu Quincy na direção do quarto ao final do corredor. O maior da cabana, ele ostentava uma janela com vista panorâmica da floresta. Várias colchas adornavam as paredes, formando um caleidoscópio de tecido. E ali, sentado na beirada da cama *king size*, estava Craig. Com a cabeça abaixada, ele olhava fixamente para o espaço no chão entre seus pés que calçavam Converse cano alto. Com as mãos no colo e os dedos entrelaçados, rodava os polegares um sobre o outro e levantou o olhar quando Quincy entrou. Ela notou um movimento esperançoso em seu sorriso tímido.

– Tenho certeza de que este vai ser *muito* mais confortável – declarou Janelle, com animação na voz. – Divirtam-se vocês dois.

Ela deu uma bundada de lado em Quincy, empurrando-a um pouco mais para dentro do quarto. Depois saiu e foi embora dando uma risadinha corredor afora.

– Foi ideia dela – Craig explicou.

– Imaginei.

– A gente não tem que...

Ele se interrompeu, forçando Quincy a preencher o vazio. Ficar juntos no mesmo quarto? Dormirem juntos como Janelle planejou tão descaradamente.

– Tudo bem.

– Quinn, é sério. Se você não estiver pronta...

Quincy sentou ao lado do rapaz e colocou a mão no joelho trêmulo dele. Craig Anderson, embrião de estrela do basquete. Cabelo castanho, olhos verdes, de uma magreza sexy. Entre todas as garotas do *campus*, ele escolheu Quincy.

– Tudo bem – repetiu ela, com a expressividade de uma garota de 19 anos contemplando o possível fim de sua virgindade. – Estou feliz.

4.

Jeff me encontra no sofá com o livro de Lisa no colo e os olhos esfolados devido a uma tarde de choro. Quando larga a mala e me acolhe nos braços, aninho a cabeça em seu peito e choro mais um pouco. Depois de dois anos como namorados e mais dois morando juntos, ele aprendeu que não deve perguntar imediatamente o que é que está errado. Jeff simplesmente me deixa chorar.

Só depois de encharcar a gola da camisa dele com lágrimas é que digo:

– Lisa Milner se matou.

Jeff aperta mais o abraço ao meu redor e fala:

– A Lisa Milner.

– A própria.

É tudo o que precisa escutar de mim. O resto ele compreende.

– Ah, Quinn. Amor, sinto muito. Quando? O que aconteceu?

Recostamo-nos no sofá e conto os detalhes a Jeff. Ele escuta com interesse redobrado – um subproduto de seu trabalho, que requer dele absorção de toda a informação antes de peneirá-la.

– Como você está se sentindo? – ele pergunta quando termino de falar.

– Bem – respondo. – Só estou chocada. E me sentindo de luto. O que é idiotice, eu acho.

– Não é, não – discorda Jeff. – Você tem todos os motivos pra estar triste.

– Tenho? A Lisa e eu nunca nos encontramos.

– Isso não importa. Vocês duas conversaram muito. Ela te ajudou. Vocês eram companheiras de alma.

– Éramos vítimas. É a única coisa que temos em comum.

– Não precisa trivializar isso, Quinn. Não comigo.

Esse é o Jefferson Richards, defensor público, falando. Ele debanda para a conversa de advogado sempre que discorda de mim, o que não acontece com frequência. Geralmente, ele é só o Jeff, namorado que não se importa de ser carinhoso. Que cozinha muito melhor do que eu e que tem uma bunda que fica linda nos ternos que usa no tribunal.

– Não consigo nem começar a imaginar o que você passou naquela noite – ele continua. – Ninguém consegue. Ninguém a não ser Lisa e aquela outra moça.

– Samantha.

Jeff repete o nome laconicamente, como se jamais o tivesse esquecido:

– Samantha. Tenho certeza de que ela está se sentindo do mesmo jeito que você.

– Não faz o menor sentido – comento. – Não entendo por que a Lisa se mataria depois de tudo o que passou. É um desperdício. Achava que ela era melhor que isso.

Uma vez mais, ouço a voz dela na minha cabeça. *Há nobreza em ser uma sobrevivente,* ela me disse certa vez. *Virtude também. Porque nós sofremos e sobrevivemos, temos o poder de inspirar outros que estão sofrendo.*

Era bobagem. Tudo aquilo.

– Desculpe por estar tão perturbada – digo a Jeff. – O suicídio da Lisa. Minha reação. Tudo isso parece anormal.

– É claro que parece. O que aconteceu com você *foi* anormal. Mas uma das coisas que amo em você é a forma como não deixou aquilo te definir. Você seguiu em frente.

O Jeff já me falou isso antes. Uma quantidade razoável de vezes, na verdade. Depois de tantas repetições, acabei acreditando de verdade.

– Eu sei – concordei. – Segui mesmo.

– O que é a única coisa saudável que você podia fazer. Aquilo é passado. Isto é presente. E gostaria de pensar que você é feliz no presente.

Jeff sorri exatamente neste momento. Ele tem o sorriso de uma estrela de cinema. Enorme como uma projeção em CinemaScope e de um brilho tecnicolor. Foi o que primeiro chamou minha atenção quando o conheci em um evento de trabalho tão chato que senti necessidade de tomar umas a mais e começar a flertar.

Deixe adivinhar, falei, *você é modelo de pasta de dente.*

Acertou em cheio.

Qual marca? Talvez eu comece a usá-la.

Aquafresh. Só que eu estou de olho na minha grande chance: a Crest.

Ri, mesmo sem achar tanta graça assim. Havia algo afetuoso no ímpeto dele em agradar. Ele me lembrava um *golden retriever,* fofo, leal e seguro. Mesmo sem ainda saber seu nome, entrelacei a mão na dele. Não a soltei desde então.

Entre o Chalé Pine e Jeff, minha vida social era parada ao ponto de ser inexistente. Em certo momento, achei que seria bom voltar a estudar, não retornei para a minha antiga faculdade, onde sabia que seria assombrada pelas lembranças de Janelle e dos outros. Em vez disso, pedi transferência para uma universidade um pouco mais perto de casa e passei três anos morando sozinha em um dormitório para dois.

Minha reputação me precedeu, é claro. As pessoas sabiam exatamente quem eu era e aquilo pelo que tinha passado. Mas mantive a cabeça abaixada, permaneci sossegada e tomei meu Xanax diário com refrigerante de uva. Eu era amigável, mas não tinha amigos. Acessível, embora distante. Não via razão para me aproximar de ninguém.

Uma vez por semana, participava de uma sessão de terapia em que lidava com uma montoeira de aflições. Os participantes tornaram-se meio que amigos. Não exatamente próximos, porém confiáveis o bastante para ligar uns aos outros quando batia uma ansiedade forte demais até para ir ao cinema sozinho.

Ainda assim, tive dificuldade em me relacionar com aquelas garotas vulneráveis que tinham sofrido estupro, abuso físico, sido desfiguradas em acidentes de carro. Os traumas delas eram muito diferentes dos meus. Ninguém sabia qual era o sentimento de ter os amigos mais próximos despedaçados em um único instante. Elas não entendiam o quanto era terrível não se lembrar da pior noite da sua vida. Tinha a sensação de que a minha falta de memória as deixava com inveja. Que elas também queriam esquecer. Como se esquecer fosse mais fácil do que lembrar.

Quando estava na faculdade, eu atraía uma série intercambiável de rapazes magrelos e sensíveis que queriam desvendar os mistérios da garota tímida e quieta que mantinha todo mundo a distância. Eu cedia, até certo ponto. Encontros constrangedores para estudar. Conversas em cafeterias em que me divertia fazendo as contas de quantas estratégias eles usavam para evitar tocar no assunto do Chalé Pine. Às vezes, um provocador beijo de despedida se eu estivesse me sentindo especialmente solitária.

Intimamente, preferia os tipos atléticos da universidade, encontrados somente em festas de fraternidades e cervejadas estridentes. Você conhece o tipo. Braços grandes. Peitoral musculoso e barriguinha de cerveja. Caras que não ligam para suas cicatrizes. Que são incapazes de ser gentis. Que são todos felizes demais para foder incansavelmente, como um pistão, e não estavam nem aí se você fosse embora de fininho sem dar seu número para eles.

Depois desses encontros, saía me sentindo dolorida, esfolada e estranhamente revigorada. Há algo de energizante em conseguir o que se quer, ainda que seja vergonha.

Mas Jeff é diferente. Ele é perfeitamente normal. Normal tipo polo Ralph Lauren. Saímos um mês inteiro antes de eu ousar tocar no assunto do Chalé Pine. Ele continuou me vendo como Quincy Carpenter, que reclamava do Marketing e estava prestes a fazer um blog sobre confeitaria. Ele não tinha ideia de que na verdade eu era Quincy Carpenter, sobrevivente de um massacre.

Ele ganhou pontos comigo ao encarar aquilo melhor do que eu esperava. Falou só coisas legais e terminou com: *Acredito piamente que é possível as pessoas não se tornarem reféns das coisas ruins que aconteceram no passado. Elas podem se recuperar. Podem seguir em frente. Você com certeza fez isso.*

Foi quando soube que valia a pena ficar com ele.

– Então, como foi em Chicago? – pergunto.

Pela maneira desinteressada que ele dá de ombros, eu sei que não tinha sido nada bom.

– Não consegui a informação que queria. Na verdade, prefiro não falar disso.

– E eu prefiro não falar da Lisa.

Jeff levanta e dá uma ideia:

– Então a gente devia sair. Devia se arrumar, ir a algum lugar chique e afogar nossas mágoas em um monte de comida e cachaça. Topa?

Balanço a cabeça negativamente e me espreguiço no sofá igual a um gato.

– Sabe o que eu queria mesmo?

– Uma caixa de vinho – responde ele.

– E?

– Pedir pad thai.

Abro um sorriso e afirmo.

– Você me conhece tão bem.

Mais tarde, Jeff e eu fazemos amor. Sou eu quem toma a iniciativa, tirando a pasta do caso de suas mãos e subindo em cima dele. Jeff protesta um pouquinho. É mais uma simulação de protesto. Em pouco tempo ele está dentro de mim, excessivamente gentil e atencioso. Jeff gosta de falar. Fazer sexo com ele envolve dar conta de uma centena de perguntas. *Assim está bom? Bruto demais? Assim?*

A maior parte do tempo, aprecio sua consideração, o desejo vocal de satisfazer minhas necessidades. Esta noite é diferente. A morte de Lisa me deixou sem muita disposição. Em vez do fluxo e refluxo de prazer, a insatisfação infiltra-se no meu corpo. Quero os golpes impessoais daqueles caras das fraternidades que achavam que estavam me seduzindo quando era o contrário. É como uma pústula interna, inflamada e sarnenta, e o amor zeloso que Jeff faz não chega nem perto de coçá-la. Porém finjo que coça. Simulo gemidos e grito como uma estrela pornô. Quando Jeff pede um relatório do progresso, calo sua boca com a minha, só para que ele fique quieto.

Depois, ficamos abraçados assistindo ao Turner Classic Movies. Nosso costume pós-coito. Ultimamente, essa tem sido minha parte favorita do sexo. O depois. Sentir o corpo firme e peludo dele ao lado do meu enquanto os intensos alto-falantes de quarenta polegadas embalam nosso sono.

Esta noite, porém, o sono não chega. Em parte por causa do filme – *A dama de Shanghai*. Chegamos ao final. Rita Hayworth e Orson Welles na casa dos espelhos, as imagens deles despedaçadas numa saraivada de balas –, em parte por Jeff, que se mexe muito ao meu lado, inquieto debaixo das cobertas. No final, ele pergunta:

– Tem certeza de que não quer conversar sobre o que aconteceu com Lisa Milner?

Fecho os olhos, desejando que o sono me agarre pela garganta e me arraste com ele.

– Na verdade, não há muito o que conversar – respondo. – Você quer conversar sobre a sua coisa?

– Não é uma *coisa* – retruca Jeff, meio zangado. – É o meu trabalho.

– Desculpe – digo, ficando em silêncio por um momento, ainda sem olhar para ele, tentando medir seu nível de irritação comigo. – Você quer conversar sobre o seu trabalho?

– Não – responde ele, antes de mudar de ideia. – Talvez um pouquinho.

Rolo sobre o corpo, me apoio no cotovelo esquerdo e digo:

– Imagino que a defesa não esteja indo bem.

– Não muito. O que, legalmente, é a única coisa que posso falar sobre isso.

Jeff tem permissão para falar pouquíssimo sobre seus casos comigo. As regras de confidencialidade do cliente são extensivas às esposas. Ou, no meu caso, futura esposa. Essa é outra razão pela qual Jeff e eu combinamos bem. Ele não pode falar sobre seu trabalho. Eu não posso falar sobre meu passado. Como em um jogo de amarelinha, a gente pode saltar duas das armadilhas conversacionais que geralmente capturam os casais. Porém, pela primeira vez em meses, sinto que estamos prestes a ser pegos por uma delas e luto com força para evitá-la.

– Acho que devíamos dormir – sugiro. – Você não tem que estar no tribunal amanhã cedo?

– Tenho – Jeff concorda, olhando para o teto, não para mim. – E você não parou pra pensar que é por isso que não consigo dormir?

– Não – digo e deito de costas novamente. – Desculpe.

– Acho que você não entende o quanto esse caso é importante.

– Passa no jornal toda hora, Jeff. Eu sei muito bem.

É a vez de Jeff se virar, ficar apoiado no cotovelo e olhar para mim.

– Se der tudo certo com esse caso, muita coisa boa pode acontecer pra mim. Pra nós. Você acha que quero ser defensor público pra sempre?

– Não sei. Quer?

– É claro que não. E ganhar esse caso pode ser um grande passo nesse sentido. Espero ir pra uma firma grande, onde vou começar a ganhar dinheiro de verdade e não vou ter que morar no apartamento pago com o dinheiro do fundo que minha namorada tem porque foi uma vítima no passado.

Fico magoada demais para responder, mesmo sabendo que Jeff se arrependeu instantaneamente do que disse. Os olhos dele ficam mortificados por um segundo e sua boca retorce de aflição.

– Quinn, não foi isso que eu quis dizer.

– Eu sei – digo antes de sair da cama, ainda nua, sentindo-me exposta e vulnerável com a situação. Pego a primeira peça de roupa que vejo, o roupão puído de Jeff que havia sido felpudo no passado, e visto. – Está tudo bem.

– Não está nada bem. Eu sou um escroto.

– Durma um pouco – falo para ele. – O dia amanhã é importante.

Repentina e irrevogavelmente desperta, vou com passos leves até a sala. Meu telefone está em cima da mesinha de centro, ainda desligado. Ligo-o e a tela brilha azul-clara na escuridão. Tenho 23 chamadas não atendidas, 18 mensagens, e quase 40 e-mails. Praticamente tudo é de repórteres.

A notícia da morte de Lisa se espalhou. A impressa está oficialmente à caça.

Checo minha caixa de e-mails, que tinha sido negligenciada desde a tarde anterior. Enterradas debaixo de um paredão de perguntas de repórteres estão as mensagens anteriores, missivas benignas de fãs do site e várias outras de fabricantes de equipamentos para confeitaria ávidos para que eu faça um *test drive* nas mercadorias deles. Um endereço de e-mail se destaca no fluxo de nomes e números, como um peixe de escamas prateadas irrompendo na superfície.

Lmilner75

Tiro meu dedo da tela com tudo. Um recuo involuntário. Fico olhando para o endereço até ele cauterizar minha vista, a pós-imagem persiste quando pisco. Conheço apenas uma pessoa que pode ter esse endereço, e ela está morta há mais de um dia. Tomar consciência disso me dá uma coceira na garganta. Engulo em seco antes de abrir o e-mail.

Quincy, preciso falar com você. É extremamente importante. Por favor, por favor, não ignore isto.

Abaixo do texto, o nome de Lisa e o mesmo número de telefone escrito no livro dela.

Leio o e-mail várias vezes, a coceira na minha garganta transforma-se em uma sensação que só pode ser descrita como um voejo. Parece que engoli um beija-flor e ele está batendo as asas no meu esôfago.

Conferi a hora de envio da mensagem. Onze da noite. Levando em consideração os vários minutos que a polícia levou para rastrear a ligação e chegar à casa de Lisa, ela enviou o e-mail menos de uma hora antes de se matar.

Posso ter sido a última pessoa com quem ela tentou fazer contato.

5.

A manhã chega cinza e arrastada. Acordo e percebo que Jeff já havia saído para se encontrar com seu cliente acusado de assassinar o policial.

Na cozinha, uma surpresa me aguarda: um vaso cheio não de flores, mas de utensílios para confeitar. Colheres e espátulas de madeira e um batedor de ovos com um cabo tão grosso quanto o meu pulso. Uma fita vermelha tinha sido amarrada ao redor do bocal do vaso. Preso a ela havia um cartão.

SOU UM IDIOTA. DESCULPE.
VOCÊ VAI SEMPRE SER O MEU DOCE FAVORITO.
COM AMOR, JEFF.

Ao lado do vaso, os cupcakes inacabados voltam a me encarar. Ignoro-os e tomo meu Xanax matinal com dois goles de refrigerante de uva. Depois me encho de café na copa na tentativa de acordar. Meu sono tinha sido perturbado por pesadelos, uma fase que eu achava que havia passado. Nos primeiros anos após o Chalé Pine, não passava uma noite sem tê-los. Eram os assuntos habituais da terapia – corridas pela mata, Janelle tropeçando nas árvores, Ele. Ultimamente, entretanto, havia semanas, até meses, que não tinha um.

Ontem à noite, meus sonhos estavam repletos de repórteres arranhando as janelas e deixando marcas ensanguentadas de garras nos vidros. Pálidos e magros, eles resmungavam meu nome, aguardando como vampiros que eu os convidasse para entrar. Em vez de caninos, seus dentes eram lápis afiados como um quebrador de gelo. Havia pedaços resplandecentes de tendão presos nas pontas deles.

Lisa apareceu em um dos pesadelos, exatamente com a mesma aparência da foto da capa do livro. Aquele formato bem ensaiado de seus lábios em momento algum oscilou. Nem mesmo quando ela pegou o lápis de um dos repórteres e arrastou a ponta pelos pulsos.

A primeira coisa em que pensei ao acordar foi no e-mail dela, é claro. Ele passou a noite inteira na minha cabeça, como uma armadilha com a mola estendida, aguardando a mínima pontada de consciência para soltá-la. Aquele texto permanece gravado em meu cérebro enquanto tomo uma xícara de café atrás da outra.

Não consigo tirar da cabeça a ideia inabalável de que, exceto a ligação para a polícia que ela cancelou, eu tinha sido a última pessoa com quem Lisa tentou fazer contato. Se foi esse o caso, por quê? Ela queria que eu, entre todas as pessoas, tentasse convencê-la a sair do apuro mental em que tinha se metido, qualquer que fosse ele? O fato de não ter checado meus e-mails me torna de alguma maneira responsável pela morte dela?

Meu primeiro instinto é ligar para Coop e contar sobre o e-mail. Não tenho dúvida de que ele largaria tudo e viria de carro para Manhattan no segundo dia consecutivo só para me assegurar de que nada daquilo é culpa minha. Mas não sei se quero me encontrar com Coop dois dias seguidos. Seria a primeira vez que isso aconteceria desde a noite no Chalé Pine e a manhã seguinte, e não se trata de uma experiência que desejo repetir. Mando uma mensagem para ele, como se não fosse nada de mais.

Me liga quando puder. Sem pressa. Nada importante.

Mas meu instinto me diz que aquilo *é* importante. Ou que pelo menos tem potencial para ser. Se não fosse importante, por que acordei pensando naquilo? Por que o meu impulso seguinte foi ligar para Jeff só para escutar sua voz, mesmo sabendo que ele está no tribunal, com o telefone desligado, enfiado nas profundezas de sua maleta?

Tento não pensar naquilo, embora isso se prove impossível. De acordo com meu telefone, deixei de atender mais doze ligações. Minha caixa de mensagens de voz é um atoleiro de recados. Ouço apenas um deles – uma mensagem-surpresa da minha mãe, que ligou numa hora em que sabia que eu estaria dormindo. A mais recente de suas estratégias, sempre em evolução, para evitar uma conversa de verdade.

– Quincy, é sua mãe – começa a mensagem dela, como se eu não fosse capaz de reconhecer sua monótona voz anasalada. – Acabei de acordar com o telefonema de um repórter me perguntando se eu tinha algum comentário a fazer sobre o que aconteceu com aquela garota, Lisa Milner, de quem você era amiga. Respondi que ele devia falar com você. Achei que ia querer saber disso.

Não vi motivo para retornar a ligação. Essa é a última coisa que minha mãe quer. Tem sido assim desde que voltei para a faculdade, depois do Chalé Pine. Como tinha enviuvado há pouco tempo, ela queria que eu continuasse morando em casa e viajasse todo dia para estudar. Quando me recusei, tive de ouvir que eu a estava abandonando.

No final das contas, a abandonada fui eu. Quando finalmente me formei, ela tinha se casado novamente com um dentista chamado Fred, que já tinha três filhos adultos. Três filhos agradáveis e que viviam arreganhando os dentes. Não havia uma Garota Remanescente no rebanho. Eles se tornaram a família dela. E eu me transformei em um resíduo pouco tolerado de seu passado. Uma deformidade em sua nova vida, fora isso, imaculada.

Ouço novamente a mensagem da minha mãe, em busca de algum indício mínimo de interesse ou preocupação em sua voz. Não encontro, deleto a mensagem e pego a edição matinal do *Times*.

Para minha surpresa, havia uma matéria sobre a morte de Lisa na parte inferior da primeira página. Eu a li imediatamente e me senti muito mal.

MUNCIE, Indiana. – *Lisa Milner, uma proeminente psicóloga infantil, única sobrevivente de um massacre em uma república estudantil que chocou os campi de todo o país, morreu em casa, confirmaram ontem as autoridades. Ela tinha 42 anos.*

A maior parte do artigo fala dos horrores que Lisa testemunhou naquela noite ocorrida muito tempo atrás. Como se nenhum outro momento da vida dela tivesse importância. A leitura me dá um vislumbre de como será o meu próprio obituário. Sinto um nó no meu estômago.

Uma sentença, porém, chama minha atenção. Quase no final, como uma reflexão tardia.

A polícia continua a investigação.

Investigação de quê? Lisa cortou os pulsos, o que parece bem óbvio para mim. Em seguida, me lembrei do que Coop falou sobre os exames toxicológicos. Para ver se Lisa estava sob efeito de alguma droga no momento de sua morte.

Joguei o jornal de lado e estendi o braço para pegar meu laptop. Na internet, desconsiderei os sites de notícias e procurei os blogs de crimes reais. Um número alarmante deles era dedicado unicamente às Garotas Remanescentes. Os caras responsáveis por eles – são todos homens, a propósito; mulheres têm coisas melhores para fazer – ainda entram ocasionalmente em contato comigo pelo meu site e ficam de conversa mole para tentar conseguir uma entrevista. Nunca respondo. O mais perto que chegamos de nos corresponder foi na época em que recebi uma carta me ameaçando. Coop escreveu para eles, perguntando se a tinham enviado. Todos disseram que não.

Normalmente, evito esses sites por receio do que pode estar escrito sobre mim. Hoje, no entanto, é uma exceção, e me pego clicando em um após o outro. Quase todos mencionam o suicídio de Lisa. Como o artigo no *Times*, há pouca ou nenhuma informação nova. A maioria deles enfatiza a ironia de uma sobrevivente mundialmente famosa ser responsável pela própria morte. Um deles chega à insolência de sugerir que outras Garotas Remanescentes possam fazer o mesmo.

Enojada, fecho o *browser* e bato o tampo do laptop com força. Depois me levanto, tentando me livrar da descarga de adrenalina e raiva que corre pelo meu corpo. Todo o Xanax, a cafeína e a equivocada pesquisa na internet me deixaram inquieta e exasperada. Tanto que vesti roupa esportiva e calcei tênis. Quando fico desse jeito, o que acontece com frequência, a única cura é correr até passar.

No elevador, de repente me dou conta de que pode haver repórteres lá fora. Se sabem meu telefone e endereço de e-mail, tenho todos os motivos para crer que também sabem onde moro. Planejo começar a correr assim que chegar à calçada, em vez de dar minha caminhada costumeira até o Central Park. Já saio do elevador dando uma corridinha leve.

Quando chego ao lado de fora, no entanto, vejo que não há necessidade. Em vez de uma multidão de repórteres em frente ao prédio, sou confrontada por apenas um. Ele parece jovem, determinado e tem uma beleza tipo *nerd*. Óculos estilo Buddy Holly. Cabelo lindo. Mais para Clark Kent que para Jimmy Olsen. Quando saio trotando do prédio, ele corre na minha direção, com as páginas de seu caderno esvoaçando.

– Srta. Carpenter.

Ele se apresenta: Jonah Thompson. Reconheço o nome. É um dos jornalistas que ligou, mandou e-mail *e* mensagem. A tríade sem noção. Em seguida, menciona o jornal para o qual trabalha. Um dos maiores tabloides diários. A julgar pela idade, ou é muito bom no trabalho que faz ou é incrivelmente inescrupuloso. Suspeito que seja ambos.

– Sem comentários – falo, começando a correr de verdade.

Ele faz uma tentativa de me acompanhar, as solas lisas de seu Oxford estalam na calçada.

– Só quero fazer algumas perguntas sobre Lisa Milner.

– Sem comentários – repito. – Se ainda estiver aqui quando eu voltar, vou chamar a polícia.

Jonah Thompson fica para trás enquanto continuo a me mover. Sinto que está observando minha retirada, o olhar dele parece queimar a parte de trás do meu pescoço. Aperto o passo, chego rápido ao cruzamento do

Central Park. Antes de entrar, olho para trás, apenas para conferir se ele não havia me seguido.

Pouco provável. Não com aqueles sapatos.

No parque, sigo para o norte, na direção do lago. Meu local preferido para correr. É mais plano do que outras áreas do parque e dá para ver melhor os arredores. Não há caminhos em curva com Deus sabe o que aguardando ao final deles. Nenhum aglomerado de árvores com sombras densas. Apenas pistas compridas onde posso cerrar os dentes, endireitar as costas e *correr.*

Mas nesta manhã fresca está difícil me concentrar na corrida. Meus pensamentos estão em outro lugar. Penso no rosto jovem de Jonah Thompson e em sua irritante tenacidade. Penso no artigo sobre a morte de Lisa Milner e no modo como se recusou a reconhecer que aquilo que ela sofreu a deixou tão abalada a ponto de decidir afundar uma faca nos dois pulsos. Principalmente, continuo refletindo sobre a própria Lisa e no que poderia estar passando na cabeça dela quando me mandou o e-mail. Ela se sentia triste? Desesperada? Já estava com a faca na mão trêmula?

De repente, sinto que isso tudo é demais para mim, e a adrenalina é sugada dos meus membros com a mesma rapidez com que os havia preenchido. Outras pessoas correndo me ultrapassam continuamente, o barulho dos passos nas pedras avisa que estão se aproximando. Desistindo, reduzo a velocidade, arredo para a beirada da pista e caminho o restante do trajeto até em casa.

De volta ao meu prédio, fico aliviada ao ver que Jonah Thompson tinha ido embora. No lugar dele, contudo, havia outra repórter de antena ligada, do outro lado da rua. Depois de olhar para ela pela segunda vez, chego à conclusão de que não é uma repórter tradicional. Tem uma aparência rebelde demais para a mídia *mainstream* e me faz lembrar daquelas Riot Girls um pouco mais velhas que perambulavam por Williamsburg antes de os *hipsters* tomarem conta do lugar. Uma mulher que não se importava nem um pouco em se vestir como alguém com a metade de sua idade. Jaqueta de couro por cima de um vestido acinturado preto. Meia arrastão e coturnos desgastados. Parte de seu cabelo encortina-lhe o rosto, o que proporciona uma visão apenas parcial dos olhos fortemente delineados. Ela usa batom vermelho tão brilhante quanto sangue. Uma blogueira, conjecturo. Alguém com uma leitura completamente diferente de mim.

Todavia, há algo de familiar nela. Já vi aquela mulher. Talvez. Meu estômago revira com a sensação de não reconhecer alguém, mesmo quando sei que deveria.

Ela me reconhece, no entanto. Seus olhos de panda me avaliam através da escura cortina de cabelo. Observo-a me observando. Ela sequer pisca encostada no prédio do outro lado da rua, com uma postura relaxada, sem fazer o menor esforço para passar despercebida. Pendurado nos lábios, um cigarro espirala fumaça. Estou prestes a entrar quando ela me chama.

– Quincy – é uma afirmação, não uma pergunta. – Ei, Quincy Carpenter.

Paro, me viro um pouco, olho com o rosto nada amigável e falo:

– Sem comentários.

Ela fecha a cara – uma nuvem negra escurece seu rosto e ela fala:

– Não quero comentários.

– Então *o que* você quer? – pergunto, encarando-a com a cabeça erguida, numa tentativa de intimidá-la.

– Só quero conversar.

– Sobre Lisa Milner?

– É – responde ela. – E outras coisas.

– O que faz de você uma repórter. E eu não tenho comentário nenhum a fazer.

– Jesus Cristo – ela resmunga antes de jogar o cigarro na rua e pegar uma mochila que está ao seu lado. Pesada e cheia, o que quer que haja ali dentro força a costura gasta quando é levantada. Não demora e a moça está do outro lado da rua, bem na minha frente, largando a mochila tão perto de mim que ela quase cai no meu pé direito.

– Você não precisa ser tão escrota!

– O quê?

– Escuta, só quero conversar – ela continua. Sua voz era rouca e sedutora. Seu hálito cheirava a cigarro e uísque. – Depois do que aconteceu com Lisa, achei que podia ser uma boa ideia.

De repente, me dou conta de quem ela é. Estava diferente do que eu esperava. Muitíssimo diferente da foto do anuário publicada por toda parte em um verão muito tempo atrás. Não tinha o antigo cabelo volumoso demais, as bochechas rosadas nem o queixo duplo. Ela emagreceu muito desde então e perdeu o brilho de querubim da juventude. O tempo a transformou em uma tensa e fatigada versão de si mesma.

– Samantha Boyd – falo.

Ela confirma com um gesto de cabeça e diz:

– Prefiro Sam.

6.

Samantha Boyd. A segunda Garota Remanescente.

De nós três, ela provavelmente sofreu o pior. Havia terminado o ensino médio há duas semanas quando tudo aconteceu. Era apenas uma garota tentando juntar dinheiro suficiente para pagar a faculdade comunitária. Arranjou um emprego de camareira em um motel numa rodovia perto de Tampa, na Flórida, chamado Nightlight Inn. Por ser novata, Samantha tinha que trabalhar no turno da madrugada, levando toalhas para caminhoneiros exaustos e trocando lençóis que fediam a suor e sêmen em quartos que ficavam ocupados durante metade da noite apenas.

Duas horas depois de ter começado seu turno, um homem com um saco de batata na cabeça apareceu e tocou o terror. Era um faz-tudo itinerante com uma queda por partes da Bíblia sobre a qual poucos gostavam de falar. Prostitutas da Babilônia. Castigo aos pecadores. Olho por olho, dente por dente. Seu nome era Calvin Whitmer. Mas, depois daquele verão, ficaria eternamente conhecido como o Homem do Saco.

O nome combinava, pois ele carregava um monte de bugigangas em sacos. A carroceria de sua caminhonete era cheia deles. Sacos de latinhas vazias. Sacos de pele de animais. Sacos de areia, sal, cascalho. E havia o saco de ferramentas que ele levou para o Nightlight Inn, cheio de lâminas de serra, cinzéis e pregos. A polícia encontrou um total de 21 ferramentas, a maior parte delas encrostada de sangue.

Samantha teve um encontro pessoal com duas delas. Uma foi a broca que perfurou suas costas. Duas vezes. A outra foi uma serra de arco que cortou sua coxa, rompendo uma artéria. Seu encontro com a broca aconteceu antes de o Homem do Saco arrastá-la violentamente para uma árvore atrás do motel laçada em arame farpado. O ferimento com a serra de arco foi depois que Samantha sabe-se lá como conseguiu se soltar.

Seis pessoas morreram naquela noite – quatro hóspedes do hotel, um recepcionista do turno da noite, chamado Troy, e Calvin Whitmer.

A última baixa foi obra de Sam, depois de se libertar e pôr as mãos na mesma broca que tinha penetrado em suas costas. Ela pulou em cima do Homem do Saco e cravou-a no peito dele sem parar, uma vez atrás da outra. Os policiais encontraram-na assim – cheia de arame farpado, sentada de pernas abertas sobre um homem morto, esfaqueando-o sem parar.

Sei de tudo isso porque o crime estava nas páginas da revista *Time* que meus pais achavam que eu nunca lia. Só que eu lia, e devorei minuciosamente o artigo entre a capa e a contracapa, com uma lanterninha apertada na palma da mão suada. Tive pesadelos durante uma semana.

A história de Sam, na época, fez o mesmo circuito que a de Lisa e posteriormente a minha. O noticiário da noite. Capas de jornais. De revistas. Oh, como os repórteres apareciam rápido. Provavelmente os mesmos que mais tarde acampariam no gramado da casa dos meus pais. Sam deu meia dúzia de entrevistas e fez uma exclusiva com aquela vadia da TV que me escreveu o bilhete com cheiro de perfume Chanel, provavelmente por mais ou menos o mesmo preço pago para mim.

A única condição dela era a de que seu rosto não aparecesse e que não tirassem mais foto alguma. A imagem que as pessoas viram foi a foto do anuário do colégio – o rosto permanente de seu martírio particular. Por isso foi algo extraordinário quando ela aceitou se juntar a Lisa e a mim para uma conversa com Oprah, diante das câmeras, para que o mundo todo a visse. O que fez do meu cancelamento algo mais extraordinário ainda. Por minha causa, ninguém jamais vislumbrou outra imagem de Samantha Boyd. Um ano depois disso, ela desapareceu.

Não foi algo repentino o desaparecimento dela. Foi um sumiço lento, como a névoa da manhã que se exaure ao raiar do sol. Repórteres que queriam escrever sobre o décimo aniversário da Chacina do Nightlight Inn tiveram dificuldade de encontrá-la. A mãe de Sam acabou admitindo que elas tinham perdido contato. Autoridades federais, que gostavam de vigiar de perto as vítimas de crimes violentos, não conseguiram localizá-la. Ela se foi. Desapareceu do mapa, como Coop diz.

Ninguém sabia ao certo o que aconteceu, mas isso não impediu que teorias germinassem e se espalhassem como esporos de mofo. Um artigo que li conjecturava que ela havia trocado de nome e se mudado para a América do Sul. Outro sugeria que estava vivendo isolada em algum lugar no oeste. Os sites sobre assassinatos assumiram posicionamentos mais sombrios, naturalmente, e lançaram teorias da conspiração envolvendo suicídio, sequestro, disfarce proporcionado pelo governo.

Mas agora Samantha está aqui, bem na minha frente. O aparecimento dela é tão inesperado que fico sem palavras. A única coisa que consigo fazer é perguntar:

– O que você está fazendo aqui?

Sam revira os olhos e comenta:

– Nossa, é tão difícil assim falar um "oi"?

– Desculpe... Oi.

– Bom trabalho.

– Obrigada. Mas isso ainda não me diz por que você está aqui.

– Não é óbvio? Estou aqui para me encontrar com você – a voz de Sam evoca uma taberna clandestina que vende bebida ilegal e tem cheiro de fumaça e bebida. Contém a melodia sombria de algo proibido. – Achei que a gente deveria finalmente se encontrar.

Encaramo-nos por mais um momento, ambas avaliando os estragos uma da outra. Tenho a sensação de que Sam também se informou sobre mim, pois olha primeiro para a minha barriga, depois para o meu ombro. Eu, enquanto isso, olho para a perna dela, tentando lembrar se mancou ao atravessar a rua.

Falas de Lisa deslizam pela minha memória. *Somos uma espécie rara*, ela me disse certa vez. *Precisamos ficar juntas.*

Agora que ela se foi, ninguém mais pode entender aquilo pelo que passamos. Sam e eu somos as únicas. E embora não compreenda totalmente por que ela saiu do esconderijo simplesmente para se encontrar comigo, me pego concordando com um relutante gesto de cabeça.

– E nos encontramos mesmo – digo, com a voz entorpecida pela surpresa. – Quer subir?

A gente se senta na sala, sem beber o café que coloquei diante de nós. Eu já tinha trocado a roupa de correr por calça jeans, sapatilha vermelha e uma blusa turquesa. Uma explosão de cor para contrastar com todo o preto de Sam.

Sento em uma cadeira de encosto reto estofada com veludo roxo. Dura e incômoda, servia mais para enfeitar do que para sentar. Sam está no sofá antigo, demonstrando o mesmo desconforto. Ela senta com os joelhos encostados, os braços firmes ao lado do corpo, tentando puxar conversa, o que obviamente não é o forte dela. As palavras saem como pequenas e intensas explosões. Cada uma delas parece uma bomba de delicadeza arremessada às pressas.

– Apartamento legal.

– Obrigada.

– Parece que é grande.

– Não é de todo mau. Só temos dois quartos.

Eu me encolho ao falar isso. *Só.* Como se eu de alguma maneira fosse despossuída. Julgando pela protuberante mochila que Sam trouxe, não tenho certeza se ela tem *um* quarto.

– Legal.

Sam se remexe no sofá. Tenho a impressão de que está se esforçando muito para resistir ao impulso de arrancar a bota e se esticar nele. Sente-se tão desconfortável quanto eu.

– Não que o apartamento seja pequeno – emendo, derramando as palavras em uma tentativa desesperada de não passar a ideia de que sou mimada. – Sei o quanto sou sortuda. E é legal ter um quarto extra para quando a família do Jeff vem visitar a gente. Jeff é o meu namorado. Os pais deles moram em Delaware e o irmão, a cunhada e dois sobrinhos, em Maryland. Eles gostam muito de visitar a gente. É legal ter crianças em casa de vez em quando.

Amo a família dele. São todos, assim como o próprio Jeff, iguais àquelas pessoas de propaganda de margarina. Eles sabem o que aconteceu no Chalé Pine. Jeff contou assim que ficou claro que as coisas entre nós estavam ficando sérias. Aqueles protestantes convictos de classe média sequer pestanejaram. A mãe dele até me mandou uma cesta de frutas com um bilhete escrito à mão, desejando que aquilo iluminasse o meu dia.

– E a sua família? – pergunta Sam.

– O que tem ela?

– Eles te visitam muito?

Relembro a primeira e única visita da minha mãe. Ela se convidou, com a desculpa de que estava enfrentando uma fase difícil com Fred e que queria passar o fim de semana fora. Jeff viu aquilo como um bom sinal. Inocentemente, eu também. Achei que minha mãe ficaria impressionada com a minha vida nova. Em vez disso, ela passou o fim de semana inteiro criticando tudo, das roupas que eu usava à quantidade de vinho que eu bebia no jantar. Quando foi embora, mal estávamos nos falando.

– Não – respondo à Sam. – Não visitam. E os seus?

– Mesma coisa.

Certa vez, vi uma entrevista com a Sra. Boyd no programa *20/20*, pouco depois de o mundo descobrir que Sam havia desaparecido. Ela era uma criatura raquítica, tinha manchas vermelhas na pele e cinco centímetros de raízes pretas em seu cabelo descolorido. Durante a entrevista, para choque geral, ela revelou-se impassível em relação à filha. O movimento rígido de seu maxilar deixava a voz insípida e insensível. Ela tinha uma aparência cansada e esfolada. Embora Sam também tenha o mesmo ar fatigado dela, entendo por que quis fugir daquela mulher. A Sra. Boyd lembrava uma casa atingida por tempestades demais.

A minha mãe é o oposto. Sheila Carpenter se recusa a deixar que qualquer um veja sua deterioração. Quando eu fui hospitalizada após os acontecimentos do Chalé Pine, ela aparecia toda manhã completamente maquiada, sem nem um fio de cabelo fora do lugar. É claro, sua única filha mal tinha escapado de um louco que massacrou todos os seus amigos, mas isso não era desculpa para ficar desleixada. Se a mãe de Sam era uma casinha barata precisando de muitas reformas, a minha era um casarão de classe média apodrecendo por dentro.

– Da última vez que ouvi falar a seu respeito, você tinha meio que desaparecido – eu comento.

– Tipo isso.

– Onde você ficou esses anos todos?

– Por aí. Passando despercebida, sabe?

Percebo que estou sentada com os braços cruzados diante do peito e as mãos enterradas nas axilas. Arranco-as dali e coloco-as meticulosamente no colo. Em segundos, no entanto, meus braços voltam para a posição anterior. Meu corpo inteiro anseia por um Xanax.

Sam não percebe. Está ocupada demais enfiando o cabelo atrás das orelhas para dar mais uma passada de olhos vagamente crítica no apartamento. Decorei a casa dando ênfase para o estilo *shabby chic*. Nada combina, das paredes azuis passando pelos abajures de mercado das pulgas ao carpete branco felpudo que comprei só para fazer graça e acabei amando. Ele é, eu sei disso, o apartamento de alguém tentando disfarçar quanto dinheiro tem de verdade, e não sei dizer se Sam está impressionada ou incomodada com isso.

– Você trabalha? – ela pergunta.

– Trabalho. Eu, uh...

Fico travada, o que sempre acontece antes de contar a alguém sobre o meu trabalho frívolo e caprichoso. Especialmente a uma pessoa como Sam, que tem uma aura de quem foi pobre a vida inteira. Isso fica evidente nos rasgos da meia arrastão, nos remendos de fita adesiva na bota, nos olhos duros. Ela emana um desespero trêmulo e intenso como ondas de rádio.

– Não precisa me falar – ela diz. – Afinal de contas, você nem me conhece.

– Sou blogueira? – o que sai como se fosse uma pergunta. Como se eu não tivesse a menor pista do que sou. – Tenho um site. Chama *Doçuras da Quincy*.

Sam dá um sorrisinho educado e comenta:

– Que nome bonitinho. É tipo de filhotinhos e merdas desse tipo?

– Confeitaria. Bolos, biscoitos, *muffins*. Posto fotos e dicas de decoração. Receitas. Toneladas de receitas. Está no Food Network.

Jesus Cristo. Eu estou me gabando por estar no Food Network? Até eu quero bater em mim mesma. Mas Sam me parabeniza com um aceno de cabeça descontraído.

– Maneiro.

– Até que é divertido – digo, conseguindo finalmente falar com uma voz menos aguda.

– Por que bolo? Por que não fome mundial, ou política, ou...

– Filhotinhos e merdas desse tipo?

Desta vez, o sorriso de Sam foi grande e genuíno.

– É. Isso.

– Sempre gostei de confeitar. É uma das poucas coisas em que sou boa. Me relaxa. Me deixa feliz. Depois... – hesito de novo, por uma razão completamente diferente. – Depois do que aconteceu comigo...

– Você está falando do Massacre do Chalé Pine? – interroga Sam.

A princípio, fico surpresa por ela saber o nome. Então me dou conta de que é natural que ela saiba. Do mesmo jeito que sei tudo sobre o Nightlight Inn.

– Isso. Depois daquilo, quando estava morando na casa dos meus pais, passava muito tempo confeitando bolos para amigos e vizinhos. Presentes de agradecimento, na verdade. As pessoas foram tão generosas. Uma fornada nova toda noite, durante semanas.

– Foi muita comida, né? – Sam comenta, levando os dedos até os dentes e roendo a cutícula. A manga da jaqueta de couro escorrega, revelando tinta escura em seu pulso. Uma tatuagem, escondida, fora de vista. – Devia ser uma vizinhança legal.

– Era, sim.

Sam pega um pedaço de pele com os dentes, arranca-o, cospe e revela:

– A minha não era.

O silêncio impera enquanto perguntas pipocam na minha cabeça. Perguntas pessoais que Sam talvez não queira responder. Quanto tempo você ficou amarrada em arame farpado na árvore? Como você se soltou? Qual foi a sensação de mergulhar aquela broca no coração de Calvin Whitmer?

Em vez disso, pergunto:

– A gente vai falar sobre o que aconteceu com Lisa?

– Do jeito que você fala, até parece que a gente tem escolha.

– Não somos obrigadas a falar.

– Ela se matou – diz Sam. – É claro que temos que falar.

– Por que você acha que ela fez isso?

– Talvez ela não estivesse mais aguentando.

Eu sei o que ela quer dizer. *São* os pesadelos, a culpa, a tristeza persistente. Principalmente, *é* a torturante e inabalável sensação de que não era para eu ter sobrevivido. De que não passo de um inseto desesperado e desconcertado que o destino esqueceu de esmagar.

– Foi por causa do suicídio da Lisa que você saiu do seu esconderijo depois de tanto tempo?

Sam levanta o olhar para mim e pergunta:

– O que você acha?

– Acho que sim. Porque aquilo mexeu com você do mesmo jeito que mexeu comigo.

Sam permanece em silêncio.

– Estou certa, não estou?

– Talvez – ela responde.

– E você queria finalmente se encontrar pessoalmente comigo. Porque você estava curiosa para saber como eu era.

– Oh, eu já sei tudo sobre você – diz Sam.

Ela se recosta no sofá, finalmente se permitindo ficar mais confortável. Cruza as pernas e a bota esquerda fica largada de modo desleixado sobre o joelho direito. Ela destrava os braços que estavam fixos ao lado do corpo e os abre como asas sobre as almofadas. Desdobro-me de maneira similar. Meus braços despencam da altura do peito e arredo para a frente na cadeira.

– Você ficaria surpresa.

Sam arqueia uma das sobrancelhas. As duas haviam sido desenhadas com delineador preto, e o movimento expôs uma penugenzinha debaixo da mancha escura.

– Um desafio inesperado da Srta. Quincy Carpenter.

– Não é desafio – contesto. – Só um fato. Tenho segredos.

– Todos nós temos segredos – afirma Sam. – Mas você é mais do que a jovem Martha Stewart que finge ser no seu blog? Essa é a verdadeira questão.

– Por que você acha que estou fingindo?

– Porque você é uma Garota Remanescente. É diferente para a gente.

– Não sou uma Garota Remanescente. Nunca fui, na verdade. Sou eu mesma. Agora, não vou mentir e falar que não penso no que aconteceu. Penso, sim. Mas não muito. Deixei aquilo pra trás.

Sam parece não acreditar em mim. As duas sobrancelhas falsas agora estão suspensas.

– Então você está me falando que foi curada pelo valor terapêutico da confeitaria?

– Ajuda – eu digo.

– Então prova.

– Provar?

– É – Sam me desafia. – Confeita alguma coisa.

– Agora?

– Claro – diz Sam antes de se levantar, se espreguiçar e me puxar da cadeira. – Me mostra quem você é de verdade.

7.

Confeitar é uma ciência tão rigorosa quanto a química ou a física. Há regras que devem ser seguidas. Uma quantidade exagerada de algum ingrediente ou pequena demais de outro pode ser a ruína de uma receita. Encontro conforto nisso. Lá fora, o mundo é um lugar sem regras, onde homens estão à espreita com facas amoladas. Na confeitaria, só existe ordem.

É por isso que o *Doçuras da Quincy* existe. Quando me formei em Marketing e mudei para Nova York, ainda me considerava uma vítima. Assim como todo mundo. Confeitar parecia ser a única maneira de mudar isso. Queria derramar minha existência líquida e lamacenta em uma fôrma do formato de um ser humano e aumentar a temperatura até que ficasse macia, fofa e nova.

Até agora, está funcionando. Na cozinha, espalho fileiras gêmeas de tigelas ao longo da bancada, organizadas de acordo com aquilo que contêm. As maiores comportam a massa – montículos poeirentos de farinha e açúcar amontoados como neve. As tigelas médias são para a cola. Água. Ovos. Manteiga. Nas tigelas menores ficam os sabores; quanto menor a quantidade, mais forte o gosto. Purê de abóbora e raspa de laranja, canela e *cranberry*.

Sam olha para o conjunto de ingredientes, duvidosa.

– O que você vai fazer?

– *Nós* vamos fazer pão de abóbora e laranja.

Quero que Sam testemunhe em primeira mão a fórmula por trás da confeitaria e experimente a segurança desse processo; quero que ela veja como a confeitaria me ajudou a ser mais do que uma garota fugindo aos berros pela mata do Chalé Pine.

Se ela acreditar, então é possível que isso seja realmente verdade.

Sam fica parada, olhando primeiro para mim, depois ao redor. Acho a cozinha aconchegante, com seus tons reconfortantes de verde e azul. Há um vaso de margaridas no peitoril e pegadores de panela *kitsch* pendurados nas paredes. Os utensílios são moderníssimos, porém têm um *design* retrô. Sam observa tudo aquilo com um terror mal disfarçado. Ela tem a aparência de uma criança selvagem que foi repentinamente arrastada para a civilização.

– Você sabe confeitar? – pergunto.

– Não – responde Sam. – Eu "micro-ondo".

Eu rio. Um riso rouco e gutural que enche a cozinha. Gosto do som. Quando estou sozinha na cozinha, ela fica muito silenciosa.

– É fácil – falo para ela. – Confie em mim.

Posiciono Sam diante de uma fileira de tigelas e assumo meu lugar em frente à outra. Em seguida, mostro-lhe, passo a passo, como misturar a manteiga e o açúcar; combiná-los com farinha, água e ovos, fazendo camadas de sabores, uma de cada vez. Sam prepara a massa da mesma maneira que fala – com curtos e fortuitos ataques. Tufos de farinha e pelotas de abóbora erguem-se de sua tigela.

– Hum, estou fazendo direito?

– Quase – respondo. – Você precisa ser um pouco mais gentil.

– Você falou igual à maioria dos meus ex-namorados – brinca Sam, embora esteja começando a seguir o meu conselho e misturando os ingredientes com um pouco menos de força. Os resultados são imediatos. – Ei, está funcionando!

– Devagar e sempre se vence a corrida. Esse é o Décimo Mandamento do meu blog.

– Você deveria escrever um livro de culinária – diz Sam. – *Confeitaria para Idiotas.*

– Já pensei nisso. Só que em um livro de culinária comum.

– E um livro sobre o Chalé Pine?

Enrijeço ao som dessas duas palavras juntas. Individualmente, elas não têm impacto algum sobre mim. Chalé. Pine. Nada além de palavras inofensivas. Porém, quando combinadas, obtêm o gume da faca que Ele me enfiou no ombro e na barriga. Se piscar, sei que verei Janelle saindo em meio às árvores, ainda tecnicamente viva, porém já morta. Então mantenho os olhos abertos e fico olhando a massa encorpando na tigela diante de mim.

– Seria um livro horrível e minúsculo.

– Claro – há um tom de falsidade na voz de Sam, como se ela quisesse dar a impressão de que só neste momento estivesse considerando minha perda de memória. – Está certo.

Ela está observando com atenção, não a tigela, mas a mim. Sinto seu olhar na bochecha, tão quente quanto o sol da tarde que entra pela janela da cozinha. Tenho a desconfortável sensação de que ela está me testando de alguma forma. Que vou fracassar se me virar para olhá-la. Mantenho a atenção na massa do pão, densa e reluzindo no fundo da tigela.

– Você leu o livro da Lisa? – pergunto.

– Li nada – responde Sam. – E você?

– Não.

Não sei por que minto. O que também é mentira. Sei, *sim*. É para manter Sam ligeiramente desestabilizada. Aposto que ela acha que li o livro de Lisa de cabo a rabo, o que fiz mesmo. Não há nada mais chato do que ser previsível.

– E vocês duas nunca se encontraram? – pergunto.

– A Lisa nunca teve o prazer – responde Sam. – E você?

– A gente conversou por telefone. Sobre como lidar com o trauma. O que as pessoas esperam de nós. Foi quase como nos encontrar pessoalmente.

– Mas com certeza não foi igual a confeitar juntas.

Sam dá uma bundada de lado em mim e mais uma risada. Seja qual for o teste que ela está fazendo comigo, acho que estou passando nele.

– Está na hora de colocar isso no forno – anuncio.

Despejo minha massa em uma fôrma de pão usando uma espátula. Sam simplesmente entorna o conteúdo de sua tigela na fôrma, mas erra a mira e derrama massa na bancada.

– Merda! Onde consigo um negócio achatado desse aí?

– Você está falando da espátula?

Aponto para uma das gavetas na bancada atrás dela. Ela dá um puxão na alça de uma das gavetas abaixo de si. Está trancada. A *minha* gaveta. Lá dentro, algo chacoalha.

– O que tem aqui dentro?

– Não encosta nisso!

Transpareço mais pânico do que queria, com a voz levemente salpicada de raiva. Levo a mão apressada ao pescoço, tateio a chave, como se ela de alguma maneira tivesse, por mágica, encontrado o próprio caminho até a tranca da gaveta. Ela ainda está ali, é claro, encostada no meu peito.

– São receitas – digo, me acalmando. – Coisas ultrassecretas.

– Desculpe – diz Sam, soltando a alça da gaveta.

– Ninguém pode ver essas receitas – acrescento.

– É claro. Entendi.

Sam levanta as duas mãos. A manga da jaqueta escorrega pelo pulso, revelando inteiramente a tatuagem. É uma única palavra, gravada em preto.

SOBREVIVENTE

As letras são maiúsculas. A fonte está em negrito. É tanto uma afirmação quanto um desafio. *Vai nessa,* ela diz. *Tenta me foder pra você ver.*

Uma hora depois, todos os cupcakes de ontem estão decorados e dois pães de abóbora e laranja estão esfriando em cima do forno. Sam analisa os resultados com um orgulho fatigado, a mancha de farinha em sua bochecha parece uma pintura de guerra.

– E agora? – ela pergunta.

Começo a arrumar os cupcakes em grossos pratinhos de cerâmica, deixando a cobertura negra contrastar com o verde-claro da louça.

– Agora arrumamos uma mesa para as duas sobremesas e fotografamos para o site.

– Estou falando sobre a gente – retruca Sam. – A gente se conheceu. Conversou. Confeitou. Foi mágico. E agora?

– Isso depende do porquê você veio aqui. Foi só por causa do que aconteceu com Lisa mesmo?

– Isso não é suficiente?

– Você podia ter ligado. Ou mandado um e-mail.

– Queria te ver pessoalmente. Depois de saber o que a Lisa fez, queria saber como você estava.

– E como estou?

– Não sei dizer. Você pode me dar uma pista?

Eu me ocupo com os cupcakes, experimento organizá-los de várias maneiras enquanto Sam fica em pé atrás de mim.

– Quincy?

– Estou triste, está bem? – revelo, me virando para ficar de frente para ela. – O suicídio da Lisa me deixou triste.

– Eu não estou – Sam examina as mãos ao falar isso, tirando massa de debaixo das unhas. – Estou puta! Depois de ter sobrevivido a tudo aquilo, é assim que ela morre? Isso me deixa com muita raiva.

Embora seja exatamente a mesma coisa que falei a Jeff ontem à noite, uma onda de irritação toma conta de mim. Volto a arrumar os doces.

– Não fica com raiva da Lisa.

– Não estou com raiva dela – Sam explica. – Estou puta comigo mesma. Por nunca tê-la procurado. Nem procurado você. Se tivesse feito isso, eu...

– Conseguiria ter impedido aquilo? Bem-vinda ao clube.

Embora ainda esteja de costas para Sam, sei que ela está me encarando de novo. Desta vez, uma sensação fria abranda o calor de seu olhar. A curiosidade é desarticulada. Não queria mais nada além de contar para ela sobre o e-mail que Lisa me mandou antes de morrer. Seria um alívio falar sobre ele, deixar Sam carregar nos ombros um pouco do fardo da minha culpa possivelmente inapropriada. Porém, parte do que a trouxe à minha casa foi culpa. Não vou contribuir para aumentá-la, especialmente se essa visita é algum rito de reparação velado.

– O que aconteceu com Lisa foi foda – ela continua. – Me sinto um lixo por saber que eu... nós, na verdade, podíamos ter ajudado a Lisa. Não quero que a mesma coisa aconteça com você.

– Não tenho tendência suicida – eu digo.

– Mas eu nunca iria ficar sabendo disso. Se algum dia você precisar de ajuda pra alguma coisa, me fala. Vou fazer o mesmo com você. Precisamos cuidar uma da outra. Então você pode conversar comigo sobre o que aconteceu. Se algum dia precisar.

– Não se preocupe. Sou feliz.

– Que bom – a frase soa oca, como se ela não acreditasse em mim. – Bom saber disso.

– É sério, sou mesmo. O site está indo bem. O Jeff é fantástico.

– Vou poder conhecer o Jeff?

Essa pergunta é como uma matriosca, só que, em vez de ocultar bonequinhas, esconde dentro de si outras perguntas veladas. Se eu abrir *Vou conhecer o Jeff?* encontro *Você gosta de mim?* Dela saltita *Estamos virando amigas?* Dentro desta fica a mais concisa e importante pergunta de todas. O coração da questão: *Nós somos iguais?*

– É claro – falo, respondendo a todas elas de uma vez. – Você vai ter que ficar para o jantar.

Terminei de arrumar a mesa. Os cupcakes estavam inclinados, de modo que as aranhas com cobertura pudessem ser enquadradas na câmera.

Como pano de fundo, escolhi um pedaço de tecido com uma arrojada estampa dos anos 1950 e abóboras de cerâmica *vintage* que comprei em um mercado das pulgas.

– Que bonitinho – diz Sam, porém a torcida de nariz indica que não se trata de um elogio.

– No negócio de blog de confeitaria, bonitinho vende.

Ficamos ombro a ombro olhando os doces organizados. Apesar de ter acomodado tudo direitinho, ainda não está bom. Falta alguma coisa. Alguma centelha intangível que estou deixando de lado.

– Está perfeito demais – opina Sam.

– Não está, não – retruco, no entanto, é claro que está.

A organização ficou insípida, sem vida. Está tudo tão impecável que até os cupcakes podem muito bem ser falsos. Com certeza, eles têm essa aparência. Cobertura de plástico sobre base de espuma.

– O que você faria diferente?

Sam se aproxima dos doces com o dedo indicador no queixo, perdida em pensamentos. Em seguida, começa a agir e destrói tudo como Godzilla pisoteando Tóquio. Ela tira os cupcakes de alguns pratos, que empilha de maneira apressada. Derruba uma abóbora, que fica caída de lado, amassa um guardanapo e o joga ali de qualquer jeito bem no meio da cena. Ela rasga as forminhas de três cupcakes e as mistura à confusão.

O arranjo antes imaculado agora está caótico. Lembra uma mesa depois de um jantar divertidíssimo – bagunçada, convincente e real. Está perfeito.

Pego minha câmera e começo a tirar fotos, dando *zoom* nos cupcakes desmantelados. Atrás deles, há uma pilha desalinhada de pratinhos, alguns lambuzados de cobertura preta contrastando com o verde. Sam pega um cupcake, dá uma mordida gigantesca, deixando cair farelo e escorrer recheio de cereja.

– Tira uma foto minha.

Hesito, por razões que ela desconhece completamente.

– Não coloco foto de pessoas no blog – digo. – Só de comida.

Na verdade, não *tiro* foto de pessoas, mesmo que não seja para o site. Nada de *selfies* estilo Lisa para mim. Não desde o Chalé Pine.

– Só esta – insiste Sam, fazendo um beicinho. – Por mim?

De modo hesitante, olho para o visor da câmera e respiro fundo. É como olhar em uma bola de cristal e enxergar não o meu futuro, mas o passado. Vejo Janelle, de pé em frente ao Chalé Pine, fazendo poses malucas com sua quantidade exagerada de malas. Não notei a similaridade antes, mas agora ficou óbvio. Embora Sam e Janelle não se pareçam fisicamente, compartilham o mesmo espírito. Vívido, descarado e de uma animação assustadora.

– Tem alguma coisa errada? – pergunta Sam.

– Não – respondo, antes de apertar o botão e tirar uma única foto. – Não tem nada errado.

Sam se aproxima de mim com pressa e fica me cutucando até eu lhe mostrar a foto.

– Gostei! Você tem que colocar no blog.

Digo que farei isso, o que a deixa contente, ainda que eu pretenda deletar aquela foto na primeira oportunidade que tiver.

Em seguida, é hora de arrumar e fotografar o pão de abóbora. Deixo Sam cortar um dos pães, as fatias irregulares dobram-se como folhas rasgadas de um livro. As abóboras de cerâmica são substituídas por xícaras de chá *vintage* que encontrei uma semana antes em West Village. Encho-as de café, servindo quantidades diferentes em cada uma delas. Um pouco de café cai na mesa e eu o deixo ali, empoçado ao redor da base da xícara. Sam termina os preparativos ao levantar a xícara e dar um gole comprido e barulhento. Seu batom deixa uma marca na borda. Um beijo rubro, misterioso e sedutor. Ela se afasta para me deixar fotografar. Começo a clicar e tiro mais fotos do que o necessário, atraída pelo caos.

8.

A hora do jantar chega em um turbilhão apavorante de preparativos e detalhes de último minuto. Cozinho *linguine* às pressas e faço o molho à *putanesca* caseiro que a mãe do Jeff me ensinou. Temos salada, *breadsticks* recém-assados, vinho de galão, tudo perfeitamente organizado na mesa de jantar com acabamento rústico que compramos no verão anterior em Red Hook.

Jeff chega em casa e dá de cara com os clássicos de Rosemary Clooney ecoando do som da sala e comigo em um vestido de festa estilo anos 1950 que me senti forçada a usar. Meu rosto está corado e brilhante. Só Deus sabe o que está passando pela cabeça dele. Com certeza está confuso. Talvez preocupado por eu ter passado um pouco dos limites, o que é verdade. Porém, misturado a esses sentimentos, espero que também haja um pouco de orgulho. Por aquilo que realizei. Pelo fato de que depois de tantas refeições informais cheias de gente da família dele, finalmente eu tenho um convidado.

De repente, Sam sai da sala de jantar com o rosto já sem farinha e uma camada nova de batom, e sei exatamente o que está passando pela cabeça de Jeff. Preocupação, misturada com suspeita e um quê de surpresa.

– Jeff, está é Sam – apresento.

– Samantha Boyd? – pergunta Jeff, mais para mim do que para ela.

Sam sorri e estende a mão:

– Prefiro Sam.

– Claro. Oi, Sam. – A situação deixa Jeff tão abalado que ele quase se esquece de retribuir o aperto de mão de Sam. Quando aperta, é fraco. Apenas segura a mão dela e não faz praticamente nenhum movimento. – Quincy, posso falar com você um minuto?

Vamos para a cozinha, onde faço um resumo rápido para ele dos acontecimentos da tarde e termino com:

– Espero que não se importe por eu ter convidado a Sam pra jantar com a gente.

– Com certeza é uma surpresa – diz ele.

– É mesmo, aconteceu muito de repente.

– Você devia ter me ligado.

– Você ia tentar me convencer a não me envolver com ela – argumento.

Jeff ignora a alegação, principalmente porque sabe que é verdade.

– Só acho que é muito estranho ela aparecer assim de repente. Isso não é normal, Quinn.

– Você está me parecendo muito desconfiado, Sr. Advogado.

– Eu me sentiria melhor se soubesse um pouco mais sobre por que ela está aqui, só isso.

– Estou tentando descobrir – falo.

– Então por que você a convidou pra jantar?

Quero contar para ele sobre como passamos a tarde juntas, como durante um momento Sam ficou tão parecida com Janelle, que me deixou sem ar. Mas ele não entenderia. Ninguém entenderia.

– Eu meio que fiquei com pena dela – justifico. – Depois de tudo pelo que passou, acho que ela pode estar precisando de uma amiga.

– Tudo bem. Se você está tranquila com tudo isso, também estou.

No entanto, a sombra de uma careta que persiste no rosto dele me diz que Jeff não está inteiramente tranquilo com aquilo. Mesmo assim, voltamos para a sala de jantar, onde Sam educadamente finge que não estávamos falando dela.

– Está tudo bem? – ela pergunta.

Dou um sorriso tão largo que minhas bochechas doem.

– Perfeito. Vamos comer!

Durante o jantar, banco a anfitriã, servindo a comida e enchendo as taças de vinho, tentando ignorar o fato de Jeff estar conversando com Sam como se ela fosse um de seus clientes – genial, mas investigativo. Jeff mais parece um dentista quando age assim: extrai tudo o que precisa ser removido.

– A Quinn me contou que você desapareceu durante alguns anos – comenta ele.

– Gosto de dizer que estava passando despercebida.

– E como foi?

– Tranquilo. Ninguém sabia quem eu era. Ninguém sabia as coisas ruins que tinham acontecido comigo.

– Parece mais com a vida de um fugitivo.

– Pode ser – responde Sam. – Só que eu não fiz nada errado, lembre-se disso.

– Então por que se esconder?

– Por que não?

Como Jeff não consegue pensar em uma resposta, o silêncio toma conta do ambiente, quebrado ocasionalmente pelo barulho de talheres raspando no prato. Aquilo me deixa nervosa, e, antes que eu perceba, minha taça de vinho está vazia. Encho-a antes de oferecer mais aos outros.

– Sam? Mais?

Ela parece intuir o meu nervosismo e sorri, para me deixar à vontade.

– Claro – responde ela, bebendo o resto de vinho numa golada para que eu possa servir mais.

Viro para Jeff:

– Mais vinho?

– Não, obrigado – ele me diz. Para Sam, ele pergunta:

– E onde você está morando hoje em dia?

– Por aí.

A mesma resposta que tinha me dado. Só que Jeff não se dá por satisfeito. Ele baixa o garfo e encara Sam de maneira interrogativa.

– Onde exatamente?

– Nenhum lugar de que você tenha ouvido falar – responde Sam.

– Já ouvi falar de todos os cinquenta estados – Jeff diz sorrindo amigavelmente. – Inclusive, sei a capital da maioria deles.

– Acho que Sam está querendo manter isso em segredo – eu me intrometo. – Caso queira voltar pra lá e viver no anonimato.

Do outro lado da mesa, Sam gesticula a cabeça em agradecimento. Estou cuidando dela. Do jeito que ela falou que devíamos fazer. Ainda que, nesse caso pelo menos, eu esteja tão curiosa quanto Jeff.

– Tenho certeza de que ela vai acabar contando pra gente – acrescento. – Não vai, Sam?

– Talvez.

A dureza em sua voz deixa claro que não há talvez. Porém ela tentou dar uma amenizada no tom acrescentando:

– Depende do quanto a sobremesa vai estar gostosa.

– Isso não tem importância – comenta Jeff. – O importante é que vocês duas finalmente tiveram a oportunidade de entrar em contato. Sei que isso significa muito pra Quinn. Ela ficou bem abalada pelo que aconteceu com Lisa.

– Eu também – diz Sam. – Assim que ouvi falar do que aconteceu, decidi vir aqui e finalmente conversar com a Quinn.

Jeff inclina a cabeça. Com o cabelo desgrenhado e os olhos castanhos, ele parece um *cocker spaniel* diante de um osso. Faminto e alerta.

– Então você sabia que Quinn estava em Nova York?

– Há anos, acompanho tanto Quinn quanto Lisa.

– Interessante. Por que motivo?

– Curiosidade, suponho eu. Gostava de saber que elas estavam se dando bem. Ou pelo menos achava que estavam.

Jeff baixa os olhos para o prato, remexe o *linguine* de um lado para o outro com o garfo. Por fim, pergunta:

– É a primeira vez que vem a Manhattan?

– Não, já vim aqui algumas vezes.

– Quando foi a última vez?

– Décadas atrás. Quando era criança.

– Então foi antes de acontecer toda aquela coisa no hotel.

– Isso – responde Sam, olhando para Jeff do outro lado da mesa, com os olhos semicerrados, a um fio de fechar a cara para ele. – Antes de toda aquela *coisa*.

Jeff finge não notar a ênfase sarcástica na última palavra e comenta:

– Então imagino que já faz um bom tempo.

– Faz, sim.

– E o bem-estar da Quincy é a única razão que te trouxe até aqui?

Estendo o braço e dou algumas batidinhas na mão de Jeff. Um sinal silencioso de que ele está passando dos limites, indo longe demais. Ele faz a mesma coisa comigo quando visitamos minha mãe e fico argumentativa demais em relação à visão dela sobre... ah, tudo.

– Qual outra razão eu poderia ter? – questiona Sam.

– Suponho que pode ter muitas – responde Jeff, com minha mão ainda pesada sobre a dele. – Talvez esteja atrás de publicidade na esteira da morte da Lisa. Talvez precise de dinheiro.

– Não é por isso que estou aqui.

– Espero que não. Espero que só tenha vindo aqui pra ver mesmo como a Quinn está.

– Creio que essa sempre foi a vontade da Lisa – diz Sam. – Que nós três nos conhecêssemos. E nos ajudássemos, sabe?

O clima tinha mudado irrevogavelmente. A suspeita, úmida e azeda, pairava sobre a mesa. Impulsivamente, ergo minha taça. Está quase vazia mais uma vez, só resta um golinho que fico agitando no fundo dela.

– Acho que devemos fazer um brinde – anuncio. – À Lisa. Apesar de nós três nunca termos tido a oportunidade de nos encontrar, creio que ela está aqui em espírito. E também acho que ela está contente por pelo menos duas de nós estarmos finalmente juntas.

– À Lisa – repete Sam, entrando no jogo.

Sirvo mais vinho na minha taça. Depois mais na de Sam, mesmo que ela ainda esteja na metade. Nossas taças tinem alto acima da mesa, pois o brinde foi forte demais e o cristal não quebrou por um triz. Uma onda de Pinot Noir respinga por cima da borda da minha taça, espirra em cima da salada e dos *breadsticks*. O vinho penetra no pão, deixando borrões vermelhos.

Dou uma risadinha nervosa. Sam solta uma de suas gargalhadas explosivas.

Jeff, que não acha graça, me olha com o mesmo semblante que às vezes dispara na minha direção quando faço algo constrangedor em eventos de trabalho. O olhar que pergunta *Você está bêbada?*. Não estou. Bom, pelo menos ainda não. Mas entendo por que ele acha que estou.

– Então, o que você faz, Sam? – ele pergunta.

– Uma coisinha aqui, outra ali. – Ela dá de ombros.

– Entendi.

– Estou procurando emprego no momento.

– Entendi – Jeff repete.

Dou mais um golinho de vinho.

– E você é advogado?

Vindo de Sam, aquilo parece uma acusação.

– Sou. Defensor público.

– Interessante. Aposto que tem de lidar com todo tipo de pessoa.

– Com certeza.

Sam recosta-se na cadeira e põe um braço sobre a barriga. Levanta a taça de vinho com o outro e fica brincando com ela perto dos lábios. Sorrindo acima da borda, ela diz:

– E todos os seus clientes são criminosos?

Jeff espelha a postura de Sam. Reclina-se na cadeira e fica segurando a taça de vinho. Assisto ao enfrentamento entre eles, sentindo metade da refeição que comi pesando e revirando no estômago.

– Meus clientes são inocentes até que se prove o contrário – Jeff argumenta.

– O que acontece com a maioria deles, certo? É provado que são culpados.

– Pode-se dizer que sim.

– Como você se sente com isso? Saber que o cara sentado ao seu lado no tribunal usando um terno emprestado fez todas aquelas coisas de que é acusado?

– Você está me perguntando se me sinto culpado por causa disso?

– Sente?

– Não – responde Jeff. – Eu me sinto nobre por ser uma das pessoas que deu àquele cara de terno emprestado o benefício da dúvida.

– Mas e se ele tiver feito alguma coisa muito ruim mesmo?

– Ruim como? – pergunta Jeff. – Assassinato?

– Pior.

Sei aonde Sam está querendo chegar, e meu estômago dá um nó ainda maior. Ponho a mão sobre ele e esfrego de leve.

– Não dá pra ser muito pior do que assassinato – Jeff argumenta, também ciente do que Sam estava tramando, o que não o incomoda. Ele vai acompanhá-la com gosto até o limite da discussão. Já vi isso acontecer.

– Você já representou um assassino?

– Já. Na verdade, estou fazendo isso agora.

– E você gosta?

– Não interessa se gosto. Tem que ser feito.

– E se o cara matou várias pessoas?

– Mesmo assim ele precisa de defesa.

– E se for o cara que matou todas aquelas pessoas no Nightlight Inn? Ou o cara que fez aquela merda toda no Chalé Pine?

A raiva de Sam é palpável agora – uma onda de calor pulsando pela mesa. Ela começa a falar mais rápido, cada palavra subsequente vai ficando mais dura, áspera:

– Sabendo de tudo isso, você ainda se sentaria feliz ao lado do filho da puta e tentaria livrar o cara da prisão?

Jeff permanece imóvel, salvo por uma leve contração do maxilar. Ele não tira os olhos de Sam. Nem sequer pisca.

– Deve ser conveniente – diz ele – ter algo em que colocar a culpa por tudo que deu errado na sua vida.

– Jeff – falei com a garganta ressecada, a voz baixa e fácil de se ignorar. – Para.

– Quinn podia fazer isso. Deus sabe que ela tem todo o direito. Mas ela não faz. Porque ela foi capaz de deixar aquilo pra trás. Ela é forte. Ela não é nenhuma...

– Jeff, *por favor.*

– ...vítima impotente que se mandou de perto da família e dos amigos, em vez de tentar deixar no passado uma coisa que aconteceu há mais de uma década.

– Chega!

Levanto com tudo da cadeira, derrubo minha taça de vinho, o conteúdo escorre pela mesa. Enxugo com guardanapo. O tecido branco fica vermelho.

– Jeff. Quarto. Agora.

Ficamos de pé atrás da porta fechada, nos encarando, nossos corpos são um exemplo perfeito de contraste. Jeff está calmo e relaxado, com os braços ao lado do corpo. Os meus são uma camisa de força, cruzados no peito que arfa de exasperação.

– Você não precisava ser tão grosso!

– Depois do que ela falou pra mim? Acho que precisava, sim, Quinn.

– Tem que admitir, Jeff. Você meio que começou.

– Só porque estava curioso?

– Porque estava suspeitando – corrijo. – Você estava fazendo um interrogatório lá fora. Isto aqui não é tribunal. Ela não é um dos seus clientes, Jeff!

Minha voz sai muito alta e ressoa além das paredes. Jeff e eu olhamos para a porta e ficamos em silêncio, imaginando se Sam tinha nos escutado. Tenho certeza de que escutou. E mesmo que não tenha conseguido escutar minha voz cada vez mais estridente, é óbvio que estamos falando dela.

– Estava fazendo perguntas totalmente racionais a ela – Jeff se defende, baixando a voz para compensar meu volume. – Você não acha que ela estava sendo evasiva?

– Ela não quer falar sobre esses assuntos. Não posso culpá-la.

– Mesmo assim ela não tem o direito de falar comigo daquele jeito. Como se fosse eu quem a tivesse agredido.

– Ela é sensível.

– Sensível é o escambau. Ela estava me provocando.

– Ela estava se defendendo – discordo. – Ela não é nossa inimiga, Jeff. É amiga. Ou pelo menos pode ser.

– Você ao menos *quer* ser amiga dela? Até ontem, você me parecia perfeitamente feliz sem ter nada a ver com esse negócio de Garotas Remanescentes. O que foi que mudou?

– Além do suicídio da Lisa Milner?

Jeff solta um suspiro e fala:

– Sei o quanto isso te chateou. Sei que está triste e desapontada com o que aconteceu. Mas por que esse interesse repentino em ser amiga da Sam? Você nem a conhece, Quinn.

– Conheço, sim. Ela passou pela mesma coisa que eu, Jeff. Sei exatamente quem ela é.

– Só estou preocupado com a possibilidade de você começar a reviver tudo o que aconteceu se ficarem amigas. E você já deixou aquilo no passado.

As intenções de Jeff são boas. E conviver comigo nem sempre é fácil, sei disso também. O que não impede que o comentário dele me deixe ainda mais nervosa.

– Meus amigos foram *brutalmente assassinados*, Jeff. Isso é algo que nunca vou deixar no passado.

– Você sabe que não foi isso que eu quis dizer.

Suspendo o queixo, com raiva e desafiadora.

– Então o que é que você quis dizer?

– Que você se tornou mais do que uma vítima. Que a sua vida... a nossa vida... não é definida por aquela noite. Não quero que isso mude.

– Ser legal com a Sam não vai mudar nada. E não posso dizer que tenho um exército de amigos esmurrando a porta aqui de casa.

Isso não é algo que planejo admitir. Geralmente me abstenho de falar com Jeff da minha solidão. Dou sorrisos ensolarados quando ele chega em casa do trabalho e me pergunta como foi o meu dia. Ótimo, é o que sempre digo, porém meus dias são quase sempre um borrão solitário. Longas tardes que passo confeitando isolada, às vezes conversando com o forno só para ouvir o som da minha voz.

Em vez de amigos, tenho conhecidos. Ex-colegas de faculdade e de trabalho. Gente com maridos, filhos e trabalhos em escritórios e que não estão propensos ao contato regular. Gente que mantive propositadamente a distância até que nossa relação se transformasse em nada mais substancial do que ocasionais mensagens ou e-mails.

– Eu preciso disso de verdade, Jeff.

Jeff agarra meus ombros e os massageia. Olha nos meus olhos, enxerga algo fora do lugar, algo inconfesso.

– O que você está deixando de me contar?

– Recebi um e-mail – revelo.

– Da Sam?

– Da Lisa. Ela me mandou uma hora antes de...

Se matar, quero falar. Terminar o que Stephen Leibman não conseguiu fazer.

– Falecer.

– Sobre o quê?

Dito o e-mail palavra por palavra, o texto está gravado na minha memória.

– Por que ela faria isso? – ele questiona, como se eu pudesse de alguma maneira ter uma resposta.

– Não sei. Nunca vou saber. Mas por alguma razão ela estava pensando em mim pouco antes de morrer. E tudo o que *eu* consigo pensar é no fato de que, se tivesse visto aquele e-mail a tempo, podia ter salvado a Lisa.

Lágrimas se formam quentes nos cantos dos meus olhos. Pisco para tentar retê-las, em vão. Jeff me puxa, deita minha cabeça em seu peito e passa os braços com força ao redor das minhas costas.

– Jesus Cristo, Quinn. Sinto muito. Eu não sabia.

– Você não tinha como saber.

– Você não pode achar que é responsável pela morte da Lisa.

– Não acho – digo. – Mas acho, sim, que perdi uma chance de ajudá-la. Não quero que o mesmo aconteça com a Sam. Sei que ela é casca-grossa. Mas acho que precisa de mim.

Jeff dá um longo suspiro de derrota.

– Vou ser legal – ele fala. – Prometo.

A gente se beija e se recompõe, sinto o gosto salgado das lágrimas nos meus lábios. Enxugo-as quando Jeff me solta e sacode os braços para se livrar da tensão. Estico minha camisa e esfrego a mancha de lágrimas que deixei na dele. Em seguida saímos do quarto e percorremos o corredor de mãos entrelaçadas. Um *front* unificado. Na sala de jantar, encontramos a mesa desocupada e a cadeira de Sam afastada. Ela também não está na cozinha. Nem na sala de estar. No *foyer*, o cantinho junto à porta onde estava a mochila dela é agora um lugar vazio no chão.

Uma vez mais, Samantha Boyd desapareceu.

9.

Meu telefone toca às três da manhã, arrancando-me de um pesadelo em que estou correndo na floresta. Correndo Dele. Avanço aos tropeços e berro, enquanto as árvores esticam os galhos para envolver meus pulsos. Continuo correndo mesmo depois de acordada, minhas pernas estão se debatendo debaixo das cobertas. O telefone continua tocando – um barulho insistente retalhando o silêncio do quarto. Jeff, o sujeito com o sono mais pesado do mundo, condicionado a acordar somente com os sinos de Pavlov de seu despertador, nem se mexe. Para que continue assim, cubro a tela quando pego o telefone, bloqueando o brilho. Espio por entre os dedos para ver quem está ligando.

Desconhecido.

– Alô? – sussurro ao sair da cama e correr até a porta.

– Quincy?

É Sam, ouço a voz dela com dificuldade por causa do barulho onde ela está. Há muita gente falando e gritando e um estalido frenético de dedos digitando em teclados.

– Sam? – digo, já no corredor, com os olhos turvos na escuridão e o cérebro boiando em um mar de confusão. – Você desapareceu. Pra onde foi? Por que está me ligando tão tarde?

– Desculpe. Desculpe mesmo. Mas aconteceu uma coisa.

Penso que ela vai falar algo sobre Ele. Muito provavelmente por causa do pesadelo, que está grudado na minha pele como suor seco. Preparo-me para ouvir Sam me contar que Ele havia ressurgido, como eu sempre soube que ressurgiria. Não importa que Ele esteja morto. Que, com satisfação, eu O vi morrer. Em vez disso, Sam fala:

– Preciso da sua ajuda.

– Qual é o problema? O que aconteceu?

– Eu meio que fui presa.

– O *quê?*

A pergunta ecoa corredor afora, acordando Jeff. Do quarto, escuto o rangido do colchão quando ele se senta e chama o meu nome. Ao telefone, Sam fala:

– Por favor, vem me buscar. Estou no posto policial do Central Park. Traz o Jeff.

Sam desliga antes de eu ter a chance de perguntar como ela sabe o meu número.

Jeff e eu vamos de táxi para o posto policial, que fica localizado bem ao sul do lago. Passei correndo em frente a ele dezenas de vezes e sempre achei confusa sua mistura de antigo e novo. É numa construção de tijolos baixa, que está ali desde o nascimento do parque, dividida ao meio por um átrio moderno bem iluminado. Toda vez que a vejo, penso em um globo de neve. Uma vila dickensiana envolvida em vidro.

Lá dentro, peço para ver Samantha Boyd. O sargento de plantão é um irlandês de rosto avermelhado, com pelancas evidentes debaixo do uniforme. Ele checa o computador e fala:

– Não prendemos ninguém com esse nome, senhorita.

– Mas ela me falou que estava aqui.

– Há quanto tempo foi isso?

– Vinte minutos – respondo, ajeitando a camisa enfiada pela metade dentro da calça. Jeff e eu nos vestimos às pressas, pus as mesmas roupas que usei à tarde. Jeff se enfiou em uma calça jeans e uma camisa de manga comprida, o cabelo dele estava todo desgrenhado, parecendo tufos de palha em cima da cabeça.

O oficial Pelanca olha sério para a tela do computador e diz:

– Não tem nada aqui.

– Talvez já tenham soltado a moça – sugere Jeff, praticamente revelando sua vontade. – É uma possibilidade, não?

– Mesmo assim, ela estaria registrada no sistema. Talvez tenham informado o posto policial errado. Ou quem sabe você não escutou direito.

– Era este aqui – digo a ele. – Tenho certeza disso.

Analiso o espaço amplo do posto. Tem o pé-direito alto e é claro, parece mais uma estação de trem moderna do que um posto policial. A escada é elegante, a iluminação, moderníssima, e passos no chão encerado estalam ininterruptamente.

– Alguma mulher foi presa recentemente? – pergunta Jeff.

– Uma – responde o sargento, ainda analisando o computador. – Trinta e cinco minutos atrás.

– Qual é o nome dela?

– Infelizmente, isso é confidencial.

Olho para Jeff esperançosa e digo:

– Pode ser ela.

Em seguida me viro para o sargento e suplico:

– Podemos vê-la?

– Na verdade, isso não é permitido.

Jeff pega a carteira e mostra sua identidade de advogado. Ele explica, com sua polidez infalível, que é defensor público, que não estamos ali para causar problema, que uma amiga nossa alegou estar em custódia policial naquele posto policial.

– Por favor – peço ao sargento. – Estou preocupada com ela.

Pelanca se apieda e nos encaminha para outro policial, maior, mais forte e desprovido de pneuzinhos. Ele nos guia até o coração do posto policial.

O lugar emana uma vibração nervosa e cafeinada. Toda aquela iluminação institucional clareando o que, tecnicamente, são as horas mortas. Sam está lá, algemada a uma mesa.

– É ela ali – digo ao policial que nos acompanha. Ele agarra o meu braço quando tento avançar, mantendo-me no lugar. Grito o nome dela:

– Sam!

O policial à mesa se levanta e faz uma pergunta a ela. Consigo ler os lábios dele. *Você conhece aquela mulher?* Quando Sam confirma com um gesto de cabeça, o policial que está me segurando me leva gentilmente até ela, mas sua mão parece um torno no meu braço. Ele o solta quando estou bem perto do policial responsável por Sam.

– Sam? – digo. – O que aconteceu?

O policial olha para ela novamente, com a testa franzida, e pergunta:

– Tem certeza de que conhece esta mulher?

– Tem – respondo por ela. – O nome dela é Samantha Boyd e tenho certeza de que o que quer que tenha acontecido não passa de um mal-entendido.

– Não foi esse o nome que ela deu ao policial que a prendeu.

– Como assim?

O policial tosse enquanto folheia os documentos e fala:

– Aqui diz que o nome dela é Tina Stone.

Olho para Sam. A madrugada deixou suas bochechas inchadas e vermelhas. O delineador está manchado em alguns lugares – riscos negros que sangram para dentro dos círculos sob seus olhos.

– Isso é verdade?

– É – ela responde dando de ombros. – Mudei meu nome muito tempo atrás.

– Então o seu nome de verdade é Tina Stone?

– Agora é. Legalmente. Você sabe por quê.

Sei mesmo. Pensei em fazer o mesmo um ano depois do Chalé Pine, pelos mesmos motivos, Sam não tem necessidade de se explicar. Porque estava cansada de estranhos me reconhecerem vagamente quando eu era apresentada a alguém. Porque odiava a forma como o semblante das pessoas ficava congelado, ainda que só por um segundo, quando a memória delas dava o clique. Porque eu ficava enojada de saber que o meu nome e o Dele ficariam associados para sempre.

Por fim, Coop me convenceu a desistir dessa ideia. Ele falou que eu deveria manter o meu nome, uma questão de teimosia orgulhosa. Trocá-lo não separaria o nome Quincy Carpenter dos horrores no Chalé Pine. Mantê-lo, por outro lado, poderia desassociar meu nome do massacre se eu seguisse em frente e fizesse algo com a minha vida. Algo além de ser a sortuda que sobreviveu quando tantos outros morreram.

– Agora que já esclarecemos a questão do nome – diz Jeff –, alguém pode me falar do que é que ela está sendo acusada?

– Você é o advogado dela? – pergunta o policial.

Jeff suspira:

– Suponho que sim.

– A Srta. Stone – começa o policial – está sendo acusada de agredir verbalmente um policial e resistir à prisão.

Os detalhes nos chegam fragmentados, tanto de Sam quanto do policial. Jeff, calmo e sereno, faz as perguntas. Luto para ficar acordada, com a cabeça girando entre os três e o cérebro zumbindo por falta de sono. De acordo com o que fui capaz de entender, Sam, agora Tina Stone, foi a um bar em Upper West Side depois de sair do meu apartamento. Após algumas bebidas, ela saiu para fumar e viu um casal em meio a uma discussão. Estavam exaltados, de acordo com Sam.

Partiram para a agressão física. Quando o homem deu um empurrão na mulher, ela interferiu.

– Eu estava separando uma briga – alega Sam.

– Você o atacou – o policial contra-argumenta.

Ambos concordaram em um ponto: Sam acabou dando um soco no sujeito. Ele chamou a polícia quando Sam estava perguntando à mulher se ela estava bem, se brigas como aquela eram regulares e se o homem já tinha batido nela. Quando dois policiais chegaram, Sam disparou na direção de Central Park West, desaparecendo dentro do parque.

Os policiais a perseguiram, pegaram e sacaram as algemas. Foi então que Sam resistiu.

– Eles estavam me prendendo sem razão nenhuma, cacete – ela reclama.

– Você bateu em um homem – diz o policial.

– Estava tentando ajudar. – Sam alega com uma bufada. – Parecia que ele ia começar a encher a mulher de porrada. E provavelmente teria batido nela se eu não tivesse feito alguma coisa.

Frustrada pela injustiça de toda aquela situação – palavras da Sam, não minhas –, ela tentou dar um murro em um dos policiais e jogou o quepe dele no chão, o que levou à prisão dela.

– Foi só o quepe dele, pelo amor de Deus – ela conclui resmungando. – Não machuquei o policial nem nada.

– Ele teve a impressão de que era isso que você queria fazer – retruca o guarda. – Com certeza você demonstrou que tinha a intenção de machucá-lo.

– Vamos discutir isso – sugere Jeff. – Ela só foi acusada pelo que aconteceu no parque, correto?

O policial faz que sim e explica:

– O homem em quem ela bateu retirou a queixa.

– Então é óbvio que podemos dar um jeito nisso.

Jeff puxa o policial de lado. Eles deliberam junto à parede, com as vozes baixas, porém ainda altas o bastante para que eu as escute. Fico de pé ao lado de Sam, com a mão no ombro dela e os dedos afundados no couro macio de sua jaqueta. Ela não se preocupa em tentar escutar. Fica apenas olhando para a frente, rangendo os dentes.

– Isso está me parecendo um grande mal-entendido – Jeff comenta com o policial.

– Pra mim, não – contesta o guarda.

– É óbvio que ela não deveria ter feito o que fez. Mas estava tentando ajudar aquela mulher. Numa situação dessas os ânimos ficam exaltados e ela ficou um pouco alterada.

– Você está falando que as acusações deveriam ser retiradas?

O policial olha na nossa direção. Sorrio para ele, na esperança de que isso de alguma maneira ajude a persuadi-lo. Como se me ver, animada e inofensiva ao lado de Sam, inclinaria a balança a favor dela.

– Estou falando que, pra começar, ela nem deveria ter sido acusada – continua Jeff. – Se você soubesse pelo que ela passou, entenderia por que agiu daquele jeito.

Com o rosto inexpressivo, o policial pede:

– Me conta o que aconteceu com ela.

Jeff sussurra algo que não consigo entender totalmente. Capturo apenas palavras soltas. Uma delas é "Nightlight". Outra é "assassinatos". O guarda se vira para Sam novamente. Desta vez, seus olhos contêm uma mistura potente de curiosidade e pena. Já vi esse olhar mais de mil vezes. É o olhar de alguém se dando conta de que está diante de uma Garota Remanescente.

Ele sussurra algo para Jeff. Jeff sussurra também. Isso continua durante alguns segundos até que eles dão um aperto de mão e Jeff caminha depressa na nossa direção.

– Pegue suas coisas – ele diz a Sam. – Você está livre.

Do lado de fora, nós três paramos no pátio bem em frente à parede de vidro do posto policial e o sargento irlandês fica nos observando do balcão. Uma brisa gelada percorre o parque, açoitando minhas orelhas e meu nariz. Estava com pressa demais quando saímos para pensar em trazer um suéter e agora me abraçava para esquentar.

Sam fecha o zíper da jaqueta até o queixo e a gola fica levantada. Ela está com a mochila nas costas. O peso faz com que fique de lado enquanto fala.

– Obrigada por me ajudar lá dentro. Depois das merdas que falei hoje à noite, eu entenderia se me deixasse apodrecer em uma cela.

– De nada – diz Jeff. – Agora não sou mais tão bandido, sou?

Ele dá um sorrisão estilo satisfeito consigo mesmo. Desvio o olhar. Embora eu saiba que devia estar agradecida, uma onda de aborrecimento rasteja pela minha pele. Sam, todavia, *está* agradecida. Ela estica o braço com confiança, deixando à vista debaixo da manga a tatuagem com a palavra SOBREVIVENTE. Jeff olha para mim durante o aperto de mão que estão dando, com a impressão de que algo está errado. Recuso-me a fazer contato visual com ele.

Em vez de aperto de mão, Sam me dá um abraço rápido.

– Quincy, foi ótimo finalmente te conhecer.

– Espera... você está indo embora?

– Acho que já causei problemas demais. Só queria ver como você estava. Agora já tenho minha resposta. Você está ótima. Estou feliz por você, querida.

– Mas pra onde você vai?

– Por aí – responde Sam. – Se cuida, tá bom?

Ela começa a se afastar. Ou talvez apenas finja estar fazendo isso, pois sabe que vou impedi-la. É difícil ter certeza, já que a mochila faz Sam andar de modo lento e desequilibrado. Contudo, sei que não posso deixá-la sumir novamente. Não desse jeito.

– Sam, espera – chamo. – Sei que você não tem onde ficar.

Quando se vira, o vento faz o cabelo lhe chicotear o rosto e ela diz:

– Não esquenta. Vou ficar bem.

– Vai, sim. Porque vai pra casa com a gente.

10.

No minuto em que chegamos em casa, Jeff e eu deliberamos com sussurros exaustos no quarto com a porta fechada, de modo que Sam não nos escutasse da sala.

– Ela pode ficar uma noite – declara Jeff.

– A noite quase acabou – argumento, ainda brava com ele por razões que não consigo articular. – Duas noites. Pelo menos.

– Isto não é uma negociação.

– Por que você é tão contra?

– Por que você está tão entusiasmada? Ela é uma estranha, Quinn. Nem te contou o nome verdadeiro.

– Eu *sei* o nome dela. É Samantha Boyd. E não é uma estranha. É uma pessoa que passou pelas mesmas coisas que eu e que agora precisa de um lugar pra ficar.

– Estamos em Manhattan. Existem milhares de lugares aonde ela pode ir. Hotéis, por exemplo.

– Tenho certeza de que ela não tem como pagar hotel.

Jeff suspira, senta na cama, tira o sapato e continua:

– Só isso aí já é motivo pra fazer você pensar. Quem viaja de Deus sabe onde pra Nova York sem dinheiro nenhum? Ou sem um plano, aliás?

– Alguém que está muito transtornada por causa do que aconteceu com a Lisa Milner e que agora quer fazer alguma coisa a respeito.

– Ela não é responsabilidade nossa, Quinn.

– Ela veio aqui pra me ver. Isso faz dela nossa responsabilidade. *Minha* responsabilidade.

– E eu consegui retirar aquelas acusações. Acho que é caridade suficiente com alguém que a gente nem conhece.

Jeff arranca a camisa, tira a calça e sobe na cama, pronto para deixar aquela noite inteira para trás. Permaneço à porta, com os braços cruzados, emitindo ondas de raiva inconfessa.

– É. Você teve mesmo um trabalhão lá.

– Espera aí. – Jeff se senta, piscando para mim – Você está mesmo brava comigo por causa daquilo?

– Estou brava porque você não demorou nem um pouquinho pra jogar a carta da vítima. Só precisou mencionar o Nightlight Inn uma vez.

– A Sam não se importou.

– Só porque não te ouviu. Tenho certeza de que as coisas seriam diferentes se ela tivesse ouvido.

– Não vou pedir desculpas por tirá-la da cadeia.

– Nem deve. Só que pode pelo menos reconhecer que havia um jeito melhor de fazer isso. Você devia ter visto como o policial olhou pra Sam. Como se ela fosse um cachorro ferido ou coisa do tipo. Foi por isso que ela mudou de nome, Jeff. Porque não aguentava mais as pessoas com pena dela.

Mas estou com raiva dele por razões que vão além de Sam. Quando ele sussurrou para aquele policial, capturei um vislumbre de Jefferson Richards no trabalho. O advogado. O cara disposto a falar qualquer coisa por seu cliente, ainda que aquilo o reduzisse a um objeto de pena. Não gostei do que vi.

– Escuta – diz Jeff, estendendo os braços para mim. – Desculpe ter feito aquilo. Mas na hora me pareceu a maneira mais rápida de resolver a situação.

Cruzo os braços no peito com mais força ainda:

– Se os papéis estivessem trocados e eu é que estivesse presa, você teria agido do mesmo modo?

– É claro que não.

Detecto um traço de falsidade na voz dele. Há uma finura em sua voz que traz de volta o formigamento de irritação à minha pele. Coço o pescoço, tentando fazê-lo desaparecer.

– Mas é isso que eu sou, certo? – continuo. – Uma vítima? Igualzinha à Sam?

Jeff suspira frustrado e fala:

– Você sabe que é mais do que isso. E a Sam também. E enquanto ela estiver com a gente, você precisa tratá-la desse jeito.

Jeff tenta pedir desculpas mais uma vez, mas eu o interrompo dando meia-volta e abrindo a porta do quarto. Quando saio, bato-a com tanta força que as paredes tremem.

O quarto de hóspedes é pequeno, apertado e abafado. O abajur vermelho na mesinha de cabeceira lança um brilho rosado nas paredes. Devido ao horário, tudo parece cintilante e surreal. Sei que devia tentar dormir, mas não quero. Não com Sam aparentemente desperta, pulsando calor, energia e vida. Então nos aconchegamos na cama *queen*, nossos sapatos estão largados no chão e os pés enfiados debaixo do edredom para esquentar. Sam vai até a mochila que deixou em um canto e pega uma garrafa de Wild Turkey.

– Um pouquinho de ânimo – diz ela, voltando para a cama. – Acho que a gente está precisando.

Passamos o Wild Turkey uma para a outra, nós duas bebemos no gargalo. Cada golada é um caroço que desce queimando a garganta, despertando fiapos de lembranças. Janelle e eu na primeira noite em nosso dormitório. Nós duas ombro a ombro, ela bebendo *cooler* de vinho que tinha ganhado ao flertar com um calouro do outro lado do corredor. Eu dando golinhos de Coca-Cola diet. Viramos melhores amigas naquela noite. Ainda penso nela dessa maneira. Minha melhor amiga. Não importa que ela esteja na cova há dez anos e que eu saiba que nossa amizade não teria perdurado, ainda que ela tivesse sobrevivido.

– É só por esta noite, cara – comenta Sam. – Vou embora de manhã.

– Pode ficar o tempo que precisar.

– Só preciso de uma noite.

– Você devia ter me dito que está passando por dificuldades. Fico feliz em ajudar. Posso te emprestar algum dinheiro. Ou te ajudar de outro jeito qualquer.

– Tenho certeza de que vou dar a volta por cima e me dar muito bem com o seu namorado.

Dou um gole de Wild Turkey e tusso:

– Não se preocupe com o Jeff.

– Ele não gosta de mim.

– Ele ainda não te conhece, Sam – desconverso e fico um tempinho em silêncio. – Ou devo te chamar de Tina?

– Sam – ela responde. – O negócio da Tina é só uma formalidade.

– Há quanto tempo você fez isso?

Sam bebe um pouco e fala enquanto engole:

– Anos.

– Quando você desapareceu?

– É. Estava com nojo de ser Samantha Boyd, a Garota Remanescente. Queria ser outra pessoa. Pelo menos no papel.

– A sua família sabe?

Samantha balança a cabeça em negativa e me passa a garrafa antes de sair depressa da cama. Seu primeiro destino é a mochila, de onde tira um maço de cigarros. Depois vai para a janela e pergunta:

– Posso?

Autorizo dando de ombros e Sam abre a janela. Do lado de fora, nuvens difusas mancham o céu escuro como um hematoma. A energia da escuridão esvai-se. A alvorada está se aproximando.

– Preciso parar – ela comenta ao acender um cigarro. – Fumar ficou caro pra cacete.

– Sem falar que isso aí mata – eu observo.

Ela sopra a fumaça pela tela da janela.

– Essa parte não me preocupa. Já enganei a morte uma vez, não foi?

– Então você começou depois do Nightlight Inn?

– Precisava de alguma coisa pra me acalmar, sabe?

Oh, e como sei. Além do Xanax, minha válvula de escape é o vinho. Tinto, branco, de qualquer cor, não interessa. Tenho certeza de que Janelle acharia isso irônico.

– Me surpreende que você e a Lisa nunca tenham fumado – comenta Sam. – Parece tão natural pra mim.

– Tentei uma vez. Não gostei – conto antes de uma pergunta me sibilar na cabeça. – Como você sabe que Lisa nunca fumou?

– Imagino que não – responde Sam. – Ela não fala disso no livro nem em lugar nenhum.

Os primeiros dois centímetros do cigarro dela se tornam um cilindro de cinzas prestes a cair no chão. Ela se afasta da janela, sem mover a mão que segura o cigarro perto da tela enquanto estica o braço livre até a mochila e tira dela um cinzeiro portátil. De couro, ele parece uma bolsinha de moeda com fecho de pressão. Demonstrando a destreza de uma fumante de longa data, Sam o abre e, com uma batidinha, deposita a cinza dependurada no cigarro.

– Então você *leu* o livro dela? – questiono.

Sam inspira, confirma com um gesto de cabeça, expira.

– Até que ele é bom. Mas com certeza não me ajudou a lidar com o que aconteceu comigo.

– Você pensa muito naquilo?

Dou mais um gole de Wild Turkey, me acostumando com o ardor no fundo da garganta. Sam estende um braço em busca da garrafa. Quando entrego, ela dá dois goles, separados apenas por um trago no cigarro.

– Constantemente.

Ela passa a garrafa de volta para mim. Ergo-a até os lábios e minhas palavras baixas reverberam no vidro.

– Você quer conversar sobre isso?

Sam termina de fumar com um único e grande trago. Em seguida, apaga o cigarro no cinzeiro e o fecha imediatamente. Quando cerra a janela, a fumaça continua a pesar no ar do quarto, persistente como uma memória ruim.

– Você acha que aquilo só acontece em filme – ela diz. – Nunca na vida real. Pelo menos, não desse jeito. E certamente não com você. Mas aconteceu. Primeiro em uma república estudantil em Indiana. Depois em um motel na Flórida.

Ela tira a jaqueta, revelando mais do vestido preto que usa por baixo. Os braços e ombros ficam expostos, a carne é firme e de uma palidez lunática. Nas costas, logo abaixo do ombro direito, tem uma tatuagem do Anjo da Morte, com sua face esquelética momentaneamente cortada ao meio pela alça do vestido.

– Calvin Whitmer – Sam diz, subindo de volta na cama. – O Homem do Saco.

O nome incita um profundo arrepio interno. Tenho a sensação de que um bloco de gelo está emaranhado aos meus órgãos.

– Você falou o nome dele.

– Por que não falaria?

– Nunca falei o nome Dele – não preciso esclarecer. Ela sabe de quem estou falando. – Nenhuma vez.

– Isso não me incomoda – diz Sam ao pegar a garrafa da minha mão. – Penso nele o tempo todo. Eu ainda o vejo, sabe? Quando fecho os olhos. Ele tinha feito buracos para os olhos no saco. E um cortezinho bem em cima do nariz pra respirar. Nunca vou me esquecer do jeito como balançava quando respirava. Ele tinha amarrado uma cordinha ao redor do pescoço pra manter o saco no lugar.

Tenho a sensação de que outro bloco de gelo está se formando nas minhas entranhas. Pego o Wild Turkey de Sam mesmo sem ela ter terminado. Dou duas goladas, na esperança de que derretam o frio.

– Detalhes demais? – pergunta Sam.

Nego com um gesto de cabeça e falo:

– Os detalhes são importantes.
– E você? Lembra de algum detalhe?
– Alguns.
– Mas não muitos.
– Não.
– Ouvi falar que isso não existe – comenta ela. – Esse negócio todo de memória reprimida.

Dei mais uma golada, tentando ignorar a leve alfinetada de Sam. Apesar de tudo que temos em comum, ela é incapaz de espreitar dentro do meu cérebro e enxergar o buraco negro onde as memórias do Chalé Pine deveriam estar. Jamais saberá o quanto é reconfortante, porém frustrante, lembrar somente do início e do final de algo. É como sair do cinema cinco minutos depois do começo do filme e voltar bem no momento em que os créditos começam a subir na tela.

– Confie em mim – digo. – Existe, sim.
– E você não se importa de não lembrar?
– Acho que provavelmente é melhor não lembrar.
– Mas você não quer saber o que realmente aconteceu?
– Sei o resultado final – falo. – Não preciso saber de mais nada.
– Soube que ele ainda está lá – comenta Sam. – O Chalé Pine. Li num desses sites de merda sobre crimes reais.

Tinha lido a mesma matéria vários anos atrás. Provavelmente no mesmo site. Assim que a investigação terminou, o dono do Chalé Pine tentou vender a propriedade. Ninguém a quis, é claro. Não há nada que faça despencar mais o preço de um terreno do que sangue no solo. Quando o dono faliu, o imóvel passou para o nome dos credores. Eles também não conseguiram vender. Então o Chalé Pine continua sendo uma lápide do tamanho de uma cabana na mata da Pensilvânia.

– Você alguma vez já pensou em voltar lá e dar uma olhada? – pergunta Sam. – Talvez te ajude a lembrar.

Só a ideia de fazer isso me dá náuseas.

– Nunca – respondo.
– Você pensa nele?

É óbvio que ela quer que eu fale o nome Dele. A expectativa pulsa em sua pele como calor corporal.

– Não – minto.
– Imaginei que você ia falar isso – diz Sam.

– É verdade.

Dou outro gole de Wild Turkey e olho para a garrafa, surpresa pela quantidade que bebemos. Na verdade, pela quantidade que *eu* bebi. Sam, me dou conta, mal tocou nela. Fecho os olhos, balançando um pouco. Sinto-me oscilando a um fio de ficar bêbada. Um gole mais completará o serviço.

Inclino a garrafa para trás, dou duas goladas, saboreio a queimação. A voz de Sam ficou baixinha e distante, ainda que ela esteja bem ao meu lado.

– Você age como se tivesse superado totalmente o que aconteceu, mas isso não é verdade.

– Você está errada – contesto.

– Então prova. Me fala o nome dele.

– A gente devia tentar dormir – sugiro, olhando para a janela e o céu cada vez mais claro. – Está tarde. Ou cedo.

– Não há motivo pra ter medo – insiste Sam.

– Não tenho.

– Ele não vai voltar à vida por causa disso.

– Eu sei.

– Então por que você está sendo tão covarde?

Ela fala igualzinho à Janelle. Cutuca. Espeta. Fica me instigando a fazer algo que não quero. A irritação incha dentro de mim, com um quê de raiva. Quando tento reprimi-la com mais Wild Turkey, me dou conta de que Sam tomou a garrafa da minha mão.

– Você sabe, né? – continua Sam – Que está sendo uma covarde.

– Já chega, Sam.

– Se já superou mesmo o que aconteceu, então um simples nome não devia ter essa importância toda.

– Vou pra cama.

Sam agarra meu braço quando tento ir embora. Dou um puxão para me livrar dela, escorrego da cama e caio no chão. Com força. A dor se espalha pelo quadril.

Bêbada tanto de Wild Turkey quanto de falta de sono, preciso me esforçar um pouco para ficar em pé. O uísque sacode ácido no meu estômago. Fico zonza. Sam piora as coisas ao dizer:

– Queria que você falasse.

– Não.

– Só uma vez. Por mim.

Volto-me para ela, totalmente desequilibrada:

– Por que você está dando tanta importância pra isso?

– Por que você se recusa tanto?

– Porque Ele não merece ter o nome pronunciado! – grito e minha voz ecoa alta no silêncio pré-aurora. – Depois do que Ele fez, ninguém deve pronunciar a porra daquele nome!

Sam arregala os olhos. Ela sabe que me pressionou além da conta.

– Não precisa pirar por causa disso.

– Parece que preciso, sim – discordo. – Estou fazendo o favor de deixar você dormir aqui.

– Está mesmo. Não pense que não sei disso.

– E se a gente vai ser amiga, também precisa saber que não falo do Chalé Pine. Deixei aquilo no passado.

Sam olha para baixo, está com as duas mãos na garrafa, segurando-a entre os seios.

– Desculpa. Não queria ser tão escrota.

Tenho um momento de sobriedade quando chego à porta, esfregando o quadril que bati no chão e fazendo das tripas coração para não demonstrar o quanto estou bêbada.

– Talvez você esteja certa. Talvez seja melhor ir embora de manhã.

Depois de falar com coerência, a embriaguez se apodera novamente de mim. Saio cambaleando do quarto e preciso de várias tentativas para conseguir fechar a porta. E na hora de entrar no meu quarto, tenho mais uma briga com a porta.

Jeff está meio acordado quando despenco na cama e murmura:

– Escutei gritos.

– Não é nada.

– Tem certeza?

– Tenho – respondo, exausta demais para falar mais qualquer coisa.

Antes de pegar totalmente no sono, um pensamento atravessa meu cérebro esfiapado. É um lampejo de memória – uma lembrança nada bem-vinda. Ele, no momento em que nos vimos pela primeira vez. Antes de a matança começar. Antes de ele se tornar Ele.

Um segundo pensamento chega, mais perturbador do que o primeiro.

Sam quer que eu me lembre.

Só não entendo por quê.

CHALÉ PINE

5H03 DA TARDE

Janelle decidiu que queria explorar a mata, sabendo muito bem que o grupo havia concordado de antemão em obedecer a todos os comandos da aniversariante. Então saíram, tropeçando nas árvores que praticamente acotovelavam-se contra o deque na parte de trás da cabana.

Craig, o ex-escoteiro, liderava o caminho com uma determinação quase ridícula. Foi o único que levou calçados adequados – bota de caminhada com meia grossa até a panturrilha para protegê-la de galhos. Ele levava um bastão de caminhada de um comprimento absurdo e o batia no chão com um ritmado baque surdo.

Quincy e Janelle iam logo atrás dele, menos sérias. De calça jeans, suéteres listrados e Keds nada práticos, elas abriam caminho chutando as folhas que cobriam o solo da floresta. Mais folhas continuavam a cair, o sol de fim de tarde brilhava através das folhas secas que se desprendiam das árvores, rodopiando no ar até chegarem ao chão. Estrelas cadentes salpicadas de vermelho, laranja e amarelo.

Janelle agarrou uma folha que caía e a enfiou atrás da orelha, o laranja flamejante contrastava com o cabelo castanho-avermelhado.

– Exijo uma foto – disse ela.

Quincy foi compelida a fazer duas fotos antes de se virar e tirar uma de Betz, que penava atrás com passos pesados, como tinha feito o dia todo. Para ela, a viagem era mais um fardo do que um presente. Um fim de semana de sofrimento.

– Sorria – ordenou Quincy.

Betz fechou a cara e reclamou:

– Vou sorrir quando esta caminhada acabar.

Quincy tirou foto dela mesmo assim, antes de passar para Amy e Rodney, que caminhavam como se fossem um só, com os quadris praticamente colados. Como eram inseparáveis, todo mundo começou a chamá-los de Ramdy.

Amy estava com uma das camisas de flanela de Rodney e as mangas eram tão compridas que cobriam até seus dedos. Ao lado dela, Rodney lembrava um urso-cinzento, com seu desleixo de doidão e um tufo de cabelo do peito saindo pela gola V da camisa. Ao verem Quincy, se agarraram e fizeram careta.

– É isso aí – elogiou Quincy. – Façam amor para a câmera.

– Pessoal aí de trás, dá pra agilizar? – gritou Craig, quando começaram a subir um pequeno morro. Folhas caídas deixavam o chão escorregadio, Janelle e Quincy deram as mãos e puxaram uma a outra alternadamente subida acima.

– Sem brincadeira, é melhor você não ficar pra trás – disse Janelle, com a autoridade de um guia turístico. – Essa mata é assombrada.

– Deixa de bobagem – retrucou Rodney.

– É verdade. Uma tribo indígena viveu aqui milhares de anos atrás. Aí o homem branco veio e os exterminou. O sangue deles está nas nossas mãos, pessoal.

– Não estou vendo nada – disse Rodney, virando as mãos e examinando-as zombeteiramente.

– Para com isso – repreendeu Amy.

– Seja como for – continuou Janelle –, dizem que os espíritos desses índios assombram esta mata e estão prontos pra matar qualquer homem branco que virem. Então fica esperto, Rodney.

– Por que eu?

– Porque o Craig é forte demais pra ser derrotado por um fantasma, de índio ou de outro tipo qualquer – comentou Quincy.

– E você?

– Falei que o *homem* branco os matou – justificou Janelle. – Somos mulheres. Eles não têm treta nenhuma com a gente.

– Morreu gente aqui de verdade.

Foi Betz quem falou. A silenciosa e observadora Betz. Ela olhou para todos eles com os olhos grandões ligeiramente assustados.

– Um cara da minha turma de Literatura Universal me contou – ela continuou. – Um casal de namorados que estava acampando na mata no ano passado foi morto. Um homem e uma mulher. A polícia os encontrou esfaqueados na barraca.

– Pegaram a pessoa que fez isso? – perguntou Amy, agarrando-se ainda mais em Rodney.

Betz balançou a cabeça antes de dizer:

– Não que eu saiba.

Ninguém falou mais nada enquanto subiam o restante do morro. Até mesmo o barulho dos passos no chão coberto de folhas pareceu ficar mais silencioso, permitindo que eles, mesmo sem querer, ficassem mais atentos aos ruídos de alguém na mata. Nesse novo e sorrateiro silêncio, Quincy teve a sensação de que não estavam sozinhos. Ela sabia que era bobeira. Apenas um subproduto do que Betz tinha lhes contado. Mesmo assim, não conseguia se livrar da sensação de que havia alguém na mata com eles. E que não estava nada longe. Observando.

Um galho quebrou ali perto. A menos de dez metros. Escutar aquilo fez Quincy esganiçar um quase grito. O que deflagrou uma reação em cadeia de gritinhos quase simultâneos de Janelle, Betz e Amy. Já Rodney deu uma risada e falou:

– Meu Deus. Isso tudo é nervoso?

Ele apontou para a fonte do barulho – um mero esquilo, o rabo dele era uma bandeira branca tremulando acima de um arbusto. O restante do pessoal começou a rir. Inclusive Quincy, que se esqueceu instantaneamente de como estava se sentindo tensa alguns míseros momentos antes.

No topo do morro, encontraram uma pedra grande e plana do tamanho de uma cama *king size*. Dezenas de nomes estavam cravados nela – vestígios de jovens como eles que haviam feito a mesma trilha. Rodney pegou uma pedra afiada e começou a acrescentar seu nome à lista. Havia latas de cerveja e guimbas de cigarro espalhadas ao redor da pedra. Uma camisinha desenrolada dependurada em um galho comprido e magrelo em uma árvore nova ali perto induziu Janelle e Quincy a darem gritinhos de nojo.

– Talvez você e Craig possam fazer aquele negócio aqui em cima – sussurrou Janelle. – Pelo menos não vai faltar proteção.

– *Se* a gente fizer – disse Quincy –, com certeza não vai ser em uma pedra que, ao que tudo indica, é fonte de DST.

– Peraí... você ainda não decidiu?

– Decidi não decidir. – Mas, na verdade, ela já tinha se resolvido. Concordar dormir na mesma cama que Craig selava esse acordo particular. – Vai acontecer quando acontecer.

– É melhor acontecer rápido – sugeriu Janelle. – O Craig é carne de primeira, Quinn. Tenho certeza de que tem um monte de meninas loucas pra dar uma experimentada.

– Metáfora interessante – Quincy comentou com indiferença.

– Só estou falando pra você não esperar tempo demais a ponto do Craig perder o interesse.

Quincy olhou para Craig, que tinha subido no topo da rocha e observava o horizonte. Ele estava interessado em mais do que apenas sexo. Quincy tinha certeza disso. Haviam sido amigos antes, se conheceram no primeiro dia de faculdade e passaram todo o ano de calouros comprometidos com um lento e florescente flerte. Só começaram a namorar no final de agosto, quando os dois voltaram para o *campus* e se deram conta do quanto tinham sentido falta um do outro durante o verão. E se Quincy tinha começado a perceber alguma impaciência em relação ao sexo da parte de Craig, ela a atribuíra ao desejo e não à frustração reprimida que Janelle estava insinuando.

Empoleirado na pedra, Craig pegou Quincy olhando para ele. Ela levantou a câmera e falou:

– Sorria.

Ele não apenas sorriu. Ficou de pé com os punhos na cintura e o peito estufado, como o Super-Homem. Quincy riu. O obturador da câmera fez um clique.

– Como é a vista? – perguntou ela.

– Bem legal.

Craig estendeu o braço e a ajudou a subir na pedra ao seu lado. Eles estavam mais altos do que Quincy imaginava, dava para ver como o restante da floresta despencava de maneira íngreme por mais dois quilômetros antes de terminar em um vale cheio de sombras. Os outros se juntaram a eles, e Janelle exigiu outra foto.

– Foto em grupo – ela anunciou. – Todo mudo tem que aparecer. Até você, Quincy. Os seis se aproximaram e Quincy, com o braço esticado, foi organizando o pessoal até estarem todos enquadrados. Depois que a foto foi tirada, Quincy analisou sua composição desvairada. Foi então que ela notou algo bem distante atrás deles. Uma construção gigantesca, que ficava no meio do vale e tinha paredes cinza pouco visíveis em meio às árvores.

– O que é aquilo? – perguntou Quincy, apontando.

Janelle deu de ombros e respondeu:

– Não faço nem ideia.

Betz, a sabe-tudo da turma, tinha a resposta. É claro.

– É um manicômio – informou ela.

– Jesus Cristo! – exclamou Amy. – Você está tentando deixar a gente morto de medo de propósito?

– Só estou contando pra vocês. É um hospital pra gente doida.

Quincy olhou para o manicômio. Uma brisa lá embaixo no vale farfalhou as árvores ao redor dele, dando ao lugar um ar instável e desassossegado. Quase como se a própria construção estivesse viva. Havia uma tristeza inequívoca no manicômio. Quincy a sentiu emanar do vale e percorrer todo o caminho até o topo da pedra. Imaginou uma nuvem de tempestade pairando permanentemente sobre o local, invisível, porém de uma presença intensa.

Ela estava prestes a tirar uma foto dele, mas desistiu. Só a ideia de manter aquela imagem na câmera era perturbadora.

De pé ao lado de Quincy, Craig observou o céu. O sol estava abaixo da linha das árvores e se tornou um brilho flamejante que aquecia a mata. Árvores fatiavam a luminosidade, e as sombras compridas gradeavam o chão da floresta.

– Temos que voltar – alertou ele. – É melhor não estarmos do lado de fora quando escurecer.

– É, gente, por causa dos fantasmas dos índios – acrescentou Janelle.

Quincy completou:

– E dos doidos.

Eles demoraram a ir embora porque Rodney insistiu em terminar a desfiguração da pedra. Acrescentou o nome de Amy abaixo do seu, conectando os dois com um sinal de mais e rodeando-os com um coração rabiscado às pressas. Em seguida, partiram e seguiram pelo mesmo caminho. Não demoraram quase nada para chegar ao terreno plano que levava à cabana; a subida os tinha feito achar que o percurso era maior do que realmente era. No total, a distância entre a pedra plana e o Chalé Pine tinha menos de oitocentos metros.

Mesmo assim, o sol já tinha se posto por completo na hora em que saíram da mata, dando à cabana um brilho rosado e outonal. Sombras rastejavam da linha das árvores e roçavam sua fundação de pedras brutas. Craig, ainda na dianteira, parou de repente. Quando Quincy trombou no namorado, ele a empurrou de leve para trás.

– Mas que...

– *Shhhh* – fez ele, apertando os olhos na direção das meias sombras reunidas no deque do quintal.

Por fim, Quincy viu o motivo pelo qual Craig parou. Os outros também. Havia alguém no deque. Um estranho com a lateral das mãos encurvadas encostadas na janela da porta de trás, espiando lá dentro.

– Ei! – chamou Craig, seguindo em frente com o bastão de caminhada empunhado como uma arma.

O estranho à porta, um homem que Quincy agora conseguiu enxergar, se virou, assustado.

Parecia ter a idade deles. Talvez alguns poucos anos a mais. Era difícil afirmar por causa dos óculos, que refletiam a luz moribunda e obscurecia seus olhos. Era magro, alto e meio desengonçado, estava com os braços bem pressionados ao lado do corpo contra seu suéter bege de lã com detalhes em ponto-trança. Havia um buraco do tamanho de uma moeda de dez centavos no ombro, pelo qual se via uma camisa branca. A calça era de veludo cotelê verde, puída nos joelhos e tão larga na cintura que ele tinha que enganchar um dedo indicador na presilha do cinto para impedir que ela descesse.

– Desculpem-me se assustei vocês – cada palavra saía cheia de hesitação, como se ele não soubesse muito bem o que dizer. Falava inglês como um estrangeiro, de maneira pausada e formal. Quincy tentou captar algum sotaque, mas não identificou. – Estava vendo se tinha alguém aqui.

– É a gente que está ficando aí – disse Craig, dando mais um passo à frente, a coragem dele impressionava Quincy, o que podia ser mesmo o plano dele.

– Olá – cumprimentou o estranho levantando a mão que não estava enganchada na calça.

– Você está perdido? – perguntou Janelle, com mais curiosidade do que medo.

– Mais ou menos. Meu carro quebrou a alguns quilômetros daqui. Caminhei a tarde toda até que finalmente vi a entrada pra esse lugar e tive esperança de que alguém aqui pudesse me ajudar.

Janelle separou-se do grupo, saiu da mata e atravessou o deque com três passos firmes e decididos. O estranho retraiu-se. Por um momento, Quincy achou que ele iria fugir às pressas, saltitando como um veado assustado na floresta. Porém ele permaneceu no lugar e ficou completamente imóvel enquanto Janelle lhe analisava o cabelo escuro emaranhado, o nariz um pouco torto e as curvas levemente sexy de seus lábios.

– A tarde toda, é? – questionou ela.

– Quase toda.

– Você deve estar cansado.

– Um pouco.

– Devia entrar e participar da festa com a gente – convidou Janelle, apertando a mão livre dele enquanto o dedo indicador da outra permanecia agarrado à presilha do cinto. – Sou Janelle. Aqueles são meus amigos. É meu aniversário.

– Feliz aniversário.

– Qual é o seu nome?

– Sou Joe – o estranho cumprimentou com um gesto de cabeça, seguido por um sorriso cuidadoso. – Joe Hannen.

11.

Já passam das dez quando acordo. O lado de Jeff na cama já se encontra vazio há tempo, os lençóis ali estão frios sob a palma da minha mão. No corredor, paro diante do quarto de hóspedes. Pela porta aberta percebo que Sam ainda está aqui. A mochila dela permanece no canto e o Wild Turkey continua na mesinha de cabeceira, com apenas três dedos do líquido âmbar.

Uma onda de barulhos explode na cozinha – gavetas fechando, panelas batendo. Encontro Sam lá com um avental branco jogado por cima de uma camisa do Sex Pistols e calça jeans preta.

Minha cabeça dói menos por causa do Wild Turkey do que por causa das circunstâncias surreais nas quais ele foi consumido. Embora os acontecimentos da noite anterior sejam nebulosos, não tenho dificuldade de me lembrar das reiteradas tentativas de Sam para me fazer falar o nome Dele. Estou com raiva tanto dela quanto da lembrança.

Sam sabe disso. Posso afirmar pelo jeito sem graça com que sorri ao me ver. Pela caneca de café que ela quase enfia na minha mão. Pelo cheiro de *blueberry* que emana do forno.

– Está confeitando?

Sam confirma com um gesto de cabeça e fala:

– *Muffin* de limão e *blueberry*. Achei a receita no seu blog.

– Acha que vai me impressionar?

– Provavelmente, não. Apesar de eu ter essa esperança.

Secretamente, estou impressionada. Ninguém confeitou nada para mim desde que meu pai morreu. Nem Jeff. Porém aqui está Sam, de olho no *timer* do forno, que faz a contagem regressiva. Reluto, mas me sinto comovida.

Ela retira os *muffins* do forno, sem chegar nem perto de dar a eles tempo suficiente para esfriar antes de virar a fôrma. Os bolinhos caem na bancada espalhando farelo e pelotas de *blueberry*.

– Como me saí, professora? – pergunta Sam, lançando-me um olhar esperançoso.

Dou uma mordiscada avaliativa. Estão um pouquinho secos, o que me diz que ela pôs pouca manteiga. Também está faltando muito açúcar, o que anula a fruta. Em vez de limão e *blueberry*, o *muffin* está com gosto de massa. Dou um golinho de café. Está forte demais. O gosto amargo na língua sangra junto com minhas palavras.

– Precisamos conversar sobre ontem à noite.

– Eu fui uma escrota – admite Sam. – Você está sendo tão legal e eu...

– Não falo sobre o Chalé Pine, Sam. Isso está fora de cogitação, ok? Estou concentrada no futuro. Você deveria fazer o mesmo.

– Entendi. E queria poder te recompensar de alguma maneira. Se você me deixar ficar um pouco mais, é claro.

Sam respira fundo, esperando que eu dê uma resposta. Deve ser uma encenação. Parte de mim acha que ela está certa de que vou deixá-la ficar. Do mesmo jeito que ela estava certa de que não a deixaria ir embora cambaleando com a mochila ontem à noite. Só que não tenho certeza de nada.

– Só mais um dia ou dois – acrescenta ela, já que permaneci calada.

Dou outro golinho de café, mais pela cafeína do que pelo gosto, e pergunto:

– Por que você realmente está aqui?

– Querer te conhecer não é suficiente?

– Devia ser – respondo. – Mas esse não é o único motivo. Todas essas perguntas. Toda essa provocação.

Sam pega um *muffin* estropiado, põe na bancada, confere as unhas em busca de farelo e pergunta:

– Quer mesmo saber?

– Se você vai continuar a ficar aqui, preciso saber.

– Certo. Hora de contar a verdade. Sem enrolação – fala Sam, antes de respirar fundo, como uma criança prestes a se enfiar debaixo d'água. – Vim porque queria ver se você está com tanta raiva quanto eu.

– Com raiva por causa do que a Lisa fez?

– Não. Com raiva por ser uma Garota Remanescente.

– Não.

– Não o quê? Não está com raiva ou não é uma Garota Remanescente?

– Não para as duas coisas.

– Talvez devesse estar.

– Deixei isso no passado.

– Não foi isso que falou para o Jeff ontem à noite.

Então ela *tinha* escutado nós dois discutindo no quarto. Talvez parte da discussão. Provavelmente toda ela. Definitivamente, o suficiente para fazê-la fugir noite adentro.

– Sei que você não deixou aquilo no passado – afirma Sam. – Igual a mim. E nunca vamos deixar aquilo no passado a não ser que a gente dê uma de Lisa Milner. Demos muito azar, querida. A vida nos engoliu, depois cagou e todo mundo só quer que a gente supere e aja como se nada tivesse acontecido.

– Pelo menos a gente sobreviveu.

Sam levantou o pulso e exibiu a tatuagem:

– É claro. E a sua vida é perfeita desde então, né?

– Estou bem – digo, estremecendo por estar parecendo minha mãe. Ela usa essa frase como uma adaga, defendendo-se de toda emoção. *Estou bem*, ela falou para todo mundo no funeral do meu pai. *Eu e a Quincy estamos bem.* Como se nossas vidas não tivessem sido totalmente estilhaçadas no período de um ano.

– É óbvio – diz Sam.

– O que você quer dizer com isso?

Ela enfia a mão no bolso da frente da calça jeans, pega um iPhone e o joga na bancada em frente a mim. O movimento faz a tela dele acender, revelando a inequívoca imagem do pênis de um homem.

– Vou me atrever a dizer que esse telefone aí não é do Jeff – desafia Sam. – E que também não é seu.

Olho para o outro lado da cozinha, o café e o *muffin* azedam de repente no meu estômago. A gaveta trancada – a *minha* gaveta – está aberta. Há arranhões escuros com um formato estrelado ao redor do buraco da fechadura.

– Você arrombou a fechadura?

Sam levantou o queixo, confirmou com um gesto de cabeça que demonstrava estar satisfeita consigo mesma e falou:

– Uma das minhas habilidades.

Corri até a gaveta aberta para me certificar de que meus objetos secretos ainda estavam lá. Peguei o estojo prata e conferi meu reflexo no espelho. Fiquei surpresa com o cansaço no meu semblante.

– Falei pra você não mexer nela – digo mais constrangida do que furiosa.

– Relaxa. Não vou contar pra ninguém – afirma Sam. – Pra ser honesta, é um alívio saber que existe alguma coisa sombria por baixo de toda essa palhaçada de dona de casa feliz.

A vergonha me atinge as bochechas. Viro-me, inclino-me sobre a bancada e minhas mãos espalmadas escorregam no farelo de *muffin*.

– Não é o que você está pensando.

– Não estou te julgando. Você acha que nunca roubei nada? Qualquer coisa que você imaginar eu provavelmente já roubei. Comida. Roupa. Cigarro. Quando se é pobre como eu, você supera a culpa rapidinho – Sam mergulha a mão na gaveta e pega um batom roubado. Dá uma girada nele e, fazendo um círculo perfeito com a boca, passa a ponta vermelho-cereja nos lábios. – O que você acha? Essa cor fica boa em mim?

– Isso não tem nada a ver com o que aconteceu no Chalé Pine – afirmo.

– Certo – ela responde, dando um estalo com os lábios. – Você é completamente normal.

– Vai se foder!

Ela sorri. Um sorriso de lábios cor de cereja brilha como neon.

– Aí, é disso que estou falando! Me mostra alguma emoção, Quinn. É por *isso* que quero que você fale o nome dele. Foi por *isso* que arrombei a sua gaveta de mimos. Quero ver você ficar com raiva. Você conquistou essa fúria. Não tente escondê-la atrás do seu site cheio de bolos, *muffins* e pães. Você é perturbada. Eu também. Não tem problema admitir isso. Somos estragadas, querida.

Dou uma espiada dentro da gaveta de novo, olho para cada um dos itens como se fosse a primeira vez e me dou conta de que Sam está certa. Só mesmo uma mulher muito perturbada roubaria colheres, iPhones e estojos prateados. A humilhação agarra meu corpo e me aperta de leve. Passo por Sam e caminho sem graça até o armário em que o Xanax está guardado. Jogo um comprimido na palma da mão.

– Você tem o suficiente pra dividir com a classe toda?

Olho muda para ela, minha mente está em outro lugar, os neurônios concentrados unicamente em colocar aquele comprimido azul-claro dentro do corpo.

– O Xanax – diz Sam. – Me dá um.

Ela arranca o comprimido da minha mão. Em vez de engoli-lo, tritura-o com os dentes como se fosse uma bala. Tomo o meu como de costume, engolindo-o com refrigerante de uva.

– Método interessante – comenta Sam, passando a língua pelos dentes para catar os grãozinhos desgarrados.

Dou mais um gole de refrigerante e falo:

– Uma colherada de açúcar. A música não mente.

– O jeito de tomar não interessa, o importante é bater. Me dá mais um – diz Sam estendendo a mão.

Dou um piparote no frasco para colocar outro comprimido na mão dela. Ele fica ali, aninhado como um minúsculo ovo de passarinho, enquanto Sam fica me olhando com uma expressão de curiosidade.

– Você não vai tomar mais?

Não é uma pergunta. É um desafio.

De repente, sinto que estamos fazendo um *replay* da tarde anterior. Novamente na cozinha, Sam me observa, e eu, inexplicavelmente, quero impressioná-la.

– Claro – digo.

Tomo outro Xanax, com mais um gole de refrigerante. Em vez de mastigar o dela, Sam gesticula para que eu lhe passe a garrafa de refrigerante. Ela toma dois goles vigorosos e termina com um pequeno arroto.

– Você tem razão. Assim ele desce mais fácil. O terceiro é só pra garantir – diz ela estendendo a mão.

Desta vez, tomamos os comprimidos simultaneamente, passando o refrigerante rápido de uma para a outra. Todo esse Xanax deixou um ponto amargo na minha língua, que fica ainda mais evidente por causa da gosma pegajosa do refrigerante de uva se espalhando pelos meus dentes. Rio do ridículo daquela situação. Somos duas sobreviventes de massacres mandando Xanax para dentro. Lisa não teria aprovado.

– Estamos de bem? – pergunta Sam.

A luz branda da manhã entra pela janela da cozinha e recai sobre o rosto dela. Apesar de maquiada, a luz do sol expõe pequenos aglomerados de rugas começando a se formar ao redor dos olhos e nos cantos da boca. Elas atraem meu olhar do mesmo jeito que um Van Gogh me atrai, estou sempre em busca de vislumbres da tela escondidos entre os torrões de tinta. Essa é a verdadeira Sam que estou procurando. A mulher atrás da máscara de garota durona.

O vislumbre que consigo agora me fascina de um jeito sombrio. Vejo alguém que ainda está tentando entender aquilo em que sua vida se transformou. Vejo alguém solitário, triste e que não tem certeza de nada.

Vejo a mim mesma, e o reconhecimento faz meu corpo vibrar de alívio por existir alguém exatamente como eu.

– Estamos. Estamos de boa, sim.

O Xanax bate quinze minutos depois, quando estou tomando banho. Meu corpo amolece e tenho a sensação de que a água do chuveiro está penetrando nos meus poros, espalhando-se dentro de mim, me preenchendo. Visto-me como se estivesse em uma nuvem – leve e flutuante –, percorro o corredor e me encontro com Sam aguardando à porta, também flutuando e com os olhos sorridentes.

– Vamos nessa – ela diz com a voz abafada, suave. Uma ligação de longa distância.

– Pra onde? – pergunto, soando como outra pessoa. Alguém mais feliz e despreocupada. Alguém que nunca ouviu o nome Chalé Pine.

– Vamos nessa – repete Sam.

Então vou, pego minha bolsa antes de segui-la pelo corredor, elevador, *lobby* e pela rua, onde a luz do sol cintila sobre nós, dourada, quente e radiante. Sam também está radiante, seu cabelo reflete o laranja do sol e o rosto está rosado. Tento parar em frente de todas as portas pelas quais passamos, para conferir meu reflexo no vidro e ver se também estou radiante, mas Sam me puxa para dentro de um táxi que ela chamou sem que eu sequer a tenha visto levantar a mão para dar sinal.

Seguimos flutuando pela densidade fumegante da cidade, em seguida pelo Central Park, onde uma brisa de outono escoa pela janela do táxi, aberta uns cinco centímetros. Fecho os olhos, sentindo a carícia do ar até o táxi parar e Sam começar a me puxar novamente, o que eu mal sentia.

– *Aqui* estamos – diz ela.

Aqui é a Quinta Avenida. *Aqui* é a fortaleza de concreto da Saks. *Aqui* somos nós duas flutuando pela calçada, atravessando portas, passando por iluminados balcões de perfume, por fragrâncias tão fortes que quase consigo enxergá-las estendendo-se com tons de rosa e lavanda. Sigo o rastro de Sam no ar colorido e subo uma escada rolante. Ou talvez nem estejamos subindo. Talvez seja apenas minha sensação. Flutuo pelo departamento feminino, onde surge outro arco-íris que se materializa em listras de algodão, seda e cetim.

Outras mulheres perambulam de um lado para o outro. Vendedoras entediadas, supervisoras arrogantes e adolescentes indiferentes que deviam estar na escola, mas estão ali, suspirando para seus celulares. Julgam-nos com seus olhares, isso quando se dão ao trabalho de olhar.

Inveja. Sabem que somos especiais.

– Oi – cumprimento uma delas dando uma gargalhadinha.

– Adorei essa saia – Sam comenta com outra.

Ela me leva até uma prateleira de blusas. As brancas eram salpicadas de cores exuberantes. Sam pega uma, segura na frente do corpo e pergunta:

– O que você acha?

– Essa ia ficar *maravilhosa* em você – respondo.

– Sério?

– É, você tem que experimentar.

Sam faz um bolinho com a blusa.

– Me dá sua bolsa – ela pede.

Minha bolsa. Esqueci que a tinha trazido. Então um rompante de esclarecimento rasga minha vertigem, isso acontece de maneira tão repentina que fico tonta.

– Você não vai roubá-la – digo.

Sam não tem expressão no rosto. O brilho dourado na pele acinzenta-se.

– Não é roubo se você merece. E depois do que a gente passou, querida, eu diria que merecemos isso demais. Bolsa, por favor.

Com os braços entorpecidos a ponto de mal conseguir senti-los, passo a bolsa para Sam. Ela a enfia debaixo do braço e desaparece dentro do provador. Quando estou sozinha, um brilho dourado captura meus olhos e me sinto obrigada a segui-lo pela loja. É um pequeno mostruário de acessórios – cintos finos, braceletes robustos e colares de contas. Porém o que me chama a atenção é um par de brincos. Os dois objetos ovais dependurados me fazem lembrar de espelhos gêmeos, que capturam a luz e incandescem.

Radiantes. Como eu. Como Sam.

Pego um deles com o dedo, a luz resplandece. Meu reflexo é refletido dentro dele, um rosto ovalado e pálido.

– Você quer esses brincos, não quer?

É Sam, que tinha saído do provador e se materializado de repente atrás de mim, sussurrando ao meu ouvido.

– Vai em frente. Você sabe o que fazer.

Ela empurra a bolsa de volta para os meus braços. Mesmo sem olhar, sei que a blusa está ali dentro. Ela irradia um calor que faz a bolsa inteira pulsar. Abro apenas uma pequena parte do zíper. Dentro dela há um filete de seda branca borrifado de cores.

– Não vai machucar ninguém – encoraja Sam. – Você é quem foi machucada, Quinn. Você, Lisa e eu.

Sam flutua até uma prateleira de suéteres. Pega um punhado em cada mão e os joga no chão, os cabides batem uns nos outros ruidosamente. O barulho atrai uma vendedora, que dispara na direção de Sam.

– Sou tão desastrada – ela se desculpa.

Essa é a deixa para mim. Enquanto Sam e a vendedora recolhem os suéteres caídos, pego depressa os brincos no mostruário e os jogo na bolsa. Em seguida, saio caminhando depressa da cena do crime. Estou a meio caminho da saída do departamento feminino quando Sam me alcança. Ela agarra meu pulso, me dá um puxão para diminuir a velocidade e sussurra:

– Calma, querida. Não há necessidade de levantar suspeita.

Mas nós *somos* suspeitas. E tenho certeza de que todas aquelas vendedoras entediadas, supervisoras orgulhosas e adolescentes indiferentes que deveriam estar na escola sabem o que fizemos. Acho que vão nos encarar quando passarmos, mas ninguém faz isso. Estamos tão radiantes que ficamos invisíveis.

Somente um homem nos nota. Um cara de uns vinte e poucos anos, calça jeans rasgada, camisa polo da Brook Brothers e tênis preto brilhante com listras vermelhas na lateral. Ele nos vigia de trás de um dos balcões de perfumes, para no meio de uma borrifada e fica nos observando flutuar até a porta. Eu o observo também e percebo que algo dá um clique nos olhos dele. Isso me preocupa.

– Descobriram a gente – falo para Sam. – Segurança.

Meu coração começa a fazer polichinelos no peito, a bater cada vez mais rápido. Fico com medo, agitada, ofegante e exausta. Quero correr, mas Sam continua a me segurar pelo braço, mesmo quando o homem solta a colônia, pega um jornal no balcão e começa a nos seguir. Ele chama:

– Com licença.

Sam xinga entredentes. Meu coração bate ainda mais rápido.

– Com licença – diz o homem novamente, dando ainda mais ênfase na voz, chamando a atenção de outras pessoas, que levantam a cabeça, olham para ele, olham para nós. Estamos visíveis de novo.

Sam aperta o passo, me obrigando a fazer o mesmo. Chegamos à porta, começamos a empurrá-la para sair, porém o homem está atrás de nós, movimentando-se com rapidez, estende o braço e me dá um tapinha no ombro.

Na rua, Sam se prepara para correr. O corpo dela enrijece ao lado do meu, preparando-se para sair correndo. Também enrijeço, principalmente porque o homem agora está bem atrás de mim. Ele põe a mão no meu ombro, o que me faz girar e estender o braço com a bolsa, como se a oferecesse ao homem. Ele não olha para a bolsa, mas para nós duas, com um sorriso estúpido no rosto.

– *Sabia* que eram vocês.

– A gente não te conhece, cara – fala Sam.

– Só que eu conheço vocês – ele diz. – Quincy Carpenter e Samantha Boyd, certo? As Garotas Remanescentes.

O homem enfia a mão no bolso e saca uma caneta emaranhada num anel de chaveiro. Ele a solta e entrega a mim.

– Ia ser maneiro se vocês me dessem um autógrafo.

Em seguida ele nos mostra o jornal. É um tabloide, está com a capa aberta e virada para nós. Quando olho para ele, vejo meu próprio rosto me encarando.

– Viu? – fala o homem, orgulhoso de si mesmo.

Dou uma cambaleada para trás, recobrando os sentidos, e a calçada sob meus pés de repente fica dura e vibrante. Uma segunda olhada no jornal confirma o que eu já sabia. De alguma forma, Sam e eu nos tornamos notícia de primeira página.

12.

Nossa foto ocupa a maior parte da primeira página e vai até a manchete. A imagem mostra Sam e eu durante nosso primeiro encontro, de pé em frente ao meu prédio, nos analisando mutuamente. Ela me captura da pior maneira possível – com meu peso apoiado na perna direita, quadril arqueado, braços cruzados com desconfiança. Sam está posicionada um pouco mais distante da câmera e apenas uma faixa de seu perfil pálido é visível. Sua mochila ainda está aos meus pés e ela está de boca aberta, como se bocejasse. Recordo-me desse momento com uma exatidão mordaz. Foi logo antes de Sam começar a falar, *Você não precisa ser tão escrota.*

A manchete embaixo da foto está impressa em letras garrafais vermelhas: **ALMAS SOBREVIVENTES.**

Logo abaixo, há uma foto de Lisa Milner, similar à da capa do livro dela. Ao lado, uma manchete com letras menores, mas não menos alarmantes: **GAROTAS REMANESCENTES SE ENCONTRAM APÓS SUICÍDIO DE LISA MILNER, VÍTIMA DE MASSACRE.**

Olho para o cabeçalho novamente. É o mesmo tabloide para o qual o repórter de antena ligada em frente ao meu prédio ontem disse que trabalhava. O nome dele martela na minha cabeça. Jonah Thompson. Aquele desgraçado safado. Deve ter ficado lá, nos vigiando, mastigando algo sentado no banco da frente de um carro estacionado com a câmera a postos no painel. Arranco o jornal do caçador de autógrafos e saio caminhando.

– Ei! – grita ele.

Continuo andando, tropeçando pela Quinta Avenida. Mesmo com as pernas bambas por causa do Xanax, meus músculos anseiam por outro. Depois mais um. Tantos quanto forem necessários para mergulhar no esquecimento durante alguns dias. O que ainda não seria o suficiente para extinguir minha raiva.

Folheio o jornal enquanto caminho. Dentro dele há uma foto grande de Lisa e uma série de outras fotos que detalham a primeira conversa entre Sam e mim, todas tiradas do mesmo ângulo. A raiva parece diminuir gradualmente a cada uma das imagens, pois minha postura e expressão vão ficando mais brandas. Quanto ao artigo propriamente dito, mal consigo ler os dois primeiros parágrafos.

– O que diz aí? – pergunta Sam, se apressando para acertar o passo comigo.

– Que nós duas estamos na cidade, unidas pelo suicídio da Lisa.

– Bem, isso meio que é verdade.

– E não é da conta de ninguém a não ser da nossa. E é exatamente isso que vou falar para o Jonah Thompson.

Reviro o jornal até encontrar o endereço da redação. West Forty-Seventh Street. Duas quadras ao sul e uma a oeste. Disparo a andar, estimulada somente pela fúria. Depois de dois passos, percebo que Sam não se moveu. Ela fica parada na esquina, mordiscando as cutículas e me observando voltar.

– Vamos – chamo.

Sam abana a cabeça negativamente.

– Por que não?

– Porque não é uma boa ideia.

– Diz a mulher que acabou de me encorajar a roubar – eu digo, o que faz vários passantes olharem para a gente. Não me importo. – Eu vou mesmo assim.

– Faça o que você achar melhor, querida.

– Você não está puta com isso?

– É claro que estou puta.

– Então a gente devia fazer alguma coisa a respeito.

– Não vai fazer diferença nenhuma – alega Sam. – A gente ainda vai estar na primeira página.

Mais cabeças viram. Fecho a cara para aquelas que olham para o meu rosto. Depois fecho a cara para Sam, frustrada com a calma dela. Quero a Sam de uma hora atrás, que me instigava a abraçar minha fúria, mas ela foi substituída por alguém mais sossegada pelo mesmo Xanax que se agita dentro de mim.

– Vou mesmo assim – repito.

– Não – diz Sam.

Começo a andar novamente, impulsionada pela raiva. Olho para trás e falo com palavras em tom de provocação.

– Estou *in-do*.

– Quinn, espera.

Mas é tarde demais. Já cheguei à outra esquina e estou atravessando a rua mesmo com o sinal fechado. Acho que ainda ouço Sam chamando atrás de mim. A voz dela se mistura ao ruído da cidade. Sigo em frente, segurando o jornal com força, me recusando a parar até estar cara a cara com Jonah Thompson.

Não tenho como evitar o balcão onde está o segurança. Ele fica bem no *lobby*, a alguns passos dos elevadores movimentados. Poderia correr até as portas que se abrem e fecham constantemente, porém o segurança é uns bons trinta centímetros mais alto do que eu. Seria capaz de atravessar aquele *lobby* num piscar de olhos e bloquear meu caminho. Então ando com passos fortes bem na direção dele, com o jornal enrolado na mão, e anuncio:

– Estou aqui pra falar com Jonah Thompson.

– Nome?

– Quincy Carpenter.

– Ele está esperando a senhora?

– Não – respondo. – Mas sei que vai querer me ver.

O guarda checa uma lista de ramais, faz uma ligação e me fala para aguardar junto ao mural posicionado no lado contrário ao dos elevadores. É um negócio Art Déco gigantesco. Trata-se da linha do horizonte de Manhattan, pintada em tons suaves. Ainda estou olhando para ele quando uma voz ressoa às minhas costas.

– Quincy – diz Jonah Thompson. – Mudou de ideia sobre a entrevista?

Dou meia-volta, vê-lo faz meu sangue ferver. Está de camisa xadrez e gravata fina, na moda e presunçoso. Tem uma pasta gorda enfiada debaixo do braço. Provavelmente com a sujeira sobre sua próxima vítima.

– Estou aqui pra você se desculpar, seu filho da puta!

– Você viu o jornal.

– E agora a porcaria da cidade inteira sabe onde moro – falo balançando o referido jornal na cara dele.

Ele pisca atrás dos óculos de armação grossa, mais entretido do que alarmado.

– Nem o artigo, nem as legendas das fotos mencionam o lugar em que você mora. Eu me certifiquei disso. Nem o nome da rua eu usei.

– Não, mas você mostrou a gente. Identificou quem somos. Agora o mundo inteiro pode pesquisar nossos nomes no Google e ver como Samantha Boyd e eu somos. O que significa que qualquer psicopata pode aparecer pra nos perseguir.

Nisso ele não tinha pensado. O ligeiro empalidecer de seu rosto deixa isso claríssimo.

– Não era minha intenção...

– É claro que não era. Você só estava pensando em quantos jornais ia vender. Em quanto ia conseguir de aumento. De quanto seria a inevitável oferta do tabloide *TMZ*.

– Não é esse o motivo...

– Posso te processar – ameaço, interrompendo-o novamente. – Eu e Sam podemos te processar. Então é melhor você rezar pra que não aconteça nada com a gente.

Jonah engole em seco.

– Você veio aqui pra me falar que vai processar o jornal?

– Vim aqui pra te avisar que o negócio vai ficar muito feio se houver mais um artigo sobre mim ou Samantha Boyd. O que aconteceu com a gente foi anos atrás. Deixa isso pra lá.

– Você precisa saber de uma coisa sobre essa matéria – fala Jonah.

– Enfia essa matéria no cu.

Viro para ir embora, mas ele agarra meu braço e me dá um puxão.

– Não encosta em mim!

Jonah é mais forte do que parece, me segura com uma força alarmante. Tento me soltar retorcendo o braço, meu cotovelo dói.

– Me escuta – insiste ele. – É sobre Samantha Boyd. Ela está mentindo pra você.

– Me deixa ir embora!

Dou um empurrão nele. Mais forte do que pretendia. Com força suficiente para chamar a atenção do guarda, que ladra:

– Senhora, você tem que ir embora.

Como se eu não soubesse disso. Como se não tivesse consciência de que, quanto mais tempo ficasse na presença de Jonah, com mais raiva ficaria. Com tanta raiva que quando Jonah se adianta na minha direção novamente, dou outro empurrão nele, desta vez intencionalmente mais forte do que o anterior.

Jonah sai cambaleando de costas e deixa a pasta cair. Ela se abre no ar, espalhando todo o conteúdo. Dezenas de *clippings* de jornal se esparramam pelo chão, todas as manchetes gritam variações da mesma história.

Chalé Pine. Massacre. Sobrevivente. Assassino.

Fotos de qualidade ruim acompanham a maioria dos artigos. Para outra pessoa, não significariam nada. Cópias de cópias, apenas *pixels*, manchas e borrões de Rorschach. Somente eu consigo enxergar o que realmente são. Fotos externas do Chalé Pine, tiradas tanto antes quanto depois dos assassinatos.

Fotos de anuário de Janelle, Craig, dos outros. Uma foto minha. A mesma que foi estampada na capa da *People* contra a minha vontade.

Ele também está ali. Sua imagem está bem ao lado da minha. Não via aquele rosto há dez anos. Desde aquela noite. Fecho os olhos, mas é tarde demais. Aquele único vislumbre fratura algo dentro de mim, não longe de onde a faca Dele entrou. Minha garganta solta um grasnido, seguido de uma vibração doentia e aquela parte destroçada de mim faz força para cima, negra, biliosa e grossa.

– Vou vomitar – alerto.

E é o que faço, vomito no chão até cobrir todos os artigos.

CHALÉ PINE

6H18 DA TARDE

Quincy e Janelle ficaram na área da cozinha da cabana, separada da sala por uma bancada na altura da cintura. Janelle sugeriu que cada um preparasse uma parte do jantar. Uma surpresa, tendo em vista que o prato mais elaborado que Quincy já tinha presenciado a amiga cozinhar era macarrão instantâneo.

– Quem sabe a gente não assa umas salsichas e faz só uns cachorros-quentes mesmo – Quincy tinha sugerido quando estavam planejando o fim de semana. – Vamos estar acampando, afinal de contas.

– Cachorro-quente? – retrucou Janelle, ofendida. – Não no meu aniversário.

Então ali estavam elas, trombando com Amy e Betz, que tinham ficado responsáveis pelo prato principal, frango assado, e vários outros acompanhamentos. Quincy ficou encarregada do bolo, e tinha arrastado consigo uma sacola cheia de utensílios de confeitaria para a ocasião. Uma fôrma de bolo. Todos os ingredientes necessários. Um saquinho de confeiteiro com vários bicos. Sim, os pais de Janelle tinham pagado o aluguel da cabana, mas Quincy estava determinada a fazer jus à sua parte com o bolo.

Janelle ficou com um trabalho fácil – *bartender*. Enquanto Betz e Amy alvoroçavam-se com o frango e Quincy decorava o bolo, ela organizou várias garrafas de bebida. Daquelas grandes e baratas, de plástico, destinadas a serem servidas em copos descartáveis vermelhos que Janelle tinha levado aos montes.

– Quanto tempo vai deixar Joe ficar? – Quincy sussurrou para ela.

– Quanto tempo ele quiser – Janelle sussurrou de volta.

– Tipo a noite toda? Sério?

– Claro. Está ficando tarde e tem quarto suficiente. Vai ser divertido.

Quincy discordava. Todos os outros também, mas ninguém falou nada. Até mesmo Joe, com sua cadência esquisita e aqueles óculos imundos que anuviavam-lhe os olhos, parecia desanimado com a ideia.

– Já passou pela sua cabeça que o Joe pode estar querendo ir pra casa? – questionou Quincy. – Não é isso mesmo, Joe?

O convidado inesperado estava sentado no sofá puído da sala, observando Craig e Rodney ajoelhados em frente à lareira cavernosa discutirem sobre qual seria a melhor maneira de acender o fogo. Ao se dar conta de que falavam com ele, olhou para Quincy, assustado.

– Não quero incomodar – disse ele.

– Não é incômodo nenhum – afirmou Janelle. – A não ser que tenha que ir a algum outro lugar.

– Não tenho, não.

– E você está com fome, não está?

Ele deu de ombros e respondeu:

– Acho que sim.

– Temos muita comida e bebida. Além disso, temos o sofá, isso pra não falar da cama extra.

– A gente também tem um carro – disse Quincy. – Cheio de celulares. O Craig pode ligar para um guincho ou levar o Joe a qualquer lugar a que ele queira ir. Tipo de volta até o carro dele. Ou pra casa.

– O que vai levar horas. Além disso, o Joe pode estar querendo ficar para a festa – comentou Janelle, antes de encará-lo na esperança de que ele tivesse pensado nessa possibilidade. – Agora que somos todos amigos.

– Tecnicamente, ele ainda é um estranho – emendou Quincy.

Janelle olhou exasperada para Quincy, como sempre fazia quando achava que ela estava sendo certinha demais. Quincy já tinha visto aquela mesma expressão anteriormente: antes de dar um gole de cerveja pela primeira vez e antes de dar seu primeiro e único tapa num baseado. Nas duas ocasiões, Janelle tinha usado toda sua força de vontade para coagi-la a fazer algo que não queria. Ali, contudo, a frustração dela era ainda maior por causa da situação. Tudo em relação ao fim de semana – a cabana, o aniversário, a ausência de qualquer tipo de supervisão – a deixava ligeiramente maníaca.

– Estamos aqui pra nos divertir, certo? – disse Janelle. Havia um tom de acusação na maneira como falou aquilo, como se suspeitasse que era a única ali com a intenção de curtir. – Então. Vamos. Nos. Divertir.

Aquilo pareceu encerrar o caso. Joe ficaria ali o tempo que quisesse. A aniversariante de novo conseguiu realizar seu desejo.

– Qual é o seu veneno? – Janelle perguntou a Joe assim que o bar improvisado ficou pronto.

Ele olhou piscando para as garrafas, sentindo-se ora confuso ora deslumbrado com as opções.

– Na verdade, e-eu não bebo.

– Sério? – perguntou Janelle. – Tipo nada?

– Sim – respondeu ele franzindo a testa. – Quer dizer, não.

– Bom, qual vai ser?

– Talvez ele não queira beber – Quincy interveio, novamente sendo a voz da razão, o anjo perpetuamente empoleirado no ombro de Janelle. – Talvez, como eu, o Joe prefira manter o controle sobre suas faculdades mentais.

– Você não bebe porque é trouxa, porque a mamãe e o papai iam ficar bravos se descobrissem – Janelle falou para Quincy. – Joe não é assim. Não é isso mesmo?

– É que... eu nunca experimentei – disse Joe.

– Nem com os seus amigos?

Joe gaguejou, tentando expelir a resposta. Mas era tarde demais. Janelle atacou:

– O quê? Não tem amigos também?

– Tenho amigos, sim – contestou Joe, com a voz ofendida.

– Namorada? – provocou Janelle.

– Talvez. E-eu não sei o que ela é.

– Imaginária é o meu palpite. – Betz sussurrou atrás de Quincy.

Janelle cravou os olhos nela antes de se voltar pra Joe e falar:

– Então você vai ter uma história e tanto pra contar na próxima vez que se encontrarem.

Ela começou a despejar bebida de várias garrafas em um copo e completou com suco de laranja. Levou-o para Joe e forçou-o a passar os dedos ao redor do plástico vermelho.

– Vira.

Joe inclinou a cabeça na direção do copo, em vez de fazer o contrário e seu nariz mergulhou na borda como um passarinho. Uma tosse emergiu de dentro do copo. O primeiro gole dele. Quando levantou a cabeça em busca de ar, seus olhos estavam arregalados e meio bobos.

– Não está ruim – comentou ele.

– Não está ruim? Você adorou o negócio – contestou Janelle.

Joe deu uma estalada nos lábios e falou:

– Está muito doce.

– Eu conserto isso.

Janelle pegou o copo da mão dele com a mesma rapidez com que o tinha colocado. Voltou ao bar, pegou um limão e começou a procurar algo.

– Alguém tem uma faca?

Ela olhou na bancada, lá havia uma faca de trinchar que seria usada no frango que Amy e Betz estavam preparando. Janelle a pegou e enfiou no limão, fatiando a casca, a polpa e, por fim, seu dedo.

– Droga!

Primeiro, Quincy achou que ela estava sendo dramática por causa de Joe. Dando a ele o que o restante do pessoal havia apelidado de "Show da Janelle" pelas costas dela. Mas depois viu o sangue escorrendo do dedo de Janelle, empapando o guardanapo pressionado contra ele e sujando a bancada com pingos do tamanho de pétalas de rosa.

– Ai – choramingou Janelle, com lágrimas se formando. – Ai, ui, oh.

Quincy correu na direção dela, tranquilizando-a, desempenhando seu papel de acalmar a colega de quarto.

– Vai ficar tudo bem. Levanta a mão. Ponha pressão no corte.

Ela procurou estabanadamente pela cozinha um *kit* de primeiros socorros, enquanto Janelle dava pulinhos de pé em pé, estremecendo ao ver todo aquele sangue.

– Rápido – exigiu ela.

Quincy achou uma lata de Band-Aids debaixo da pia. Bem antiga, daquelas que tinham tampa articulada. Tão velha que ela não conseguia nem se lembrar da última vez que teve uma daquelas em casa. Pegou o maior Band-Aid que encontrou e o passou em volta do dedo de Janelle, implorando para que ela ficasse parada.

– Prontinho – disse Quincy, se afastando, com as mãos levantadas. – Como novo.

Atraído pelo drama, Joe se levantou do sofá. Aproximou-se de mansinho, observando Janelle inspecionar o dedo com curativo. Ele baixou os olhos para a faca na bancada, que estava com a lâmina borrada de sangue.

– Parece que está bem amolada – comentou ele, pegando a faca e encostando o dedo indicador na ponta dela.

– Vocês têm que tomar mais cuidado.

Olhou para Janelle e Quincy, como se esperasse pela confirmação de que tomariam cuidado. Havia gotas de líquido em seus lábios – resíduos de seu primeiro coquetel. Ele as limpou com as costas da mão e, ainda com a faca na mão, lambeu os beiços.

13.

Jeff me encontra meia hora depois da ligação de Jonah Thompson. O jornalista havia encontrado o número dele no meu celular, que entreguei para ele após vomitar em seu sapato, assim que me pediu o contato de alguma pessoa que pudesse me socorrer. Quando ele chega, estou no banheiro feminino do *lobby*, encurvada sobre uma privada, ainda que tenha a impressão de que meu estômago está tão espremido e seco quanto uma garrafa de água vazia. Fica a cargo de uma das colegas de trabalho de Jonah me buscar no cubículo. Emily, uma repórter pequenininha que me chama de um jeito nervoso lá da porta do banheiro, como se eu fosse contagiosa, alguém que se deve temer.

De volta ao apartamento, Jeff me põe na cama apesar das minhas alegações de que estou me sentindo bem melhor. Aparentemente, não estou, pois pego no sono assim que minha cabeça encosta no travesseiro. Durmo espasmodicamente durante o resto da tarde, com uma consciência apenas vaga de que Jeff ou Sam dão uma passada no quarto para ver se estou bem. À noite, estou desperta e faminta. Jeff leva uma bandeja de comida adequada para um inválido: sopa de macarrão com frango, torrada e ginger ale.

– Não estou gripada.

– Você não tem certeza disso – fala Jeff. – Parece que está bem doente.

Era uma combinação de falta de sono, Wild Turkey e um monte de Xanax. Misturada com Ele, é claro. A visualização daquela foto.

– Deve ter sido alguma coisa que comi – digo. – Estou muito melhor agora. Verdade. Estou bem.

– Então acho que você vai ficar feliz em saber que sua mãe ligou.

Dou um gemido.

– Ela disse que os vizinhos estão perguntando por que você está na primeira página dos jornais – continua Jeff.

– *Um* jornal – corrijo.

– Ela quer saber o que falar pra eles.

– É claro que ela quer.

Jeff pega um triângulo de torrada, dá uma mordida, põe de volta na bandeja. Enquanto mastiga, diz:

– Não vai doer se retornar a ligação.

– E deixá-la me repreender por não ser perfeita? – questiono. – Fica para a próxima.

– Ela está preocupada com você, amor. Os últimos dias foram agitados. O suicídio da Lisa. O jornal. Sam e eu estamos preocupados com a forma com que você está lidando com tudo isso.

– Isso significa que vocês dois acabaram tendo uma conversa de verdade.

– Tivemos – responde Jeff.

– E foi civilizada?

– Muitíssimo.

– Estou de cara. Sobre o que vocês conversaram?

Jeff estende o braço novamente em busca da torrada, mas dou um tapinha na sua mão. Ele tira os sapatos e põe as pernas na cama. Deitado de lado, se aproxima e gruda o corpo no meu.

– Sobre você. E sobre como seria bom que a Sam ficasse aqui por uma semana.

– Uau. Quem é você e o que fez com o verdadeiro Jefferson Richards?

– Estou falando sério – diz Jeff. – Passei o dia inteiro pensando no que você disse ontem à noite. E está certa. A forma como livrei Sam daquelas acusações foi errada. Ela merecia uma defesa melhor. Desculpe.

Dou mais uma torrada a Jeff e falo:

– Desculpas aceitas.

– Além disso – ele continua entre mordidas –, o caso do assassinato do policial vai começar a tomar mais tempo, e não gosto da ideia de você sozinha em casa o dia todo. Não depois que a sua foto foi veiculada pela cidade toda.

– Então você está sugerindo que a Sam seja minha babá?

– Companhia – corrige Jeff. – E, na verdade, foi ela quem sugeriu isso. Falou que vocês duas confeitaram juntas ontem. Pode ser bom ter alguém durante a Temporada de Fornadas. Você sempre disse que queria uma assistente.

– Tem certeza disso? – pergunto. – Não vai ser demais pra você?

Jeff inclina a cabeça e fala:

– Parece que *você* não tem certeza disso.

– Acho que é uma ideia ótima. Só não quero que isso te afete. Ou afete a gente.

– Escuta, vou ser honesto com você. Admito que Sam e eu provavelmente nunca vamos ser amigos. Mas vocês duas têm uma conexão. Ou podem ter. Sei que não conversamos muito sobre o que aconteceu com você...

– Porque não há necessidade – acrescento apressada.

– Concordo – diz Jeff. – Você fala que nunca vai deixar no passado o que aconteceu, mas já fez isso. Não é mais aquela garota. Você é Quincy Carpenter, deusa da confeitaria.

– Que nada – digo, embora, secretamente, aquela descrição me agrade.

– Mas talvez você precise mesmo de algum sistema de apoio pra enfrentar isso. Outra pessoa além do Coop. Se Sam é essa pessoa de quem você precisa, não quero ficar no caminho.

Percebo, não pela primeira vez, o quanto tenho sorte de ter encontrado alguém como Jeff. Não consigo deixar de pensar que ele é a grande diferença entre Sam e mim. Sem ele, eu seria exatamente como ela – selvagem, revoltada, solitária. Uma tempestade que nunca chega à terra, que troveja eternamente.

– Você é demais – elogio, empurrando a bandeja de lado para me jogar em cima dele.

Beijo-o. Ele me beija, me apertando mais contra seu corpo. O estresse do dia de repente se transforma em desejo e me pego despindo-o sem nem pensar nisso. Desfazendo o nó da gravata ainda ao redor de seu pescoço. Desabotoando sua camisa. Beijando os mamilos rosados rodeados por um emaranhado de pelos antes de me mover para baixo e sentir sua ereção.

Meu telefone vibra na mesinha de cabeceira. Tento ignorá-lo, concluindo que é algum repórter. Ou pior, minha mãe. Porém o telefone continua a chacoalhar encostado no abajur, insistentemente. Confiro a identidade de quem está ligando.

– É Coop – eu falo.

Jeff suspira e seu desejo começa a murchar:

– Não dá pra esperar?

Não dá. Coop tinha me ligado na noite anterior, em resposta à minha pretensamente despreocupada mensagem. Na hora, estava ocupada demais para atender por causa de Sam andando atrás de mim pela cozinha enquanto eu fazia o jantar. Se não atender agora, ele certamente ficará preocupado.

– Não enquanto a minha foto estiver na primeira página – respondo a Jeff.

Com o telefone vibrando na mão, desço depressa da cama, corro para o banheiro do quarto e fecho a porta.

– Por que você não me contou que Samantha Boyd tinha entrado em contato com você? – indagou Coop a título de cumprimento.

– Como você descobriu?

– Tenho um alerta do Google – ele diz, uma resposta tão inesperada que, se ele tivesse falado "alienígenas", eu não teria ficado mais surpresa. – Só que preferia ter ouvido isso de você.

– Eu ia te ligar – explico, o que é verdade. Tinha planejado ligar para ele logo depois de confrontar Jonah. – Sam apareceu aqui em casa ontem. Depois da morte da Lisa, ela achou que seria uma boa ideia a gente se encontrar.

Eu podia ter contado mais do que isso a Coop, é claro. Que Sam tinha mudado de nome anos atrás. Que ela tinha me desafiado a tomar um monte de Xanax. Que vomitei os três no momento em que vi a foto Dele.

– Ela ainda está aí?

– Está. Vai ficar com a gente.

– Quanto tempo?

– Não sei. Até ela resolver algumas coisas.

– Você acha mesmo que é uma boa ideia?

– Por quê? Está preocupado comigo?

– Estou sempre preocupado com você, Quincy.

Fico em silêncio, sem saber o que responder. Coop nunca tinha sido tão direto. Não sei se é uma mudança boa ou ruim. De qualquer maneira, é bom escutá-lo admitir em voz alta que se importa comigo. É definitivamente mais reconfortante que um aceno de cabeça.

– Admita – digo por fim. – Quando viu o alerta do Google, quase pegou o carro e veio pra cá ver como eu estava.

– Cheguei a tirar o carro da garagem, mas desisti – responde Coop.

Não duvido dele. É esse tipo de devoção que fez com que eu me sentisse segura esses anos todos.

– O que fez você mudar de ideia?

– A certeza de que você sabe se cuidar.

– Foi o que me disseram.

– Mas ainda estou preocupado com esse aparecimento repentino de Samantha – acrescenta Coop. – Você tem que admitir que é surpreendente.

– Você está começando a parecer o Jeff.

– Como ela é? Ela é...

A primeira palavra em que penso é a que Sam usou hoje de manhã. *Estragada*. Em vez disso, digo:

– Normal? Levando em consideração o que aconteceu com ela, é normal como qualquer pessoa.

– Mas não tão normal quanto você.

Detecto um sorriso na voz dele. Imagino seus olhos azuis cintilando, o que acontece nas raras ocasiões em que ele realmente baixa a guarda.

– É claro que não – concordo. – Sou a rainha da normalidade.

– Bom, rainha Quincy, o que acha de eu dar um pulo aí pra conhecer Samantha? Gostaria de dar uma sacada nela.

– Por quê?

– Porque não confio nela – Coop diz amaciando ligeiramente o tom, como se soubesse que estava começando a soar intenso demais. – Não até conhecê-la. Quero ter certeza de que ela não está querendo aprontar alguma coisa.

– Não está, não – afirmo. – O Jeff já interrogou a moça até o osso.

– É, mas eu não.

– Eu odiaria te incomodar com isso.

– Não é incômodo nenhum – diz Coop. – Estou de folga e o clima está ótimo. As folhas estão começando a mudar de cor nas Poconos. Isso transforma a viagem em um belo passeio de carro.

– Então, tudo bem – concordo. – Que tal ao meio-dia?

– Perfeito.

Ainda que estejamos ao telefone, sei que Coop está concordando também com um gesto de cabeça. Consigo sentir isso.

– Lugar de sempre?

– Combinado – digo.

Coop fica sério de novo e fala com a voz rouca e baixa.

– Até lá, tome cuidado, por favor. Sei que você acha que estou preocupado além da conta, mas não estou, não. Ela é uma estranha, Quincy. Uma estranha que experimentou um monte de coisa ruim. Não sabemos se isso a deixou perturbada. Não sabemos do que ela é capaz.

– Sento na beirada da banheira com os joelhos pressionados um no outro, sentindo um frio repentino. A voz de Jonah Thompson lampeja na minha cabeça. *É sobre Samantha Boyd. Ela está mentindo pra você.* Que cuzão sem caráter.

– Não se preocupe – falo a Coop. – Acho que você vai gostar dela.

Despedimo-nos e Coop finaliza como sempre, pedindo para que eu ligue ou mande mensagem caso precise de alguma coisa.

À pia, jogo água no rosto e gargarejo com uma substanciosa dose de antisséptico bucal. Faço um beicinho ao espelho, tentando ficar sexy, me preparando mentalmente para retomar de onde eu e Jeff paramos. Apesar da interrupção de Coop, o desejo que sentia antes está praticamente intacto. Talvez esteja até maior. Estou totalmente preparada para pular na cama e terminar o que comecei com Jeff.

Mas quando saio do banheiro, vejo que Jeff, cansado de esperar e simplesmente exausto, tinha pegado no sono.

À meia-noite, minha mente está exausta, mas meu corpo, totalmente desperto. Aquele monte de cochiladas à tarde me deixou cheia de energia. Viro e reviro debaixo das cobertas, quente demais com elas, frio demais sem elas. Jeff não tem esse problema. Ele ronca de leve ao meu lado, perdido para o mundo. Em vez de permanecer na cama, levanto e visto calça jeans, camisa de malha e cardigã. Uma confeitadinha noturna parece uma boa ideia. Tortinhas de maçã à moda antiga. O próximo item do cronograma do *Doçuras da Quincy*, que já está com um dia de atraso.

Não passo do quarto de hóspedes. Quarto da Sam agora, suponho eu. Uma fresta de luz rasteja por baixo da porta e dou uma única e hesitante batida.

– Está aberta – informa Sam.

Ela está no canto, escarafunchando a mochila. Pega os brincos da Sacks e os joga na cama; a presença deles dispara minha memória. Tinha me esquecido completamente.

– Tirei as coisas da sua bolsa quando chegamos em casa – ela me conta. – Caso o Jeff queira olhar.

– Obrigada – digo, olhando com desânimo para os brincos. – Não tenho mais certeza se quero ficar com eles.

– Eu quero – Sam diz imediatamente, pegando-os na cama e jogando de novo na mochila. – A gente não pode devolver mesmo, né? Como está se sentindo?

– Melhor. Mas agora não consigo dormir.

– Dormir também não é uma das minhas melhores habilidades.

– Jeff me contou sobre a conversa que vocês tiveram hoje mais cedo. E estou feliz. *Nós* estamos felizes. Por ter você aqui. Se precisar de alguma coisa, grita. Sinta-se em casa.

O que ela já tinha feito. Havia alguns livros na mesinha de cabeceira. Ficção científica com as capas de papel amassadas e uma edição em capa dura de *A Arte da Guerra*. Embora a janela esteja aberta, ela não é o suficiente para eliminar a fumaça de cigarro grudada no ar. A bolsa/cinzeiro de Sam está sobre o peitoril.

– Desculpe por te deixar sozinha o resto do dia – digo. – Espero que não tenha ficado muito entediada.

– De boa – fala Sam, sentando-se de um lado da cama e batendo no colchão até eu me ajeitar no outro. – Dei uma caminhada pelo bairro. Tive aquela conversa legal com o Jeff.

– Vou compensar amanhã – comprometo-me. – O que me faz lembrar de uma coisa: a gente vai se encontrar com uma pessoa amanhã. O nome dele é Franklin Cooper.

– O policial que salvou sua vida?

Fico supressa por Sam saber quem ele é. Ela realmente sabia muita coisa sobre mim.

– Isso mesmo – confirmo. – Ele quer te conhecer. Dar um oi.

– E ver se sou louca – completa Sam. – Não se preocupe. Eu entendo. Ele precisa saber se sou confiável.

Limpo a garganta e falo:

– O que significa que você não pode mencionar o Xanax.

– Claro – concorda Sam.

– Nem o...

– O desconto mão-leve que você aproveita de vez em quando?

– Isso – respondo, agradecida por não ter que falar aquilo em voz alta. – Isso também.

– Vou me comportar direitinho. Não vou nem falar palavrão.

– Depois disso a gente vai fazer programa de turista. Empire State Building. Rockefeller Center. Aonde você quiser ir.

– Central Park?

Não sei dizer se ela está brincando por causa do que aconteceu na noite anterior.

– Se você quiser.

– Por que esperar? Por que não ir agora mesmo?

Agora sei que está brincando.

– Essa ideia não é nada boa – eu falo.

– E vomitar naqueles documentos foi uma boa ideia?

– Aquilo não foi intencional.

– Ele falou alguma coisa?

Uma vez mais, a voz insistente de Jonah Thompson cochicha sorrateira dentro do meu crânio. Novamente, ignoro-a. Sam só mentiu sobre a mudança de nome, e já sei tudo a respeito disso. Jonah é quem estava mentindo, tentando me fazer desembuchar como é ser considerada uma Garota Remanescente. Desembuchei, só que não foi do jeito que ele estava esperando.

– Nada importante – respondo. – Não estava lá pra ouvir. Fui lá pra gritar.

– Bom pra você.

Outro pensamento me ocorre, e minha voz fica mais macia para enunciá-lo em voz alta:

– Por que não foi comigo? Por que nem queria que eu fosse?

– Porque você precisa escolher suas batalhas – responde Sam. – Aprendi muito tempo atrás que lutar contra a imprensa é inútil. Eles vão vencer sempre. E para pilantras como Jonah Thompson, isso é um estímulo. Provavelmente vamos estar no jornal de novo amanhã.

Essa ideia faz meu corpo enrijecer de medo.

– Desculpe por aquilo.

– Não é nada de mais. Estou feliz por você finalmente ter ficado brava com alguma coisa – comenta ela com um brilho inflamado no fundo dos olhos. – Como foi confrontá-lo?

Penso naquilo por um momento, analisando minha memória nebulosa, tentando separar o que realmente senti daquilo que o Xanax me fez sentir. Acho que gostei. Risca isso. *Sei* que gostei. Eu me senti íntegra, energizada e forte até o momento em que a náusea se apoderou de mim.

– Eu me senti bem – falo.

– Ficar com raiva sempre faz isso. E você ainda está brava?

– Não.

Sam me dá um empurrão de brincadeira no outro lado da cama:

– Mentirosa.

– Tá bom. Estou, sim. Ainda estou brava.

– Então a questão é: O que você vai fazer a respeito?

– Nada. Você acabou de falar que é impossível brigar com a imprensa.

– Não estou falando da imprensa. Estou falando da vida. Do mundo. Ele está cheio de infortúnios, injustiças e homens machucando mulheres como a gente e que merecem uma lição. Pouquíssimas pessoas estão ligando pra isso. Menos pessoas ainda são como nós, que ficam com raiva de verdade e partem pra ação.

– Mas você é uma das que agem – digo.

– Está certíssima. Quer se juntar a mim?

Olho para Sam do outro lado da cama e um lampejo flamejante crepita nos olhos dela. Meu batimento cardíaco fica umas duas vezes mais rápido e algo se agita no meu peito, leve como as asas de uma borboleta raspando o interior da crisálida. É ânsia, eu percebo. Ânsia de sentir o mesmo que senti com Sam de manhã. Ânsia de ficar radiante.

– Não sei – respondo. – Talvez.

Sam pega a jaqueta, se enfia nela e fecha o zíper com um movimento vigoroso.

– Então vamos nessa.

14.

Consigo fazer isso.

É o que digo para mim mesma. Só estamos indo ao Central Park, pelo amor de Deus. Não a uma floresta no meio do nada. Estou com meu *spray* de pimenta. Estou com Sam. Vamos ficar bem. Mas a dúvida se apodera de mim no momento em que piso na calçada. O ar da noite é de um frio horripilante. Esfrego os braços para me esquentar e Sam acende um cigarro debaixo do toldo do prédio. Depois saímos e meu coração bate acelerado quando atravessamos a Columbus Avenue, com Sam à frente, deixando um rastro de fumaça.

Quando chegamos ao Central Park West, minha ansiedade só aumenta. O erro da situação é óbvio. Sinto isso nas vísceras, como se minha consciência fosse um órgão interno, carmesim e carnudo, queimando com uma agonia inexplicável. Não devíamos estar na rua. Não àquela hora.

– Acho que fomos longe demais.

Minha voz se perde na brisa gelada. Não que Sam viraria se tivesse me escutado. Ela é pura determinação atravessando a rua e virando à direita, seguindo na direção da entrada do parque que fica uma quadra ao sul. Começo a correr, seguindo o trajeto das minhas corridas matinais, até alcançá-la.

– O que a gente vai fazer lá? – pergunto.

– Você vai ver.

Sam joga o cigarro fora e vira na direção do parque. Paro à entrada, o brilho dos postes que cruzam a Central Park West me pega e projeta minha sombra na calçada. Quero voltar. Quase faço isso. Meu corpo está preparado para correr de volta ao apartamento, mergulhar na cama e se agarrar a Jeff. Porém já não vejo mais Sam. Ela tinha sido engolida pela boca escura do parque.

– Sam – chamo. – Volta.

Nenhuma resposta. Aguardo, na esperança de que ela reaparecerá, sorrindo, falando que aquele foi só mais um de seus testes. Um teste em que eu tinha sido reprovada. Mas como ela não volta, meu nervosismo aumenta mais um grau. Sam está sozinha no parque. Na calada da noite. E ainda que eu saiba que ela consegue tomar conta de si mesma, fico preocupada. Então enrosco os dedos ao redor do fino *spray* de pimenta no bolso. Xingo a mim mesma por não ter tomado um Xanax. Em seguida, respiro fundo, irrequieta, antes de entrar no parque.

Sam estava de pé logo depois da entrada. Não perdida. Apenas misturada às sombras, esperando que eu a alcançasse. Parecia impaciente. Ou irritada. Eu não sabia dizer muito bem.

– Anda logo – ela diz, agarrando meu braço e me puxando.

Conheço bem essa parte do parque. Estive aqui mais de mil vezes. O Diana Ross Playground fica à esquerda e encontra-se com os portões fechados e trancados. À direita, está a curva que leva à saída da Seventy-Ninth Street Transverse. Porém, a noite transformou o parque em algo proibido e estranho. Mal o reconheço. Uma neblina arrepiante e densa movimenta-se por ele, sussurrando à minha pele e formando auréolas ao redor das lâmpadas ao longo do caminho, dissipando a luminosidade. Círculos mudos de luz rastejam pela grama e se entrelaçam às árvores, deixando as matas do parque mais densas, mais selvagens.

Tento não pensar nas matas que rodeiam o Chalé Pine, ainda que só consiga pensar nelas. Aquela floresta densa, cheia de perigos escondidos. É como se estivesse lá de novo, pronta para começar minha corrida de vida ou morte em meio às árvores.

Sam continua se embrenhando no parque. E eu a sigo, mesmo quando um mantra de preocupação se forma na minha cabeça... *Isso é perigoso. Errado.*

Através da neblina, enxergo o brumoso contorno do Delacorte Theater. Logo depois dele fica o Belvedere Castle, uma fortaleza em miniatura que se ergue de um afloramento rochoso. Sua silhueta amortalhada pela névoa me traz à cabeça florestas de contos de fadas.

É possível se perder em um lugar como este, penso. Dá para errar o caminho e nunca mais ser visto.

Igual à Janelle. A todos eles.

Por ora, Sam e eu nos mantemos na estradinha seguindo na direção sul e ficamos perto do limite oeste do parque. Apesar da hora, não estamos sozinhas. Vislumbro outras pessoas – sombras movimentando-se ao longe. Um casal atravessando o parque depressa, com as cabeças abaixadas contra a neblina. Alguém dando uma corrida tarde da noite atrás de nós, com a respiração ofegante e uma música metálica emanando dos fones. A aparição deles faz meu coração bater como pratos de bateria.

E há os homens solitários de rostos borrados pela névoa cruzando as vielas em busca da excitação do sexo ilícito e anônimo. Muitos usavam roupas similares, como se seguissem um código de vestuário. Calça e tênis de corrida caros, blusa de moletom com capuz e zíper aberto para expor camisas de malha apertadas. Eles emergem da neblina em todas as direções. Vagam, circulam, procuram. Não prestam atenção em Sam nem em mim. Não somos o tipo deles.

– A gente devia ir embora – falo.

– Segura a onda – diz Sam.

Ela compartilha o mesmo desassossego daqueles homens que espreitam discretamente. Algo a impulsiona. Uma fome. Uma necessidade. Ela se joga em um banco e fica balançando a perna direita enquanto vasculha o horizonte. Uma dureza substituiu o fogo que havia em seus olhos mais cedo, estava com um olhar frio e negro como carvão.

Sento ao lado dela, meu coração dá solavancos tão fortes que me surpreende ele não estar sacudindo o banco. Sam tira um cigarro do bolso da jaqueta e o acende. A chama do isqueiro brilhando na névoa, chama a atenção de um dos sujeitos que zanzam por ali – uma mariposa vestida de couro atraída pela chama. Fico mais tensa quando ele se aproxima. Aperto com mais força o *spray* de pimenta no bolso.

Assim que se aproxima do nosso banco, o rosto fica mais nítido. É bonito, ágil e uma barba curta com alguns fios grisalhos contornam-lhe a linha do maxilar. Ele irradia um ar de sombria sexualidade.

– Ei – diz ele, num sussurro ansioso. – Rola um cigarrinho?

Sam tira um cigarro do bolso e o passa para a mão dele com a desenvoltura de um traficante. Ela acende o isqueiro e o homem se inclina para a frente, a ponta do cigarro incendeia e solta um brilho quente por um momento, antes de se tornar apenas brasa. Ele agradece com um gesto de cabeça e solta a fumaça, que se mistura à neblina.

– Obrigado.

– Sem problemas – diz Sam. – Boa sorte hoje à noite.

O homem dá um sorriso maroto e sexy. Começa a se afastar com seu caminhar empertigado coberto de couro e fala por sobre o ombro:

– Isso não tem nada a ver com sorte, meu amor – e vai desaparecendo novamente em meio à névoa da qual havia surgido.

Penso Nele. Em uma mata diferente. Uma época diferente. Se ao menos Ele tivesse desaparecido dessa maneira, se afastado lentamente e nos deixado em paz.

– Sam, quero ir pra casa – eu falo.

– Está bem – responde ela. – Pode ir.

– Você não vai comigo?

– Não.

– O que estamos fazendo aqui?

Sam pede para eu me calar e fica alerta de repente. Levanta, olhando para a direção de onde acabamos de vir, com o corpo tenso, a postos, pronta para atacar. Acompanho o olhar dela e vejo o que ela vê. Uma mulher aparece na neblina, a aproximadamente cem metros. Sozinha, caminha apressada pelo parque com uma bolsa de lona pressionada contra o peito. Jovem e com fome, provavelmente. Atravessa o parque a pé para economizar o dinheiro do táxi, sem pensar no quanto essa ideia é horrível.

Um homem surge da névoa bem atrás da moça, tão perto que poderia ser a sombra dela. Amortalhado com um casaco de moletom preto com capuz, ele até se parece com uma sombra. Movimenta-se com um ritmo constante, mais rápido do que o da garota, diminuindo a distância entre eles. Ela percebe e aperta o passo, que fica a um triz de transformar-se em uma corrida.

– Sam? – digo com o coração começando a golpear oco no peito. – Você acha que ele vai assaltar a garota? Ou...

Coisa pior. Isso era o que eu estava prestes a dizer. *Ou coisa pior.*

Não chego a falar porque o meio homem, meio sombra já está sobre a garota, com uma mão no ombro dela e estendendo a outra para alcançar ou a bolsa ou os seios escondidos atrás dela.

Sam sai em disparada e ouço o som abafado de suas botas no nevoeiro. O instinto me faz correr atrás dela, ainda que tenha uma ideia apenas vaga do que está prestes a acontecer.

Adiante, a garota vê Sam e recua. Como se Sam estivesse mirando nela. A moça se debate sob a mão do homem que a agarra, com as pernas bambas e a bolsa levantada como um escudo diante de si. Sam desvia dela e, sem diminuir a velocidade, tromba direto no corpo do homem.

A colisão o afasta da garota, jogando-o na grama. Sam ricocheteia nele e retrocede cambaleando. A moça sai tropeçando, com vontade de olhar para trás, mas sente medo demais para fazer isso. Pulo na frente dela, com as mãos levantadas e a adrenalina espumando dentro de mim.

– Amigas – aviso. – Somos amigas.

Atrás dela, o assaltante escorrega pela grama tentando fugir. Sam se atira sobre ele e trepa em suas costas. Depressa, guio a quase vítima até o banco mais próximo, faço-a sentar-se e ordeno que fique ali. Depois saio correndo na direção de Sam.

Não sei como ela forçou o homem a se ajoelhar. Quanto mais tempo ela fica nas costas dele, mais o sujeito se curva, a ponto de ficar com o rosto quase esfregando na grama.

Algo que Coop me disse mais cedo martela em minha cabeça. *Não sabemos do que ela é capaz.*

– Sam, não o machuque!

Minha voz corta o parque, distraindo Sam. Ela olha para cima. Não por muito tempo. Apenas uma fração de segundo. Mas é o suficiente para o homem reagir e dar um chute nela. Ele acerta a barriga de Sam, que sai rolando pela grama.

Como se armando o bote, o homem se levanta, com as pernas separadas e os joelhos dobrados. Um velocista na linha de partida. Não demora para sair correndo, com os tênis escorregando um pouco na grama. Sam ainda está caída de costas, tentando se virar de lado, buscando ar para aliviar a dor na barriga. Não tinha sido nocauteada, mas foi por pouco.

Disparo a correr, meio atabalhoada, com uma mão no bolso em busca do *spray* de pimenta. O homem agora está totalmente de pé, correndo também. Porém sou mais rápida, a recompensa por todos os quilômetros que corro. Agarro a blusa dele e arranco seu capuz. Ele está com um boné de beisebol por baixo, um pouco de lado. Vejo um emaranhado de cabelo pretíssimo e a pele cor de cacau na parte de trás do pescoço. Um puxão forte no capuz é o suficiente para fazê-lo diminuir a velocidade, seus tênis escorregam e ele fica debatendo os braços.

Quando ele gira, espero ver seu rosto. Em vez disso, o que enxergo é o borrão de sua mão rasgando na minha direção. E a bofetada me atinge – uma porrada com as costas da mão que açoita minha bochecha com tanta força que minha cabeça inteira dá um arranco para a direita. Minha visão é anuviada e um vermelho palpitante bloqueia todo o resto. Não sentia uma dor dessas há anos. Dez anos, para ser precisa. Fugindo do Chalé Pine. Berrando pela mata. Aquele galho grosso que me derrubou e atordoou.

De repente, tenho a sensação de que estou lá de novo, sentindo o profundo e palpitante ferimento daquele galho. O tempo se contrai, tornando-se um túnel escuro em que estou prestes a cair e não vou parar até retornar à mata amaldiçoada em que todas aquelas coisas ruins aconteceram.

Mas não caio. Estou de volta ao presente, o choque bambeia meu corpo. Solto o capuz, minha mão se abre contra minha vontade. Ainda consigo ver o homem através do nevoeiro vermelho que anuvia minha visão. Agora livre, ele se afasta correndo para o sul e em pouco tempo desaparece.

A presença dele é substituída por outras duas, que se aproximam de direções distintas. Uma delas é Sam, que corre por trás de mim, chamando meu nome. A outra é a garota que acabamos de salvar. Ela saiu do banco e está vindo na minha direção, com a mão enfiada na bolsa.

– Você está sangrando – comenta ela.

Pressiono a mão no nariz, algo quente e molhado escorre das narinas. Olho para baixo e vejo sangue resplandecendo nos dedos. A garota me passa um lenço. Enquanto limpo o nariz com ele de leve, Sam pressiona o corpo nas minhas costas e me envolve com um abraço.

– Caraca! – exclama ela. – Você é uma lutadora, querida.

Respiro pela boca, engulo o ar revigorante que tem um leve cheiro de grama. Meu corpo inteiro vibra com uma mistura de adrenalina, medo e orgulho de que Sam pode na verdade estar certa. Eu *sou* uma lutadora de brilho radiante.

A garota que salvamos – ela não fala seu nome – também parece abismada. Com um tom atemorizado e abafado, pergunta se somos vigilantes, enquanto atravessamos a névoa com passos rápidos em direção à saída do parque.

– Não – respondo.

– Sim – diz Sam.

Assim que chegamos ao Central Park West, gesticulo para um táxi e me certifico de que a garota realmente entra nele. Antes de fechar a porta, enfio uma nota de vinte na mão dela, fecho seus dedos sobre ela e falo:

– Dinheiro para o táxi. Nunca mais atravesse o parque sozinha tão tarde assim.

15.

Meu rosto ainda está doendo quando acordo no dia seguinte – uma dor residual fraca que se estende da maçã do rosto até o nariz. No banho, coloco a água o mais quente que consigo suportar e passo uns bons cinco minutos inalando vapor, fungando e despregando o sangue ressecado encrostado nas narinas. Em seguida, ergo o rosto e a água quente ferroa minha pele.

Quando penso sobre ontem à noite, um tremor agarra minhas pernas com tanta violência que tenho que me apoiar na parede do banheiro para aguentar. É difícil acreditar que fui tão burra, que saltei para o perigo com tanta rapidez. O homem no parque podia estar armado. Eu podia ser esfaqueada, tomar um tiro, morrer. Levando tudo em consideração, tenho sorte de ter escapado com uma mera bofetada na cara.

Depois do banho, passo a mão pelo espelho do banheiro, fazendo uma faixa limpa na superfície embaçada. O reflexo que me encara tem um indistinto hematoma na bochecha, quase imperceptível. Porém, é sensível ao toque. Uma pequena pressão com os dedos é suficiente para me fazer estremecer.

A dor nova na bochecha tinha despertado feridas mais antigas. Apesar das facadas que sofri no Chalé Pine não terem causado nenhum dano permanente, deixaram cicatrizes. Hoje elas estão pulsando – a primeira vez que as sinto em anos. Arqueio um pouco as costas até a cicatriz da barriga aparecer no espelho. Uma linha branca como leite na pele avermelhada pelo vapor. Em seguida, me inclino para a frente e olho de perto para as duas cicatrizes a três centímetros de distância uma da outra logo abaixo do ombro. Uma linha vertical. Outra ligeiramente diagonal. Se a faca fosse maior, as duas teriam se cruzado.

Depois de me enxugar e me vestir, sinto tudo se amenizar e se transformar em uma dor leve. Incômoda, sim, mas nada que não conseguisse suportar.

Na cozinha, tomo meu Xanax pré-Coop com refrigerante de uva e aguardo Sam sair do quarto, o que ela faz alguns minutos depois, parecendo uma pessoa completamente diferente. Está com o cabelo atrás das orelhas, o que deixa à vista o rosto levemente maquiado. Ela aplicou uma mão mais leve de delineador e, em vez do vermelho-rubi, seus lábios estão retocados com *gloss* rosa-pêssego. Abandonou o preto habitual e está com calça jeans escura, sapatilha azul e a blusa que pegou na Saks ontem. Os brincos dourados que roubei pendem de suas orelhas.

– Uau! – me surpreendo.

– Nada mau para uma mocinha da minha idade, né?

– Eu que o diga.

– Quero causar uma boa impressão.

Durante nossa caminhada até o café, ganhamos alguns olhares de pessoas que passam por nós, embora seja impossível saber se se devem à matéria de Jonah Thompson ou ao visual novo de Sam. Provavelmente a última opção. Poucos olhos, percebo, olham na minha direção, e quando isso acontece parece que estão me comparando com a Sam.

Até Coop faz isso quando chegamos ao café e passamos pela mesa à janela em que ele geralmente se senta. Pelo vidro, vejo um cumprimento breve de cabeça para mim e um olhar apreciativo na direção de Sam. Sinto uma pontadinha de irritação na nuca.

Coop se levanta quando entramos. Diferentemente da última vez em que nos encontramos, ele está vestido de modo que pudesse se passar por um dos frequentadores de classe alta do café. Está de calça social cáqui e camisa tipo polo preta. A camisa lhe cai bem, as mangas curtas deixam expostos seus bíceps fortes com veias à flor da pele.

– Você deve ser Samantha – ele diz.

Coop demora a dar um aperto de mão. Constrangido. Duvidoso. Fica a cargo de Sam completar o gesto, ela então estende o braço por cima da mesa e segura a mão aberta do policial.

– E você é Cooper – ela responde.

– Coop – ele emenda depressa. – Todo mundo me chama de Coop.

– E todo mundo me chama de Sam.

– Ótimo – eu digo, forçando um sorriso enquanto nos sentamos. – Agora somos todos conhecidos.

Há duas canecas na mesa. O café de Coop e o meu chá. Olhando para elas, ele explica:

– Queria pedir alguma coisa pra você, Sam, mas não sabia o que ia querer.

– Café – escolhe Sam. – E eu vou lá pegar. Vocês dois podem colocar o papo em dia.

Desviando das mesas, ela vai até o balcão no fundo do café. Uma delas está ocupada por um cara barbudo de boné de beisebol virado para trás. Um escritor, a julgar pelo laptop em frente a ele. O restante da mesa é ocupado por uma bolsa de couro, um iPhone e uma caneta Montblanc sobre um bloquinho amarelo. Ele olha para Sam quando ela passa, impressionado. Sam sorri para ele, serpenteando os dedos num movimento insinuante.

– Então essa é a Samantha Boyd... – comenta Coop.

– Em carne e osso – digo, olhando para ele, que observa Sam do outro lado do café. – Tem alguma coisa errada?

– Estou chocado, só isso. Nunca imaginei que ela apareceria assim. É um pouco como estar olhando para um fantasma.

– Também fiquei surpresa.

– O que você estava esperando?

– Acho que alguém mais bruto. Ela está bem diferente naquela foto do anuário, você não acha?

Eu poderia dizer a Coop que Sam é muito diferente, que ela só deu uma ajeitada no visual para impressioná-lo, por minha causa. Permaneço em silêncio.

– Andei lendo sobre o Nightlight Inn ontem à noite – Coop continua. – Não consigo nem imaginar o que ela passou.

– Ela teve uma vida difícil – agora eu comento.

– Vocês estão se dando bem?

– Estamos ótimas. Ela e o Jeff é que não se batem tanto assim.

Coop se permite um meio sorriso:

– Não posso dizer que isso me surpreende.

– Era o Jeff que você devia estar conhecendo. Esse negócio com a Sam é temporário. Quer você goste ou não, o Jeff é permanente.

Não sei por que disse isso. Simplesmente saiu, sem planejar. E de súbito o meio sorriso de Coop desapareceu.

– Mas obrigada por vir – eu tento emendar, com a culpa amaciando o meu tom. – Foi legal da sua parte sugerir esse encontro, ainda que eu esteja começando a me sentir um fardo.

– Você não é um fardo, Quincy. Nunca foi e nunca será.

Coop crava aqueles olhos em mim. Passo um dedo sobre o rosto machucado, me perguntando se ele chegou a notar a imperceptível linha rosa ao longo da maçã do meu rosto. Parte de mim deseja que ele pergunte o que é aquilo, o que me permitirá usar a mentira que maquinei para lhe dar uma explicação. *Ah, isto? Bati numa porta.* Fico desapontada quando ele olha por cima do meu ombro, observando Sam voltar até nós com uma caneca fumegante nas mãos. Quando passa novamente pelo escritor, ela tromba acidentalmente na mesa e sua caneca se desequilibra perigosamente.

– Ai, desculpe! – diz ela com um gritinho.

– Sem problemas – responde o homem levantando a cabeça e sorrindo.

– Laptop legal – ela comenta.

Sam não demora para chegar à nossa mesa, sentar-se ao meu lado e dar uma avaliada em Coop antes de comentar:

– Pensei que você fosse diferente.

– Diferente bom ou diferente ruim? – ele pergunta.

– Diferente feio. O que obviamente você não é.

– Então sabia quem eu era antes de hoje?

– É claro – respondeu Sam. – Do mesmo jeito que você sabia quem eu era. É o poder da internet. Ninguém mais tem segredos.

– Foi por isso que você se escondeu?

– Em grande parte. Mas agora estou de volta entre os vivos.

– Com certeza. – Há uma ponta de descrença na voz de Coop, como se não estivesse comprando a encenação de boa garota de Sam, que realmente está forçada demais. Ele se inclina para trás, meneia a cabeça e avalia Sam da mesma forma que ela fez com ele.

– Por que você decidiu voltar?

– Depois de ficar sabendo do que aconteceu com Lisa, pensei que talvez pudesse ajudar Quincy – explica Sam –, *se* ela precisasse de ajuda.

– A Quincy não precisa de ajuda – Coop atalha como se eu não estivesse sentada bem diante dele. Como se eu fosse invisível. – Ela é muito forte.

– Mas eu não sabia disso. E é por isso que estou aqui.

– Vai ficar por muito tempo?

Sam dá de ombros de modo jovial e responde:

– Talvez. É cedo demais pra dizer.

Tomo um golinho de chá. Está quente demais e o líquido queima minha língua, mas continuo bebendo na esperança de que a dor anule a pontada de irritação que uma vez mais sinto na minha nuca. Desta vez, ela tem o tamanho da ponta de um polegar pressionando minha pele.

– Sam mudou de nome – revelo. – Por isso ninguém foi capaz de localizá-la.

– Sério? – questiona Coop com uma expressão de surpresa. Fico esperando um sermão similar ao que ele fez para mim quando sugeri mudar o meu nome. Em vez disso, ele diz:

– Não vou perguntar onde você estava nem qual é o nome com o qual você está vivendo. Espero que, no devido tempo, você confie em mim o suficiente pra me contar por conta própria. Só te peço que entre em contato com sua família e informe isso pra ela.

– Minha família é uma das razões pela qual desapareci – argumenta Sam, baixando a voz. – Não era exatamente o melhor ambiente, mesmo antes do que aconteceu no Nightlight Inn. Depois daquilo, ficou ainda pior. A gente se ama e tal, mas algumas famílias não foram feitas pra ficarem juntas.

– Posso entrar em contato com eles pra você – sugere Coop. – Só pra contar que você está em segurança.

– Não poderia te pedir pra fazer isso.

– Você não pediu. – Coop deu de ombros. – Eu ofereci.

– Falou como um verdadeiro servidor público – diz Sam. – Sempre foi policial?

– Sempre, não. Antes eu era do exército. Fuzileiro naval.

– Participou de muitas missões?

– Algumas – respondeu Coop antes de se virar para a janela e fixar aqueles olhos azuis no mundo exterior para evitar contato visual. – Afeganistão.

– Puta merda! – exclama Sam. – Você deve ter visto umas coisas perturbadoras.

– Vi mesmo – confirma Coop. – Mas não gosto de falar sobre isso.

– É, com certeza você e a Quincy têm isso em comum.

Coop deixa de olhar pela janela e se vira não para Sam, mas para mim. Novamente, há algo ilegível em sua expressão. De repente, ele parece ser tomado por uma tristeza terrível.

– Cada pessoa lida com o trauma à sua maneira.

– E como você lida com o seu? – pergunta Sam.

– Eu pesco. E caço. Você sabe, coisas típicas de um cara da Pensilvânia.

– E isso ajuda?

– Na maior parte das vezes.

– Talvez eu devesse tentar também.

– Quincy tem razão. Você é mesmo demais.

Sam estende o braço pela mesa e aperta a mão de Coop. Ele não a puxa. Minha irritação aumenta. A tensão enrijece meus ombros e esmurra a minha calma garantida pelo Xanax. Quero tomar um segundo comprimido. Preocupa-me a possibilidade de eu ter me transformado em uma mulher que *precisa* tomar um segundo comprimido.

– Tenho que ir ao banheiro – digo, pegando minha bolsa na mesa. – Vem comigo, Sam?

– Claro – Sam concorda, dando uma piscadinha para Coop. – Meninas. Somos tão previsíveis, né?

A caminho da parte de trás do café, ela dá mais um tchauzinho para o escritor à mesa. Ele faz o mesmo. Em seguida, Sam e eu nos enfiamos no banheiro planejado para acomodar apenas uma pessoa. Ficamos em frente ao espelho sarapintado de poeira com os ombros encostados.

– Como estou me saindo? – questiona Sam conferindo a maquiagem.

– A pergunta é, *o que* você está fazendo?

– Sendo amigável. Não é isso que você quer?

– É...

– Então qual é o problema?

– Baixa um pouco a bola – eu digo. – Se você forçar demais a barra, Coop vai perceber que está fingindo.

– E qual é o problema se ele perceber?

– As coisas podem ficar constrangedoras.

– Não tenho problema com constrangimento.

Começo a vasculhar minha bolsa, em busca de algum Xanax desgarrado que possa estar caído nela.

– Mas o Coop tem.

– *Oh* – diz Sam, com uma tonelada de insinuação. – Então as coisas ficaram constrangedoras entre você dois?

– Ele é um amigo – afirmo.

– Tá certo. Um *amigo*.

– É, sim!

No fundo da bolsa, acho alguns chicletes soltos e um Mentos solitário coberto de sujeira. Nenhum Xanax. Fecho o zíper.

– Não estou falando nada – alega Sam.

– Não, está sugerindo.

– Eu? – diz Sam, fingindo-se de ofendida. – De jeito nenhum, não estou sugerindo que você quer cair matando naquele gostoso daquele policial.

– Acho que foi isso que você acabou de fazer.

– Só estou falando que ele é gostoso.

– Nunca percebi.

Sam pega um *gloss* e dá uma passada rápida nos lábios antes de dizer:

– Nessa aí eu não caio, não, queridinha. É meio difícil não perceber.

– É sério, nunca percebi. Ele salvou minha vida. Quando alguém faz isso, você tende a não enxergar a pessoa desse jeito.

– Mas os caras enxergam. Eles fingem que não, mas como enxergam.

Sam adotou um tom mais sensato, mais mundano. A irmã mais velha dando conselhos sobre sexo. Pergunto-me com que tipo de homem ela sai. Caras mais velhos, provavelmente. Motoqueiros de peito largo, a barriga maior ainda e a barba salpicada de fios brancos. Ou talvez goste dos mais jovens. Homens pálidos e magrelos, tão inexperientes que ficam agradecidos até com a mais indiferente das punhetas.

– Se Coop vê – eu digo –, ele é cavalheiro demais pra fazer estardalhaço em relação a isso.

– Cavalheiro? – revida Sam. – Ele é policial. Pela minha experiência, eles adoram foder que nem britadeira.

Não digo nada, pois sei que ela só está querendo que eu a reprima, buscando uma oportunidade para me repreender por ser tão puritana. Janelle fazia isso o tempo todo.

– Estou brincando – ela diz. – Relaxa.

Essa era outra das características de Janelle. Para recuar quando percebia que tinha ido longe demais, tentava reduzir tudo a uma piada. Hoje, Sam está conseguindo superá-la.

– Desculpe, Quinn. Vou baixar a bola. Sério.

Ela enfia a mão no bolso e continua:

– A propósito, acho que você vai gostar disso. Um negocinho pra sua gaveta de mimos.

Ela saca a caneta Montblanc, tão lustrosa e reluzente quanto uma bala de prata, que já havia pertencido ao escritor no café. Agora pertence a nós. Mais um dos segredos que compartilhamos.

CHALÉ PINE

6H58 DA TARDE

Eles foram obrigados a se arrumar para o jantar. Mais uma das regras de Janelle. Antes de viajarem, ela fez questão de conferir se todos estavam levando trajes apropriados.

– Os desarrumados *serão* mandados de volta pra casa – alertou ela.

Quincy tinha colocado dois vestidos na mala – os únicos que levou para a faculdade. Ambos haviam sido escolhidos pela mãe dela, que nutria sonhos de que a filha iria a festas e eventos em repúblicas estudantis assim como ela tinha ido.

Um dos vestidos era preto e Quincy achou que seria apropriado para a ocasião. Na luz pálida da cabana, todavia, ficou mais parecida com uma viúva em funeral do que com Audrey Hepburn em *Bonequinha de Luxo*. Sobrou então o azul, que não lhe caiu tão bem como tinha imaginado.

– Estou um lixo! – reclamou Quincy.

Ela sabia que estava certa porque Janelle parecia mais horrorizada do que quando fatiou o dedo meia hora antes. O mesmo dedo que estava apontando para Quincy com o Band-Aid amarrotado.

– Pior! Está parecendo uma virgem.

– Isso não é uma coisa ruim, sabia?

– É, se você está tentando dar uma.

– Craig sabe que vai ser a minha primeira vez.

– É, e esse vestido está deixando isso bem claro – declarou Janelle, olhando-a da cabeça aos pés. – Tenho uma ideia.

Ela abriu uma de suas malas e arremessou algo em Quincy. Era um vestido. Seda branca, tão fresco e cintilante quanto uma piscina.

– Ele não é branco, tipo, a cor mais virginal de todas? – perguntou Quincy.

– A cor do vestido diz virgem, mas ele insinua sexo. É o melhor dos dois mundos. Craig vai adorar.

Quincy revirou os olhos. Típico da Janelle, que tinha ficado obcecada pelo complexo de Madona-prostituta desde que aprendeu sobre ele na aula de Psicologia.

– O que você vai usar?

Janelle se virou para a mala e falou:

– Trouxe roupas extras, claro.

– É claro.

Quincy segurou o vestido diante do corpo, examinando-o no espelho quadrado e encardido do quarto. O corte, com seu decote fundo e saia assimétrica, parecia um pouco sexy demais para o gosto dela. Mesmo de costas, Janelle conseguia sentir a hesitação da amiga.

– Pelo menos experimenta, Quinn.

Quincy tirou o vestido azul, o que deu a Janelle oportunidade de ver seu sutiã e sua calcinha e desaprová-los. Não combinavam e estavam velhos, eram a antítese de sexo.

– Meu Deus, Quinn, fala sério! Você planejou alguma coisa pra esse fim de semana?

– Não – Quincy respondeu, segurando diante do peito o vestido azul que tinha acabado de tirar, tentando se esconder atrás dele. – Porque planejar cria pressão para que alguma coisa aconteça. E eu não quero pressão nenhuma. O que quer que Craig e eu façamos neste fim de semana, quero que aconteça naturalmente.

Janelle deu um sorriso de irmã e tirou uma mecha de cabelo louro do rosto de Quincy.

– Tudo bem ficar nervosa.

– Não estou nervosa – discordou Quincy, fazendo uma careta devido ao frêmito de ansiedade em sua voz. – Sou só... inexperiente. E se eu...

– For péssima no sexo?

– Hum, é uma maneira de colocar.

– Você não vai saber até experimentar – disse Janelle.

– E se o Craig não gostar?

Quincy pensou naquilo que Janelle tinha dito mais cedo, sobre Craig ter muitas opções além dela. Sabia muito bem das líderes de torcida que davam em cima dele depois dos jogos e das torcedoras vestidas com as cores da faculdade que gritavam seu nome na quadra. Todas elas adorariam assumir o lugar de Quincy se Craig ficasse desapontado com ela.

– Ele vai gostar – Janelle a tranquilizou. – Afinal de contas, ele é um cara.

– E se eu não gostar?

– Vai gostar, sim. Só precisa de um tempo pra se acostumar.

Quincy sentiu um alvoroço na barriga. Era mais do que um frio no estômago. Ele parecia ter congelado.

– Quanto tempo pra me acostumar?

– Vai dar tudo certo – Janelle garantiu a ela. – Agora me mostra como esse vestido vai ficar em você.

Quincy pôs o vestido, a seda branca pinicava suas pernas nuas. Enquanto ela o puxava e ajeitava no ombro, Janelle disse:

– O que você acha do Joe? Ele é gostosinho, né?

– Está mais pra sinistro – discordou Quincy.

– Ele é misterioso.

– Que é praticamente a mesma coisa que sinistro.

– Bom, *eu* acho que ele é misterioso. E gostoso.

– E comprometido – acrescentou Quincy. – Está se esquecendo da namorada.

Foi a vez de Janelle revirar os olhos.

– Tô nem aí.

– Só pra deixar claro, ninguém mais quer esse cara aqui. A gente só está deixando o Joe ficar porque é seu aniversário.

– Está claríssimo, amiga – disse Janelle. – E não se preocupe. Estou planejando mantê-lo bem entretido.

Terminada a briga para entrar no vestido, Quincy virou as costas para Janelle, que fechou o zíper. As duas examinaram o reflexo dela no espelho. Embora o vestido fosse mais apertado do que Quincy gostava de usar, Janelle tinha razão. Ela estava *sexy*.

– Uau! – exclamou ela.

Janelle soltou um fiu-fiu e elogiou:

– Você está linda, acho que até eu deveria tentar te comer.

– Obrigada... Eu acho.

Janelle o ajeitou um pouco, dando um puxão na bainha antes de alisar parte do tecido embolado no ombro de Quincy.

– Perfeito.

– Você acha? – perguntou Quincy, apesar de já saber que realmente estava perfeito. Porém algo ainda a incomodava.

– Qual é o problema?

– Vai doer, não vai?

– Vai – respondeu Janelle, soltando a palavra com um suspiro. – Vai doer, sim, mas também vai ser gostoso.

– O que eu vou sentir mais? O ruim ou o bom?

– Essa é a parte estranha. As duas coisas não se separam.

Quincy olhou no espelho concentrando-se nos olhos de seu reflexo, sentiu-se incomodada com o medo que viu neles e perguntou:

– Tem certeza?

– Confie em mim – disse Janelle envolvendo Quincy com os braços e abraçando-a por trás. – Eu alguma vez já te levei para o mau caminho?

16.

Coop insiste em caminhar com a gente de volta até meu apartamento, por mais que Sam e eu sejamos totalmente capazes de cuidar de nós mesmas. A noite anterior deixou isso claríssimo. Sam caminha ao lado dele, acertando cuidadosamente seu passo com o dele.

Fico para trás, com o rosto levantado para o sol. A tarde está clara e quente – o derradeiro beijo dos últimos dias quentes de outono antes de o inverno começar a se apoderar lentamente do clima. O machucado no meu rosto lateja um pouco, aquecido pela luz do sol. Imagino-o mais vermelho e visível na minha pele. Quero que Coop se vire, finalmente o perceba e arregale os olhos de preocupação. Mas ele permanece dois passos à frente, ainda caminhando ao lado de Sam quando viram na esquina da Eighty-Second Street. Os dois param subitamente. Paro também.

Algo está acontecendo em frente ao meu apartamento. Há uma horda de repórteres aglomerados lá, tão grande e turbulenta que conseguimos vê-la a duas quadras de distância.

– Coop – chamo com a voz fraca. Um eco dela mesma. – Tem alguma coisa errada.

– Porra, tem mesmo – concorda Sam.

– Fiquem calmas – fala Coop. – Não sabemos por que estão aqui.

Mas eu sei. Estão aqui por nossa causa. Enfio a mão na bolsa e pego meu telefone, que desliguei quando Sam e eu saímos do apartamento. Ele ganha vida com uma explosão de alertas. Chamadas não atendidas. E-mails. Mensagens. A preocupação entorpece minha mão à medida que as acesso. Muitos números que não conheço, o que significa que são de repórteres. Somente o de Jonah Thompson me é familiar. Ele ligou três vezes.

– A gente devia ir embora – falo, ciente de que só nos resta cerca de um minuto antes de sermos vistos. – Ou pegar um táxi.

– E ir pra onde? – pergunta Sam.

– Não sei. Para o escritório do Jeff. Para o Central Park. Pra qualquer lugar, só não podemos ficar aqui.

– Não é má ideia – concorda Coop. – Isso vai nos dar tempo pra descobrir o que está acontecendo.

– E eles não têm como ficar ali fora pra sempre – digo, dando uma olhada na direção da turba aglomerada na rua, que parece ter aumentado nos últimos trinta segundos. – Têm?

– Não vou esperar esse tempo todo – resmunga Sam.

Ela dispara a marchar na rua bem na direção dos repórteres. Consigo agarrar a parte de trás de sua blusa e dou um puxão, tentando mantê-la no lugar. Mas não adianta. A seda escorrega dos meus dedos.

– Faça alguma coisa – peço a Coop.

Ele observa o avanço dela com os olhos azuis semicerrados. Não sei dizer se está preocupado ou impressionado. Talvez seja um pouco dos dois. A única coisa que sinto, na verdade, é preocupação, que é o motivo pelo qual corro atrás de Sam, alcançando-a assim que chega à minha quadra.

Os repórteres nos veem, é claro, e todas as cabeças se viram para nós mais ou menos ao mesmo tempo. Um bando de abutres que acaba de avistar um animal atropelado. O pessoal da TV trouxe cinegrafistas com eles, que se acotovelam em busca da melhor posição. Os fotógrafos ficam parados e se curvam abaixo deles, sem parar de disparar as câmeras.

Jonah Thompson está entre eles. Nenhuma surpresa nisso. Ele, assim como os outros repórteres, ladra nossos nomes quando nos aproximamos. Como se nos conhecessem. Como se se importassem com a gente.

– Quincy! Samantha!

Recuamos alguns passos, abordadas por todos os lados pelo surto de câmeras e microfones: Uma mão pousa no meu ombro, pesada e forte. Sequer preciso olhar para trás para saber que pertence a Coop, finalmente se juntando a nós.

– Andem, pessoal, abram caminho. Deixem as moças passarem.

Sam força a passagem, balançando os braços para trás e para a frente, abrindo caminho, sem se importar com as pessoas que está acertando.

– Porra, sai da frente, caralho! – ela brada, sabendo como todos aqueles palavrões impedirão que as filmagens sejam usadas nos noticiários.

– Caralho, não temos porra nenhuma pra falar com vocês.

– Sem comentários, então? – pergunta um repórter. Ele é da TV, a câmera atrás dele gira na direção de Sam como o olho de um ciclope enfurecido.

– É isso mesmo, porra!

Sam tira os olhos dele e olha para mim. Todos aqueles *flashes* dão ao rosto dela um brilho luminescente. A luz abranda sua expressão, deixando-a tão pálida e vazia quanto uma lua cheia. De canto de olho, enxergo Jonah vindo na minha direção aos empurrões.

– Vocês não vão mesmo falar nada sobre Lisa Milner? – pergunta ele.

A curiosidade se agita em mim e me dá coragem. O suicídio de Lisa aconteceu dias atrás. Em um ciclo de 24 horas de notícias, isso é uma eternidade. Há algo mais. Algo novo.

– O que tem a Lisa? – pergunto, me aproximando com dificuldade. Câmeras enchem o local que acabei de desocupar e me cercam.

– Ela não se matou – revela Jonah. – Declararam que a morte dela foi homicídio. Lisa Milner foi assassinada.

Eis os detalhes:

Na noite em que morreu, Lisa Milner consumiu duas taças de Merlot. Não bebeu sozinha. Havia mais alguém com ela, também bebendo vinho. Essa mesma pessoa batizou a taça de Lisa com uma grande quantidade de anitrofilina, um poderoso antidepressivo, às vezes prescrito como remédio para dormir para quem possui traumas sérios. No sangue de Lisa, havia o suficiente para pôr um gorila em coma.

O vinho e a anitrofilina foram descobertos nos exames toxicológicos feitos logo após a morte de Lisa. Sem eles, todos continuariam pensando que ela havia se matado. Mesmo com eles, a impressão seria a mesma. Os policiais presentes na cena encontraram mais anitrofilina no balcão da cozinha. Mas não localizaram o frasco nem a receita do médico de Lisa, porém isso não significa nada na era das farmácias *on-line* que cobram três vezes mais do que o preço normal por comprimidos despachados do Canadá. Qualquer droga que o seu coração desejoso por remédio quiser está a apenas uma fronteira de distância.

Depois que o relatório toxicológico saiu e acendeu uma nova possibilidade mais iluminada que cassino em Las Vegas, uma unidade de peritos forenses foi enviada novamente à casa de Lisa. Eles analisaram a cena com o cuidado que deveriam ter tido dias antes, mas que não tiveram porque todos acharam que ela havia se matado. Encontraram a taça de Lisa, que estava com a base encrostada de grãos de anitrofilina. Localizaram dois anéis secos de vinho na mesa da sala de jantar, deixados pela base das taças. Um dos anéis continha anitrofilina. O outro, não. No entanto, não encontraram a segunda taça. Nem sinal algum de luta. Nem de entrada forçada. Lisa confiava em quem a assassinou.

O médico legista notou algo estranho nos cortes dos pulsos de Lisa. Eram mais fundos do que a maioria dos ferimentos a faca, principalmente se a pessoa que está fazendo o corte encontra-se transtornada pela droga. Ainda mais reveladora era a direção de cada um dos cortes – da direita para a esquerda no pulso esquerdo e da esquerda para a direita, no direito. Na maioria dos casos, a norma é o oposto. E ainda que Lisa pudesse ter sido capaz de se cortar de maneira tão incomum, os ângulos dos ferimentos provaram o contrário. Era impossível que ela tivesse feito aqueles cortes. Eram obra de outra pessoa. A mesma que colocou os comprimidos no vinho e mais tarde levou a taça embora.

A grande interrogação – além de quem fez aquilo e por que, é claro – é: quando Lisa fez a ligação para a polícia de seu telefone celular? As autoridades de Muncie suspeitavam que foi depois de ter sido drogada, porém antes dos cortes. A teoria deles é de que Lisa percebeu que havia sido drogada e conseguiu ligar para a polícia. O assassino tomou o telefone antes que ela conseguisse falar e o desligou. Ciente de que a polícia chegaria de qualquer maneira, a pessoa pegou uma faca, arrastou Lisa grogue para a banheira e a talhou. Isso também explica por que os pulsos estavam cortados, já que, com toda certeza, a própria anitrofilina a teria matado.

O que a polícia não sabe, até que investiguem o disco rígido do computador de Lisa, é que ela me mandou um e-mail aproximadamente uma hora antes do acontecido. Isso soa um alarme nos meus pensamentos assim que nos reunimos ao redor do telefone de Coop, que está no viva-voz, para que todos escutássemos os detalhes.

Quincy, preciso falar com você. É extremamente importante. Por favor, por favor, não ignore isto.

Estamos na sala de jantar, eu em pé à cabeceira da mesa, desassossegada demais pela raiva e pela aflição para me sentar. Lisa continua morta. A nova revelação não muda isso. Porém ela me faz sofrer de uma maneira nova e ligeiramente bruta.

Homicídio é uma besta mais estranha do que suicídio, apesar de o resultado final de ambos ser o mesmo. As próprias palavras são diferentes. "Suicídio" sibila como uma cobra – uma doença da mente e da alma. "Homicídio", no entanto, com o som mais fechado da sílaba inicial, me faz pensar em lodo, escuridão, densidade e é cheia de dor. Era mais fácil lidar com a morte de Lisa quando achava que era suicídio. Significava que acabar com a própria vida tinha sido decisão dela. Isso, certo ou errado, havia sido escolha dela. Não há escolha no homicídio.

Coop e Sam parecem igualmente atordoados. Estão sentados em lados opostos da mesa, em silêncio e imóveis. Como ele nunca esteve no apartamento antes, a presença de Coop acrescenta uma camada a mais de estranheza à já surreal situação. É desnorteante vê-lo à paisana, desconfortavelmente sentado em uma delicada cadeira de sala de jantar. Parece que um impostor assumiu o lugar dele e está lá, se metendo onde não foi chamado. A Sam falsa e cordial foi deixada no café. Agora é a verdadeira que rói as unhas com impaciência, olhando fixamente para o telefone de Coop, como se conseguisse enxergar a pessoa falando através dele, e não a silhueta sem feição que preenche a tela.

A voz que escutamos pertence à conhecida de Coop que trabalha na delegacia de Indiana. Seu nome é Nancy. Foi a primeira policial a chegar à república depois que Stephen Leibman terminou sua farra sangrenta. Era o Coop da Lisa.

– Não vou mentir pra vocês – disse ela com uma voz baixa devido à exaustão e à tristeza. – Eles têm pouquíssima coisa com que trabalhar aqui.

Só consigo escutar parte do que ela fala, pois o e-mail fica se repetindo sem parar na minha cabeça, como se lido em voz alta por Lisa.

Quincy, preciso falar com você.

– As coisas poderiam ser diferentes se aqueles palermas tivessem examinado direito a cena no minuto em que encontraram o corpo dela, do jeito que falei pra eles. Mas não fizeram isso, e só Deus sabe quantas pessoas pisotearam o lugar antes de voltarem lá. A cena toda estava comprometida, Frank. Havia impressões pra todo lado.

É extremamente importante.

– Então talvez nunca descubram quem fez aquilo? – perguntou Coop.

– Nunca digo nunca – respondeu Nancy. – Só que neste momento, as coisas não estão muito boas.

Um breve silêncio toma conta do ambiente e cada um de nós pensa na possibilidade muito real de jamais conseguirmos mais respostas do que temos agora. Nenhum assassino levado à justiça. Nenhum motivo. Nenhuma razão definitiva sobre por que Lisa me mandou um e-mail pouco tempo depois de ter tomado aquele primeiro e desconhecido golinho de morte.

Por favor, por favor, não ignore isto.

Outro pensamento serpenteia na minha cabeça, sinuoso e alarmante.

– Sam e eu devemos nos preocupar? – pergunto.

Coop franziu a testa, fingindo que essa ideia não tinha lhe passado pela cabeça, porém, é obvio que já tinha pensado nisso.

– Então? – insisto.

– Não acho que haja motivo para preocupação – ele responde. – Você acha, Nancy?

A voz lânguida de Nancy emerge do telefone:

– Não existe nada que sugira que isto tenha algo a ver com o que aconteceu com todas vocês.

– Mas e se tiver? – pergunto.

– Quincy? – Coop me chama, me olhando de um jeito que nunca tinha olhado antes. É um misto de austeridade com o desapontamento de que posso estar escondendo algo dele. – O que é que você está deixando de me contar?

Algo que eu devia ter contado dias antes. Não contei porque parecia que o e-mail da Lisa era uma tentativa desesperada de ser convencida a não se matar. Agora, acho que me enganei. Agora, suspeito que Lisa estava na verdade tentando me alertar. Sobre o quê, não tenho a menor ideia.

– Recebi um e-mail da Lisa – anuncio.

Sam finalmente levanta o olhar do telefone e, com a mão ainda na boca, a unha do dedo anular presa entre os dentes, diz:

– O *quê?*

– Quando? – pergunta Coop, com preocupação flamejando em seus olhos.

– Na noite da morte dela. Mais ou menos uma hora antes, pra ser exata.

– Qual era o conteúdo dele? – pede ele. – Todas as palavras.

Conto tudo. O conteúdo do e-mail. Quando o recebi. Quando o li. Tentei inclusive explicar por que demorei tanto para contar a outra pessoa além de Jeff, embora Jeff não se importasse muito com isso. Ele estava concentrado apenas no fato de que não soube daquilo antes.

– Devia ter me contado no minuto em que o recebeu, Quincy.

– Eu sei – respondo.

– Isso poderia ter alterado o desenrolar da investigação.

– Eu *sei* disso, Coop.

Poderia ter dado à polícia uma razão para examinar melhor a casa de Lisa, chegando com mais antecedência à conclusão de que ela havia sido assassinada. Poderia até mesmo ter levado a uma pista importante sobre quem a assassinou. Sei de tudo isso, e a culpa que essa situação desencadeia me deixa com raiva. De mim. Do assassino de Lisa. E até da Lisa, por me enfiar nessa situação. A raiva ferve dentro de mim, superando a mágoa e a surpresa.

– Isso ainda não significa que você ou a Samantha estejam em perigo – alega Nancy.

– Pode até não significar nada – acrescenta Coop.

– Ou pode significar que ela achava que alguém estava atrás da gente – falo.

– Quem iria querer fazer isso? – questiona Coop.

– Muita gente – eu respondo. – Gente doida. Você viu aqueles sites sobre crime. Viu a quantidade de pirados obcecados por nós que existem por aí.

– Isso é porque admiram vocês – Coop alega. – Eles se sentem maravilhados por aquilo que vocês passaram. Pela maneira como foram capazes de sobreviver. Não são muitas as pessoas que conseguiriam fazer aquilo, Quincy. Mas vocês conseguiram.

– Então explica aquela carta.

Não há necessidade de esclarecimento. Coop sabe exatamente que carta mencionei. A ameaçadora. A assustadora. Ela o aborreceu tanto quanto a mim.

VØCÊ NÃØ DEVERIA ESTAR VIVA.
VØCÊ DEVIA TER MØRRIDØ NAQUELA CABANA.
ERA SEU DESTINØ SER SACRIFICADA.

Quem quer que tenha escrito aquilo usou máquina de escrever. As teclas foram golpeadas com tanta força que, na página, as letras pareciam marcas de queimadura no couro. Todo O era na verdade um zero, o que significava que a tecla da letra provavelmente estava estragada. Coop disse que essa pista poderia ajudar as autoridades a chegar a quem a escreveu. Isso aconteceu dois anos atrás. Eu já não tenho mais esperança, até porque todos os outros recursos para identificar o autor da carta já foram esgotados. Não havia impressão digital no papel, que tinha sido selado não com saliva, mas com esponja e água. O mesmo processo foi usado no selo. Descobriram que foi postada em uma caixa de correios pública em uma cidade chamada Quincy, Illinois.

Isso não era coincidência. Jeff e eu estávamos morando juntos há apenas um mês quando ela chegou. Foi a primeira experiência real que ele teve sobre como a vida comigo seria. Fiquei histérica, é claro, a ponto de insistir para que nos mudássemos imediatamente. Preferencialmente para fora do país. Jeff me convenceu a desistir da ideia, argumentando que a carta era doentia, e que, em última análise, não passava de uma pegadinha inofensiva.

Coop levou aquilo mais a sério porque, bem, os policiais são assim mesmo. Nessa época, nossa relação havia minguado para uma mensagem ou duas em meses. Não nos encontrávamos pessoalmente há mais de um ano.

A carta mudou tudo. Quando lhe contei sobre ela, Coop veio de carro até Manhattan para me reconfortar. Durante o café e o chá no local de costume, ele jurou que nunca deixaria nada de ruim acontecer comigo, e insistiu para que nos encontrássemos pessoalmente a cada seis meses. O resto é história.

– Aquela carta foi enviada por um sujeito demente – diz Coop. – Um homem doente. Mas isso foi há muito tempo, Quincy. Aquilo não deu em nada.

– Exatamente – digo. – Nada aconteceu com o psicopata que a mandou. Ele ainda está solto por aí, Coop. E pode ter escrito para Lisa ou para Sam. Talvez tenha finalmente decidido agir.

Olho para Sam, que a cada minuto se transforma mais na Sam antiga. O cabelo havia se soltado de trás das orelhas e agora cobria a maior parte de seu rosto como um véu protetor.

– Você recebeu alguma ameaça de morte?

Sam nega com um pequenino movimento de cabeça e fala:

– Não recebo correspondência há muito tempo. Um dos benefícios de ninguém saber onde você está.

– É, só que agora sabem. Estava na capa do jornal.

Uma nova onda de raiva quebra sobre mim quando penso em Jonah Thompson e no que ele fez. Fecho as mãos com força contra a minha vontade, depois as abro de novo e fico repetindo o movimento, louca para dar um murro na cara dele.

– Lisa recebeu alguma ameaça? – pergunta Coop, inclinando-se na direção do telefone e se dirigindo a Nancy.

– Poucas – responde ela. – Algumas mais preocupantes do que outras. Tratamos de todas elas com seriedade e chegamos a conseguir localizar alguns dos caras que as escreveram. Esquisitões solitários. Nada além disso. Com certeza, não eram assassinos.

– Então você não acha que Sam e eu somos alvos? – pergunto.

– Não sei o que dizer, amor – responde Nancy. – Não há nada aqui que indique ser este o caso, mas é melhor pecar pelo excesso.

Não é o que eu queria escutar, o que faz minha raiva continuar a aumentar. Anseio por uma resposta, boa ou ruim. Algo definitivo e tangível que possa usar para me guiar. Sem isso, tudo fica obscuro como a névoa que amortalhava o Central Park ontem à noite.

– Ninguém está abalado com isso? – pergunto.

– É claro que estamos abalados – responde Coop. – E se tivéssemos respostas, nós as daríamos a você.

Desvio o olhar, incapaz de observar a determinação com que seus olhos azuis tentam me reconfortar, mas revelam apenas incerteza. Até hoje, Coop sempre foi algo sólido e forte com que eu podia contar, mesmo quando o resto do meu mundo estava se esvaindo em esquecimento. Agora nem mesmo ele consegue compreender a situação.

– Você está com raiva – ele afirma.

– Estou.

– Isso é compreensível. Mas não deve achar que o que aconteceu com Lisa vai acontecer com você.

– Por que não?

– Porque se existisse essa possibilidade, Nancy teria dito. E se eu realmente achasse que alguém está tentando te machucar, estaríamos saindo da cidade agora. Eu te levaria pra tão longe daqui que nem Jeff ia conseguir te achar.

Ele me levaria mesmo. Disso não tenho dúvida. Até que enfim a resposta que eu estava procurando e, por um momento, ela é quase o suficiente para eliminar a raiva que queima no meu peito. Mas então Coop olha para o outro lado da mesa e fixa os olhos azuis em Sam.

– Você também, Sam – ele acrescenta. – Quero que saiba disso.

Sam agradece com um aceno de cabeça. Em seguida, começa a chorar. Ou talvez já estivesse chorando há um tempo e Coop e eu não tivéssemos percebido. Mas agora ela se certifica de que a gente perceba. Quando tira o cabelo do rosto, é impossível não ver as lágrimas escorrendo pelas bochechas.

– Sinto muito – diz ela. – Isto, essa situação toda, está mexendo muito comigo.

Fico onde estou, tentando discernir se as lágrimas de Sam são reais, e me sinto péssima por sequer imaginar que podem não ser. Coop, contudo, levanta-se, dá a volta na mesa e se aproxima dela.

– É normal se sentir abalada. Esta situação é ruim em todos os aspectos.

Sam enxuga os olhos. Levanta-se. Estende os braços buscando alento em forma de abraço. Coop a reconforta. Eu o observo envolver Sam com os braços volumosos e puxá-la contra o peito, dando-lhe o abraço que me foi negado nos últimos dez anos.

Desvio o olhar. Saio na direção da cozinha pisando duro. Tomo outro Xanax e começo a confeitar.

17.

Estou fazendo massa para preparar tortinha de maçã quando Coop finalmente entra na cozinha. Há tigelas de ingredientes enfileiradas diante de mim. Farinha e sal, fermento e gordura vegetal, um pouquinho de leite para misturar. Coop se recosta no umbral e silenciosamente fica me observando combinar alguns ingredientes, depois a gordura vegetal, em seguida o leite. Não demoro para colocar na bancada uma bola grande de massa, maleável e resplandecente. Fecho a mão e dou vários socos fortes na massa, transformando-a em um amontoado irregular.

– Tira o ar dela – explico.

– Entendi – diz Coop.

Continuo a esmurrar e a massa vai se abaulando sob os nós dos meus dedos. Só depois de sentir a bancada é que paro e limpo as mãos.

– Cadê a Sam?

– Foi se deitar, eu acho – responde Coop. – Você está bem?

Dou um sorriso tão esticado quanto um elástico prestes a arrebentar e digo:

– Estou bem.

– Você não parece bem.

– É sério, estou, sim.

– Sinto muito por ainda não sabermos mais sobre quem matou Lisa. Sei que é difícil lidar com isso.

– É, sim – concordo. – Mas estou bem.

Coop encolhe os ombros montanhosos, como se meus socos também tivessem retirado o excesso de ar dele. Encho a mão de farinha e salpico-a na bancada, em seguida jogo a massa ali, o que levanta pequeninas lufadas brancas. Com o rolo na mão, estico-a com movimentos longos e fortes. Os músculos dos meus braços enrijecem a cada empurrada.

– Pode largar isso e conversar comigo, Quincy?

– Não temos nada pra conversar. Espero que achem algum jeito de pegar quem fez aquilo com a Lisa e aí tudo vai voltar ao normal. Até lá, sei que você vai fazer o melhor para me manter a salvo.

– Esse é o meu plano.

Coop acaricia meu queixo como meu pai costumava fazer. Era um gesto comum quando confeitávamos juntos e eu invariavelmente fazia alguma besteira. Derramava um monte de farinha fora da tigela ou quebrava um ovo com tão pouca destreza que casquinhas boiavam na gema. Eu ficava chateada e ele apertava meu queixo entre o polegar e o indicador, levantando-o desse jeito para me acalmar. Ainda que seja Coop o tranquilizador, o efeito é o mesmo.

– Obrigada – agradeço. – De verdade. Sei que dou trabalho. Principalmente em um dia como hoje.

Coop começa a falar algo. Escuto o estalo da língua nos dentes quando ele abre a boca e a palavra começa a se formar. Então a porta da frente é aberta e a voz de Jeff preenche o apartamento.

– Quinn? Está aqui?

– Na cozinha.

Apesar de Jeff estar surpreso pela presença de Coop, ele disfarça muito bem. Percebo somente um leve espanto. Isso mal dura um segundo, ele compreende a situação e se dá conta de que Coop está ali pela mesma razão por que ele havia chegado em casa no meio da tarde com vinho e duas sacolas com comida do meu restaurante tailandês favorito.

– Saí do trabalho assim que ouvi a notícia – ele disse, colocando tudo na geladeira. – Tentei te ligar, mas caiu direto na caixa postal.

O que aconteceu porque o meu telefone ficou desligado o tempo todo que fiquei em casa. A esta altura, as mensagens, os e-mails e as chamadas não atendidas devem estar fazendo uma pilha tão grande que nunca mais vou conseguir verificar todos eles. Com as mãos agora livres, Jeff me puxa e abraça.

– Como você está?

– Ela está bem – Coop responde com frieza.

Jeff o cumprimenta com um gesto de cabeça – o primeiro reconhecimento evidente de que ele está na cozinha. Vira-se para mim e pergunta:

– Está?

– É claro que não – eu respondo. – Estou chocada, triste e com raiva.

– Eles sabem quem fez aquilo, não sabem?

– Não sabem quem nem por quê. Só sabem como.

Jeff, recusando-se a me soltar, vira para Coop novamente. Minha cabeça permanece em seu peito e move-se involuntariamente com ele.

– Fico contente por você estar aqui com elas, Franklin. Tenho certeza de que foi um grande alento pra Quinn e pra Sam.

– Só gostaria de poder fazer mais – diz Coop.

– Você já fez tanto – fala Jeff. – A Quinn tem sorte de ter você na vida dela.

– E você – digo a Jeff. – Tenho tanta sorte de ter você.

Afundo-me ainda mais no peito de Jeff e a gravata dele escorrega na minha bochecha. Ele acha que é por aflição, o que suponho que seja, e me abraça com mais força. Deixo-me levar, virando para dentro, e o corpo de Jeff atravessa gradualmente o meu campo de visão, eclipsando a imagem de Coop, que me encara do outro lado da cozinha.

Mais tarde, Jeff e eu assistimos a outro filme *noir* na cama. *Amar foi minha ruína*, com Gene Tierney no papel de uma esposa obsessiva e sanguinária. Tão bonita. Tão perturbada. Quando o filme acaba, assistimos ao jornal das onze até começar uma notícia do caso de Jeff. A polícia fez uma coletiva de imprensa com a esposa do policial morto, exigindo penas mais rígidas para condenados por crimes contra policiais. Antes que Jeff pudesse pegar o controle remoto e desligar a TV, vislumbro por uma fração de segundo o rosto da viúva. Está pálido, profundamente enrugado, borrado de tristeza.

– Eu queria ver aquilo – falo

– Achei que você quisesse dar um tempo de notícias ruins.

– Estou bem – afirmo.

– Assim como a Sam e o Coop estão.

Coop foi embora minutos depois de Jeff chegar, resmungando desculpas sobre a longa estrada de volta à Pensilvânia. Sam, claramente desalentada, passou a maior parte do jantar tentando evitar a necessidade de falar. E eu continuei brava, apesar do Xanax, de ter confeitado e de ter tomado provavelmente meia caixa de vinho. Continuo brava, horas depois. É uma raiva irracional e generalizada. Estou brava com tudo e com nada. Estou brava com a vida.

– Sei que isso é difícil pra você.

– Você não tem ideia – retruco.

Não é somente por causa da raiva que digo isso. É a verdade nua e crua. Jeff não sabe o que é ter uma das duas únicas pessoas como você eliminada da face da terra. Não sabe o quanto isso é triste, assustador e confuso.

– Sinto muito. Você está certa. Não sei. Nunca saberei. Mas entendo que você esteja com raiva.

– Não estou – minto.

– Está, sim – Jeff contesta e permanece em silêncio por um tempo. Fico tensa, pois sei que está prestes a falar algo que não quero ouvir. – E como você já está brava, vou aproveitar pra contar que tenho que voltar a Chicago.

– Quando?

– Sábado.

– Você acabou de voltar de lá.

– O momento é péssimo, eu sei – ele reclama. – Mas outra pessoa se ofereceu pra dar testemunho sobre o caráter do acusado.

Olho para a tela vazia da televisão, ainda lembrando do rosto da viúva do policial.

– Hum – resmungo.

– É o primo do cara – Jeff continua, mesmo que eu não tenha a menor vontade de saber do caráter do cliente dele. – Ele é pastor. Os dois cresceram juntos. Foram batizados juntos. Isso pode ajudar muito na defesa dele.

Viro de lado e fico olhando para a parede:

– Ele matou um policial.

– Supostamente – contesta Jeff.

Pensei em Coop. E se ele tivesse sido baleado por esse cara? E se o cliente de Jeff tivesse assassinado Lisa? Eu ainda teria que fingir estar feliz com a possibilidade de algumas palavrinhas favoráveis de um primo pregador reduzirem a sentença dele? Não, não teria, não. Porém, Jeff espera exatamente isso.

– Você sabe que ele é culpado, certo? – questiono. – Que ele atirou naquele detetive do jeito que todo mundo está falando.

– Isso não sou eu quem decide.

– Não é?

– É claro que não – Jeff rebate, igualando sua irritação à minha. – Não interessa do que ele está sendo acusado. O cara merece uma defesa tão boa quanto a de qualquer outra pessoa.

– Mas você acha que ele fez aquilo?

Começo a me sentar lentamente, olhando para Jeff por cima do ombro. Ele ainda está deitado de costas, com as mãos atrás da cabeça, olhando para o teto. Pisca uma vez, e consigo enxergar a verdade naquele veloz esvoaçar de pálpebras. Ele sabe que seu cliente é culpado.

– Eu não sou nenhum advogado de defesa criminal caríssimo – comenta ele, como se isso deixasse a situação um pouquinho melhor. – Não vou ficar rico defendendo assassinos inequívocos. Estou sustentando um pilar do sistema judicial americano. Todo mundo tem direito a um julgamento justo.

– E se você fosse designado pra defender alguém realmente mau? – pergunto, me virando e ficando de lado novamente, incapaz de olhar para ele.

– Não teria escolha.

Teria, sim. Se o cliente dele fosse Stephen Leibman, o maníaco da faca, ou Calvin Whitmer, o Homem do Saco, ele poderia recusar, alegando que homens como eles não merecem ser defendidos. Lá no fundo, porém, sei que Jeff não faria essa escolha. Ele escolheria ficar do lado deles. Ajudá-los. Até a Ele.

– Sempre há uma escolha – digo.

Jeff permanece calado. Fica olhando para o teto, até seus olhos pesarem e por fim se fecharem. Minutos depois, ele está dormindo.

Para mim, dormir é uma impossibilidade. Ainda estou com muita raiva. Então me debato debaixo das cobertas em busca de uma posição confortável. Para ser completamente honesta, parte de mim está fazendo isso para acordar Jeff. Para deixá-lo tão sem sono quanto eu. Mas ele não acorda e o relógio se move das onze para a meia-noite, da meia-noite para a uma.

À uma e quinze, saio da cama, visto as mesmas roupas sujas e vou para o corredor na ponta dos pés. A luz ainda espreita por baixo da porta de Sam, então bato.

– Pode entrar, Quinn.

Ela está sentada na cama, de pernas cruzadas, lendo um livro de capa dura de Asimov com a lombada quebrada. Tinha trocado de roupa e voltado a colocar o jeans preto e a camisa do Sex Pistols de ontem. Havia acrescentado a jaqueta preta ao conjunto. Quando levanta o olhar para mim, presumo que consegue sentir minha raiva. Com certeza ela sabe por que estou ali.

Sem falar nada, Sam levanta da cama, vasculha a mochila e, por incrível que pareça, pega uma bolsa.

É uma monstruosidade de courino com alças curtas que só chegam até os cotovelos. Do lado de fora, ao lado da mochila, há uma pilha de livros de capa dura e Sam os enfia na bolsa.

– Aqui – diz ela, jogando-a para mim como um jogador de futebol.

Pego-a, surpresa com o peso e pergunto:

– Pra que isso?

– Isca.

Não falo nada. Apenas saio do quarto atrás de Sam, segurando com força a alça da bolsa na palma suada da mão enquanto saímos noite adentro.

18.

Do lado de fora, um calor intempestivo gruda no ar limpo, bruto e opressivo. Quando chegamos ao parque, começo a suar e meu rosto fica ensebado e brilhante.

Está tão quente no parque que a maioria dos homens que vemos tinha dispensado seus moletons com capuz, contentando-se em zanzar pelo parque com camisas de malha apertadas e pegajosas. Acenamos para alguns deles com a cabeça quando passamos, como se fôssemos um deles, cruzando a noite em busca de carne fácil. De certa maneira, somos.

Não há neblina no parque a esta hora. A noite está quase quebradiça em sua claridade. Lâminas de grama capturam o brilho da lua e cintilam brancas, com a aparência de dentes afiados. Nas árvores, folhas pendem dos galhos como homens recentemente enforcados.

Escolhemos um banco não muito distante do que usamos ontem à noite. Vejo-o bem do outro lado da estradinha, com um triângulo da luz do poste iluminando seu assento. Imagino-me sentada nele 24 horas antes, nervosa, não querendo outra coisa a não ser ir para casa. Agora analiso os cantos do parque amortalhados pela noite. Todas as sombras parecem tremer com um perigo incalculável. Estou pronta para ele. Ávida.

– Está vendo alguma coisa? – pergunto.

– Não – responde Sam.

Ela pega o maço de cigarros no bolso, dá uma batidinha nele para tirar um. Estendo a mão.

– Me dá um.

– Sério?

– Eu fumava – falo, quando na verdade foi só uma vez, mesmo assim depois de tanto Janelle insistir. Um trago me fez tossir tão violentamente que ela teve que tirá-lo de mim, temendo que ele fizesse ainda mais estrago. Hoje à noite, me porto melhor, dou dois tragos pequenininhos antes da tosse eclodir.

– Amadora – diz Sam, dando um trago e soltando anéis de fumaça.

– Exibida.

Fiquei praticamente só segurando o cigarro enquanto ela fumou o dela inteiro, sempre vigilantes, sem jamais desviarmos os olhos do horizonte obscuro do parque.

– Como você está se sentindo? – pergunta Sam. – Sobre a Lisa?

– Brava.

– Bom.

– O que aconteceu com ela é tão errado. Acho que era mais fácil...

Não consigo falar o resto do que estou pensando. Que era mais fácil lidar com aquilo quando achávamos que Lisa tinha se matado. Não é algo que se enuncia, mesmo que seja verdade.

– Você acha mesmo que tem alguém por aí querendo pegar a gente? – pergunta Sam.

– É uma possibilidade – respondo. – Somos famosas, à nossa maneira.

Ou melhor, somos infames. Notáveis por termos passado por situações impensáveis e saído delas com a vida intacta. E algumas pessoas – como o doente que foi de carro até Quincy, Illinois, para me mandar aquela carta – enxergam isso como um desafio. Terminar o que outras pessoas não conseguiram. Sam deu os últimos tragos no cigarro. Em seguida, falou ainda soprando a fumaça.

– Você algum dia ia me contar sobre aquele e-mail da Lisa?

– Não sei. Eu queria contar.

– Por que não contou?

– Porque não sabia o que significava.

– Agora significa que a gente pode estar em perigo – diz Sam.

No entanto, aqui estamos nós, sentadas no Central Park em um horário atroz, pedindo confusão. Desejando-a, na verdade. Mas não vejo nada na noite clara. Apenas nossas sombras esticadas diante de nós pelas luzes dos postes e salpicadas pelas guimbas em brasa dos dois cigarros.

– O que acontece se a gente não vir ninguém? – indaguei.

Sam movimenta a cabeça na direção da bolsa com a alça ainda ao redor do meu antebraço.

– Por isso trouxemos isso aí.

– Quando a gente vai usar esta bolsa?

Ela arqueia uma de suas sobrancelhas desenhadas e sorri sem querer.

– Agora se você quiser.

Rapidamente, bolamos um plano. Como sou mais baixa e, portanto, um alvo mais fácil, caminho pelo parque sozinha, com a bolsa balançando de modo provocativo no meu braço. Sam me seguirá a uma distância curta, fora da viela, onde é menos provável que seja notada. Se e quando alguém atacar, estaremos prontas para contra-atacar.

É um bom plano. Só que um pouco negligente.

– Estou pronta – afirmo.

Sam aponta o caminho amortalhado pelas árvores.

– Vai pegar os caras, tigresa.

A princípio, ando muito rápido, com a bolsa balançando enquanto rasgo o caminho abaixo com passos tão apressados que até os ladrões mais experientes pensariam duas vezes. Movimento-me tão rápido que Sam tem dificuldade de me acompanhar. Olho por cima do meu ombro e a vislumbro bem distante de mim, ladeando as árvores e se apressando pela grama.

Depois disso, diminuo a velocidade, lembrando que o objetivo é parecer vulnerável e fácil de pegar. E não quero que Sam fique tão afastada atrás de mim a ponto de não poder me resgatar se surgir a necessidade. Consequentemente, estabeleço um passo apropriado e uniforme e sigo na direção sul pela viela que abraça a margem do lago do Central Park. Não vejo ninguém. Não escuto ninguém a não ser um carro ou outro em Central Park West e os meus passos arrastados. À minha direita, há uma porção vazia de parque cercada por muros de pedra. À esquerda está o lago, sua superfície plácida reflete um punhado de luzes dos prédios ao longo de Upper West Side.

Perdi Sam de vista, que ainda está em algum lugar atrás de mim, rastejando através da escuridão. Estou sozinha, o que não me enerva tanto quanto deveria. Já fiquei sozinha na floresta. Em situações mais perigosas do que esta. Levo quinze minutos para dar a volta completa e chegar ao ponto de partida. Fico parada bem onde comecei, minha pele está viscosa de suor e há duas manchas molhadas debaixo dos braços. Agora é um momento racional para encontrar Sam e voltarmos para o apartamento, para a cama, para Jeff.

Mas não estou me sentindo racional. Não depois do dia que tive. Uma dor oca se formou como fome nas minhas entranhas. Essa simples passada pelo parque não é suficiente para acabar com ela. Então começo uma segunda volta e caminho novamente às margens do lago. Desta vez, a superfície dele reflete menos luzes. A cidade ao meu redor pestaneja e vai dormir, uma janela de cada vez. Quando chego à Bow Bridge na ponta sul do lago, tudo fica mais escuro. A noite me dragou para seus braços, envolvendo-me nas sombras.

Junto do abraço sombrio chega algo mais. Um homem. Vagando pelo parque em uma viela diferente, cinquenta metros à minha direita. Sei na mesma hora que ele não é um dos homens vagando em busca de sexo. O andar dele é diferente, menos confiante. Com a cabeça baixa e as mãos enfiadas nos bolsos da jaqueta preta, ele dá passos muito lentos, por isso movimenta-se bem devagar. Está se esforçando muito para parecer invisível e nada ameaçador.

Mas está me observando. Noto como o seu boné dos Yankees não para de se virar na minha direção. Diminuo o ritmo, começo a dar passos curtos, certificando-me de que ele esteja diante de mim quando nossas vielas se cruzarem vinte metros à frente. Sinto muita vontade de conferir se Sam está atrás de mim, mas não posso. Isso pode chamar a atenção dele. Um risco que tenho que evitar.

O homem caminha assoviando. O gorjeio indefinível corta o silêncio do parque, agudo e etéreo. Tenho a sensação de que ele está fazendo isso para me deixar tranquila. Uma tentativa, inocente ou não, de me fazer baixar a guarda.

Logo à frente está o local onde nossas vielas se encontram. Paro e começo a mexer dentro da bolsa, certificando-me de que ele note. Tem que notar. A bolsa é grande demais para passar despercebida. No entanto, ele finge não vê-la e continua sua caminhada desmedida até estar na mesma viela, logo à minha frente. Ele continua a assoviar, tentando não me amedrontar, tentando fazer com que eu continue a me movimentar. *O Flautista de Hamelin*. Começo a caminhar. Um, dois, três passos.

O assovio para. Ele também.

De repente, ele vira depressa e fica de frente para mim. Suas pupilas reviram nas órbitas, loucas e escuras. Os olhos de um viciado precisando de um pico. Na superfície, entretanto, ele não é nada ameaçador. Bochechas descarnadas. Corpo magro como um cabo de vassoura. Ele tem praticamente a mesma altura que eu, talvez seja até mais baixo. A jaqueta lhe dá algum volume, mas é tudo encenação. Ele é peso-pena.

A dureza em seu rosto é amplificada pelo suor que lhe escorre pela testa grande e pelas bochechas afiadas como navalha. Sua pele é tão retesada quanto a de um tambor. Ele praticamente vibra de fome e desespero.

Quando fala, sua voz é um resmungo moroso.

– Não quero incomodar, ok? Mas preciso de uma grana. Pra comida, sabe?

Não digo nada. Pretexto. Estou dando tempo suficiente para Sam se aproximar. Se é que ela está ali.

– Escutou o que tô falando, dona?

O silêncio da minha parte continua. Deixo tudo por conta dele. Ele pode ir embora. Pode ficar. Se ficar e causar problema, Sam com certeza vai atacar.

Talvez.

– Estou com fome mesmo – reafirma o homem, com o olhar fixo na minha bolsa. – Tem comida aí dentro?

Finalmente olho para trás, em busca da sombra de Sam se aproximando.

Ela não está ali. Não há ninguém.

Somos apenas eu, o homem e a bolsa que vai deixá-lo muito puto se olhar lá dentro e vir que só há livros e nada mais. Eu devia estar com medo. Devia estar com medo o tempo todo. Contudo, sinto o oposto de medo. Sinto-me radiante.

– Não – respondo. – Não tem.

Eu o encaro, monitorando seus movimentos, aguardando o arquear de um braço ou uma mão se fechando. Qualquer coisa que sugira que ele está pensando em me fazer algum mal.

– Tem certeza de que não tem nada mesmo aí dentro?

– Você está me ameaçado?

O homem levanta as mãos, dá um passo atrás:

– Peraí, dona. Não tô fazendo nada.

– Você está me incomodando. Isso é alguma coisa.

Viro-me, começo a me afastar, com a bolsa balançando debilmente nas minhas mãos. O homem me deixa ir embora, está debilitado demais para brigar. A única coisa que consegue fazer é se despedir de mim com um insulto.

– Vadia insensível!

– O que você falou?

Viro-me, dou passos largos na direção dele e me aproximo o bastante para sentir seu bafo. Fede a vinho barato, fumaça e gengiva podre.

– Você acha que é um bosta durão, não acha? – provoco. – Aposto que achou que eu ia estremecer ao te ver e entregar tudo o que queria.

– Dou-lhe um empurrão que o faz cambalear para trás sobre os calcanhares. Seus braços tremulam para conseguir manter o equilíbrio. Uma de suas mãos bate no meu rosto, tão de leve que mal sinto.

– Porra, você acabou de me bater.

O rosto do homem se afrouxa, transparecendo seu choque.

– Não tive a intenção...

Eu o interrompo com outro empurrão. Depois outro. Quando o homem cruza os braços, bloqueando outro safanão, solto a bolsa e começo a esmurrar seus ombros e braços.

– Ei, para com isso!

Ele se abaixa para fugir dos meus socos e cai de joelhos. Algo escorrega da jaqueta dele e cai no chão. É um canivete, fechado. Meu coração dispara ao vê-lo. O homem estende o braço para pegá-lo. Dou uma trombada com o quadril no ombro dele, afastando-o do canivete. Quando se levanta, começo a estapeá-lo de novo, balançando desnorteadamente, golpeando-lhe o peito, os ombros, o queixo.

O homem precipita-se para a frente e começa a empurrar também. Continuo a lutar, esmurrando e chutando as canelas dele.

– Para! – ele pede com um gritinho. – Não fiz nada.

Ele agarra uma mecha do meu cabelo e dá um puxão. A dor me força a ficar parada. Meus olhos se fecham contra minha vontade, as pálpebras caem. Algo centelha na repentina escuridão. Não exatamente dor. Uma memória dela. Similar, porém distinta da que sinto agora, quando o homem me puxa para trás.

A dor memorial explode como fogos de artifício por trás das minhas pálpebras. Luminosa, ela queima de tão quente. Estou do lado de fora. Perto das árvores. O Chalé Pine surge turvo em minha visão embaçada. Outra pessoa agarrou meu cabelo e está me puxando para trás em meio aos gritos.

Meus dedos agarram o colarinho da jaqueta do homem, eu o derrubo junto comigo. Batemos com força no chão, eu de costas, ele no meu peito, nós dois ofegando e em choque. Quando ele tenta agarrar meu cabelo de novo, estou pronta. Rolo a cabeça pelo chão, esquivando-me do puxão. Depois me inclino para a frente e dou uma cabeçada nele. Minha testa acerta seu nariz e a cartilagem se rompe.

O homem solta um grito, rola para o lado e sai de cima de mim com as mãos sobre o nariz jorrando sangue. Ele fica de joelhos. Seus dedos estão manchados de vermelho.

A dor real e a dor memorial fagulham em mim como cabos elétricos na bateria de um carro, fazendo meus músculos darem arranques. Isso racha a casca quebradiça ao redor da minha memória. Partículas minúsculas dela desprendem-se e ali embaixo há vislumbres fugidios do passado. Ele.

Agachado de maneira similar no chão do Chalé Pine. Tem uma faca ensanguentada na mão.

Embora eu esteja vagamente ciente de que me encontro em um lugar e período diferentes, é só Ele que enxergo. Então mergulho com os punhos cerrados, esmurro Sua cara. Dou um soco Nele uma segunda vez. Uma terceira.

A fúria assume o controle. Como um lodo negro que me enche, escorre dos meus poros e cobre meus olhos. Não enxergo mais. Nem escuto. Nem sinto cheiro. O único sentido remanescente é o tato, e a única coisa que sinto é dor nos punhos que estraçalham a cara Dele. Quando não aguento mais esmurrar, levanto e dou um chute em seu crânio. Depois outro. E outro. Cada golpe vem com um nome que sai borbulhando contra a minha vontade. Eu os cuspo como se fossem veneno, vomitando-os sobre Ele, cobrindo-o.

Janelle. Craig. Amy. Rodney. Betz.

– Quincy!

Não é minha voz. É a de Sam. Ela aparece de repente atrás de mim, esmagando meus braços, me arrastando para longe.

– Para – exige ela. – Pelo amor de Deus, para.

Passo alguns segundos lutando para me soltar de Sam, me debatendo e rosnando. Um cão feroz preso em uma correia. Só me acalmo quando vejo o sangue. É uma mancha na mão de Sam, pegajosa e escura. Vê-la me faz achar que a machuquei. Esse pensamento mina a minha fúria.

– Sam – falo sem ar. – Você está sangrando.

Estou errada. Percebo isso quando olho para as minhas próprias mãos e vejo que estão ensopadas de sangue. O mesmo sangue que está em Sam. O mesmo sangue que escorre pelos meus braços, mancha minhas roupas, salpica quente meu rosto e pescoço.

Um pouco dele é meu. A maior parte, não.

– Sam? O que aconteceu? Onde você estava?

Em vez de responder, ela me solta, pois sabe que não vou a lugar algum. Ela se aproxima depressa do homem na grama, que está caído de lado, com um dos braços aberto atrás do corpo e o outro encurvado para dentro. Não consigo olhar para o rosto dele, porém, ao mesmo tempo, não consigo me conter. O que restou dele. Os olhos estão fechados devido ao inchaço. Do nariz quebrado escorre um sangue mais escuro que o restante. Ele não se mexe. Sam põe dois dedos no sangue que enseba o pescoço, em busca de pulsação. A preocupação enruga seu rosto.

– Sam? – chamou com a vertigem, o medo e o choque dando cambalhotas dentro de mim. – Ele ainda está vivo, certo?

Minha visão embaça, Sam e o cara que pode estar morto dão guinadas para dentro e fora de foco na minha visão.

– *Certo*?

Sam não fala nada. Nem quando passa a manga da jaqueta no local em que encostou no pescoço do homem, apagando a identificação deixada por seus dedos. Nem quando cata o canivete caído na grama e o enfia no bolso. Nem quando me arrasta da cena, incapaz de olhar para mim enquanto lamento:

– O que foi que eu fiz, Sam? *O que foi que eu fiz?*

19.

Movemo-nos depressa, uma dupla de fugitivas precipitando-se pela escuridão. Sam tinha jogado a jaqueta nos meus ombros e pressionava com a mão a parte de baixo das minhas costas, me empurrando para a frente. Sigo adiante porque tenho que fazer isso. Porque Sam não vai me deixar parar, ainda que a única coisa que eu queira seja desabar e ficar ali no chão.

Respirar se tornou trabalhoso. Toda inspiração é dificultada por um estremecimento de ansiedade. Toda expiração é acompanhada por um soluço. Meu peito se expande com a falta de oxigênio, meus pulmões desesperados empurram minhas costelas.

– Para – peço, sem ar. – Por favor, me deixa parar.

Sam aumenta a pressão nas minhas costas, me forçando a seguir em frente. Passamos por árvores. Passamos por estátuas. Passamos por mendigos esticados nos bancos. Quando passamos por outras pessoas – um homem de bicicleta, três amigos bêbados caminhando de braços dados –, ela se vira para o meu lado, escondendo meu corpo encharcado de sangue.

Paramos somente quando chegamos ao Conservatory Water, aquela esmerada piscina onde durante o dia as crianças observam seus veleiros de brinquedo percorrerem a água rasa. Ela me leva até a beirada da piscina, me ajoelha e enfia as mãos na água. Sam me limpa o máximo possível, jogando água nos meus braços, meu pescoço e rosto. Do outro lado da piscina, um sem-teto está fazendo a mesma coisa. Quando ele olha para nós, Sam grita e a voz dela reverbera sobre a água.

– Está olhando o quê, caralho?

O homem retrocede, agarra seu punhado de sacos de lixo e desaparece na escuridão.

Sam afunda uma mão na piscina e passa água na minha testa.

– Escuta – diz ela. – Acho que ele ainda está vivo.

Quero acreditar nela, mas não consigo me permitir isso.

– Não – murmuro eu. – Eu o matei.

– Senti pulsação.

– Tem certeza?

– Tenho. Tenho certeza.

Sinto o alívio se derramar sobre mim, mais purificador do que a água que ela continua a jogar na minha pele manchada de sangue. Consigo respirar com mais facilidade. Minha garganta se abre, solto mais um soluço, este de agradecimento.

– Precisamos ligar e pedir ajuda – digo.

Sam enfia minhas mãos na água novamente e as esfrega, apagando a evidência do meu pecado.

– Não podemos fazer isso, Quinn.

– Mas ele precisa ir para o hospital.

Tento tirar as mãos da água, porém Sam as segura lá dentro.

– Se ligar, vai envolver a polícia.

– E? – questiono. – Vou falar que estava agindo em legítima defesa.

– E estava?

– Ele tinha um canivete.

– Ele ia usá-lo?

Não posso responder àquilo. Talvez ele o usasse, posteriormente. Ou talvez ele simplesmente fosse embora. Nunca saberei.

– Ele ainda está com o canivete – digo, sem ter certeza de quem estou tentando convencer, se a Sam ou a mim mesma. – A polícia não me acusaria se soubesse disso.

Sam finalmente tira minhas mãos da água e as vira para ver se sobrou algum sangue. Ela tirou tudo. As palmas estão brancas e brilhantes.

– Acusaria se soubesse o motivo pelo qual estávamos lá – contesta ela. – Se soubesse que estávamos tentando atrair alguém. Especialmente se soubesse que você podia ter ido embora.

– Você me viu?

– Vi.

– Você estava *lá*?

Começo a hiperventilar novamente, meu corpo naufraga em uma série de engasgos que machucam meus pulmões. A repentina falta de ar me deixa tonta. Ou talvez seja uma sensação causada pelo choque. Em ambos os casos, tenho que equilibrar o corpo segurando na beirada da piscina para evitar cair. Quando falo, solto rajadas agudas e irregulares:

– Por que... você... não me ajudou?

– Você não precisava de ajuda.

– Ele tinha um *canivete* – contesto, com uma raiva quente e pegajosa me subindo pela garganta. Parece um gole de Wild Turkey ao contrário, subindo centímetro a centímetro. – Você ficou sentada lá só olhando, caralho?

– Queria ver o que você ia fazer.

– E quase matei o homem. Está feliz? Era essa a reação que você estava querendo? Por que você não tentou me parar?

– A pergunta que você devia se fazer é por que você não tentou parar a si mesma.

Consegui me levantar e sacudi as mãos para secá-las antes de sair pisando duro. Para longe da piscina. Para longe de Sam.

– Quinn – grita ela às minhas costas. – Não vá.

– Estou indo!

– Aonde?

– À polícia.

– Eles vão te prender.

Foi a maneira como ela disse aquilo que me fez parar. Ela falou com uma voz insípida e as palavras foram pronunciadas com uma trivialidade alarmante. Ela está certa, e eu sei disso. O pânico ferve nas profundezas do meu estômago. Sou a mariposa que se descuidou da chama. Agora estou engolfada.

– Com ou sem canivete, os policiais não vão entender – alega Sam. – Vão te ver só como uma vadia vingativa que veio aqui atrás de confusão. Vai ser presa por agressão. Ou por coisa pior, talvez. Pelo tipo de acusação que o seu namorado, Jeff, não vai ser capaz de convencer os policiais a deixar pra lá.

Penso em Jeff, a apenas algumas quadras dali, perdido em seu sono. Isso pode arruiná-lo. Ele não tem nada a ver com a situação, mas ninguém vai se importar. Minha culpa é suficiente para destruir nós dois.

A vertigem retorna, trazendo consigo uma severa tremedeira que paralisa minhas pernas. Bambeio, incerta sobre quanto tempo mais consigo permanecer de pé. Sam continua a falar, o que só piora tudo:

– Você vai aparecer nos jornais de novo, Quinn. Não em um só, em todos.

Ah, tenho certeza disso: Imagino as manchetes: **GAROTA REMANESCENTE ENLOUQUECE E TEM VIOLENTO ATAQUE DE FÚRIA.** Jonah Thompson vai ter um orgasmo com isso.

– Não tem como se recuperar disso. Se for à polícia, a vida como você conhece vai acabar.

As palavras saem feias de sua boca, ainda que Sam esteja falando a verdade. Porém, eu a odeio do mesmo jeito. Eu a odeio por ter aparecido, se intrometido na minha vida, me trazido para este parque. Misturado a esse ódio há outro, que engloba uma emoção com a qual é muito mais difícil lidar. Desespero.

Ele espuma dentro de mim, me fazendo suar, chorar... eu me sinto tão indefesa que desejo mergulhar na piscina e nunca mais emergir.

– O que a gente vai fazer? – pergunto, com a desesperança rachando minha voz.

– Nada – responde Sam.

– Então a gente simplesmente sai do parque e finge que isso nunca aconteceu.

– Isso mesmo.

Sam pega sua jaqueta, que eu tinha largado à beira da água, e a coloca novamente ao redor dos meus ombros e me empurra para a frente. Caminhamos mais devagar agora, ambas atentas aos sinais da polícia. Pegamos um caminho diferente para sairmos do parque.

Poucas pessoas nos veem caminhando pelo Central Park West até meu prédio. Aqueles que nos viram provavelmente acharam que éramos duas garotas bêbadas cambaleando para casa. A tontura que sinto me faz mesmo cambalear e ajuda a passar essa ideia.

Assim que chego em casa, encho a banheira no quarto de hóspedes e tiro a roupa. A quantidade de sangue nelas é de embrulhar o estômago. Não está tão ruim quanto o vestido branco que se transformou em vermelho no Chalé Pine, mas está perto disso. Tão ruim que começo a chorar de novo ao entrar na banheira. Filetes avermelhados se formam na água em pequenos redemoinhos que se dissolvem lentamente. Fecho os olhos e digo a mim mesma que tudo o que aconteceu hoje à noite vai desaparecer da mesma maneira. Um lampejo colorido que some rapidamente. O homem no parque sobreviverá. Como ele estava com um canivete, não vai mencionar o que fiz com ele. Tudo será esquecido em alguns dias, semanas, meses.

Examino os nós dos dedos e vejo que estão terrivelmente avermelhados. Eles pulsam de dor. Sinto algo parecido no pé que usei para chutar o homem até deixá-lo inconsciente. Outras sensações do que aconteceu mais cedo naquela noite me assaltam. O puxão no meu cabelo. A visão Dele agachado no chão com a faca ensanguentada na mão.

Memórias. Não desta noite, mas de dez anos atrás. Do Chalé Pine. De fatos que eu achava ter esquecido.

Digo a mim mesma que não podem ser lembranças. Que quase tudo sobre aquela noite tinha sido eliminado da minha mente. Mas sei que estou errada. Tinha me lembrado de algo.

Em vez de ficar recostada na banheira, me curvo para a frente, com a esperança de que a água quente lave tudo isso. Não quero me lembrar do que aconteceu no Chalé Pine. Foi por essa razão que arranquei aquilo do cérebro, certo? Porque era tudo horrível demais para manter na cabeça.

Porém, quer eu goste ou não, é impossível negar que me veio algo hoje à noite. Nada grandioso. Somente um breve lampejo de memória. Como uma foto desbotada. Contudo, é o suficiente para me fazer sentir um calafrio, mesmo mergulhada até o pescoço na banheira fumegante.

Alguém dá uma batida rápida na porta, um aviso de Sam de que está entrando. Ela dá um passo para dentro antes de ficar imóvel diante das minhas roupas ensanguentadas no ladrilho do chão. Sem dizer uma palavra, ela as recolhe.

– O que vai fazer com elas? – pergunto.

– Não se preocupe. Sei o que fazer – ela responde antes de sair do banheiro.

Mas estou preocupada. Com as memórias que repentinamente me voltaram à consciência. Com o homem no parque. Com a atitude de Sam ao ficar parada me assistindo bater nele inconscientemente, como se aquele só fosse mais um de seus testes inconfessos.

De repente, uma ideia se apodera de mim. Uma pergunta, na verdade, nebulosa e distante, devido ao vapor que se eleva da água e da minha própria exaustão.

Por que Sam sabe o que fazer com as roupas ensanguentadas?

E outra mais: Por que ela estava tão calma quando fugimos da cena do crime?

Agora que penso nisso, me dou conta de que ela estava mais do que calma. Ela foi totalmente meticulosa na maneira como me retirou da cena, pois certificou-se de esconder a mim e ao sangue dos curiosos e encontrou um lugar com água em que pudesse me limpar. Ninguém poderia ser tão eficiente nesse tipo de situação. A não ser que já tivesse feito aquilo antes.

Esses pensamentos são rapidamente seguidos por outro. Mas desta vez não é uma pergunta. É uma certeza que grita dentro do meu cérebro tão frenética e alta que me levanto de uma vez na banheira, derramando água pelas bordas.

A bolsa. Nós a deixamos no parque.

20.

– Não se preocupe com isso, querida.

É o que Sam me fala depois que lhe conto que perdemos a bolsa.

– Já sei disso. Se fosse importante, eu teria trazido com a gente.

Estamos no quarto de Sam, que fuma à janela, enquanto estou nervosa na beirada da cama.

– E você tem certeza de que não tem nada incriminatório nela?

– Tenho – responde Sam. – Agora vá dormir um pouco.

Eu devia perguntar tantas coisas mais. O que fez com minhas roupas ensanguentadas? Por que me deixou enlouquecer daquele jeito no parque? Fui tão violenta e fiquei tão atordoada a ponto de ter acesso àquele vislumbre Dele no Chalé Pine? Nenhuma delas foi feita. E mesmo que as fizesse, sei que Sam não me responderia.

Então saio, vou à cozinha para tomar um Xanax com refrigerante de uva antes de me deitar no sofá, pronta para mais uma noite insone. Para minha surpresa, consigo adormecer. Estou exausta demais para não pegar no sono. Porém, meu sono é breve, interrompido por um pesadelo justamente com Lisa. Ela está de pé no meio do Chalé Pine, com os pulsos cortados jorrando sangue. Nas mãos dela, a bolsa de Sam, que fica cada vez mais encharcada. Ela estende os braços na minha direção, sorrindo e dizendo, *Você esqueceu isto, Quincy.*

Acordo sobressaltada e me sento no sofá, agitando os braços. Apesar de o apartamento todo estar em silêncio, sinto as reverberações de um eco na sala. Um grito, provavelmente, que irrompeu da minha boca. Passa-se um minuto em que fico esperando alguém acordar. Com certeza Jeff e Sam escutaram. Ou talvez eu nem tenha gritado. Talvez tenha sido só no sonho.

Do lado de fora da janela, o céu noturno está diluindo rapidamente. A alvorada está a caminho. Sei que deveria tentar dormir um pouco mais, que vou entrar em colapso em breve se não fizer isso. Mas meus nervos são um emaranhado efervescente. A única maneira de acalmá-los é ir ao parque e ver se a bolsa ainda está lá.

Então entro no quarto na ponta dos pés, aliviada por Jeff estar apagado, roncando baixinho. Depressa, visto roupa de correr. Depois ponho luvas que deixam as pontas dos dedos à mostra para esconder os esfolados que estão começando a cicatrizar nos nós das minhas mãos.

Lá fora, atravesso a toda velocidade os quarteirões até o parque. Disparo pelo Central Park West, atravesso a rua com o sinal fechado para mim, fazendo um táxi frear bruscamente para não me atropelar. O motorista buzina. Ignoro-o. Na verdade, ignoro tudo enquanto voo até o local onde a bolsa tinha caído das minhas mãos. O mesmo local onde eu tinha espancado tanto um homem que seu rosto lembrava uma maçã podre.

Mas o homem não estava mais lá. Nem a bolsa. Haviam sido substituídos pela polícia – uma dezena de policiais perambulando para lá e para cá dentro de um grande quadrado de fita de isolamento. Parece uma cena de crime. Do tipo que se vê em programas policiais. Guardas vasculham a área cercada, deliberando uns com os outros, bebericando café em copos de papel fumegantes.

Paro e fico saltitando sem sair do lugar. Apesar do horário, há vários outros curiosos ali, de pé na aurora azul-acinzentada.

– O que aconteceu? – pergunto a um deles, uma mulher mais velha com um cachorro que parecia ser ainda mais velho.

– Agrediram um moço. Espancaram pra valer.

– Que terrível – comento, com esperança de ter soado sincera. – Ele vai ficar bem?

– Um daqueles policiais falou que ele está em *coma* – ela diz, praticamente sussurrando a palavra e colocando uma ênfase escandalosa nela. – A cidade está cheia de psicopatas.

Por dentro, sinto um arbusto espinhento de emoções, emaranhadas e irregulares. Há alegria pelo homem ainda estar vivo, por saber que eu não o matei. Alívio, pois o coma significava que, por hora, ele não poderia falar com a polícia. Culpa por estar tão aliviada.

E preocupação. Esta, mais do que qualquer outra. Preocupada por causa da bolsa, que podia ter sido encontrada pela polícia. Ou roubada. Ou arrastada para a mata pelos coiotes que, inexplicavelmente, apareciam no parque de vez em quando. Não interessa o que havia acontecido com ela. Enquanto não estivesse com a gente, aquela bolsa tinha o potencial de me ligar ao espancamento. Ela está cheia de impressões digitais minhas.

Motivo pelo qual vou para casa com a boca retorcida de maneira sinistra. Entro e vejo Jeff acordado, em pé na cozinha de camisa de malha e cueca samba-canção.

– Quincy, onde você estava?

– Fui correr – respondo.

– A esta hora? O sol nem saiu ainda.

– Não consegui dormir.

Jeff olha para mim com os olhos inchados e a persistente névoa do sono pairando ao redor dele. Ele coça a virilha e fala:

– Está tudo bem? Você não é assim, Quinn.

– Estou bem – afirmo, mas é óbvio que não estou. Meu corpo parece oco, como se minhas entranhas tivessem sido raspadas com a colher de sorvete que uso para colocar massa em formas de *muffin*. – Bem mesmo.

– É por causa de ontem à noite?

Congelo diante dele, me perguntando o que ele escutou na noite passada, se é que ouviu algo. O simples fato de manter segredo me faz tremer de culpa. A possibilidade de que ele possa saber o que aconteceu só me faz sentir ainda pior.

– Porque tenho que ir pra Chicago.

Respiro aliviada. Lentamente, para não levantar suspeita.

– É claro que não.

– Você me pareceu bem chateada por causa disso. Eu estou, acredite em mim. Não me agrada a ideia de deixar você sozinha com a Sam.

– A gente vai ficar bem – falo.

Jeff dá uma leve semicerrada nos olhos e franze a testa na mesma medida. A imagem perfeita da preocupação.

– Tem certeza que está tudo bem?

– Tenho – respondo. – Por que você fica me perguntando isso?

– Porque você saiu pra correr antes das seis – diz Jeff. – E porque você acabou de ficar sabendo que Lisa Milner foi assassinada e que não há suspeitos.

– Motivo pelo qual eu não consegui dormir. O que me fez ir correr.

– Mas você me contaria se alguma coisa estivesse errada, não contaria?

Forço um sorriso, que sai tremido, e respondo:

– É claro.

Jeff me puxa e me abraça. Ele é quente, macio e tem um cheiro fraco de suor e amaciante de roupa dos lençóis. Tento abraçá-lo também, mas não consigo. Não sou merecedora de tal afeição. Mais tarde, preparo café da manhã enquanto ele troca de roupa para ir trabalhar. Comemos em silêncio, eu escondendo minha mão machucada debaixo de um pano de prato ou no meu colo enquanto Jeff folheia o *New York Times*. Dou espiadas furtivas ao virar de cada página, certa de que verei uma matéria sobre o homem no parque, ainda que eu saiba que é cedo demais. Meu crime aconteceu depois do fechamento da edição. Este inferno particular vai ter que esperar até a edição de amanhã.

Assim que Jeff sai, pego a chave ao redor do pescoço e abro a gaveta secreta na cozinha. A caneta que Sam roubou no café está ali. Eu a pego e rabisco uma única palavra no punho.

SOBREVIVENTE

Em seguida, tomo um banho rápido, forçando-me a não piscar enquanto olho a água apagar a tinta.

Sam e eu não conversamos. Confeitamos.

Nossas tarefas são bem definidas. Torta de maçã caramelizada para mim. Biscoitos açucarados para Sam. Nossas estações de trabalho são arranjadas em pontas diferentes da cozinha, como lados opostos em uma guerra que compartilha o mesmo *front*. Enquanto faço a massa para a torta, fico procurando sinais de sangue nas mãos, certa de que encontrarei manchas carmesim persistentes. Só o que vejo é carne inchada e rosada por ter sido lavada demais.

– Sei que você está remoendo o que aconteceu – diz Sam.

– Estou bem.

– Fizemos a coisa certa.

– Fizemos?

– Sim.

Comecei a preparar as maçãs *honeycrisp* com as mãos levemente trêmulas. Olho fixamente para as cascas vermelho-amareladas que caem formando espirais compridas. Minha esperança é de que se eu me concentrar o suficiente nelas, Sam vai parar de falar. Não funciona.

– Ir à polícia agora não vai consertar as coisas – ela diz. – Não interessa o quanto você queira isso.

Não que eu queira ir à polícia. Acho que *tenho* de ir. Por causa do trabalho de Jeff, sei que é sempre melhor para um criminoso se apresentar do que ser pego. Os policiais têm, pelo menos, um respeito relutante por aqueles que confessam. Assim como os juízes.

– A gente devia contar ao Coop – digo.

– Caramba, você perdeu a noção?

– Talvez ele possa ajudar a gente.

– Mesmo assim, ele é policial.

– Ele é meu amigo. Ele me entenderia.

Pelo menos eu espero que entenda. Ele disse muitas vezes que faria qualquer coisa para me proteger. Isso é verdade ou existe um limite para a lealdade de Coop? Afinal, ele fez a promessa à Quincy que achava que conhecia, não à que realmente existe. Não sei se essa promessa ainda é válida para a Quincy que já tomou dois Xanax desde que voltou do parque hoje de manhã. Ou à Quincy que rouba objetos brilhantes apenas para que possa enxergar seu reflexo neles. Ou à Quincy que esmurra um homem até ele entrar em coma.

– Deixa disso, querida – fala Sam. – Estamos bem. Escapamos. Acabou.

– E você tem certeza absoluta de que não há nada naquela bolsa que possa levar a nós – pergunto provavelmente pela quinquagésima vez.

– Tenho – reafirma Sam. – Fica fria.

Entretanto, uma hora depois, meu telefone toca quando estou tirando a torta do forno. Coloco-a na bancada, arranco a luva térmica e pego o telefone.

– Posso falar com a Srta. Quincy Carpenter?

– É Quincy.

– Srta. Carpenter, sou a Detetive Carmem Hernandez, do Departamento de Polícia de Nova York.

Congelo de medo – um frio repentino me entorpece. Como dou conta de continuar segurando o telefone é um mistério. O fato de ainda conseguir falar é um pequeno milagre.

– Em que posso ajudar, detetive?

Ao ouvir isso, Sam se vira para o balcão, com uma tigela grande abraçada à barriga.

– Será que você teria tempo de vir à delegacia hoje? – pergunta a Detetive Hernandez.

Escuto apenas metade daquilo que ela fala depois. O medo paralisou também os meus ouvidos. Mas as palavras-chave são claras. Como golpes de picareta contra o gelo.

Central Park. Bolsa. Perguntas. Muitas perguntas.

– É claro – eu afirmo. – Irei assim que puder.

Quando desligo o telefone, sinto o aperto gélido do medo diminuir. E o que assume o lugar dele é a forte queimação do desespero. Encurralada entre frio e calor, ajo de maneira apropriada: derreto e me transformo em uma poça no chão da cozinha.

CHALÉ PINE

DOIS DIAS DEPOIS DO MASSACRE

Os nomes deles são Detetive Cole e Detetive Freemont, embora pudessem muito bem ser chamados de Policial Bom e Policial Mau. Cada um tinha um papel a desempenhar e os encenavam bem. Cole era o bom. Jovem – provavelmente ainda não tinha trinta. Quincy gostou de seus olhos amigáveis e do sorriso cordial que se formava debaixo de um bigode que ele tinha deixado crescer na tentativa de parecer mais velho. Quando cruzou as pernas, Quincy notou que as meias dele combinavam com a gravata verde. Um detalhe legal.

Freemont era o brusco. Baixo, corpulento e meio careca, ele tinha as bochechas de um buldogue. Elas balançaram um pouco quando ele disse:

– Estamos confusos em relação a um detalhe.

– Mais curiosos do que confusos – acrescentou Cole.

Freemont disparou um olhar irritado para ele.

– Os fatos não têm lógica, Srta. Carpenter.

Encontravam-se no quarto de hospital de Quincy, que sentia dor demais para sair da cama. Então sentaram-na e a colocaram em uma posição apoiada por vários travesseiros. Ela estava com uma agulha intravenosa no braço e sua fisgada fraca e perpétua a distraía das palavras do detetive.

– Coisas? – ela pergunta.

– Temos algumas perguntas – Cole explicou.

– Um monte – acrescentou Freemont.

– Já contei a vocês tudo que sei.

Isso tinha acontecido no dia anterior, quando ela estava tão grogue por causa dos analgésicos e da tristeza que não tinha certeza daquilo que havia falado. Mas tinha dito o básico. Estava certa disso.

Freemont, no entanto, a encarava com os olhos raiados de sangue e fatigados. O terno dele já havia tido dias melhores, os punhos estavam desgastados. Um borrão de mostarda seca arruinava uma das lapelas. Uma recordação de almoços passados.

– Não contou tudo – disse ele.

– Não me lembro de muita coisa.

– Temos esperança de que seja capaz de se lembrar de algo mais – Cole ponderou. – Você poderia tentar? Por mim? Eu adoraria que fizesse isso.

Recostando-se nos travesseiros, Quincy fechou os olhos e buscou algo mais que conseguisse se lembrar daquela noite. Mas era tudo um caldo negro, turbulento e escuro.

Via o antes: Janelle saindo da mata. O lampejo da lâmina.

Via o depois: a corrida pela floresta, o galho surrando seu rosto quando o resgate apareceu no horizonte.

O que aconteceu entre esses dois momentos, contudo, tinha desaparecido. Mesmo assim, ela tentou. Olhos e punhos apertados, ela nadava através daquele caldo mental, mergulhava nele em busca de alguma lembrança, por menor que fosse. Vinham à tona apenas fragmentos. Vislumbres de sangue. De faca. Do rosto Dele. Eles não acrescentavam nada substancial. Eram peças soltas de um quebra-cabeça e não davam pista alguma da imagem completa.

– Não consigo – Quincy falou quando finalmente abriu os olhos, com vergonha das lágrimas ameaçando escorrer deles. – Sinto muito, mas eu realmente não consigo.

O detetive deu um tapinha gentil no braço dela, com a mão surpreendentemente macia. Ele era ainda mais bonito do que o policial que a tinha salvado. Aquele de olhos azuis, que não demorou para se encontrar com Quincy no dia anterior, quando ela gritou que queria vê-lo.

– Eu entendo – disse Cole.

– Eu, não – atalhou Freemont, se remexendo na cadeira, que rangia. – Você realmente esqueceu tudo o que aconteceu naquela noite? Ou você quer esquecer?

– É completamente compreensível que queira esquecer – acrescentou Cole rapidamente. – Você sofreu demais.

– Mas precisamos saber o que houve – continuou Freemont. – Não faz sentido.

A confusão anuviou os pensamentos de Quincy. Sua cabeça estava começando a doer. Uma dor leve e pulsante que excedia a picada furiosa da agulha em seu braço.

– Não faz? – questionou ela.

– Tanta gente morreu – disse Freemont. – Todo mundo menos você.

– Porque aquele policial atirou Nele – naquele momento Quincy já havia decidido jamais falar o nome dele. – Tenho certeza de que teria me matado também se aquele policial...

– Cooper – disse Cole.

– Isso – disse Quincy, sem a certeza de já ter escutado aquele nome. Nada nele era familiar. – Cooper. Vocês perguntaram a ele o que aconteceu?

– Perguntamos – confirmou Freemont.

– E o que ele falou?

– Que tinha sido instruído a fazer uma busca na mata por causa da denúncia de que um paciente do Blackthorn Psychiatric Hospital havia desaparecido.

Quincy prendeu a respiração, esperando, apavorada, que Freemont dissesse o nome do paciente. Como ele não disse, uma onda quente de alívio a percorreu.

– Durante a busca, Cooper escutou um grito vindo da direção da cabana. Quando estava indo investigar, ele te avistou na mata.

Quincy visualizou essa imagem, o momento se sobrepôs aos dois detetives ao lado da cama. A surpresa de Cooper quando notou um resquício de tecido branco no joelho dela, ao se dar conta do quanto seu vestido estava tingido pelo vermelho do sangue. Ela cambaleava na direção dele, gaguejando palavras que ecoavam pelo seu cérebro abarrotado de comprimidos.

Estão mortos. Estão todos mortos. E Ele ainda está solto por aí.

Em seguida, ela agarrou-se a Cooper, pressionou seu corpo com força contra o dele, manchando de sangue – seu sangue, o sangue de Janelle, o sangue de todo mundo – toda a frente do uniforme. Os dois escutaram um barulho. Um farfalhar em uma moita alguns metros à esquerda.

Ele. Avançando em meio aos galhos, balançando os braços e agitando violentamente as pernas magrelas. Coop sacou a Glock. Mirou. Atirou. Foram necessários três tiros para derrubá-lo. Dois no peito, o impacto deles fez com que balançasse ainda mais os braços, como uma marionete abandonada pelo titereiro que o manipula. Mesmo assim, Ele continuou a se aproximar. Seus óculos tinham se soltado de uma das orelhas, a armação ficou atravessada no rosto, agigantando apenas um de seus olhos surpresos quando Coop disparou o terceiro tiro na testa Dele.

– E antes disso? – questionou Freemont. – O que aconteceu?

A dor de cabeça de Quincy aumentou, preenchendo-lhe o crânio como um balão prestes a estourar.

– Estou sendo honesta, não consigo me lembrar.

– Mas tem que lembrar – insistiu Freemont, puto com a Quincy por algo sobre o qual ela não tinha controle.

– Por quê?

– Porque algumas coisas sobre aquela noite não têm lógica.

A dor de cabeça continuou martelando. Quincy fechou os olhos, estremeceu e perguntou:

– Que coisas?

– Pra ser franco – respondeu Freemont –, não conseguimos entender por que você sobreviveu quando todos os outros morreram.

Foi então que Quincy finalmente percebeu – a acusação velada na voz dele, espiando do lado de fora por entre as palavras.

– Você não consegue nos explicar por quê? – perguntou ele.

Só então algo dentro de Quincy estourou. Um tremor vibrou em seu peito, seguido por um surto de agitação. O balão no crânio dela estourou, arremessando palavras que nunca teve a intenção de dizer. Palavras das quais ela se arrependeu assim que escaparam de sua língua.

– Talvez – disse ela, com a voz de aço – eu simplesmente seja mais durona do que eles foram.

21.

A Detetive Hernandez é uma daquelas mulheres impossíveis de não se admirar, mesmo que você as inveje. Tudo nela está organizado de forma precisa, da blusa bordô por baixo do blazer preto à calça social de corte impecável e às botas de salto bem baixinho. Seu cabelo era da cor de chocolate escuro, estava penteado para trás, deixando à vista a estrutura óssea perfeita de seu rosto. Seu aperto de mão é tanto firme quanto amigável. Ela faz questão de fingir não notar os surrados nós dos meus dedos.

– Obrigada por vir assim de última hora – diz ela. – Prometo que vai levar só alguns minutos.

Respiro fundo. Tento permanecer calma. Exatamente como Sam me instruiu depois de ter me recolhido no chão da cozinha.

– Fico contente em ajudar – digo.

Hernandez sorri. Não parece forçado.

– Fantástico – ela diz.

Estamos no posto policial do Central Park. O mesmo lugar em que Jeff e eu buscamos Sam dias antes, embora agora pareça que já faz uma eternidade. A detetive me leva pela mesma escada que subi naquela noite há muito tempo, ou nem tanto assim. Em seguida, Hernandez me conduz à sua mesa, em que não há muitos objetos, apenas uma fotografia emoldurada dela, duas crianças e um homem de peitoral forte, que só posso presumir que seja o marido dela.

Há também uma bolsa. Posicionada no centro da mesa, é a mesma bolsa que Sam e eu deixamos no parque. A presença dela não é surpresa. Suspeitávamos que ela era o motivo da ligação e durante a caminhada até a delegacia bolamos a desculpa pela qual ela – e nós – estávamos no parque na noite anterior. Mesmo assim, meu corpo congela ao vê-la. Hernandez percebe.

– Você a reconhece? – pergunta ela.

Limpo a garganta antes de responder, desalojando as palavras agarradas ali como um osso de galinha engolido por acidente.

– Sim, nós a perdemos no parque ontem à noite.

Tenho vontade de recolher as palavras assim que as digo, puxando-as de volta para dentro da boca como se fossem a língua de uma serpente.

– *Nós?* – pergunta Hernandez. – Você e Tina Stone?

Respiro fundo. É claro que ela sabe de Sam e do nome novo dela. A detetive é tão esperta quanto aparenta. Perceber isso só faz eu me sentir mais fraca. Exausta, na verdade. Quando ela senta atrás da mesa, despenco em uma cadeira ao lado dela.

– O nome verdadeiro dela é Samantha Boyd – digo humildemente, nervosa por corrigir a detetive. – Ela mudou pra Tina Stone.

– Depois do que aconteceu no Nightlight Inn?

Respiro fundo novamente. Com certeza, a Detetive Hernandez fez o dever de casa.

– Sim. Ela passou por uma experiência terrível. Nós duas passamos. Mas tenho certeza de que você já sabe de tudo isso.

– Foi terrível o que aconteceu. Com você duas. Mundo maluco, não é?

– Pois é.

Hernandez sorri novamente, desta vez por compaixão, antes de abrir a bolsa e tirar dela vários livros detonados.

– Achamos a bolsa hoje de manhã, bem cedo – ela informa, empilhando os exemplares na mesa entre nós. – Chegamos à Srta. Stone depois que vimos o nome dela em um desses livros. Soubemos quem ela é depois de uma rápida pesquisa nos arquivos. Parece que foi levada em custódia algumas noites atrás. Agressão a um policial e resistência à prisão, acho que foi por isso.

– Aquilo foi um mal-entendido – limpo a garganta de novo. – Acredito que as acusações foram retiradas.

– Foram mesmo – confirma Hernandez, inspecionando um dos livros. Na capa, um robô com forma de mulher vagando por uma paisagem estelar roxa. – Você veio buscá-la naquela noite, correto?

– Vim. Eu e meu namorado, Jefferson Richards. Ele trabalha na Defensoria Pública.

O nome dele deu um clique na memória da detetive, que deu mais um sorriso. Este continha uma tensão dolorosa.

– Ele está com um caso e tanto nas mãos, não está?

Engulo em seco, aliviada por não ter chamado Jeff e pedido que ele viesse à delegacia comigo. Queria ter feito isso, é claro, mas Sam me convenceu a desistir. Ela disse que levar um advogado, mesmo que fosse meu namorado, despertaria suspeita instantaneamente. Aparentemente, aquilo também o colocaria em contato com uma detetive nada satisfeita com o fato de ele estar defendendo um homem acusado de matar um policial.

– Não sei muita coisa a respeito – comento.

– Ok – diz Hernandez antes de retomar o assunto anterior. – Como não temos o contato da Srta. Stone, achei sensato bater um papo com você pra saber se tem notícia do paradeiro dela. Por acaso ela está hospedada com você?

Eu poderia mentir, mas não havia motivo para isso. Tenho a sensação de que a detetive já sabe a resposta.

– Está, sim – confirmo.

– E onde ela está agora?

– Esperando lá fora, pra falar a verdade.

Pelo menos, espero que esteja. Embora Sam estivesse calma quando saímos de casa, suspeito que era unicamente para me tranquilizar. Agora que está sozinha, eu imagino que ela deva estar andando de um lado para o outro do lado de fora, terminando o terceiro cigarro seguido, enquanto dá olhadas furtivas para a parede de vidro do posto policial. Ocorreu-me que, enquanto estou aqui dentro, Sam podia facilmente ir embora da cidade e sumir do mapa de novo. Para ser honesta, não tenho certeza se isso seria algo ruim.

– Acho que é meu dia de sorte – comenta a detetive Hernandez. – Você acha que ela aceitaria entrar e responder a algumas perguntas?

– Claro – a palavra sai muito aguda, igualzinho a um grunhido. – Acho que sim.

A detetive pega o telefone, digita alguns números e informa ao sargento de serviço que Sam está lá fora.

– Traga a moça pra cá e peça a ela que aguarde em frente à minha sala – ela diz.

– Sam está encrencada?

– De jeito nenhum. Houve um incidente no parque ontem à noite. Um homem foi severamente espancado.

Mantenho as mãos no colo, a direita, feia e cheia de cicatrizes, coberta pela esquerda, que estava um pouco melhor:

– Que coisa horrível.

– Uma pessoa que estava correndo hoje de manhã o encontrou – continua Hernandez. – Ele estava inconsciente. Todo ensanguentado. Só Deus sabe o que teria acontecido com ele se não tivesse sido encontrado a tempo.

– Que coisa horrível – repito.

– Como a bolsa da Srta. Stone foi encontrada perto da cena, queria saber se ela viu algo por lá ontem à noite. Ou você, a propósito, já que parece que estava com ela.

– Estava – confirmo.

– E a que horas foi isso?

– Lá pela uma da madrugada. Talvez um pouco mais.

Hernandez se recosta na cadeira, entrelaça os dedos de unhas bem-feitas e questiona:

– Meio tarde pra ficarem perambulando pelo parque, não?

– Realmente – concordo. – Mas a gente tinha bebido. Noite das meninas saírem sozinhas, sabe? E como moro perto do parque, achamos que seria mais rápido atravessá-lo do que pegar um táxi.

Foi o álibi que Sam e eu inventamos a caminho do posto policial. Eu estava preocupada em não conseguir contar essa história, mas a mentira veio sem hesitação e saiu da minha boca com tanta facilidade que fiquei surpresa.

– E foi então que a Srta. Stone...

– Boyd – digo. – O nome verdadeiro dela é Samantha Boyd.

– Foi então que a Srta. Boyd perdeu a bolsa?

– Ela foi roubada, na verdade.

Hernandez arqueia uma sobrancelha esculpida com perfeição.

– A gente parou em um banco no parque pra Sam fumar um cigarro – um pedregulho de verdade arremessado em um rio turbulento de mentira. – Quando estávamos lá, um cara passou correndo, agarrou a bolsa e fugiu. Não fizemos queixa porque, como você pode ver, não há nada de valor nela.

– Mas por que ela estava com esta bolsa, afinal de contas?

– A Sam é um pouco paranoica com as coisas – digo, ampliando a mentira. – Não posso culpá-la, levando em consideração o que aconteceu com ela. Com a gente, na verdade. Ela me contou que carrega a bolsa por proteção.

A Detetive Hernandez acena com a cabeça, demonstrando que compreendeu, e questiona:

– Como uma isca?

Faço o mesmo gesto que ela e completo:

– Exatamente. O ladrão mira nas coisas grandes, como aquela bolsa, e negligencia os itens que realmente têm valor, como a carteira dela.

Hernandez me analisa do outro lado da mesa, decompondo a informação, e leva um tempo para responder. Parece que está contando os segundos, aguardando até que o tempo decorrido seja intimidador. Finalmente, ela fala:

– Vocês deram uma boa olhada no homem que roubou a bolsa?

– Na verdade, não.

– Não viram nada?

– Estava escuro – respondo. – E ele estava de roupa escura. Uma jaqueta acolchoada, eu acho. Não sei muito bem. Aconteceu tudo muito rápido.

Recosto-me na cadeira aliviada e, admito, excessivamente orgulhosa de mim mesma. Forneci nosso álibi sem dificuldade alguma. Foi tão convincente que até *eu* quase acreditei nele. Mas Hernandez estende o braço até uma gaveta, pega uma foto e a desliza sobre a mesa.

– Será que seria este o homem que você viu?

É uma foto da ficha criminal de um jovem delinquente. Olhos selvagens. Tatuagem no pescoço. A pele ressecada de um viciado. O mesmíssimo viciado que teve o nariz arruinado sob minha testa. Ver o rosto dele faz meu coração parar momentaneamente.

– Esse é o mesmo cara que foi encontrado espancado quase até a morte hoje de manhã – revela Hernandez, embora eu já saiba disso. – O nome dele é Ricardo Ruiz. Rocky é o apelido dele. É um sem-teto. Um viciado. A velha e triste história. Os policiais que patrulham o parque o conhecem muito bem. Dizem que não é o tipo de cara que se mete em muita confusão. Só quer saber de um lugar pra dormir e do próximo pico.

Continuo a olhar para a foto. Tomar conhecimento do nome daquele homem e de como ele era faz meu coração rachar de culpa e remorso. Não penso no medo que senti no parque. Não penso no canivete que ele estava carregando e que Sam pegou. Só consigo pensar no fato de que o machuquei. De tal forma que ele pode nunca mais se recuperar.

– Que terrível – consigo murmurar. – Ele vai ficar bem?

– Os médicos disseram que ainda é muito cedo pra dizer. Mas alguém com certeza deu uma bela surra nele. Vocês duas por acaso não viram nada suspeito ontem à noite? Alguém que parecia estar fugindo, talvez. Ou alguém agindo de modo duvidoso.

– Depois que roubaram a bolsa, Sam e eu fomos embora do parque o mais rápido que conseguimos. Não vimos nada desse tipo – dou de ombros, franzindo as sobrancelhas para dar ênfase, demonstrando a ela o quanto eu gostaria de ajudar. – Sinto muito por não ter mais nada pra contar.

– Quando eu falar com a Srta. Stone, que dizer, Srta. Boyd, ela vai me contar a mesma coisa?

– É claro – respondo.

Pelo menos, espero que conte. Depois de ontem à noite, não tenho certeza de que Sam e eu estamos do mesmo lado.

– Você duas são próximas, imagino eu – comenta Hernandez. – Passaram por suplícios parecidos. Qual é o nome que os jornais usam pra se referir a vocês?

– Garotas Remanescentes.

Digo isso com raiva, com todo o desprezo que consigo reunir. Quero que a detetive Hernandez saiba que não me considero uma delas. Que estou além disso agora, ainda que eu mesma jamais tenha acreditado.

– Isso mesmo – diz a detetive, que percebe o meu tom e torce o nariz, com desgosto. – Suponho que não goste muito desse rótulo.

– Nem um pouco. – Mas acho que é melhor do que sermos chamadas de vítimas.

– Do que você gostaria de ser chamada?

– Sobrevivente.

Hernandez recosta-se na cadeira novamente, impressionada, e insiste:

– E você e a Srta. Boyd *são* próximas?

– Somos – respondo. – É bom ter por perto alguém que me entende.

– É claro que é – concorda Hernandez, que parece não ter dito isso da boca para fora. Há sinceridade no que ela diz, eu acho. Contudo, o rosto dela se contrai de modo quase imperceptível. – E você disse que ela está hospedada com você?

– Por alguns dias, sim.

– Então, não te incomoda o fato de que ela teve atritos prévios com a lei?

Engulo em seco e pergunto:

– Prévios? Além do que aconteceu naquela outra noite?

– Acho que a Srta. Boyd omitiu algumas coisas – explica Hernandez, consultando suas anotações. – Fiz uma pequena pesquisa no histórico recente dela. Nada muito extenso. Só os últimos cinco anos, mais ou menos. Além de ter sido detida por agressão duas noites antes do lastimável acidente com Rocky, ela foi presa por embriaguez e desordem em New Hampshire, quatro anos atrás; de novo, dois anos depois, no Maine; e ela tem uma multa não paga por excesso de velocidade e outra por avançar um sinal, no mês passado, em Indiana.

O mundo para neste momento. Uma parada repentina e estridente que faz tudo se inclinar. Minhas mãos deslizam pelo meu colo e agarram a parte de baixo da cadeira, como se eu fosse cair dela.

Sam estava em Indiana. No mês passado.

Tento sorrir para a Detetive Hernandez e mostrar que não estou perturbada, que sei tudo o que há para saber sobre Sam. Na realidade, minha mente se enche de lembranças, que passam de uma para outra como páginas de um álbum de fotografia. Cada lembrança é um instantâneo. Brilhante. Vívido. Cheio de detalhes.

Lembro do e-mail de Lisa no meu telefone, brilhando azul-claro no escuro.

Quincy, preciso falar com você. É extremamente importante. Por favor, por favor, não ignore isto.

Lembro de Jonah Thompson segurando meu braço.

É sobre Samantha Boyd. Ela está mentindo pra você.

Ouço a voz baixa e preocupada de Coop.

Não sabemos do que ela é capaz.

Lembro de Sam no parque, cobrindo minhas roupas com sua jaqueta, guiando-me na direção da água e lavando o sangue das minhas mãos. Com muita agilidade e desenvoltura. Vejo-a recolhendo essas mesmas roupas, como se aquilo fosse algo normal.

Não se preocupe. Sei o que fazer.

Lembro dela abrindo caminho aos palavrões em meio à multidão de repórteres na rua em frente ao meu apartamento, sem medo das câmeras, completamente inabalável quando Jonah nos conta que Lisa foi assassinada. Seu rosto está pintado de branco pelos *flashes* e adquire a mesma tonalidade de um cadáver no necrotério. Não há expressão nele. Nem tristeza, nem surpresa. Nada.

– Srta. Carpenter? – a voz da detetive soou fraca em meio às memórias embaralhadas. – Tudo bem?

– Estou bem – respondo. – Sei de tudo isso. Sam nunca mentiu pra mim.

Não mentiu. Pelo menos não há nada que eu possa classificar como mentira. Mas ela também não me contou exatamente a verdade. Desde a chegada dela, Sam não me contou muita coisa.

Não sei onde ela esteve.

Não sei com quem ela esteve.

Principalmente, não sei que coisas horríveis ela fez.

22.

O frio retornou ao parque com força total, tão violento quanto a sensação de pular numa piscina gelada. A mudança paira no ar – uma sensação de que o tempo está se esgotando. Oficialmente, o inverno chegou.

Por causa do clima, todos se movimentam com uma energia maníaca. Pessoas correndo, ciclistas, babás empurrando aqueles carrinhos ridículos de bebê duplos. Isso dá a impressão de que estão fugindo de algo, ainda que se movimentem em todas as direções. Formigas desnorteadas esquivando-se do pé prestes a esmagar o formigueiro.

Eu, entretanto, sou a personificação da quietude do lado de fora da alta janela de vidro do posto policial. Sam está lá dentro, conversando com a Detetive Hernandez, falando as mesmas coisas que eu, espero. E, embora eu pareça contente em permanecer imóvel, a única coisa que realmente quero fazer é correr. Não na direção de casa, mas para longe dela. Desejo de correr até chegar à George Washington Bridge, por onde continuarei correndo. Atravessarei Nova Jersey. Atravessarei Pensilvânia e Ohio. Desaparecerei no coração do país.

Só então estaria longe da realidade do que fiz no parque. Longe dos breves e desconcertantes lampejos do que aconteceu no Chalé Pine, que ainda grudam em mim como uma camisa suada. Principalmente, ficaria longe de Sam. Não quero estar aqui quando ela sair da delegacia. Tenho medo do que verei, como se um olhar pudesse revelar a culpa no rosto dela, tão brilhante e gritante quanto seu batom vermelho.

Mas fico, mesmo com as pernas tremendo por causa da energia reprimida. Estou com tanta vontade de tomar um Xanax que sinto o gosto do refrigerante de uva na língua.

Fico porque posso estar errada sobre Sam. *Quero* estar errada.

Então ela encontrava-se em Indiana quando Lisa ainda estava viva. Com toda certeza, os caminhos delas nunca chegaram nem perto de se cruzar. Afinal de contas, Indiana é um estado grande, que tem muito mais do que apenas Muncie. A presença de Sam lá certamente não significa que ela foi se encontrar com Lisa. E definitivamente não é motivo para sugerir que Sam a matou. Eu ter chegado imediatamente a essa conclusão diz mais sobre mim do que sobre ela.

Pelo menos, é isso que tento dizer a mim mesma, me encolhendo no frio, com as pernas contraídas, me perguntando o que exatamente Sam está falando no fundo daquela construção atrás de mim. Agora faz vinte minutos que ela está lá dentro – muito mais do que eu. A preocupação chega a dar comichões em meu corpo, me deixando exasperada, com ainda mais vontade de correr.

Tiro o celular do bolso energicamente e passo o dedo pela tela. Penso em ligar para Coop e confessar todos os meus pecados, mesmo que isso signifique que ele me odiará. Com exceção de correr, é a única linha de ação lógica. Enfrentar meus delitos. E ver o que acontece.

Mas então Sam sai pelas portas de vidro do posto policial, sorrindo como uma criança que acabou de se safar de algo. O sorriso dispara um relâmpago no meu coração. Fico com medo de que Sam tenha contado a verdade sobre ontem à noite. Pior, estou com medo de que ela esteja sabendo da minha suspeita. Que ela instintivamente perceba o que está se passando pela minha cabeça. Ela enxerga algo na minha expressão. Seu sorriso murcha. Ela inclina a cabeça e me avalia.

– Relaxa, querida – diz ela. – Usei o nosso *script*.

A bolsa, pendurada em seu antebraço, dá a Sam uma desconcertante aparência elegante. Ela tenta passá-la para mim, mas dou um passo atrás. Não quero ter nada a ver com aquilo. Como não quero ter nada a ver com Sam. Mantenho um braço de distância entre nós quando saímos da delegacia. Andar também é árduo para mim. Meu corpo ainda deseja correr.

– Ei – ela me chama, notando a distância. – Você não precisa mais ficar tão tensa. Falei pra Detetive Maria Vadia exatamente o que combinamos. Noite das garotas saírem sozinhas. Bêbadas no parque. Aquele sujeito roubou a bolsa.

– Ele tem nome. Ricardo Ruiz.

Sam dispara um olhar torto na minha direção e fala:

– Ah, entrou na onda de falar nomes agora?

– Acho que tenho que falar.

Sinto que devo repeti-lo todo dia, como uma Ave Maria, para me redimir dos meus pecados. Eu faria a oração também, se soubesse que ajudaria.

– Só pra deixar as coisas claras entre a gente – diz Sam –, tudo bem falar o nome dele, mas não tenho permissão pra falar...

– *Não.*

A palavra sai como o estalo de um chicote, cortante e pungente. Sam abana a cabeça e comenta:

– Putz, você *está* tensa.

Tenho todo o direito de estar tensa. Um homem está em coma por minha causa. Lisa foi assassinada. E Sam – Talvez? Possivelmente? – estava lá.

– Onde você estava antes de vir pra Nova York? – pergunto. – E não me diga por aí. Preciso de um lugar específico.

Sam permanece em silêncio por um momento. Tempo suficiente para que eu me pergunte se ela está fazendo uma seleção entre várias possibilidades de mentira estocadas em seu cérebro, decidindo qual é a melhor escolha.

– No Maine.

– Onde no Maine?

– Bangor. Está feliz agora?

Não estou. Isso não me diz nada.

Continuamos andando, no sentido sul, nos aprofundando cada vez mais no parque. Carvalhos-vermelhos ladeiam ambos os lados do caminho, as folhas mal se agarram aos galhos. Os frutos das árvores já tinham começado a cair, esparramando-se em círculos grandes e indomáveis ao redor dos troncos. Algumas bolotinhas caem quando passamos, com um baque surdo quando atingem o chão.

– Quanto tempo você ficou lá?

– Não sei. Anos?

– E você foi a mais algum lugar nesse período?

Sam suspende os braços, a bolsa fica balançando e, com um tom de voz esnobe, ela diz:

– Oh, nenhum lugar em especial. Você sabe, apenas Hamptons no verão e Riviera no inverno. Mônaco é simplesmente deslumbrante nesta época do ano.

– Estou falando sério, Sam.

– E eu estou ficando irritada de verdade com essas perguntas todas.

Minha vontade é sacudir Sam com muita força pra ver se ela finalmente desembucha a verdade, para que as palavras se espatifem no chão do mesmo jeito que as bolotinhas que caem ao nosso redor. Quero que ela me conte tudo. Em vez disso, acalmo a tempestade emocional que se agita dentro de mim há tempo suficiente e digo:

– Só estou querendo me certificar de que não haja segredo nenhum entre nós.

– Nunca menti pra você, Quincy. Nenhuma vez.

– Mas você não me contou toda a sua história. Preciso saber a verdade.

– Você quer mesmo a verdade?

Sam permanece olhando para o caminho diante de nós. Só então me dou conta do quanto andamos, que Sam tinha usado a distância que deixei entre nós em proveito próprio, nos guiando discretamente ao local de onde fugimos ontem à noite. Os policiais foram embora e levaram a esvoaçante fita de isolamento. O único sinal da presença prévia deles é a ampla área de grama achatada no chão. Pisoteada, sem dúvida, por policiais em busca de evidências. Analiso a grama, procurando marcas de salto deixadas pela bota da Detetive Hernandez.

Um aglomerado de velas bloqueia o caminho onde Rocky Ruiz foi encontrado. Posicionadas em recipientes finos de vidro, elas são compridas, têm fotos da Virgem Maria na lateral e são vendidas por um dólar em praticamente todas as bodegas da cidade. Há também um ursinho de pelúcia ordinário segurando um coração, um cartaz de cartolina rabiscado às pressas com a inscrição JUSTIÇA PARA ROCKY, e um balão de hélio seguro por um peso de plástico amarrado à sua linha.

– A verdade está bem ali – diz Sam. – Você fez aquilo, querida, e eu estou te dando cobertura. Eu podia ter contado tudo àquela detetive, mas não fiz isso. Essa é toda a verdade de que você precisa saber.

Ela não falou mais nada. Nem precisou. Entendi perfeitamente.

Sam retoma a caminhada, ainda na direção sul, no sentido de só Deus sabe onde. Fico parada; a culpa, o medo e a exaustão me mantêm no lugar. Não me lembro da última vez em que tive uma noite inteira de sono. Foi antes de Sam aparecer, é tudo o que sei. A chegada dela navalhou meu descanso e o transformou em nada. Não vejo possibilidade de isso mudar tão cedo. Antevejo semanas de insônia, noites interrompidas por sonhos com Sam, Rocky Ruiz, com alguém segurando Lisa para lhe cortar os pulsos.

– Você vem? – pergunta Sam.

Balanço a cabeça em negativa.

– Faça o que achar melhor.

– Aonde você vai?

– Por aí – responde Sam, com sarcasmo. – Não me espere acordada.

Ela sai caminhando e vira a cabeça para me olhar apenas uma vez. Embora ainda não tenha ido muito longe, não consigo discernir a expressão dela. As mesmas nuvens que trouxeram o frio atenuaram o sol da tarde, quebrando o brilho e marcando o rosto dela com luz e sombra.

CHALÉ PINE

9H54 DA NOITE

Em vez de sofisticado, como planejado por Janelle, o jantar estava silencioso e constrangedor – uma imitação forçada de um jantar adulto. Serviram vinho. Passaram a comida. Estavam todos preocupados em não derramar nada na roupa, desejando se livrar daqueles vestidos de festa emperiquitados e das gravatas sufocantes. Joe era o único que parecia remotamente confortável, aconchegado em seu suéter gasto, inconsciente do quanto estava discrepante em relação aos outros.

O ambiente ficou mais relaxado somente depois do jantar, quando Quincy trouxe o bolo com as vinte velinhas em chamas. Depois de soprá-las, Janelle usou a mesma faca que cortou seu dedo para fatiar pedaços irregulares do bolo.

Então a festa de verdade começou. A que haviam postergado o dia inteiro. Serviram bebida. Esvaziaram garrafas inteiras de destilados no estoque cada vez menor de copos descartáveis. A música explodia no iPod e na caixa de som portátil que Craig tinha levado. Beyoncé. Rihanna. Timberlake. T.I. O mesmo tipo de música que escutavam em seus dormitórios, só que mais alta, selvagem e finalmente liberada.

Eles dançaram na sala, respingando bebida dos copos descartáveis. Quincy não bebeu nada alcoólico. Tinha escolhido seu veneno, e foi Coca-Cola diet. Porém, isso não a inibiu nem um pouco. Ela dançava junto com os outros, rodopiando no meio da sala, rodeada por Craig, Betz e Rodney. Amy estava ao lado dela, batendo de leve em seu quadril e gargalhando.

Janelle juntou-se à farra, arrancou a câmera de Quincy e tirou uma foto dela, que sorriu, fez pose e mandou um passinho meio disco, o que fez a amiga disparar a gargalhar. Quincy riu também. A música pulsava, ela dançava, a sala rodopiava e ela não se lembrava de outro momento em que tinha se sentido tão bem, tão livre, tão feliz. Ali estava ela, dançando com seu namorado gato e estendendo a mão para a sua melhor amiga, a vida universitária que ela sempre tinha imaginado bem ali diante de si.

Depois de mais algumas músicas, eles cansaram. Janelle encheu novamente os copos. Amy e Betz esparramaram-se no chão da sala. Rodney preparou um baseado e o agitou acima da cabeça como uma bandeira. Quando saiu para o deque, Janelle, Craig e Amy o rodearam, enfileirando-se para dar umas tragadas.

Quincy não gostava de maconha. Na única vez que experimentou, ela tossiu, gargalhou e tossiu de novo. Depois, sentiu-se instável e sem rumo, o que eliminou qualquer barato que tivesse sentido. Enquanto os outros fumavam, ela ficou na sala, dando golinhos de Coca-Cola diet, em que tinha certeza que Janelle havia colocado rum às escondidas. Betz, a eterna peso-pena, também estava lá, no chão, bêbada depois de três vodcas com *cranberry*.

– Quincy – disse ela, com um bafo de vodca vagabunda –, você não precisa fazer isso.

– Fazer o quê?

– Foder com o Craig – Betz falou dando uma gargalhadinha, como se fosse a primeira vez que falava um palavrão.

– Talvez eu queira.

– *Janelle* quer que você faça isso. Principalmente porque ela queria estar no seu lugar.

– Você está bêbada, Betz. E falando absurdos.

– Estou certa, você sabe que estou certa. – Betz insistiu.

Ela soltou outra gargalhadinha, que Quincy esforçou-se para ignorar. No entanto, o riso de Betz a acompanhou até a cozinha. Havia uma certeza naquele riso, que aludia a algo que todo mundo menos Quincy parecia compreender. Na cozinha, ela deparou com Joe debruçado na bancada, bebericando uma das várias misturas que Janelle fez para ele, e levou um susto com sua presença. Desde o jantar, Joe tinha ficado tão quieto que Quincy até esqueceu que ele estava ali. Os outros pareciam ter esquecido também. Até Janelle, que o descartou como a um brinquedo na tarde de Natal.

Mas ele estava ali. Olhando para todo mundo através de seus óculos empoeirados e manchados, assistindo à bebedeira, à dança. Quincy teve vontade de saber o que ele achava da frivolidade deles. Estaria feliz? Com inveja?

– Você é uma boa dançarina – elogiou ele, olhando para dentro do copo.

– Obrigada? – O agradecimento saiu como uma pergunta, como se Quincy não acreditasse nele. – Se estiver entediado, posso te levar de volta para o seu carro.

– Tudo bem. Creio que dirigir agora não é uma boa ideia.

– Não bebi – Quincy explicou, embora cada vez mais ela achasse que isso era mentira, graças a Janelle. Estava começando a sentir-se um pouco alterada. – Sinto muito que a Janelle tenha te obrigado a ficar. Ela consegue ser muito, hum, persuasiva.

– Estou me divertindo – disse Joe, embora do jeito como falou parecesse que o oposto é que era verdade. – Você é muito legal.

Quincy o agradeceu novamente, uma vez mais acrescentando aquela inflexão de incerteza no final. Um ponto de interrogação invisível.

– E bonita – ele elogiou, desta vez ousando levantar os olhos do copo. – Acho você muito bonita.

Quincy olhou para ele. Olhou realmente para ele. E ao fazer isso, finalmente enxergou o que Janelle tinha visto. Ele *era* uma gracinha, de um jeito meio desajeitado. Como aqueles *nerds* de filme que florescem assim que tiram os óculos. Havia uma aura de intensidade ao redor de sua postura tímida, de modo que nenhuma palavra que tinha dito parecia ser da boca para fora.

– Obrigada – agradeceu ela, desta vez com sinceridade. Sem o ponto de interrogação.

Os outros entraram ruidosos bem neste momento, agitados e alegres por causa da maconha. Rodney colocou Amy no ombro e a carregou aos gritos até a sala. Janelle e Craig estavam inclinados um no outro com sorrisos chapados. Janelle recusava-se a soltar a cintura de Craig, que envolvia com o braço fino, mesmo quando ele caminhou com passos pesados na direção de Quincy. Ela rastejou atrás dele esticando o braço.

– Quincy! – ela chamou. – Você está perdendo toda a diversão.

O rosto de Janelle estava corado e brilhante. Havia uma mecha de cabelo escurecida pelo suor grudada na têmpora dela. Sua empolgação diminuiu ao perceber que Joe também estava na cozinha, ela desviou dos olhos dele para os de Quincy e depois o encarou.

– Aí está você! – ela disse para Joe, cumprimentando-o como se fosse um amigo que não via há muito tempo. – Eu estava te procurando!

Janelle o levou para uma das poltronas da sala, onde se apertou com ele e levantou as pernas de modo que seus joelhos ficassem no colo de Joe.

– Está se divertindo? – perguntou Janelle.

Quincy desviou o olhar e viu Craig caminhando em sua direção. Ele também estava bêbado e chapado. Mas não era o tipo de bêbado que fica dando risada, como Betz, nem o tipo descomedido, como Janelle. Havia nele uma maturidade e uma brandura em seu corpo musculoso que Quincy achava sedutoras. Ele pressionou o corpo contra o dela e, com calor emanando de sua pele, sussurrou:

– Interessada em se divertir esta noite?

– Claro – Quincy também sussurrou.

Ela sentiu-se levada na direção do corredor, incapaz de ignorar o jeito crítico com que Betz a olhou quando passaram. Ao se virar para a sala, viu Janelle ainda espremida na poltrona acariciando o cabelo de Joe e apenas fingindo prestar atenção nele. Na realidade, seus olhos estavam cravados em Quincy deixando a sala, eles brilhavam de modo sombrio, ou de satisfação, ou de ciúme.

Quincy não sabia dizer.

23.

A exaustão me envolve assim que chego em casa. Na sala mesmo desmorono de cara no sofá e caio no sono. Acordo horas depois, com Jeff ajoelhado ao meu lado, cutucando meu ombro.

– Ei – chama ele, com a preocupação estampada no rosto. – Você está bem?

Sento, com os olhos embaçados piscando ao sol do fim da tarde que entra pela janela e respondo:

– Estou bem. Só cansada.

– Cadê a Sam?

– Saiu.

– Saiu?

– Está explorando a cidade. Acho que cansou de ficar confinada aqui.

Jeff me dá um beijinho nos lábios e fala:

– Um sentimento que conheço bem. O que significa que a gente devia sair também.

Ele se esforça para agir como se a ideia lhe tivesse surgido de repente, só que identifico facilmente seu entusiasmo ensaiado. Está aguardando um momento livre de Sam há dias. Concordo, ainda que não queira muito. O cansaço e a ansiedade me deram dor nas costas, nos ombros e no pescoço. E ainda há a questão do meu site, que está correndo um sério risco de ficar com a programação toda atrasada. O meu eu responsável tomaria um Advil e passaria a noite confeitando para colocar tudo em dia. Mas o meu eu irresponsável precisa de uma distração do fato de que na verdade não sei nada sobre Sam. Por que ela está aqui. O que está tramando. Nem mesmo quem ela realmente é.

Convidei uma completa estranha para ficar na minha casa.

No processo, eu mesma me tornei uma estranha. Uma pessoa que espanca alguém a ponto de quase desfigurá-lo e depois mente para a polícia sobre isso. Alguém que costumava ficar muito contente na companhia de Jeff, mas que agora anseia por ficar sozinha.

Do lado de fora, o sol se põe atrás de nós. Minha sombra se estica diante de mim na calçada, esguia e escura. Passa pela minha cabeça a ideia de que tenho mais em comum com aquela sombra do que com a mulher que a cria. Sinto-me insubstancial a esse nível. Como se, assim que a escuridão chegasse, eu me dissolvesse a ponto de desaparecer completamente.

Por fim, vamos a um bistrô francês que a gente diz que ama, mas que, na verdade, quase nunca frequentamos. E, embora esteja frio, escolhemos uma mesa do lado de fora. Jeff usa uma jaqueta da Members Only de segunda mão, que comprou durante uma breve fase em que usava um estilo anos 1980, e eu estou envolvida por um cardigã com gola xale.

Recusamo-nos a falar de Sam. Recusamo-nos a falar do caso dele. O que nos deixa com pouco assunto para conversar enquanto escolhemos *ratatouille* e *cassoulet*. Não tenho apetite praticamente nenhum. O pouco que como tem que ser forçado. Toda mordida minúscula parece entalar na minha garganta até que eu a empurre para baixo com vinho. Meu copo fica vazio em uma velocidade recorde.

Quando estico o braço na direção do jarro com o vinho tinto da casa, Jeff finalmente nota a minha mão.

– Opa – exclama ele. – O que foi que aconteceu aí?

Este seria o momento perfeito para contar tudo a Jeff. Como quase matei um homem. O quanto estou com medo de ser pega. O quanto estou com mais medo ainda de recordar outros fatos sobre o Chalé Pine. Como descobri que Sam estava em Indiana mais ou menos na época da morte da Lisa.

Em vez disso, reboco um sorriso no rosto e faço a melhor imitação da minha mãe. Não há nada errado. Estou completamente normal. Se acreditar o bastante, isso se tornará realidade.

– Ah, é só uma queimadura boba – respondo, dando às palavras um tom despreocupado. – Fui muito burra hoje de manhã e encostei em uma fôrma que ainda estava quente.

Tento puxar minha mão, mas Jeff a pega e analisa a topografia das cicatrizes nos nós dos meus dedos.

– Isso está muito feito, Quinn. Está doendo?

– Não muito. Só está feio.

Tento puxá-la novamente, mas Jeff mantém minha mão presa e fala:

– Sua mão está tremendo.

– Está?

Olho para a rua fingindo interesse em um Cadillac Escalade prata que está passando. Não existe a menor possibilidade de conseguir olhar Jeff nos olhos. Não quando ele está sendo tão meigo e preocupado comigo.

– Promete que vai ao médico se piorar?

– Vou, sim – digo com determinação. – Prometo.

Bebo mais vinho depois disso, esvazio o jarro e peço outro antes que Jeff possa protestar. Francamente, vinho é exatamente do que preciso. O álcool combinado com o Xanax que tomei assim que voltei do parque faz com que me sinta deliciosamente relaxada. A dor nas costas e nos ombros desapareceu. Eu mal penso em Sam, Lisa e Rocky Ruiz. Quando penso, simplesmente bebo mais vinho, até que o pensamento se dissipe.

Na volta do bistrô, Jeff segura minha mão boa. Ele se inclina para a frente e me beija quando paramos diante de uma faixa de pedestre, enfia a língua na minha boca, o suficiente para fazer um inebriante arrepio de desejo percorrer meu corpo. Assim que chegamos em casa, nos pegamos no elevador, sem nos preocuparmos com a câmera instalada no canto nem com o segurança suado e barrigudo que provavelmente está nos observando em um monitor no porão.

Dentro do apartamento, não passamos do *foyer* e já estou de joelhos, com Jeff na boca, chupando-o de um jeito que ele geme tão alto que tenho certeza de que os vizinhos conseguem escutar através das paredes. Quando ele põe uma das mãos para manter minha cabeça no lugar, levanto o braço e aperto seus dedos em meus cabelos, na esperança de que ele dê um puxão.

Preciso que doa. Só um pouco. Mereço a dor.

Mais tarde, na cama, Jeff me deixa escolher o filme. Escolho *Um corpo que cai*. Quando os créditos iniciais começam a subir na tela, eu me aninho bem junto a ele e estendo o braço por seu peito. Assistimos ao filme em silêncio. Jeff fica pescando durante a maior parte dele, mas está acordado durante o clímax, quando Jimmy Stewart arrasta a pobre Kim Novak pela escadaria daquela torre do sino, implorando pela verdade.

– Não preciso ir – Jeff diz assim que o filme acaba. – Para Chicago. Posso ficar aqui se você quiser.

– É importante que você vá. Além disso, não vai ficar lá muito tempo, vai?

– Três dias.

– Vai passar voando.

– Você pode ir comigo. Quer dizer, se você quiser.

– Você não vai estar ocupado?

– Atolado, na verdade. Mas isso não quer dizer que você não possa aproveitar sozinha. Você adora Chicago. Pense nisso... um hotel legal, *deep-dish* pizza, alguns museus.

Deitada com a cabeça no ombro de Jeff, consigo escutar a aceleração de seu coração. É óbvio que ele quer muito que eu vá. Também quero. Adoraria substituir esta cidade por outra, apenas por alguns dias, o suficiente para esquecer o que fiz. Mas não posso. Não com Sam ainda ali. Ao me levar ao lugar onde agredi Rocky Ruiz, Sam deixou muito claro que está me fazendo o favor de ficar em silêncio. Um movimento errado da minha parte pode desestabilizar o cuidadoso equilíbrio de nossas vidas. Sam agora tem o poder de nos destruir.

– E Sam? – questiono. – A gente não pode simplesmente deixá-la sozinha.

– Ela não é um cachorro, Quinn. Pode tomar conta de si mesma por alguns dias.

– Eu me sentiria mal. Além do mais, não acho que ela vai ficar aqui por muito mais tempo.

– A questão não é essa. Estou preocupado com você, Quinn. Tem alguma coisa errada. Você está agindo de um jeito estranho desde que ela chegou aqui.

Começo a me desgrudar dele. Tinha sido uma noite muito boa até ele começar a falar.

– Tenho que lidar com um monte de coisa.

– Eu sei disso. É um momento maluco e muito estressante pra você. Mas sinto que tem algo a mais acontecendo. Alguma coisa que você não está me contando.

Deito de costas e fecho os olhos:

– Estou bem.

– E você jura que me contaria se não estivesse.

– Juro. Agora, por favor, para de me fazer perguntas.

– Só quero ter certeza de que você vai ficar bem enquanto eu estiver viajando – justifica Jeff.

– É claro que vou. Vou ficar com Sam.

Jeff rola, se afastando de mim e fala:
– Isso é o que me preocupa.

Aguardo uma hora pela chegada do sono, deitada de costas, respirando de maneira uniforme, dizendo a mim mesma que a qualquer momento vou afundar no sono. Meus pensamentos, porém, são um aglomerado indomável, sempre em movimento, sem a menor pressa de se acalmar. Visualizo-os como parte da sequência do sonho de *Um corpo que cai* – espirais brilhantes que giram para sempre. Cada um tem sua própria cor. Vermelho para pensamentos sobre o assassinato de Lisa. Verde para Jeff e sua preocupação. Azul para a afirmação de Jonah Thompson de que Sam está mentindo para mim. A espiral de Sam é preta e gira quase invisível pela insone escuridão do meu cérebro.

Quando dá uma hora da madrugada, saio da cama e caminho silenciosamente pelo corredor. A porta do quarto de hóspedes está fechada. Nenhuma luz espreita por baixo dela. Talvez Sam tenha retornado. Talvez, não. Até a presença dela se tornou incerta.

Na cozinha, ligo meu laptop. Já que estou acordada, posso me dedicar ao trabalho tão necessário para o site. Porém, em vez de *Doçuras da Quincy*, meus dedos me levam ao meu e-mail. Dezenas de novas mensagens de repórteres inundam minha caixa de entrada, algumas de lugares distantes como França, Inglaterra e até Grécia. Vou baixando a tela e passando por elas, os endereços são um borrão monótono, e paro somente quando vejo um e-mail que não é de um repórter.

Lmilner75.

Abro-o, ainda que saiba o conteúdo de cor. É rosa neon, se eu fosse usar a escala de cores de *Um corpo que cai*.

Quincy, preciso falar com você. É extremamente importante. Por favor, por favor, não ignore isto.

O que aconteceu com você, Lisa? – sussurro. – O que é tão importante?

Abro uma janela nova, que cai direto no Google. Digito o nome de Sam e o resultado é o previsível amontoado de informações sobre o Nightlight Inn, a morte de Lisa, e as Garotas Remanescentes. Há algumas poucas matérias sobre o desaparecimento de Sam, porém não encontro nada que me dê uma pista sobre os lugares em que ela pode ter estado.

Em seguida, pesquiso Tina Stone, o que rende uma avalanche de informações sobre as muitas, muitas mulheres que possuem esse nome.

Há perfis no Facebook, obituários e atualizações no LinkedIn. Encontrar algo sobre uma Tina Stone específica parece impossível, e me questiono se Sam sabia disso quando escolheu esse nome. Se ela, como eu estou fazendo agora, viu a concentração de Tinas Stones no mundo e decidiu mergulhar, sabendo que não emergiria. Fecho o Google e volto para o e-mail de Lisa.

Quincy, preciso falar com você. É extremamente importante. Por favor, por favor, não ignore isto.

Quando o leio, as palavras de Jonah Thompson parecem entrar sorrateiramente no texto, transformando seu conteúdo.

É sobre Samantha Boyd. Ela está mentindo pra você.

Estou prestes a fazer outra pesquisa no Google quando escuto algo atrás de mim. Uma tosse baixinha. Ou talvez um rangido do chão. Mas, de repente, tenho certeza de que há alguém ali, bem às minhas costas. Fecho o laptop com força, me viro e vejo Sam, em silêncio, parada na cozinha escura, com os braços relaxados ao longo do corpo. Seu rosto é um vazio inescrutável.

– Você me assustou – reclamo. – Quando chegou em casa?

Sam dá de ombros.

– Há quanto tempo está aí?

Ela dá de ombros novamente. Podia estar ali o tempo todo ou por um mero segundo. Nunca saberei.

– Não consegue dormir?

– Não – responde Sam. – Você?

Dou de ombros. Também sei participar desse jogo.

Os cantos dos lábios de Sam contraem-se ligeiramente, resistindo a um sorriso.

– Tenho um negócio que deve ajudar.

Cinco minutos depois, estou sentada na cama de Sam, com um Wild Turkey no colo, tentando evitar que minhas mãos tremam enquanto ela pinta minhas unhas, o esmalte é preto e brilhante – uma mancha minúscula de petróleo em cima de cada dedo. Fazem um bom par com as cicatrizes nos nós dos dedos, agora com a tonalidade de ferrugem.

– Essa cor fica bem em você – comenta Sam. – Misteriosa.

– Qual é o nome dela?

– Morte Negra. Peguei lá na Bloomingdale's.

Entendi, ela usou o desconto mão-leve. Vários minutos se passam sem que falemos nada. Depois Sam, do nada, diz:

– Nós somos amigas, né?

É outra de suas perguntas tipo matriosca. Responder a uma é responder a todas elas.

– É claro.

– Que bom. Isso é bom, Quinn. Imagine como seria se não fôssemos amigas.

Tento ler a expressão no rosto dela. Está vazio. Um vácuo.

– O que você quer dizer?

– Bom, sei tanta coisa sobre você agora – ela comenta sossegadamente. – O que você é capaz de fazer. O que realmente fez. Se não fôssemos amigas, eu tenho tanta coisa que poderia usar contra você.

Minhas mãos ficam tensas sobre as dela. Luto contra a vontade de puxá-las, de sair correndo do quarto com as unhas meio pintadas com listras pretas. Em vez disso, olho para Sam com doçura, na esperança de que ela ache que estou sendo sincera.

– Isso nunca vai acontecer – afirmo. – Somos amigas para a vida toda.

– Que bom – responde Sam. – Fico feliz.

Uma vez mais, o quarto mergulha no silêncio e assim permanece por mais cinco minutos. Então Sam enfia o pincel negro do esmalte de volta no frasco, abre um sorrisão e fala:

– Pronto!

Saio do quarto antes que minhas unhas sequem completamente e sou forçada a girar a maçaneta de modo desengonçado com as palmas. Sopro as mãos no corredor, aguardando o esmalte tornar-se um revestimento brilhante. Depois sigo para o quarto principal, dou uma olhada rápida em Jeff para me certificar de que ele está dormindo e entro sorrateiramente no banheiro.

Não acendo a luz. É melhor sem ela. Deito no chão, com a coluna reta, as omoplatas no chão frio de ladrilho. Depois digito um número no telefone; é o de Coop, que está permanentemente fixo na minha memória.

Vários toques depois ele atende. Quando faz isso, sua voz está rouca de sono.

– Quincy?

Só de escutá-lo já me sinto melhor.

– Coop. Acho que estou com um problema.

– Que tipo de problema?

– Acho que me meti em uma coisa de que não consigo sair.

Escuto o leve roçar de lençóis quando Coop se senta na cama. Passa pela minha cabeça que ele pode não estar sozinho. É provável que alguém durma ao lado dele todas as noites e eu não saiba.

– Você está me deixando preocupado. Me conta o que está acontecendo.

Mas não consigo. Isso é o que torna tudo mais esquisito. Não consigo contar para Coop minhas suspeitas em relação a Sam sem também mencionar a coisa terrível que fiz. Elas estão entrelaçadas, uma é inseparável da outra.

– Isso não é uma boa ideia – digo.

– Você precisa que eu vá aí?

– Não, só queria escutar sua voz. E ver se tinha algum conselho pra mim.

Coop limpa a garganta e comenta:

– É difícil dar conselho sem saber o que está acontecendo.

– Por favor – insisto.

Há um momento de silêncio da parte de Coop. Eu o visualizo saindo da cama, enfiando o uniforme e se preparando para vir aqui me ajudar quer eu queira, quer não. Por fim, ele diz:

– A única coisa que posso dizer é que, se você está numa situação ruim, o melhor a fazer é encarar.

– E se eu não puder?

– Quincy, você é mais forte do que imagina.

– Não sou, não – discordo.

– Você é um milagre, e nem sabe disso – Coop fala. – A maioria das garotas na sua situação teria morrido naquela noite no Chalé Pine. Você, não.

Minha mente lampeja de volta àquela apavorante e atormentadora lembrança que tive no parque. Ele. Agachado no chão do Chalé Pine. Por que justamente essas imagens retornaram a mim?

– Só porque você me salvou – eu digo.

– Não – discorda Coop. – Você já estava no processo de se salvar. Ou seja, não interessa no que é que você se meteu, sei que tem a força necessária pra sair disso.

Concordo com um gesto de cabeça, mesmo sabendo que ele não consegue ver. Faço isso por que ele ficaria feliz se visse.

– Obrigada. Desculpe por ter te acordado.

– Nunca se desculpe por ter me procurado. É pra isso que estou aqui.

– Sei disso. E não tenho palavras pra agradecer.

Permaneço onde estou depois que Coop desliga e continuo segurando o telefone. Encaro-o, apertando os olhos devido ao brilho, observando o relógio na parte de cima da tela consumir um minuto, dois. Depois que onze minutos se passaram, sei o que tenho que fazer, embora sinta meu estômago embrulhar só de pensar nisso.

Então procuro no meu telefone uma das mensagens que Jonah Thompson me mandou. Respondo, com os dedos relutantes a cada um dos toques.

pronta pra falar. bryant park. 11h30 em ponto

24.

Final da manhã.

Bryant Park.

A calmaria anterior à iminente aglomeração de pessoas em horário de almoço. Escapando cedo de seus cubículos nos prédios adjacentes, alguns poucos funcionários de escritórios já começaram a pipocar por ali. Observo-os de onde estou, sentada na sombra da Biblioteca Pública de Nova York, com inveja da camaradagem, de suas vidas despreocupadas.

É uma manhã clara, ainda assim fria. As folhas que cobrem os caminhos como um dossel já adquiriram um tom de dourado velho. Ao redor das árvores, tufos de hera se preparam para o inverno.

Avisto Jonah do outro lado do parque – uma cabeça com cabelo brilhante destacando-se em meio à multidão. Está vestido como se viesse de um primeiro encontro. Camisa xadrez e blazer com lenço no bolso. Calça de sarja cor de vinho com a barra dobrada. Está sem meia, apesar de já estarmos no período friorento de outubro. Um belo de um babaca.

Uso as mesmas roupas de ontem, pois estava cansada demais para escolher outras. A ligação para Coop me acalmou o suficiente para que conseguisse dormir um pouco, mas cinco ou seis horas não foram o bastante para compensar a privação do início da semana. Ao chegar perto de mim, Jonah sorri e fala:

– Um colega de trabalho e eu apostamos dez dólares se você viria ou não.

– Parabéns – digo. – Acabou de ganhar dez dólares.

Jonah meneou a cabeça e revelou:

– Eu apostei que você não apareceria.

– Bem, estou aqui.

Nem sequer tento esconder minha fadiga. Estou com a aparência de alguém que tem sérios problemas para dormir ou sofre de uma terrível enxaqueca. Na realidade, tenho as duas coisas. A dor de cabeça lateja bem atrás dos meus olhos, fazendo com que eu os mantenha semicerrados enquanto Jonah fala:

– E agora, como é que vai ser?

– Agora você tem um minuto pra me convencer a ficar.

– Ótimo – ele concorda, olhando para o relógio. – Mas antes de começar a contar o tempo, tenho uma pergunta.

– É claro que tem.

Jonah coça a cabeça, mas seu cabelo permanece imóvel. Deve passar horas se arrumando. Como um gato, imagino. Ou como aqueles macacos que ficam eternamente catando piolhos do pelo.

– Você se lembra, ainda que remotamente, de mim? – ele pergunta.

Lembro-me dele demarcando território na calçada em frente ao meu prédio. Lembro-me de vomitar aos pés dele. Certamente, eu me lembro de quando ele me contou a verdade, a terrível natureza da morte de Lisa Milner. Mas, com exceção disso, não tenho recordação alguma de Jonah Thompson, o que ele deduz pela falta de rapidez da minha reposta.

– Não lembra – ele diz.

– Deveria?

– Fizemos faculdade juntos, Quincy. Fiz Psicologia na sua sala.

Isso é uma surpresa, principalmente porque significa que ele é uns bons cinco anos mais velho do que eu imaginava. Ou está muitíssimo enganado.

– Tem certeza? – questiono.

– Absoluta – ele confirma. – Na Tamburro Hall. Eu sentava uma fileira atrás de você. Não que os lugares fossem marcados nem nada do tipo.

Lembro-me bem da sala na Tamburro Hall. Era um semicírculo com muita corrente de ar e uma inclinação íngreme que ia até o nível do chão. As fileiras de assentos eram como as dos estádios, portanto os joelhos da pessoa sentada atrás de você ficavam a meros centímetros da parte de trás da sua cabeça. Depois da primeira semana, todo mundo se sentava mais ou menos no mesmo lugar em todas as aulas. O meu era mais perto do fundo, um pouco à esquerda.

– Sinto muito – digo. – Não me lembro nem um pouco de você.

– Eu me lembro muito bem de você – Jonah responde. – Muitas vezes você falava oi pra mim quando se sentava antes de começar a aula.

– Sério?

– Sério. Você era muito simpática. Lembro de como você parecia estar sempre feliz.

Feliz. Honestamente, não me lembro da última vez em que alguém usou essa palavra para me descrever.

– Você sentava com outra garota – continua Jonah. – Ela vivia chegando atrasada.

Ele está falando de Janelle, que entrava furtivamente na sala depois que a aula começava, quase sempre de ressaca. Em várias ocasiões, ela pegava no sono com a cabeça no meu ombro. Depois da aula, eu a deixava copiar minhas anotações.

– Vocês eram amigas – ele afirma. – Eu acho. Talvez esteja errado. Eu me lembro de muito bate-boca.

– A gente não batia boca.

– Batiam, e muito. Havia um lance passivo-agressivo rolando entre vocês duas. Como se fingissem ser melhores amigas, mas na verdade não suportavam uma a outra.

Não me lembro de nada disso, o que não significa que não seja verdade. Aparentemente, acontecia com frequência suficiente para fazer Jonah se lembrar.

– Éramos melhores amigas – digo com a voz baixa.

– Meu Deus! – Jonah exclama, fazendo uma bosta de encenação para fingir que acabou de juntar as peças. Ele seguramente já sabia. Duas garotas que sentavam na frente dele na aula e nenhuma delas volta depois de um fim de semana em outubro. – Eu não devia ter tocado nesse assunto.

Não, não devia, e eu faria um sermão por causa disso se minha cabeça não estivesse doendo e eu não estivesse com tanta vontade de mudar de assunto.

– Agora que confirmamos que tenho uma memória ruim, está na hora de você me falar por que é que estou aqui – mudo de assunto. – Seu minuto começa agora.

Jonah não perde tempo, assim como um vendedor fazendo um discurso de elevador. Suspeito que praticou cada palavra. Ele fala com a desenvoltura que se adquire após vários ensaios.

– Você deixou muito claro que não quer conversar sobre o que aconteceu com você. Compreendo e aceito sua decisão. Mas isso não é sobre a sua situação, Quincy, embora você saiba que estou à sua disposição caso deseje falar sobre ela. Isto é sobre Samantha Boyd e a situação *dela*.

– Você disse que ela está mentindo pra mim. Sobre o quê?

– Vou chegar a isso – ele posterga. – Quero saber é o quanto *você* sabe sobre ela.

– Por que está tão interessado na Sam?

– Não sou só eu, Quincy. Devia ter visto o interesse que aquela matéria sobre vocês duas gerou. O tráfego na internet foi insano.

– Se mencionar aquela matéria de novo, vou embora.

– Desculpe – Jonah se emenda e a base de seu pescoço fica levemente vermelha. Fico feliz de ver que ele está pelo menos um pouco constrangido por suas ações. – Vamos voltar à Sam.

– Você quer que eu revele os segredos dela?

– Não – ele responde, e a voz aguda demais ao negar confirma que estou certa. – Quero simplesmente que compartilhe o que sabe. Pense nisso como um perfil dela.

– Esta conversa é confidencial ou não?

– Prefiro que não seja – responde Jonah.

– Que pena – estou ficando irritada, o que faz minha dor de cabeça pulsar ainda mais e deixa as minhas pernas inquietas. – Vamos dar uma caminhada.

Começamos a nos afastar da biblioteca, na direção da Sixth Avenue. Mais pessoas se aglomeraram no parque, enchendo as vielas de pedra em busca das cobiçadas cadeiras que as ladeavam. Estava tão cheio que Jonah e eu tivemos que ficar bem perto um do outro e passamos a andar ombro a ombro.

– As pessoas querem muito ter notícias sobre a Sam – explica Jonah. – Como ela é. Onde esteve escondida esse tempo todo.

– Ela não estava se escondendo – por alguma razão, ainda sinto necessidade de defendê-la. Como se minha atitude fosse chegar aos ouvidos dela caso eu não fizesse isso. – Ela só estava se esforçando pra passar despercebida.

– Onde?

Aguardo uma fração de segundo antes de contar para ele, me perguntando se deveria. Mas é por isso que estou aqui, não é? Ainda que fique falando para mim mesma que não.

– Bangor, Maine.

– Por que de repente ela não quis mais passar despercebida?

– Ela quis se encontrar comigo depois do suicídio da Lisa Milner – digo, percebendo rapidamente o meu equívoco. – Quer dizer, assassinato.

– Foi aí que você a conheceu?

Penso em Sam pintando minhas unhas. *Nós somos amigas, né?*

– Sim – respondo.

É uma palavra tão simples. Três letrinhas. Mas ela carrega uma quantidade tão grande de significados. Sim, eu conheci Sam, bem como ela me conheceu. Além disso, não confio nela. E tenho certeza de que ela se sente do mesmo jeito a meu respeito.

– E você está certa de que não vai compartilhar o que sabe sobre ela? – pergunta Jonah.

Chegamos às mesas de pingue-pongue do Bryant Park – uma daquelas coisas que "só existem em Nova York". As duas mesas estão ocupadas, uma delas por um casal asiático de idosos e a outra por dois funcionários de escritório, que estavam com as gravatas afrouxadas e batiam a bola de um lado para o outro. Passei um momento observando-os enquanto tentava formular uma resposta adequada para a pergunta de Jonah.

– Não é simples assim – eu digo.

– Sei de algo que pode fazer você mudar de ideia – Jonah me instiga.

– O que está querendo dizer?

É uma pergunta estúpida. Sei o que ele quer dizer. E Jonah ter informações que não possuo me deixa profundamente irritada.

– Só me conta o que você sabe, Jonah.

– Eu gostaria de contar, Quincy – diz ele, coçando a cabeça novamente. – Gostaria mesmo. Mas bons jornalistas não compartilham o que sabem com fontes que não cooperam. Ou seja, se você realmente quer que eu lhe dê uma informação ultrassecreta, vou precisar de alguma coisinha em troca.

Mais do que nunca, tenho vontade de ir embora. Sei que é o que deveria fazer. Falar para Jonah me deixar em paz, ir para casa e tirar uma muito necessária soneca. Mas também preciso saber o quanto Jonah está mentindo para mim. A necessidade de continuar prevalece.

– Tina Stone – solto.

– Quem é essa?

– É o nome da Samantha Boyd. Ela o mudou legalmente anos atrás, pra evitar pessoas como você. Foi assim que conseguiu passar despercebida todos esses anos. Samantha Boyd tecnicamente não existe mais.

– Obrigado, Quincy. Acho que vou dar uma investigada na vida de Tina Stone.

– Você me conta o que descobrir.

Não é uma pergunta. Jonah reconhece isso com uma confirmação concisa de cabeça.

– É claro.

– Agora é a sua vez – eu falo. – Me conta o que sabe.

– Tem relação com aquele artigo que jurei que não ia mencionar mais. Especialmente com as fotos publicadas nele.

– O que têm as fotos?

Jonah respira fundo e suspende as mãos, proclamando sua inocência antes de falar uma palavra.

– Lembre-se, sou só o mensageiro – diz ele por fim. – Por favor, não me mate.

25.

Sam está na cozinha, de avental, fingindo ser a dona de casa perfeita. Fingindo não ser uma vadia maliciosa. Quando entro, ela está debruçada sobre uma tigela, misturando ovos em uma pilha de açúcar e farinha.

– Precisamos conversar – digo.

Sem tirar os olhos da tigela, ela fala:

– Só um minuto.

Corro até ela. Como um raio, a tigela cai da bancada e explode no chão. Um fio de massa de bolo traça sua queda, esticando-se de cima da bancada até o armário debaixo dela e segue pelo chão até chegar à tigela.

– Que porra é essa, Quinn? – exalta-se Sam.

– É exatamente nisso que estou pensando, Sam. Que porra é essa?

Ela se inclina na bancada e olha para mim cautelosamente. Em seguida compreende. Sabe exatamente do que estou falando.

– O que foi que ele contou?

– Tudo.

Sei de tudo. Que Sam foi à redação onde Jonah trabalha um dia depois que noticiaram a morte de Lisa. Que ela contou para ele quem era e que estava em Nova York para me ver. Que perguntou se Jonah queria tirar a foto da vida dele.

– Você sabia que ele ainda estava lá quando se apresentou – falo. – Você planejou aquilo. Você *queria* que saíssemos na primeira página.

Sam não se mexeu, permaneceu com as botas plantadas no chão da cozinha e a massa de bolo empoçava ao lado de uma delas.

– Queria mesmo – confirma ela. – E?

Pego uma espátula e a arremesso para o outro lado da cozinha. Ela acerta a parede ao lado da janela, uma pelota de massa de bolo gruda na pintura e depois cai. Isso não faz com que me sinta melhor.

– Você se dá conta do tamanho dessa idiotice? As pessoas viram fotos nossas, Sam. Um monte de gente. Estranhos sabem quem somos. Sabem onde *eu* moro.

– Fiz isso por você – alega Sam.

Esmurro a bancada. Não quero escutar nada disso.

– Cala a boca!

– É verdade. Achei que isso ia te ajudar.

– *Cala a boca!*

Sam recua, de olhos arregalados, suas sobrancelhas transformam-se em arcos assustados, e fala:

– Preciso que saiba por que fiz aquilo.

Há uma caixa à minha direita com meia dúzia de ovos. Pego um.

– Cala...

O ovo voa na direção da cabeça de Sam. Ela se abaixa para desviar dele, que se espatifa no armário atrás dela.

– ... a porra...

Jogo outro. Como uma granada. Um movimento rápido do pulso. Quando ele se junta à tigela no chão, pego mais dois e os arremesso numa sucessão rápida.

– ... dessa... boca!

Os dois ovos acertam o avental de Sam. Detonações caóticas de gosma amarela que a empurram na direção da bancada, mais por surpresa do que por força. Estendo o braço para pegar os outros, mas Sam avança para a frente, se desequilibrando no piso escorregadio. Ela dá um tapão na caixa, derrubando o restante dos ovos no chão.

– Você vai pelo menos me deixar explicar? – ela grita.

– Eu já sei por que você fez aquilo! – grito também. – Você queria que eu ficasse com raiva! E eu quase matei um homem! Isso é raiva suficiente pra você? O que mais você quer que eu faça?

Sam me agarra pelos ombros, me sacode e responde:

– Quero que você acorde! Você ficou se escondendo esses anos todos.

– Olha só quem fala! Não fui eu que desapareci. Não fui eu que deixei de falar até para a própria mãe que ainda estava viva.

– Não é disso que estou falando.

– Então do que é que você está falando, Sam? Queria que pelo menos uma vez você dissesse alguma coisa que faz sentido. Tentei te entender, mas não consigo.

– Pare de fingir ser alguém que você não é!

Sam decide arremessar objetos também, pega outra tigela na bancada, joga no chão e ela rola até um canto e fica rodopiando sobre a borda.

– Você age como essa garota perfeita com essa vidinha perfeita fazendo bolos perfeitos. Mas essa não é você, Quinn, você sabe disso.

Ela me empurra contra a lava-louça, cuja maçaneta fica cutucando a parte de baixo da minha coluna. Empurro-a também e ela sai escorregando pela meleca de ovo e farinha.

– Você não sabe nada sobre mim! – exclamo.

Sam me empurra novamente, desta vez contra a bancada.

– Sou a *única* que sabe. Você é uma lutadora. Uma lutadora que vai fazer qualquer coisa pra sobreviver. Igual a mim.

Eu me contorço contra ela e afirmo:

– Não sou nem um pouco parecida com você.

– Você é uma Garota Remanescente, caralho! – insiste Sam. – Foi por *isso* que procurei Jonah Thompson. Pra que você não se escondesse mais. Pra que pudesse finalmente viver à altura do nome que conquistou.

Seu rosto está tão perto do meu que paro de respirar. A presença dela é como um fogo que consome todo o oxigênio do cômodo. Afasto-a com um empurrão, abrindo espaço suficiente para me virar na direção da bancada. Sam agarra minha mão, tentando me puxar na direção dela. Minha outra mão tateia pela bancada, em busca de qualquer coisa que conseguir encontrar. Os nós dos meus dedos trombam em recipientes de medição. Uma colher escorrega da minha mão e cai no chão. Meus dedos finalmente se fecham ao redor de algo e giro na direção dela, brandindo-o e dando estocadas.

Sam berra e se afasta cambaleando. Ela cai no chão e pressiona o corpo contra a porta do armário. Avanço pela cozinha, mal percebendo que ela repete meu nome sem parar. O som é líquido e distante, como um grito das profundezas de um poço.

– Quinn!

Esse foi alto o bastante para fazer os armários chacoalharem. Alto o bastante para perfurar o nevoeiro furioso que me envolve.

– Quincy – fala Sam, agora com um mero sussurro. – *Por favor.*

Olho para baixo. Há uma faca na minha mão. Está inclinada, com a lateral da lâmina virada para o teto, refletindo a luz da cozinha. Solto-a, minha mão formiga.

– Não tinha a intenção de fazer isso.

Sam fica no chão, toda encolhida, com os joelhos encostados nas alças do avental. Não consegue parar de tremer. É como uma convulsão.

– Eu não ia te machucar – afirmo, com um nó no fundo da garganta. – Juro.

O cabelo de Sam está caído sobre o rosto. Vejo seus lábios rubros, um pedaço do nariz, um olho espiando por entre mechas, brilhante e aterrorizado.

– Quincy – diz ela. – *Quem* é você?

Balanço a cabeça. Honestamente, eu não sei.

26.

Um zumbido à porta do apartamento quebra o silêncio que tinha se abatido sobre a cozinha. O interfone do prédio. Há alguém lá fora. Quando aperto o botão ao lado da porta, a voz de uma mulher na rua crepita até mim.

– Srta. Carpenter?

– Sim?

– Oi, Quincy – cumprimenta a voz. – É Carmem Hernandez. Desculpe aparecer deste jeito. Mas vou precisar de um momento do seu tempo.

Não demora para a Detetive Hernandez estar na sala de jantar, vestida elegantemente com um blazer cinza e blusa vermelha. O bracelete em volta de seu pulso tilinta quando ela se senta. Uma dúzia de berloques pendem da prata de lei. Um presente de aniversário do marido, talvez. Ou quem sabe um agrado que comprou para si mesma depois de se cansar de esperar que ele fizesse isso. De qualquer modo, ele é lindo. Uma versão mais descarada de mim iria querer roubá-lo. Imagino-me olhando para os berloques e vendo doze versões diferentes de mim.

– Vim em uma hora ruim? – ela pergunta, certa de que a resposta é sim. A cozinha é visível para qualquer um que passa pelo *foyer* a caminho da sala de jantar. Ela está uma bagunça pegajosa, cheia de massa e gema de ovo. Mesmo que a detetive não a tenha visto, Sam e eu estamos sentadas diante dela com nossas roupas emporcalhadas de farinha e besuntadas de ovo.

– Não – respondo. – Tudo bem.

– Tem certeza? Você parece desconcertada.

– Estou tendo um dia daqueles – digo, abrindo um sorriso animado. Todo dentes e gengivas. Minha mãe se sentiria orgulhosa. – Você sabe como as coisas na cozinha podem ficar uma loucura.

– Meu marido é quem cozinha – diz Hernandez.

– Sorte sua.

– Por que veio aqui, detetive? – pergunta Sam, falando pela primeira vez desde que Hernandez tocou o interfone. Ela tinha enfiado o cabelo atrás das orelhas, dando à detetive uma visão completa de seu olhar duro.

– Tenho mais algumas perguntas sobre a agressão a Rocky Ruiz. Nada sério. Estou apenas tomando as providências cabíveis.

– A gente já te contou tudo – falo, tentando não soar preocupada. Esforço-me para conseguir isso. Porém, um gritinho de ansiedade se esconde dentro de cada palavra. – Não há mais nada a acrescentar.

– Tem certeza disso?

– Tenho.

Os berloques do bracelete da detetive retinem novamente quando ela tira um caderninho de dentro do blazer e o folheia.

– Bem, tenho duas testemunhas que afirmam o contrário.

– Hum? – solto.

Sam não diz absolutamente nada. Hernandez anota algo no caderno.

– Um deles é um garoto de programa que faz ponto no Ramble – ela continua. – O nome dele é Mario. Um policial à paisana o deteve ontem à noite, o que não é surpresa nenhuma pra ninguém. Ele tem uma ficha de detenções de uns dois quilômetros por propostas indecorosas. Quando o policial perguntou a Mario se tinha visto alguma coisa na noite em que Rocky foi agredido, ele disse que não. Só que mencionou ter visto algo incomum na noite anterior. Duas mulheres sentadas no parque. Por volta de uma da manhã. Uma delas estava fumando. Disse que ela lhe deu um cigarro.

Eu me lembro dele. O cara bonito de couro. A menção a ele me deixa ansiosa, por uma boa razão. Sam falou com ele. Ele viu nossos rostos.

– Ele identificou as duas mulheres pra mim – continua Hernandez. – Vocês duas.

– Como ele pode saber disso? – pergunta Sam.

– Ele reconheceu do jornal. Imagino que vocês duas saibam que foram capa de jornal outro dia.

Mantenho as mãos no joelho, onde Hernandez não consegue vê-las. As duas estão fechadas com força por causa do nervosismo. Quanto mais ela fala, com mais força aperto.

– Lembro dele – falo. – Veio até nós quando estávamos sentadas no parque.

– A uma da manhã?

– Isso é ilegal? – pergunta Sam.

– Não. Só incomum – responde a Detetive Hernandez, erguendo rapidamente a cabeça na nossa direção. – Especialmente considerando que estiveram lá duas noites seguidas.

Meus antebraços doem de tanto que aperto os punhos no colo. Tento relaxar um dedo de cada vez.

– A gente já contou que esteve lá – eu intervenho.

– Saíram pra beber, certo? – diz Hernandez. – Também era isso que estavam fazendo na noite que Mario, o michê, viu vocês?

– Era – respondo, quase guinchando.

Sam e eu olhamos uma para a outra. Hernandez anota algo no caderno, risca a anotação fazendo uma encenação, escreve outra coisa.

– Muito bem. Agora vamos falar sobre a segunda testemunha.

– Outro garoto de programa? – pergunta Sam.

A Detetive Hernandez não acha graça. Fecha a cara para Sam e fala:

– Um sem-teto. Ele conversou com um dos policiais que está fazendo perguntas pelo parque sobre Rocky Ruiz. Falou que viu duas mulheres naquela piscina chique onde as crianças brincam com barcos. Aquele lugar é citado em um livro, eu acho. Eu o li para os meus filhos. Alguma coisa com um rato?

– *Stuart Little* – esclareço, sem saber por quê.

– Isso mesmo. Lugar legal. Aquele sem-teto com certeza acha isso. Às vezes dorme em um banco por lá. Mas, na noite em que o Rocky foi agredido, ele falou que foi afugentado por duas mulheres. Elas viram que ele estava observando uma delas lavar as mãos na água. Disse ainda que uma delas parecia estar sangrando.

Não me atrevo a perguntar se ele descreveu essas mulheres. Era óbvio que sim.

– Vocês se enquadram na descrição que ele fez – continuou Hernandez. – Então vou pressupor que realmente eram vocês. Uma das duas gostaria de explicar o que estava acontecendo lá?

Ela cruzou as mãos em cima da mesa, a com o bracelete por cima. Debaixo da mesa, meus punhos viraram pedra. Pepitas de carvão se transformando em diamantes. A pressão racha uma das cascas de ferida no nó dos meus dedos. Um filete de sangue desliza entre meus dedos.

– Era exatamente o que parecia – respondo, fiando a mentira sem pensar. Ela simplesmente sai da minha boca. – Tropecei quando estávamos atravessando o parque. Esfolei a mão. Estava sangrando muito, aí a gente foi até a piscina pra lavar.

– Isso foi antes ou depois de roubarem a bolsa?

– Antes – respondo.

Hernandez me encara, com um olhar duro. Por baixo do cabelo arrumado e do blazer sob medida, há um osso duro de roer. Ela provavelmente teve que trabalhar arduamente para chegar aonde está. Mais do que os homens, com certeza absoluta. Mas eu tive também, e agora estamos aqui.

– Interessante – ela comenta. – O sem-teto não mencionou ter visto uma bolsa.

– Nós...

Por alguma razão, parei. A mentira desapareceu como uma pitada de sal derretendo na língua. Hernandez se inclina para a frente, quase amigavelmente, preparando-se para começar uma conversa do tipo segredinho entre garotas.

– Escutem, senhoritas, não sei o que aconteceu no parque naquela noite. Talvez Rocky estivesse chapado a ponto de perder a cabeça. Talvez ele tenha tentado machucar vocês e vocês reagiram com uma força um pouco exagerada. Se for esse o caso, o melhor para as duas seria confessar.

Ela afastou o corpo, acabou o papo de amiga. O bracelete raspa pela mesa quando ela pega o caderno de novo.

– Até entendo por que vocês talvez não queiram fazer isso. O homem está em coma. É uma situação séria. Mas juro que não vou julgar vocês. Não até eu saber a história inteira.

Hernandez consulta suas anotações, olha para Sam e diz:

– Srta. Stone, vou inclusive fazer vista grossa para os atritos que teve com a lei no passado.

Em benefício próprio, Sam não reage. Seu rosto é uma máscara de calma. Mas posso afirmar que ela está atenta à minha reação. Fico quieta e isso diz tudo o que ela precisa saber.

– Só quero deixar claro que nenhum daqueles eventos irá, de maneira alguma, afetar o seu tratamento – insiste Hernandez. – Se alguma de vocês decidir se entregar, é claro.

– Não vamos – descarta Sam.

– Tirem um tempo pra pensar nisso. Do outro lado da mesa, Hernandez se levanta e enfia o caderninho debaixo do braço, com o bracelete tinindo. – Conversem sobre isso. Mas não demorem muito. Quanto mais esperarem, pior vai ficar. Ah, e se uma das duas, por acaso, tiver feito aquilo, é melhor rezarem pra que Rocky Ruiz saia daquele coma. Porque se eu repentinamente estiver com um homicídio culposo nas mãos, tudo será possível.

– Não vamos falar nada – anuncia Sam depois que Hernandez vai embora.

– A gente tem que falar – discordo.

Nós duas permanecemos na sala de jantar, presas em um inebriante e insuportável silêncio. A luz do sol se derrama pela janela, iluminando as partículas de poeira que rodopiam logo acima da superfície da mesa. Não ousamos nos entreolhar, ficamos observando o pó como pessoas aguardando uma tempestade. Nossos nervos estão à flor da pele e um pavor inconfesso se apodera de nós.

– Na verdade, não temos – diz Sam. – Ela está apertando a gente. Não tem nada contra nós. Não é ilegal sentar no Central Park à noite.

– Sam, ela tem testemunhas.

– Um sem-teto e um michê que não viram nada.

– Se contarmos a verdade agora, ela vai pegar leve com a gente. Ela entende.

Nem eu mesma acredito nisso. A Detetive Hernandez não tem a menor intenção de nos ajudar. Ela é uma mulher muito esperta que está apenas fazendo o seu trabalho.

– Jesus! – exclama Sam. – Ela estava mentindo, Quinn.

O silêncio retorna. Observamos as partículas de poeira dançarem.

– Por que você não me contou que esteve em Indiana? – pergunto.

Sam finalmente olha para mim. O rosto dela está esquisito, ilegível.

– Você não vai querer saber disso, querida. Confie em mim.

– Preciso de respostas – insisto. – Preciso da verdade.

– A única verdade que precisa saber é que o que aconteceu no parque é tudo culpa sua. Só estou tentando salvar a sua pele.

– Mentindo?

– Guardando seus segredos – responde Sam. – Sei muita coisa sobre você agora. Mais do que imagina. Ela empurra a cadeira para longe da mesa. O movimento desencadeia uma onda de perguntas dentro de mim, cada uma mais suplicante do que a anterior.

– Você se encontrou com Lisa? Foi à casa dela? O que mais está deixando de me contar?

Sam se vira, o cabelo escuro chicoteia para trás e o rosto se transforma em um borrão. Isso destranca a lembrança de uma imagem similar em minha memória. Tão desbotada que mais parece a lembrança de uma lembrança.

– Sam, por favor...

Ela sai da sala de jantar em silêncio. Um momento depois, fecha a porta do apartamento após sair. Permaneço sentada, cansada demais para me mover, com medo de simplesmente cair no chão se tentar levantar. A imagem de Sam ao sair fica repassando na minha cabeça, consumindo minha memória. Já a vi antes. Sei que vi.

De repente, eu me lembro, o que me faz correr para o laptop. Entro no Facebook, procuro o perfil de Lisa. Mais condolências enchem sua página. Centenas delas. Ignoro todas elas, acesso as fotos que Lisa tinha postado e não demoro para encontrar a que estou procurando – Lisa levantando uma garrafa de vinho e irradiando felicidade.

Hora do Vinho! LOL!

Analiso a mulher no fundo da imagem. O borrão que tanto havia me fascinado na primeira vez em que a vi. Olho para a foto fixamente, como se minha vontade fosse capaz de focar a imagem. O melhor que posso fazer é semicerrar os olhos, tentando deixar minha visão tão borrada quanto o objeto na foto e desejar que eles se equilibrem, gerando alguma visibilidade. Isso funciona até certo ponto. Uma mancha branca surge bem na ponta do borrão escuro. Dentro dessa mancha há um pingo vermelho.

Batom. O batom de Sam. Tão brilhante quanto sangue.

Ver aquilo faz meu corpo vibrar com uma queimação interna. Sinto-me como se estivesse amarrada a um foguete que irrompe a camada de ozônio, soltando faíscas até nós dois explodirmos.

27.

A cozinha está limpa e minhas malas estão feitas quando Jeff chega do trabalho. Uma mala. Bagagem de mão. Ele fica parado à porta do nosso quarto, piscando, como se eu fosse uma miragem.

– O que você está fazendo?

– Vou com você – informo.

– Pra Chicago?

– Comprei minha passagem pela internet. Mesmo voo, mas não vamos poder sentar juntos.

– Tem certeza?

– Foi ideia sua.

– Verdade. Só acho muito repentino. E Sam?

– Você mesmo disse que a gente podia deixar Sam sozinha por alguns dias – argumento. – Ela não é um cachorro, lembra?

Na verdade, espero que ela tenha ido embora quando eu voltar. Em silêncio. Sem estardalhaço. Um escorpião com tanta pressa de fugir que se esquece de ferroar. Jeff, enquanto isso, olha ao redor do quarto como se fosse a última vez e fala:

– Vamos torcer pra que tenha sobrado alguma coisa quando a gente voltar.

– Deixa isso comigo – digo.

Sam só volta tarde da noite, muito tempo depois de Jeff e eu termos ido dormir. Antes de sairmos para o aeroporto de manhã, bato na porta do quarto dela. Depois de várias batidas sem resposta, abro a porta e espio lá dentro. Sam está na cama, com o edredom até o queixo. A coberta ondeia enquanto ela debate as pernas agitadas.

– Não – resmunga ela. – Por favor, não.

Corro até a cama e a sacudo pelos ombros, e quase não consigo sair do caminho quando ela se senta de supetão, totalmente desperta.

– O que está acontecendo?

– Um pesadelo – respondo. – Você estava tendo um pesadelo.

Sam me encara, certificando-se de que não sou parte do pesadelo. Ela parece uma mulher que acabou de ser salva de um afogamento – rosto vermelho e molhado. O cabelo grudado nas bochechas ensopadas de suor, mechas compridas e escuras que lembram alga marinha. Ela até chega a dar uma sacudidinha, como se tentasse se livrar do excesso de água.

– Eita – ela exclama. – Esse foi ruim.

Sento na beirada da cama, tentada a lhe perguntar o que estava sonhando. Era com Calvin Whitmer e seu rosto coberto com um saco? Ou com outra coisa? Talvez Lisa sangrando na banheira. Mas Sam continua olhando para mim ciente de que algo está prestes a acontecer.

– O Jeff e eu vamos viajar uns dias – digo.

– Pra onde?

– Chicago.

– Vocês vão me expulsar? Não tenho como pagar hotel.

– Eu sei – digo, mantendo meu tom calmo e equilibrado. Nada que eu disser deve irritá-la. Isso é vital. – Você pode ficar aqui enquanto estivermos fora. Meio que tomando conta da casa. Quem sabe não dá uma confeitada, se tiver vontade.

– Cansei disso.

– Jeff e eu podemos confiar em você?

Que pergunta inútil. É claro que não confio nela. É por isso que estou indo para Chicago com Jeff, para começo de conversa. Deixá-la para trás é minha única opção.

– Claro.

Pego o dinheiro que enfiei no bolso logo antes de entrar no quarto. Duas notas enrugadas de cem dólares. Entrego-as a Sam.

– Toma aqui um dinheiro pra você dar uma volta por aí. Use pra comprar comida, ir ao cinema, talvez. Para o que quiser.

É um suborno e Sam sabe disso. Esfregando uma nota na outra, ela fala:

– Os caseiros também não recebem algum tipo de pagamento? Você sabe, pra tomar conta do lugar. Garantir que fique tudo bem.

Embora faça essa pergunta como se fosse totalmente cabível, isso não é o suficiente para evitar que eu sinta a traição me ferroar como um tapa. Lembro-me da primeira noite de Sam aqui. De como Jeff perguntou sem rodeios se ela tinha vindo atrás de dinheiro. Sam negou, e eu acreditei nela.

Agora tenho a sensação de que essa é a única razão pela qual está aqui. As conversas tarde da noite, as fornadas, toda a amizade eram somente meios para se atingir um fim.

– O que acha de quinhentos? – pergunto.

Sam avalia o quarto. Vejo-a fazendo as contas na cabeça, avaliando o valor potencial de cada objeto.

– Mil me parece melhor – ela aumenta.

– Claro – eu falo entredentes.

Saio para buscar minha bolsa e volto com um cheque nominal a Tina Stone e pré-datado para o dia seguinte ao que Jeff e eu estamos programados para voltar. Sam não diz nada ao ver a data. Simplesmente dobra o cheque na metade e o coloca junto com o dinheiro na mesinha de cabeceira.

–Você quer que eu ainda esteja aqui quando voltar? – ela pergunta.

– Isso é com você.

Sam sorri.

– É mesmo, não é?

No avião, o passageiro ao meu lado estava viajando sozinho e fez a gentileza de aceitar trocar de lugar com Jeff, o que permitiu que sentássemos juntos. Durante a decolagem, Jeff pega minha mão e a aperta gentilmente.

Depois de pousarmos e fazermos o *check-in* no hotel, temos a tarde e a noite inteiras para ficarmos juntos, só nós dois. Foi-se o constrangimento de duas noites atrás, quando a ausência de Sam era tão perceptível quanto a falta de um mindinho. Passeamos pelas ruas do centro perto do nosso hotel e a tensão da última semana dissolve-se na brisa que sopra do Lago Michigan.

– Estou contente por você ter vindo, Quinn – diz Jeff. – Sei que não foi isso que deixei transparecer ontem à noite, mas eu queria mesmo que você viesse.

Ele estende o braço para pegar minha mão e eu a seguro com prazer. Ajuda tê-lo ao meu lado. Especialmente levando em consideração o que pretendo fazer. Na caminhada de volta para o hotel, nós dois somos atraídos por um vestido na vitrine de uma loja. É preto e branco, acinturado, com uma saia que se avoluma para fora, como um Dior dos anos 1950.

– Acabou de chegar de Paris – digo, citando Grace Kelly em *Janela indiscreta*. – Acha que vai vender?

Jeff gagueja, no estilo Jimmy Stewart:

– Bem, veja, isso dependerá do preço.

– Um roubo de mil e cem dólares – continuo, ainda Grace.

– Esse vestido deveria estar listado na bolsa de valores – comenta Jeff, abandonando a imitação e voltando a ser ele mesmo. – E acho que você deveria comprá-lo.

– Sério? – pergunto, também me transformando em mim mesma novamente.

Jeff exibe aquele sorriso largo e justifica:

– Foi uma semana difícil. Você merece um mimo bacana.

Dentro da loja, sinto-me aliviada ao saber que o preço do vestido é um pouco menor do que a minha estimativa como Grace Kelly. Descobrir que ele serve me traz ainda mais alívio. Compro-o na mesma hora.

– Um vestido desses merece uma ocasião compatível com ele – comenta Jeff. – Acho que conheço o lugar perfeito.

Aprontamo-nos para jantar, eu com meu vestido novo e Jeff com seu terno mais alinhado. Graças ao *concierge* do hotel, conseguimos uma reserva de última hora no restaurante mais badalado e insanamente caro da cidade. Com o estímulo de Jeff, permitimo-nos a extravagância de pedir o menu de degustação de nove pratos e bebemos uma garrafa de Cabernet Sauvignon. A sobremesa é um *soufflé* de chocolate e imploro ao *chef* de confeitaria para me dar a receita.

De volta ao hotel, animados por causa do vinho e do ambiente diferente, estamos galanteadores e sensuais. Beijo-o lentamente enquanto desfaço o nó da gravata e a seda eriçada enrosca-se nos meus dedos. Jeff lida com o vestido sem pressa. Estremeço quando ele baixa meu zíper e arqueio as costas.

A respiração dele fica mais pesada quando o vestido cai no chão. Ele agarra meus braços, machucando-os só um pouquinho. Há luxúria em seus olhos. Uma impetuosidade que não vejo há muito tempo. Faz com que ele pareça um estranho, perigoso e irreconhecível. Lembro-me de todos aqueles garotos selvagens de fraternidade e os jogadores de futebol com quem dormi depois do Chalé Pine. Que não tinham medo de arrancar minha calcinha com força e me virar na cama. Que não se importavam com quem eu era nem com o que eu queria.

Meu corpo vibra. O clima está promissor. É disso que preciso. Mas acaba logo em seguida, o tesão diminui assim que a gravata de Jeff desliza das minhas mãos. Só me dou conta de que o desejo morreu quando Jeff está dentro de mim na cama e de repente volta à sua meticulosidade irritante. Perguntando como me sinto. Perguntando o que quero.

Quero que pare de se importar com minhas necessidades. Quero que cale a boca e faça o que *ele* quiser.

Nada disso acontece. O sexo acaba do jeito habitual. Jeff extenuado e eu estirada de costas, com um nó apertado de descontentamento nas entranhas. Jeff toma banho e retorna para a cama, rosado e macio.

– Qual é a sua programação pra amanhã? – ele pergunta, com a voz distante, já velejando no barco da sonholândia.

– Vou aos lugares de sempre. Ao The Art Institute. Ao The Bean. Talvez faça mais algumas compras.

– Legal – Jeff murmura sonolento. – Você vai se divertir.

– Foi pra isso que vim com você – digo, quando, na verdade, não foi.

Diversão não tem nada a ver com a minha vinda para cá. Jeff também não tem nada a ver com isso. Quando ele estava no banho, lavando o suor e o cheiro do sexo monótono, liguei para uma locadora de veículos e reservei um carro.

De manhã, vou a Indiana e finalmente conseguirei algumas respostas.

28.

Aproximadamente 370 quilômetros se estendem entre Chicago e Muncie, e eu os percorro o mais rápido que o Toyota alugado permite. Meu objetivo é chegar à casa de Lisa e ver se consigo descobrir algo – qualquer coisa – antes de voltar à cidade de noite. A viagem é longa, aproximadamente sete horas no total, mas se mantiver um bom ritmo, consigo estar de volta antes de Jeff saber que eu fui.

Na ida, fiz um bom tempo, parei apenas uma vez em uma loja de conveniência na I-65. Era um daqueles lugares tristes e genéricos que querem que você pense que faz parte de uma rede. Mas o disfarce é péssimo. O lugar tem o piso desgastado e está cheio de latas de refrigerante pegajosas e estandes de revistas de mulher pelada embaladas em plástico transparente que mais parece camisinha. Compro uma garrafa de água, uma barra de cereais e um pacote de biscoito de queijo. O café da manhã dos campeões.

Há um mostruário de isqueiros prateados no balcão. Quando o atendente chapado abre um pacote de moedas de um centavo para colocar na máquina registradora, cato um e enfio no bolso. Ele me pega, sorri e me manda embora com uma piscadinha.

Estou de volta ao carro, me guiando pela inclinação da luz do sol ao longo do asfalto liso para calcular a passagem do tempo. O cenário que passa rasgando pela janela é rural e desolado. As laterais das casas estão descascadas e as varandas têm telhados tombados. Quilômetros de campos passam a toda velocidade e as espigas de milho neles são reduzidas a toquinhos. Placas indicam entradas para cidades pequenas com nomes pretensiosamente exóticos. Paris. Brasil. Peru.

No momento em que o sol se transformou em um olho amarelo que se recusava a piscar, bem no alto do céu, estou dirigindo por Muncie, procurando o endereço que Lisa me deu, caso eu quisesse lhe escrever algum dia.

Encontro a residência dela em uma rua tranquila cheia de sicômoros e casas de estilo rancheiro. A de Lisa é nitidamente melhor do que as outras; a pintura das venezianas é nova e a mobília na varanda, impecável. Há um canteiro circular de flores no meio do gramado bem cuidado e do centro dele ergue-se uma banheira de passarinho de fibra de vidro parecida com um cogumelo gigante.

Há uma kombi, com um adesivo da Associação Beneficente dos Policiais colado no para-choque traseiro, estacionada na entrada da garagem. Com certeza, não é o carro da Lisa.

Depois de estacionar na rua, uso o retrovisor para dar uma conferida no rosto e me certificar de que estou com uma aparência melancólica e curiosa, não perturbada e bisbilhoteira. No hotel, fui cuidadosa o bastante para escolher uma roupa que ficasse no limite entre o casual e o luto. Calça jeans escura, blusa roxa escura, sapatilha preta.

Sigo na direção da porta usando o caminho de laje que corta o jardim. Quando toco a campainha, escuto o eco retornar a mim lá do fundo da casa.

A mulher que atende a porta está monocromaticamente vestida: calça social marrom claro e camisa polo bege. Alta e de traços fortes, ela devia lembrar Katharine Hepburn quando jovem. Agora, contudo, rugas aglomeram-se ao redor dos olhos castanhos e ela parece uma nativa de Oklahoma saída de uma foto de Walker Evans – magra, dura e exaurida.

Sei exatamente quem é. Nancy.

– Posso te ajudar? – pergunta ela com uma voz tão brusca quanto o vento das planícies.

Não planejei o que fazer ou falar. A única coisa que importava era chegar ali. Agora, não sei qual será meu próximo passo.

– Oi – cumprimento. – Sou...

Nancy é quem completa:

– Quincy. Eu sei.

Ela olha para as minhas unhas mal pintadas de preto. Minha mão direita, com os nós dos dedos sarapintados de cascas de machucado vistosas como queimadura de sol, chama a atenção dela. Enfio-a no fundo do bolso.

– Está aqui por causa do funeral?

– Achei que já tinha acontecido.

– É amanhã.

Eu devia saber que haveria atraso. Tiveram que fazer autópsia e aquele importantíssimo exame toxicológico.

– Lisa pensava muito em vocês duas – diz Nancy. – Sei que ela iria querer você aqui.

Assim como o pessoal da imprensa, que chegará em massa e entremeará o salmo 23 com cliques de câmeras.

– Acho que não é uma boa ideia – digo. – Infelizmente, eu seria uma distração.

– Então seria legal você me contar por que está aqui. Não sou nenhum gênio, mas tenho certeza absoluta de que Muncie não fica a um pulinho de Nova York.

– Estou aqui pra saber mais sobre Lisa – admito. – Vim pra saber dos detalhes.

Por dentro, a casa de Lisa é arrumada e deprimente. A maior parte é formada pela sala de estar, sala de jantar e cozinha, que se mesclam e formam um cômodo gigante. As paredes são cobertas por painéis de madeira, dando ao lugar uma aparência bolorenta e antiquada. É a casa de uma avó viúva, não de uma mulher de 42 anos. Não vejo sinais de que um assassinato aconteceu ali. Não há policiais procurando impressões digitais, nem peritos forenses de cara fechada pinçando evidências carpete afora. Esse serviço já tinha terminado e tenho esperança de que os resultados ainda estejam pendentes.

Pilhas de caixas de papelão – algumas dobradas, outras não – entulham a sala, de onde já haviam sido retiradas algumas quinquilharias. Mesinhas de canto exibem círculos sem poeira onde antes havia vasos.

– A família da Lisa perguntou se eu podia começar a encaixotar as coisas dela – informou Nancy. – Não querem mais colocar os pés aqui. Eu entendo.

Sentamo-nos à mesa oval de jantar. Em frente a ela há uma peça de jogo americano laminado. Imagino que era naquele lugar que Lisa geralmente fazia as refeições. Mesa posta para uma pessoa. Conversamos dando golinhos de chá servido em xícaras com desenho de rosas nas bordas.

O nome completo da mulher é Nancy Scott. Ela é policial do estado de Indiana há 25 anos e, provavelmente, nesta mesma época, no ano que vem, estará aposentada. É solteira, nunca se casou, tem dois pastores-alemães que já foram cachorros da polícia.

– Fui uma das primeiras pessoas a entrar naquela república – ela me conta. – E fui a primeira a perceber que Lisa não estava morta como o restante dos jovens. Todos os outros caras... exceto eu, todo mundo era homem... deram uma olhada naqueles corpos e concluíram o pior. Eu também, acho. Nossa, o negócio estava feio. O sangue. Estava espalhado por toda parte.

Ela parou ao lembrar com quem estava conversando. Aceno com a cabeça para que ela continue.

– Quando olhei pra Lisa, soube que ela ainda estava viva. Não sabia se continuaria naquele estado, mas, de alguma maneira, ela conseguiu se recuperar. Depois disso, me encantei por ela. Era uma lutadora aquela moça.

– E foi assim que vocês duas ficaram próximas.

– Lisa e eu éramos próximas do mesmo jeito que você e Frank.

Frank. É desconcertante escutar alguém se referir a ele desse jeito. Para mim, ele é simplesmente Coop.

– Ela sabia que podia me ligar sempre que precisasse – Nancy continua –, pois eu ia lá pra escutar e ajudar no que fosse preciso. Esse tipo de relação é delicada, você sabe. Você precisa mostrar que podem contar com você, mas não pode se envolver muito. Tem que manter certa distância. É melhor assim.

Penso em Coop e em todas as barreiras que ele construiu entre nós. Sempre cumprimentando com acenos de cabeça, nada de abraços. Nunca tinha ido ao meu apartamento até o dia em que foi absolutamente necessário. É provável que Nancy tenha feito para ele esse mesmo discurso persuasivo sobre manter distância. Ela não me parece o tipo de mulher que guarda as opiniões que tem para si mesma.

– Foi somente nos últimos cinco anos mais ou menos que nos tornamos o que se pode chamar de amigas – revela a policial. – Eu me aproximei da família dela também. Eles me convidavam para o dia de Ação de Graças, pra aniversários da família.

– Eles parecem simpáticos – comento.

– São, sim. Estão sofrendo muito com tudo isso, é claro. Esse luto vai permanecer com eles pelo resto da vida.

– E você? – pergunto.

– Ah, eu estou furiosa – diz Nancy antes de tomar um gole de chá. Ela franze os lábios por causa do calor, em seguida faz o movimento contrário e eles ficam completamente retos. – Sei que devia estar triste, e me sinto assim. Só que mais do que isso, estou brava demais. Alguém tirou Lisa de nós. Depois de tudo pelo que ela passou.

Sei exatamente o que Nancy está querendo dizer. A morte de Lisa parece uma derrota. Uma Garota Remanescente finalmente derrotada.

– Você sempre suspeitou que tinha sido crime?

– Tinha certeza absoluta – confirma Nancy. – Eu sabia que Lisa não tinha se matado. Não depois de ter lutado com tanta força pra sobreviver e de ter conquistado tanta coisa, mesmo depois do que passou. Fui eu que pedi o exame toxicológico, conflito de interesses que se dane. Eu estava certa, é claro. Eles acharam aqueles comprimidos todos no corpo dela, mas na casa não havia nenhum frasco pra guardá-los. *Só então* analisaram os ferimentos à faca, o que devia ter sido feito desde o início.

– Quando a gente conversou pelo telefone, você disse que não havia suspeitos. Mudou alguma coisa?

– Não – responde Nancy.

– E o motivo?

– Nada ainda.

– Do jeito que você fala, parece que não está acreditando que vão pegar quem fez aquilo.

– Porque não acredito mesmo – diz Nancy com um suspiro. – Quando aqueles idiotas perceberam o que tinha acontecido de verdade, era tarde demais. A cena já estava comprometida. Eu já tinha trazido aquelas caixas. Alguns dos amigos e primos da Lisa tinham vindo aqui. Todo mundo pisando por todo canto e arrastando consigo só Deus sabe o quê.

Ela se inclina para a frente e olha para a mesa.

– O tempo todo, o círculo de vinho estava bem aqui. Da taça que ninguém sabia que tinha desaparecido. Quem quer que tenha matado Lisa a levou embora. Jogou-a fora pela janela de um carro.

Minhas mãos estão pousadas sobre a mesa, espalmadas. Puxo-as rapidamente.

– Já procuraram impressões digitais – diz Nancy. – Não encontraram nada. Fizeram a mesma coisa no banheiro, na faca e no telefone da Lisa. Estava tudo limpo.

– E nenhum dos amigos dela sabe de nada? – pergunto.

– Estão investigando, fazendo perguntas por aí. Mas tem sido difícil. Lisa gostava de estar junto das pessoas. Ela era muito *sociável.*

A desaprovação de Nancy é óbvia. Ela cospe a palavra como se pudesse ficar com um gosto ruim em sua boca.

– Você acha que ela não deveria ser assim? – questiono.

– Eu achava que ela confiava demais nas pessoas. Por causa daquilo pelo que tinha passado, ela estava sempre disposta a ajudar a quem precisasse. Garotas, em grande parte. Perturbadas.

– Perturbadas como?

– Garotas que estavam em risco. Tendo problemas com os pais. Ou talvez fugindo de um namorado que gostava de estapeá-las. Lisa as acolhia, tomava conta delas, ajudava essas garotas a ficar de pé de novo. Eu via isso como uma tentativa de preencher o vazio causado na vida dela por aquela noite na república.

– Vazio? – interrogo.

– A Lisa não namorava muito – explica Nancy. – Não confiava em muitos homens, por uma boa razão. Como a maioria das garotas, em algum momento ela provavelmente deve ter tido sonhos de se casar, ter filhos, ser mãe. Aquele dia na república arrancou tudo isso dela.

– Então ela nunca namorava?

– Um pouquinho. Mas nada que chegasse a ficar sério. A maioria dos caras terminava quando descobria o que tinha acontecido com ela.

– Ela falou de algum deles pra você? Que algum deles a hostilizou, talvez? Ou ela comentou sobre problemas que teve com alguma das garotas que ajudava?

Sam. É dela que estou falando.

– Em algum momento, Lisa falou de Samantha Boyd?

– Comigo, não – Nancy responde antes de esvaziar a xícara de chá. Ela olha para mim, desejando nitidamente que eu faça o mesmo e caia fora. – Quanto tempo você vai ficar na cidade, Quincy?

Olho para o relógio. É uma e quinze. Preciso pegar a estrada às duas e meia se quiser chegar a Chicago sem que Jeff suspeite de algo.

– Mais uma hora – dou uma olhada para o cômodo, que tem parte das coisas já empacotadas, depois para as caixas encostadas na parede. – Precisa de ajuda?

29.

Ofereço-me para trabalhar no quarto de Lisa enquanto Nancy continua na sala. Ela concorda, apesar de morder a parte interna da boca antes de consentir, como se estivesse em dúvida sobre eu ser confiável. Mas depois me deu duas caixas.

– Não se preocupe em tentar separar as coisas – diz ela, apontando o corredor. – A família vai fazer isso. Só precisamos esvaziar o lugar.

Finalmente longe da vista dela, demoro-me no corredor e olho dentro dos três quartos existentes ali.

O primeiro é um quarto de hóspedes, com mobília escassa e limpíssimo. Entro e perambulo pelo quarto, passando o dedo indicador pela penteadeira, cama, mesinha de cabeceira. Não há vestígio de Sam, ainda que eu consiga enxergá-la à janela aberta, como ela provavelmente está no meu apartamento neste exato momento.

Volto para o corredor e paro diante do banheiro. Ali me recuso a entrar. Eu me sentiria invadindo uma cripta. Além disso, consigo vê-lo muito bem do corredor. A pia, a banheira, o vaso, tudo compõe um mar azul-claro, ainda manchado com vestígios do pó de alumínio usado para encontrar digitais. Finco o olhar na banheira, desalentada.

Lisa morreu bem ali. Imagino-a deitada na banheira, envolta por água turva cor-de-rosa. Depois imagino Sam parada à porta, igual a mim agora. Observando. Certificando-se de que o serviço está completo.

Quando não aguento olhar para a banheira nem um minuto mais, sigo para o quarto de Lisa, me esforçando muito para me livrar do arrepio que de repente se apodera de mim. O quarto é todo em tons de creme e cor-de-rosa. Carpete creme, cortinas rosa, edredom rosado na cama. Há uma esteira mecânica no canto, coberta de poeira e cheia de roupas dependuradas.

Fico me perguntado se Lisa alguma vez ficou aqui conversando comigo pelo telefone, me dando conselhos enquanto caminhava na esteira ou esparramada na cama. A voz dela me vem à memória.

Você não pode mudar o que aconteceu. Mas pode controlar a maneira como lida com isso.

Vou à penteadeira de Lisa, que está com a parte de cima emporcalhada de acessórios de cabelo, potes de plástico transbordando maquiagem e uma caixa de joias antiga. Quando levanto a tampa, uma bailarina de porcelana com saia de tule aparece de repente e começa a girar.

Do outro lado da penteadeira, há várias fotos enfiadas em molduras de plástico imitando madeira. Lisa na praia com Nancy, ambas com os olhos semicerrados por causa do sol. Lisa com quem eu só posso presumir que sejam seus pais, em pé diante de uma árvore de Natal. Lisa no Grand Canyon, em um bar com neon atrás dela e uma mão com anel vermelho em seu ombro, Lisa em uma festa de aniversário com o rosto lambuzado de bolo.

Esvazio a penteadeira, uma gaveta de cada vez, pego um monte de sutiãs, meias e calcinhas de vovó. Tiro as roupas depressa, tentando ignorar o fato de que estou bisbilhotando, o que me faz sentir culpa. Parece uma espécie de violação. Como se eu tivesse invadido a casa dela e começado a esquadrinhar o lugar.

Tenho a mesma sensação quando vou ao guarda-roupa e começo a tirar dele os vestidos, os terninhos e as deprimentes saias florais que saíram de moda anos atrás. Então encontro o que queria. Há um cofre cinza num canto na parte de trás do guarda-roupa, parcialmente escondido por um cesto. É pequeno e tem apenas uma gaveta. Vejo uma fechadura pequenina na gaveta solitária, similar à da gaveta secreta lá de casa. E, como a minha, a fechadura está circulada com o mesmo tipo de arranhões feitos quando ela foi arrombada. Agora tenho certeza de que Sam esteve aqui. Aquelas marcas eram obra dela. Tinham de ser.

Levo a mão ao colar em que fica pendurada a chave da minha gaveta. Continuo com ele, apesar de estar tão longe de casa. Ele me dá uma sensação de normalidade quando, na verdade, Sam deixou tudo na minha vida de cabeça para baixo.

Dou um puxão na gaveta e ela abre. Há três pastas muito bem organizadas, uma em cima da outra. A de cima é azul e não está etiquetada. Ao abri-la, vejo uma espécie de álbum de recortes. Páginas e mais páginas de cópias de artigos de jornais, revistas, de matérias impressas da internet. Todas elas são sobre o massacre na república. Alguns dos artigos têm sentenças sublinhadas de caneta azul. Interrogações e carinhas tristes lotam as margens.

As outras duas pastas são vermelha e branca. Uma é sobre Sam. A outra diz respeito a mim. Sei disso mesmo sem abri-las. A conta é simples. Três Garotas Remanescentes, três pastas.

A pasta de Sam é a vermelha. Dentro dela há artigos sobre o Nightlight Inn, inclusive o que foi publicado na revista *Time* e que me traumatizou quando criança. Lisa fez anotações nesses também. Palavras, frases e comentários inteiros foram rabiscados nas margens.

No fundo da pasta, há dois recortes de jornal, ambos sem data.

HEMLOCK CREEK, Pensilvânia – *Autoridades continuam a investigar o caso de duas pessoas que estavam acampadas e foram encontradas esfaqueadas até a morte no mês passado. A polícia encontrou os corpos de Tommy Curran, 24, e Suzy Pavkovic, 23, dentro de uma barraca em uma área de mata densa a três quilômetros da cidade. As duas vítimas foram esfaqueadas várias vezes. Embora houvesse sinais de luta no local do acampamento, as autoridades dizem que, aparentemente, nada foi retirado da cena, o que os leva a concluir que não tinha sido um latrocínio.*

O crime pavoroso abalou muitas pessoas desta tranquila cidade. Ele acontece pouco mais de um ano depois que o corpo de uma mulher de 20 anos foi encontrado na Valley Road, uma estradinha pouco movimentada usada por empregados do Blackthorn Psychiatric Hospital. A mulher, que as autoridades jamais conseguiram identificar, foi estrangulada. A polícia acha que ela foi assassinada em outro lugar e jogada na mata.

A polícia afirma que os dois crimes não estão relacionados.

HAZLETON, Pensilvânia – *Um homem foi encontrado morto ontem dentro da casa que compartilhava com a esposa e com a enteada. Ao atender às chamadas de emergência, a polícia de Hazleton encontrou Earl Potash, 46, morto na cozinha de seu duplex na Maple Street, vítima de vários ferimentos à faca no peito e na barriga. As autoridades categorizaram o incidente como homicídio. A investigação continua.*

Pressiono a mão na cabeça. Sinto a pele quente. Tudo por causa da referência a Blackthorn no primeiro artigo. O nome sempre me faz suar de nervoso. Embora não consiga me lembrar de quando, sei que já tinha ouvido falar desses assassinatos na mata. Eles ocorreram mais ou menos um ano antes do Chalé Pine, na mesmíssima floresta. Por que Lisa guardava essas notícias em uma pasta devotada a Sam está além da minha compreensão. Uma segunda leitura não clareia nada, então enfio os recortes de volta na pasta e a coloco de lado. Está na hora da pasta branca. Minha pasta.

A primeira coisa que vejo ao abri-la é uma folha de papel. O meu nome está escrito nela. Assim como meu telefone. Agora está começando a fazer mais sentido. Agora sei como Sam conseguiu meu número para me ligar na noite em que foi presa. Embaixo da folha, há artigos sobre o Chalé Pine, unidos por um clipe rosa. Viro o maço de cabeça para baixo sem examiná-lo, temendo ver outra foto Dele. Debaixo dos artigos, há uma carta.

A carta. A carta perversa que deixou até Coop nervoso.

VØCÊ NÃØ DEVERIA ESTAR VIVA.
VØCÊ DEVIA TER MØRRIDØ NAQUELA CABANA.
ERA SEU DESTINØ SER SACRIFICADA.

Um choque explode em mim. Começo a ficar sem fôlego, mas me contenho, temendo que Nancy me escute. Encaro a carta, sem piscar, aqueles zeros fora do lugar são como pares de olhos me encarando.

Uma única pergunta esfaqueia meus pensamentos. A pergunta óbvia.

Como Lisa conseguiu a porra desta cópia?

Ela é seguida por uma pergunta ainda mais urgente. *Por que* ela a tem?

Atrás da carta, também preso com um clipe, acho a transcrição de um interrogatório policial. No alto da folha está escrito meu nome e uma data. Uma semana depois do Chalé Pine. Logo abaixo vejo digitados os nomes de duas pessoas em quem não penso há muitos anos – Detetive Cole e Detetive Freemont.

A voz de Nancy ressoa lá do final do corredor, movimentando-se, aproximando-se.

– Quincy?

Fecho a pasta depressa. Levanto a parte de trás da camisa, pressiono a pasta na coluna e a enfio dentro da calça o suficiente para que ela não dobre quando eu andar. Em seguida, enfio a blusa, na esperança de que Nancy não perceba que ela estava para fora da calça quando cheguei. Jogo as outras duas pastas dentro do arquivo. Dou um empurrão na gaveta bem na hora que Nancy entra no quarto. Ela olha para as caixas primeiro, depois para mim, que estou me levantando em frente ao guarda-roupa de Lisa.

– Seu tempo está quase acabando – diz a policial.

Ela volta a olhar para as caixas. Ambas estão apenas parcialmente cheias. Uma delas tem uma calça jeans de Lisa dependurada em uma das bordas.

– Desculpe por não ter feito mais do que isso – digo. – Encaixotar as coisas de Lisa é mais difícil do que eu achei que seria. Isso significa que ela realmente se foi.

Cada uma de nós carrega uma caixa para a sala, deixo Nancy ir na frente. Quando nos despedimos à porta, temo que ela tente me dar um abraço. Fico tensa só de pensar na possibilidade de ela deslizar seus braços ossudos por cima da pasta saliente nas minhas costas. Mas aparentemente ela é como Coop quando o assunto é abraço. Nem mesmo aperta minha mão. Apenas franze os lábios e as rugas ao lado deles se aglomeram.

– Cuide-se, minha querida – ela me diz.

CHALÉ PINE

UMA SEMANA DEPOIS DO MASSACRE

O Policial Bom e o Policial Mau encaravam Quincy, querendo algo que ela não conseguia fornecer. O Detetive Freemont era um buldogue velho, de aparência tosca, que tinha o aspecto de quem não dormia há dias. Quincy percebeu que ele estava usando o mesmo blazer que usava no primeiro dia de interrogatório e a mancha evidente de mostarda estava intacta. O Detetive Cole, por outro lado, continuava com sua beleza diabólica, apesar da penugem sobre o lábio superior que almejava ser um bigode. As beiradas dela reluziram quando ele sorriu.

– Imagino que esteja nervosa. Não fique assim.

Quincy, porém, já estava muito nervosa. Tinha saído do hospital há apenas dois dias e estava em uma delegacia, aonde chegou empurrada em uma cadeira de rodas pela mãe exasperada, pois andar ainda era doloroso.

– *Que chatice* – reclamou a mãe ao volante a caminho de lá. – *Eles não percebem o quanto isso é inconveniente?*

A mãe de Quincy estava lavando o banheiro do andar de cima quando ligaram e ela atendeu o telefone com as mãos cobertas por luvas de borracha frouxas. Chatice ou não, ela, todavia, trocou de roupa e pôs um vestido com estampa floral antes de sair para a delegacia. Quincy continuou de pijama e roupão, despertando um horror abjeto na mãe.

– Tem alguma coisa errada? – perguntou Quincy, encarando os dois da cadeira de rodas e tentando entender por que tinham pedido que ela fosse até a delegacia.

– Temos que fazer mais algumas perguntas, só isso – respondeu Cole.

– Já contei a vocês tudo o que sei – disse Quincy.

Freemont abanou a cabeça desconsolado e reclamou:

– Que é um montão de porcaria nenhuma.

– Escute, não queremos que pense que estamos te acuando – interveio Cole. – Só precisamos ter certeza de que sabemos tudo que aconteceu lá na cabana. Pelas famílias. Certamente você consegue entender isso.

Quincy não queria pensar em todos aqueles pais, irmãos e amigos de luto. A mãe de Janelle a visitou no hospital. Com os olhos vermelhos e trêmula, ela implorou que Quincy dissesse que Janelle não havia sofrido, que sua filha não tinha sentido dor alguma quando morreu. *Ela não sentiu nada* – mentiu Quincy. *Tenho certeza disso.*

– Eu entendo – Ela falou para Cole. – Quero ajudar. Quero mesmo.

O detetive enfiou a mão em uma maleta aos seus pés, pegou uma pasta e a colocou na mesa. Em seguida, tirou dela um retângulo metálico – um gravador, que foi posicionado em cima da pasta.

– Vamos te fazer algumas perguntas – ele informou. – Se você não se importar, gostaríamos de gravar a conversa.

A ansiedade se agitou dentro de Quincy quando viu o gravador.

– Claro – ela respondeu, mas a palavra saiu com uma hesitação apreensiva.

Cole apertou o botão "Gravar" antes de dizer:

– Agora, conte-nos, Quincy, da melhor maneira que conseguir, tudo de que se lembra daquela noite.

– A noite inteira? Ou desde quando Janelle começou a gritar? Porque não me lembro de muita coisa depois disso.

– A noite inteira.

– Bem...

Quincy parou de falar, virou-se um pouco para olhar pela janela na metade superior da porta, que havia sido fechada depois que pediram à sua mãe que aguardasse do lado de fora. A vidraça quadrada revelava somente uma pequena parte da parede de cor marfim e o canto de um pôster alertando para o perigo de beber antes de dirigir. Quincy não conseguia ver a mãe. Ela não conseguia ver ninguém.

– Sabemos que beberam – disse Freemont. – E que usaram maconha.

– Foi mesmo – ela admitiu. – Eu não fiz nenhuma das duas coisas.

– Uma boa menina, hein? – comentou Freemont.

– Sim.

– Mas *era* uma festa – disse Cole.

– Sim.

– E Joe Hannen estava lá?

Quincy retraiu-se ao ouvir o nome Dele. Seus três ferimentos a faca, ainda com os pontos, começaram a pulsar.

– Sim.

– Aconteceu alguma coisa durante a festa? – perguntou Freemont. – Algo que o deixou com raiva? Alguém o provocou? Abusou dele? Talvez o tenham machucado de um jeito que o deixou com vontade de partir pra agressão.

– Não – respondeu Quincy.

– Aconteceu alguma coisa que deixou *você* com raiva?

– *Não* – repetiu Quincy, dando ênfase à palavra, na esperança de que isso fizesse a mentira soar de algum modo verdadeira.

– Demos uma olhada nos resultados do exame pericial de agressão sexual –Freemont continuou.

Ele estava se referindo ao teste para verificar se houve estupro, que Quincy teve de suportar depois que terminaram de dar os pontos nos ferimentos. Ela não se lembrava de muita coisa. Ficou apenas olhando para o teto e tentando segurar o choro enquanto a enfermeira lhe explicava cada um dos passos calmamente.

– Ele atesta que você teve conjunção carnal naquela noite. Isso é verdade?

A vergonha chamuscou as bochechas de Quincy e ela fez que sim com um único gesto de cabeça.

– Foi consensual? – perguntou Freemont.

Quincy confirmou novamente com um aceno de cabeça, o rubor se espalhando por sua testa e seu pescoço.

– Tem certeza? Pode nos contar sem problema caso não tenha sido?

– Foi – garantiu Quincy. – Foi consensual, sim. Não fui estuprada.

O Detetive Cole limpou a garganta, tão ansioso quanto Quincy para mudar de assunto.

– Vamos prosseguir. Vamos falar do que aconteceu depois que a sua amiga Janelle saiu da mata e você levou uma facada no ombro. Tem certeza de que não se lembra de nada do que aconteceu depois disso?

– Tenho.

– Tente – sugeriu Cole. – Só por alguns minutos.

Quincy fechou os olhos, tentando, pelo que parecia a centésima vez naquela semana, evocar uma lembrança qualquer daquela hora perdida. Respirou fundo várias vezes, o que sempre repuxava os pontos. Sua cabeça começou a fisgar. Outra dor de cabeça inchando como um balão em seu crânio. Ela só via negritude.

– Sinto muito – lamentou ela. – Não consigo.

– Nada mesmo? – insistiu Freemont.

– Nada – Quincy estava tremendo, prestes a chorar.

Freemont cruzou os braços e bufou de raiva para ela. Cole ficou simplesmente olhando para Quincy, semicerrando um pouquinho os olhos, como se conseguisse enxergá-la melhor desse jeito.

– Estou com um pouco de sede – ele anunciou, virando-se para Freemont. – Hank, você bem que podia ser camarada e pegar um café para a gente lá na máquina.

Freemont pareceu surpreso com o pedido e disse:

– Sério?

– Sim. Por favor. – Cole então perguntou para Quincy: – Você está liberada pra tomar café?

– Não sei.

– Melhor não arriscar – decidiu Cole. – Cafeína e esses remédios pra dor que você está tomando podem não se misturar bem, não é mesmo? Isso não seria bom pra você. Dureza.

Foi essa última palavra que fez Quincy perceber. Pronunciada com uma animação tão forçada, ela praticamente anunciava que aquilo não passava de uma encenação. O rosto bonito de Cole. Aqueles sorrisos calorosos vagamente sensuais. Tudo não passava de uma farsa. Cole confirmou isso assim que Freemont saiu da sala.

– Tenho que admitir. Você é boa.

– Você não acredita em mim.

– Nem um pouquinho. Mas a gente vai acabar descobrindo a verdade. Pense nisso, Quincy. Imagine como os pais dos seus amigos vão se sentir quando descobrirem que você estava mentindo esse tempo todo. *Dureza.*

Dessa vez, ele deu uma piscadela ao pronunciá-la. A maneira de dizer a Quincy que sabia que ela sabia.

– Agora, você pode afirmar quantas vezes quiser que não se lembra de nada. Mas você e eu sabemos que lembra.

Novamente, uma mudança estranha começou a ocorrer dentro de Quincy. Como uma descarga elétrica. Um endurecimento interno. Ela visualizou sua pele se transformando em metal, lustrado e brilhante. Um escudo que a protegia das acusações de Cole e a fazia se sentir mais forte.

– Sinto muito se a minha falta de memória te irrita – ela disse. – Você pode ficar anos me fazendo perguntas, mas, até a minha memória voltar, as respostas serão sempre as mesmas.

– É possível que eu faça isso – respondeu Cole. – Vou à sua casa. Todo mês. Que nada, uma vez por semana. Suspeito que seus pais não vão demorar pra começar a se perguntar por que aquele detetive bonito continua indo lá pra fazer perguntas.

Quincy deu um sorrisão sacana e corrigiu:

– Mais ou menos bonito.

– Eu não estaria sorrindo se fosse você. Seis jovens estão mortos, Quincy. Os pais deles querem respostas. E a única sobrevivente é você. Uma menininha frágil que alega não se lembrar de nada.

– Você acha mesmo que eu fiz aquilo?

– Acho que você está escondendo alguma coisa. Provavelmente protegendo alguém. Talvez eu mude de ideia se você me contar o que viu naquela noite, inclusive o que você convenientemente esqueceu.

– Eu já contei tudo que sei. Por que você acha que estou mentindo?

– Porque não faz sentido. As suas digitais estão na faca que matou todos os seus amigos.

– E as de todo mundo também – acrescentou Quincy, com a raiva inchando no peito ao se lembrar de quantas vezes aquela faca trocou de mãos. Janelle, Amy e Betz, todas com certeza tocaram nela. *Ele* também. – E eu não devia precisar refrescar sua memória, mas também fui esfaqueada. Três vezes.

– Duas facadas no ombro e uma no abdômen – disse Cole. Nenhuma delas pôs sua vida em risco.

– Não foi por falta de tentativa.

– Você quer saber o que foi que aconteceu com os outros?

Cole pegou a pasta em cima da mesa. Quando a abriu, Quincy viu as fotos. *Suas* fotos. Tiradas com a câmera dela. É claro que a polícia a encontrou no Chalé Pine e fez o *download* das imagens arquivadas nela.

O detetive deslizou uma foto pela mesa. Era de Janelle mostrando a língua em frente ao Chalé Pine, fazendo careta para a câmera.

– Janelle Bennet – começou ele. – Quatro facadas. Coração, pulmão, ombro e barriga. Além de um corte na garganta.

A reconfortante blindagem mental que revestira Quincy momentos antes foi estilhaçada. Estava completamente exposta e vulnerável.

– Para – murmurou ela.

Cole ignorou-a e sacou rapidamente outra foto. Era Craig desta vez. Heroicamente em pé em cima da pedra a que foram quando saíram para fazer a trilha.

– Craig Anderson. Seis facadas. Com profundidades que variam de cinco a quinze centímetros.

– Por favor.

A foto seguinte era de Rodney e Amy agarrados um ao outro na caminhada. Quincy lembrou-se do que havia dito quando deu o clique: *Façam amor para a câmera*.

– Rodney Spelling. Quatro facadas. Duas no abdômen. Uma no braço. Uma no coração.

– *Para*! – gritou Quincy, alto o bastante para fazer entrar Freemont e um guarda que estava à porta do lado de fora. Ela o reconheceu imediatamente. Cooper, que cravou nela um olhar azul protetor. Vê-lo ali foi o suficiente para enchê-la de alívio.

– O que está acontecendo aqui? – perguntou ele.

Quincy olhou para Cooper, quase às lágrimas, mas se recusando a deixá-los vê-la chorar.

– Fala pra ele – ela implorou. – Fala que eu não fiz nada. Fala que eu sou uma pessoa boa.

Cooper se aproximou de Quincy e ficou ao lado dela, o que a fez pensar que ele a abraçaria. Ela queria isso. Queria se sentir segura nos braços de alguém. Em vez disso, ele colocou a mão grande e firme no ombro dela.

– Você é uma pessoa maravilhosa – afirmou ele, dirigindo-se a Quincy, porém olhando diretamente para o Detetive Cole. – Você é uma sobrevivente.

30.

Uma carreta enorme passa trovejando, com a buzina berrando e sacode o Camry estacionado no acostamento da rodovia. Sento no banco do passageiro, com as pernas dobradas do lado de fora da porta. A luz interna lança uma auréola mortiça sobre minhas mãos e a pasta entre elas.

Está aberta na transcrição do meu interrogatório com Freemont e aquele cuzão do Cole. Ver as três primeiras linhas é o suficiente para me fazer lembrar.

COLE:	Agora, conte-nos, Quincy, da melhor maneira que conseguir, tudo de que se lembra daquela noite.
CARPENTER:	A noite inteira? Ou desde quando Janelle começou a gritar? Porque não me lembro de muita coisa depois disso.
COLE:	A noite inteira.

Jogo a transcrição de lado, sem vontade de continuar lendo. Não preciso reviver aquela conversa. Uma vez foi o suficiente.

Debaixo da transcrição há várias páginas de e-mails impressas e grampeadas. Todos foram enviados no mesmo período – três semanas atrás.

Srta. Milner,

Sim, eu sei quem você é e o que aconteceu tempos atrás. Ofereço humildemente minhas condolências tardias e gostaria de dizer que admiro a coragem e a fortaleza que demonstrou durante todos esses anos. Por esse motivo, anexei a transcrição do interrogatório da Srta. Carpenter que você gentilmente solicitou. Embora outras pessoas possam não entender, eu compreendo sua curiosidade sobre essa moça. Vocês duas passaram por martírios muito similares. Faz muito tempo que tive as conversas com a Srta. Carpenter, mas me lembro bem delas. Meu parceiro e eu a interrogamos várias vezes depois do acontecido no Chalé Pine. Nós dois sentíamos que ela não estava falando a verdade. Meu instinto me dizia que algo precedeu os eventos terríveis que ocorreram na cabana naquela noite. Algo que a Srta. Carpenter queria manter em segredo. Isso levou meu parceiro a acreditar que ela poderia ter alguma coisa a ver com a morte dos amigos. Eu não compartilhava da opinião dele e não compartilho dela agora, especialmente à luz do irrefutável testemunho dado pelo policial Cooper em uma audiência sobre o assunto. Contudo, até hoje, acho que a Srta. Carpenter está escondendo algo sobre o que aconteceu no Chalé Pine. O que pode ser, apenas a Srta. Carpenter sabe.

Atenciosamente,
Detetive Henry Freemont

Já disse tudo que há para ser dito a respeito do Chalé Pine. Minha opinião sobre Quincy Carpenter não mudou.

Cole

Com exceção da eloquência do Detetive Freemont, nada no conteúdo dos e-mails me surpreende. Cole acha que sou culpada. Freemont está em cima do muro. Mas a existência dos e-mails me intriga mais do que as pastas escondidas no guarda-roupa de Lisa. Eles são prova de que ela estava investigando o meu passado. Meras semanas antes de ser assassinada.

Tento me convencer de que um fato não está relacionado com outro, mas isso não é possível. Eles estão ligados. Sei disso.

Há mais dois e-mails embaixo dos enviados por Cole e Freemont. Diferentemente daqueles, estes me desconcertam.

É ótimo receber notícias suas novamente, Lisa. Como sempre, espero que esteja bem. Quincy também está bem, então as suas perguntas sobre o que aconteceu no Chalé Pine me surpreendem. Entretanto, fico agradecido por não tê-las feito diretamente à Quincy e espero que continue a demonstrar tal discrição. Só posso lhe dizer o que venho falando desde então: Quincy Carpenter sofreu uma experiência terrível, algo que você sabe muito bem como é. Ela é uma sobrevivente. Assim como você. Acredito piamente que Quincy está falando a verdade quando diz que não consegue se lembrar de muita coisa daquela noite. Como psiquiatra infantil, você, mais do que qualquer pessoa, sabe que a síndrome da memória reprimida é uma condição real. Levando em consideração o que aconteceu com Quincy, não posso culpar a mente dela por querer esquecer.

Franklin Cooper.

P.S. Não contarei à Nancy o que você está fazendo. Tenho certeza de que ela não enxergará isso com bons olhos.

A princípio, o desapontamento me dá uma fisgada no peito, pois me admira Coop nunca ter me contado que Lisa o tinha procurado recentemente. Parece-me algo que eu deveria saber, especialmente depois do assassinato dela. Mas amoleço assim que releio a maneira determinada com que me defendeu. Isso é a cara do Coop. Firme e educado, não revela nada da pessoa. Foi então que me dei conta do porquê ele não me disse nada a esse respeito: não queria me perturbar.

Por mais surpresa que eu esteja com o e-mail de Coop, nada me prepara para a mensagem que vem depois dele.

Oi, Lisa! Obrigada por entrar em contato comigo, em vez de ligar diretamente para Quincy. Você está certa. É melhor mantermos isso em segredo. Não há motivo para perturbá-la. Infelizmente, não acredito que possa ajudar muito. Quincy e eu não temos tanto contato quanto costumávamos ter, mas as coisas são assim mesmo! Sempre tão ocupada! Se quiser conversar, deixo meu telefone e você me liga quando quiser.

Sheila

O e-mail me provoca um choque tão grande que a princípio não tenho tanta certeza de que é real. Eu pisco, na esperança de que ele terá desaparecido quando reabrir os olhos. Mas ele ainda está ali, com as palavras nítidas na folha branca como a neve. Aquela vadia.

Furiosa, salto para fora do carro e fico parada na beirada da estrada. Ao lado dos meus pés, há um monte de cacos de vidro espalhados. Uma garrafa, provavelmente, porém não consigo deixar de imaginar que é a taça de vinho que foi levada da casa de Lisa. Arremessada pela janela de um carro em velocidade por um motorista ainda frenético pela onda de adrenalina pós-assassinato.

Pego o isqueiro no bolso e o seguro na ponta inferior da pasta. É um objeto vagabundo, e tento várias vezes antes de conseguir acendê-lo. Não me admira que o atendente tenha me deixado roubá-lo. A loja provavelmente os fornece de graça.

Uma vez aceso, o fogo arde lentamente por um momento antes de cravar os dentes na pasta. Não demora para uma chama começar a se erguer na lateral dela. Quando ameaça queimar minha mão, solto a pasta, e línguas de fogo ficam bruxuleando logo acima do solo. O motorista de uma carreta que está passando por ali vê, buzina com força e segue acelerando. No chão, a pasta queima até se transformar em cinzas capturadas pela brisa dos veículos que passam em alta velocidade na estrada.

Assim que me certifico de que todas as páginas foram destruídas, pego a garrafa de água no porta-copo do carro, derramo nas chamas até que elas desapareçam, transformando-se em fumaça sibilante.

Destruir evidências. Esta é a parte fácil. O que tenho que fazer em seguida será muito mais difícil.

De volta ao carro, pego novamente a I-65 no sentido norte. Dirijo com uma mão no volante enquanto uso a outra para digitar um número no celular. Ponho o telefone no banco do passageiro, no viva-voz. Todos os toques ressoam em alto e bom som dentro do carro. O barulho me faz lembrar das ligações telefônicas no Dia das Mães, quando conto cada toque, sentindo-me culpada por desejar que ninguém atenda. Hoje, alguém atende.

– Quincy? – fala minha mãe, claramente chocada por eu estar ligando. – Tem alguma coisa errada?

– Tem – respondo. – Por que você não me contou que Lisa Milner entrou em contato com você?

31.

Houve um silêncio do lado da minha mãe. Longo o bastante para me fazer pensar que ela tinha desligado. Passaram-se segundos em que não escutei nada além do barulho do ar deslizando pela lateral do carro do lado de fora. Então minha mãe fala. Sua voz é morna e não tem inflexão – o equivalente auditivo de sorvete de baunilha derretido.

– Que pergunta estranha, Quincy.

Bufo de raiva.

– Eu vi o e-mail, mãe. Sei que deu seu telefone pra Lisa. Ela ligou pra você?

Outro silêncio. Meu telefone faz alguns ruídos estáticos antes de minha mãe dizer:

– Eu sabia que ia ficar com raiva se soubesse.

– Quando vocês conversaram?

– Ah, não sei.

– Sabe, sim, mãe. Me conta logo.

Mais silêncio. Mais ruído estático.

– Umas duas semanas atrás – minha mãe revela.

– Lisa falou por que de repente ficou tão interessada em mim de novo?

– Ela me disse que estava preocupada.

Sinto um arrepio percorrer o meu corpo.

Quincy, preciso falar com você. É extremamente importante. Por favor, por favor, não ignore isto.

– Preocupada *comigo*? Ou por *minha causa*?

– Ela não disse, Quincy.

– Então sobre o que vocês conversaram?

– Lisa me perguntou como é que você estava. Falei pra ela que você estava ótima. Falei do seu site, do seu belo apartamento, do Jeff.

– Mais alguma coisa?

– Ela perguntou... – minha mãe faz uma pausa, pensa, continua. – Ela perguntou se você recuperou alguma memória. Do que aconteceu naquela noite.

Outro arrepio percorre meu corpo. Ligo o aquecedor do carro, na esperança de que ele o faça passar.

– Por que ela faria isso?

– Não sei – responde minha mãe.

– E o que você disse pra ela?

– A verdade. Que você não consegue se lembrar de nada.

Só que isso não é verdade. Não mais. Lembro-me de algo. Como se tivesse dado uma espiada naquela noite por um buraco de fechadura. Respiro fundo, inalando o ar quente e empoeirado do aquecedor. Ele não me esquenta nem um pouco. Só consegue deixar minha garganta seca e pinicando. Minha voz sai grossa quando pergunto:

– Lisa disse por que queria saber isso?

– Ela falou que estava pensando em você ultimamente. Que queria saber como você estava.

– Então por que ela não me ligou?

Em vez disso, Lisa tinha procurado Cole, Freemont, Coop e minha mãe. Todo mundo menos eu. Quando me procurou, era tarde demais.

– Não sei, Quincy – respondeu minha mãe. – Imagino que ela não queria incomodar. Ou talvez...

Outro silêncio. Demorado. Tão longo que consigo sentir a distância estirando-se entre mim e minha mãe. Havia muitos campos, cidades e pequenos municípios entre esta rodovia em Indiana e sua casa superbranca em Bucks Country.

– Mãe? – eu chamo. – Talvez o quê?

– Eu ia dizer que talvez Lisa tenha achado que você não havia sido totalmente honesta com ela.

– Ela não chegou a falar isso, chegou?

– Não. Nada desse tipo. Mas eu tenho a sensação... e posso estar errada... tenho a sensação de que ela sabia de alguma coisa. Ou que suspeitava de alguma coisa.

– Sobre?

Minha mãe fala em voz baixa:

– Sobre o que aconteceu naquela noite.

Eu me contorço no banco, que de repente fica insuportavelmente quente. Gotas de suor brotaram ao longo da linha da minha sobrancelha. Eu as limpo e desligo o aquecedor.

– O que fez você ter essa sensação?

– Mais de uma vez, ela falou do quanto você teve sorte. De como você se recuperou rápido. Que suas feridas não eram muito graves. Especialmente em comparação com o que aconteceu com os outros.

Em dez anos, minha mãe nunca tinha falado tanto assim comigo sobre o Chalé Pine. Quatro frases péssimas. Eu consideraria isso uma espécie de avanço se a situação não fosse tão medonha.

– Mãe, a Lisa sugeriu que eu tive alguma coisa a ver com o que aconteceu no Chalé Pine?

– Ela não sugeriu nada...

– Então por que você acha que ela suspeitava de alguma coisa?

– Não sei, Quincy.

Mas eu sei. É porque minha mãe também suspeita de algo. Ela não acha que eu matei os outros. Mas estou certa de que, assim como Cole e Freemont, ela se pergunta por que eu sobrevivi e os outros, não. Lá no fundo, ela acha que estou deixando de contar alguma coisa.

Lembro do jeito como ela me olhou quando destruí a cozinha muitos anos atrás. Na dor escurecendo seus olhos. No medo flagrante vibrando em suas pupilas. Eu queria que Deus me fizesse esquecer completamente aquele olhar assim como esqueci aquela hora no Chalé Pine. Queria apagá-lo da minha memória. Pintado com um negro tão denso para que eu jamais conseguisse enxergá-lo novamente.

– Por que você não me falou nada sobre isso?

– Eu *tentei* – diz minha mãe, investindo pesado na falsa indignação. – Liguei dois dias seguidos e você não retornou.

– Você falou com Lisa duas semanas atrás, mãe – alego. – Você devia ter me ligado assim que aconteceu.

– Queria te proteger. Como sua mãe, esse é o meu dever.

– Não de uma coisa como essa.

– Tudo o que quero é que você seja feliz. Isso é tudo que sempre quis, Quincy. Feliz, contente e normal.

Dentro da última palavra repousam todas as esperanças da minha mãe e todos os meus defeitos. É tão poderosa e potente quanto uma granada jogada na conversa. Só que sou eu quem explode.

– Eu não sou normal, mãe! – grito e minhas palavras ricocheteiam no para-brisa. – Depois do que aconteceu, não existe a menor possibilidade de eu ser normal!

– Você é! – minha mãe discorda. – Você teve um problema, mas nós cuidamos dele e agora está tudo bem.

Lágrimas queimam os cantos dos meus olhos. Tento fazer mentalmente com que não caiam. Mas elas escorrem do mesmo jeito, deslizando pelas bochechas enquanto falo:

– Nunca estive tão longe de me sentir bem.

Minha mãe amacia o tom. A voz dela tem algo que não escuto há anos: preocupação.

– Por que você nunca me contou isso, Quincy?

– Eu não deveria precisar contar. Você devia ter enxergado que algo estava errado.

– Mas você parecia bem.

– Porque você me forçava a isso, mãe. Os remédios e a recusa em conversar sobre aquilo. Foi tudo por sua causa. Agora, sou...

Eu não sei o que sou. Perturbada, obviamente.

Tão perturbada que podia enumerar para minha mãe as muitas maneiras que falhei como ser humano. Provavelmente estou encrencada com a polícia. Provavelmente estou hospedando a assassina da Lisa no apartamento que só pude comprar porque meus amigos foram cruelmente assassinados. Sou viciada em Xanax. E em vinho. Finjo não estar deprimida. E com raiva. E sozinha. Mesmo quando estou com Jeff, às vezes sinto uma solidão insuportável.

O pior é que eu nunca teria percebido isso se Sam não tivesse entrado na minha vida de maneira tão explosiva. Houve alguns estímulos por parte dela, é claro. Todos aqueles testes, desafios e empurrões para revelar informações sobre mim, para me fazer lembrar de detalhes minúsculos de um acontecimento que estou demasiadamente feliz por ter esquecido.

Então sinto o golpe. Forte. Sou como um prego que acabou de ser golpeado por um martelo – frágil e vibrante, afundo cada fez mais em algo de que não há escapatória.

– Mãe, como era a voz da Lisa ao telefone?

– Como assim? Era como imaginei que seria.

– Preciso que seja específica – eu explico. – Como a voz dela estava soando? Rouca? Áspera?

– Eu não prestei atenção – a perplexidade da minha mãe é evidente. Imagino-a olhando para o telefone, atordoada. – Foi você que conversou com Lisa muitos anos atrás. Não sei como a voz dela supostamente deveria parecer.

– Por favor, mãe. Qualquer coisa que você consiga se lembrar.

Pela última vez, minha mãe cai em profundo silêncio. Agarro o volante com força, na esperança de que vai conseguir me dizer algo. E, embora ela tenha falhado comigo muitas e muitas vezes no passado, desta vez Sheila Carpenter cumpriu seu dever conforme o esperado.

– Ela ficou em silêncio muitas vezes – diz minha mãe, ignorando a ironia emaranhada na sua frase. – Lisa falava, depois ficava em silêncio. E cada vez que fazia silêncio, eu a ouvia expirar.

– Como um suspiro?

– Mais baixo que um suspiro.

É só o que eu preciso saber. Na verdade, isso me diz tudo.

– Mãe, preciso desligar.

– Você vai ficar bem? Promete que vai se cuidar.

– Vou, sim. Prometo.

– Espero que, seja lá o que estiver acontecendo, eu tenha ajudado.

– Ajudou, sim, mãe. Obrigada. Você ajudou mais do que pode imaginar.

Porque agora eu sei que aqueles silêncios que minha mãe identificou com certeza não eram suspiros. Eram o som de alguém fumando. O que significava que ela não conversou com Lisa. Minha mãe falou com Sam.

A curiosa e inquisitiva Sam. Ela sabe mais do que deixa transparecer. Ela sempre soube de tudo. Foi por isso que apareceu do nada. Não foi para criar laços comigo. Foi por dinheiro. Ela está tentando descobrir tudo que conseguir sobre o Chalé Pine.

Sobre o que eu fiz lá.

Desligo o telefone, abro a janela e deixo as rajadas revigorantes do vento do Centro-Oeste me golpearem. Aperto com mais força o volante e pressiono o acelerador. Observo o velocímetro subir, ele passa dos 110, dos 120, flerta com os 130. Isso não ajuda, não importa a velocidade com que dirijo. Ainda me sinto uma mosca se debatendo na teia que Sam está tecendo. E então me dou conta de que há somente duas maneiras de me libertar – lutar ou fugir.

Sei qual delas será.

De volta ao hotel, troco o horário da minha passagem. Há um voo às oito da noite de Chicago para Nova York. É esse que vou pegar.

Jeff, é claro, não entende porque tenho que voltar para Nova York tão de repente. Ele me bombardeia com perguntas enquanto enfio roupas na mala. Respondo a cada uma delas duas vezes: a mentira em voz alta, a verdade na cabeça.

– Isso tem a ver com a Sam?

– Não.

É claro que tem.

– Quincy, ela fez alguma coisa errada?

– Ainda não.

Fez, ela fez algo terrível. Nós duas fizemos.

– Só não estou entendendo por que você tem de ir embora neste segundo. Por que agora?

– Porque preciso voltar o mais rápido possível.

Porque Sam sabe demais sobre mim. Coisas horríveis. Assim como eu sei coisas horríveis sobre ela. Preciso tirá-la da minha vida para sempre.

– Ajudaria se eu fosse com você?

– Você é um amor, mas não precisa. Você ainda tem trabalho a fazer.

Você não pode ir comigo, Jeff. Venho mentindo para você. Sobre muitas coisas. E, se você descobri-las, não vai mais querer chegar nem perto de mim.

Assim que termino de fazer a mala, sigo na direção da porta, porém Jeff me agarra e me puxa para bem perto de si. Meu desejo é ficar naquela exata posição, com Jeff me segurando, me reconfortando. Mas isso não é possível. Não com Sam ainda na minha vida.

– Você vai ficar bem? – pergunta ele.

– Vou – respondo.

Não. Apesar do que você pensa, eu nunca ficarei bem.

O avião é pequeno e tem poucos passageiros. Uma viagem que vai dar prejuízo e que existe unicamente para levar a aeronave até o JFK para que faça um voo mais lucrativo de manhã. Tenho uma fileira de assentos inteira para mim. Depois da decolagem, estico-me pelas poltronas vazias.

Deitada ali, faço todo o possível para não pensar em Sam. Nada funciona. Não há como ignorar a suspeita que permeia meus pensamentos como patas de aranha. Imagino-a colocando os comprimidos na taça de vinho de Lisa, observando-a beber e inseri-los no organismo, esperando até que façam efeito. Imagino Sam com uma faca, cortando os pulsos de Lisa, observando o resultado enquanto morde as unhas.

Ela é capaz de fazer uma coisa dessas? Talvez.

Por que ela faria uma coisa dessas? Porque está à caça de informações sobre mim. Talvez ela tenha induzido Lisa a ajudá-la. Mas Lisa reconsiderou, pediu que ela fosse embora e ameaçou expulsá-la. Agora é a minha vez de fazer a mesma coisa. Rezo para que os resultados sejam diferentes.

Não sei como consigo dormir durante a maior parte do voo, embora não seja o suficiente para me dar algum alívio. Sonho com Sam sentada com a postura ereta no sofá da minha sala. Estou em uma cadeira em frente a ela.

Você matou Lisa Milner? – pergunto.

Você matou aqueles jovens no Chalé Pine? – interroga ela.

Você está evitando a pergunta.

Você também.

Você acha que matei as pessoas no Chalé Pine?

Sam sorri, o batom dela é tão vermelho que sua boca parece lambuzada de sangue. *Você é uma lutadora. Das que fazem qualquer coisa para sobreviver. Igualzinha a mim.*

Uma aeromoça me acorda quando vamos pousar em Nova York. Fico na posição vertical, tentando tirar o sonho da cabeça. Olho pela janela, o céu noturno e as luzes internas do avião transformam-na em um espelho oval. Mal reconheço o reflexo me encarando. Não me lembro da última vez que o reconheci.

CHALÉ PINE

10H14 DA NOITE

No quarto, Craig não perdeu tempo para abaixar a calça. Quincy só percebeu que ele a havia tirado quando o namorado já estava em cima dela, beijando-a de um jeito bêbado, levantando seu vestido até a barriga e se esfregando com força em sua virilha. Quando movimentou-se para pegar os seios de Quincy, ela pôs as mãos sobre as dele e consentiu com um aceno de cabeça.

Estava pronta para aquilo. Janelle a tinha preparado. Ela sabia o que esperar. Ela era como uma virgem oferecida em sacrifício num altar, aguardando pela eternidade.

Então a respiração de Craig ficou mais irregular e áspera. Assim como seus movimentos, que tinham embrutecido devido ao álcool e à maconha. Quando deslizou o joelho entre as pernas dela e fez força para abri-las, o corpo inteiro de Quincy ficou tenso.

– Espera – murmurou ela.

– Relaxa – disse Craig, com o rosto enterrado no pescoço dela, chupando-o de modo que a pele grudava em sua boca esfomeada.

– Estou tentando.

– Tenta com mais vontade.

Craig fez outra tentativa de afastar as pernas dela com os joelhos. Quincy tensionou os músculos da coxa e manteve as pernas fechadas.

– Para.

Craig meteu a boca na dela, calando-a com sua língua agressiva. Ele estava pesado em cima de Quincy, imobilizando-a e respirando como um touro enquanto arremetia contra suas coxas fechadas. Ela teve a sensação de estar sendo asfixiada, sufocada. Craig soltou os seios, segurou os joelhos dela e fez força para abri-los.

– *Para* – Quincy pediu, com mais força desta vez. – Estou falando sério.

Ela deu um empurrão em Craig, saiu de baixo dele e se sentou, encostada na cabeceira. O sorriso de Craig durou mais alguns segundos antes de desaparecer ao compreender o que estava acontecendo.

– Achei que a gente tinha concordado com isso – ele disse.

– Concordamos.

– Então qual é o problema?

Quincy nem sequer sabia se havia um problema. Seu corpo pulsava de desejo, ansiava que Craig ficasse em cima, contra, dentro dela. Uma pequena parte, no entanto, sabia que não tinha que ser assim. Se continuassem, seria apressado e brusco, quase como se estivessem seguindo mais uma das regras estúpidas de Janelle.

– Quero que minha primeira vez seja especial.

Quincy achava que isso faria sentido para ele. Que enxergaria o quanto aquilo realmente era importante para ela. Em vez disso, Craig disse:

– Isto não é especial o bastante pra você? É melhor do que o que eu tive.

Essas palavras confirmaram algo que Quincy sempre suspeitou, mas nunca quis perguntar. Aquela não era a primeira vez de Craig. Ele já tinha passado por aquilo. Quincy sentiu que a revelação era como uma traição, pequena, porém dolorosa.

– Achei que você soubesse – disse Craig, lendo com facilidade os pensamentos dela.

– Eu achava que você também era virgem.

– Eu nunca disse que era. Sinto muito se foi isso que você pensou, não foi minha intenção.

– Eu sei – ela disse.

Quincy se perguntou quantas outras garotas estiveram na mesma situação com ele e se todas elas simplesmente cederam à pressão. Queria que mais alguém também tivesse resistido. Não queria ser a única.

– Não menti pra você, Quincy. Então você vai ter que inventar uma desculpa melhor do que essa pra negar.

– Mas eu não estou negando – ela disse, voltando atrás de repente, brava consigo mesma por estar fazendo isso. – Eu só achei...

– Que haveria velas, flores e romance?

– Isso seria alguma coisa. Não significo nada pra você?

Craig rolou para fora da cama, sentindo uma vergonha repentina. Procurou a calça segurando a parte de baixo da camisa por cima da virilha. Era a resposta de que Quincy precisava. Ainda assim, ela estendeu o braço na direção dele, tentando convencê-lo a voltar para a cama antes que vestisse a roupa toda.

– Isso não precisa ser um problema. Ainda quero passar a noite junto com você. Quem sabe ainda pode rolar...

Apesar do esforço de Quincy, Craig achou a calça no chão ao lado da cama e começou a enfiar as pernas nela:

– Não vai acontecer nada. Acho que você já deixou isso muito claro.

– Por favor, volta pra cama. Só preciso pensar mais um pouco.

– Pense o quanto quiser – disse Craig, fechando o zíper e caminhando na direção da porta. – Eu já cansei de pensar.

E saiu, voltou à festa, deixando Quincy chorando encolhida na cama. Lágrimas grandes caíam em seu vestido branco emprestado, todas elas se espalhavam e escureciam a seda.

32.

Passa da meia-noite quando chego em casa. Em vez de descansada por causa do cochilo no avião, estou sonolenta e fraca. Minhas mãos tremem quando destranco a porta, em parte por exaustão, em parte por incerteza. Não sei o que está me esperando dentro do apartamento. Imagino abrir a porta e ver o lugar vazio, sem nenhum dos nossos pertences, meu cheque pré-datado largado no chão nu. E até isso seria melhor do que encontrar Sam esperando por mim na sombra do *foyer*, suspendendo uma faca.

Largo as malas logo depois de entrar, libertando-me para o caso de precisar me defender. Mas Sam não está ali segurando uma faca. Sam não está me oferecendo uma taça de vinho cheia de cumprimentos. Uma olhada rápida ao redor parece confirmar que tudo que estava ali antes de eu ter viajado continua no mesmo lugar. O apartamento está escuro e, pelo jeito, vazio. O lugar tem um ar de abandono, como se alguém tivesse ido embora dali recentemente, deixando um bocadinho de sua essência rodopiando como poeira.

– Sam? Sou eu.

Meu coração começa a socar enquanto aguardo a resposta que não chega.

– Decidi voltar antes – falo alto, sentindo meu peito se encher de esperança. – Peguei um voo noturno.

Ando pelo apartamento acendendo as luzes. Cozinha, sala de jantar, sala de estar. Nem vestígio de roubo. Nem vestígio de Sam. Ela foi embora. Tenho certeza disso. Caiu fora da cidade, assim como eu havia desejado. Levou seus segredos e deixou os meus.

Vasculho a bolsa em busca do telefone. Mandei uma mensagem para Jeff quando aterrissei, informando-o que tinha chegado em segurança e que ligaria para ele quando estivesse tudo terminado. Agora *está* tudo terminado, e me encontro no corredor, com o telefone na mão, prestes a apertar "chamar".

Neste momento, percebo que o quarto de hóspedes ainda está fechado. A luz que vaza por baixo da porta atinge meus sapatos quando paro diante dela. Há música tocando do outro lado, abafada atrás da madeira. Sinto meu coração ser estrangulado.

Sam ainda está aqui.

– Sam?

Estendo o braço na direção da maçaneta. Consigo girá-la com facilidade, a porta está destrancada. Sem hesitar, abro-a e olho lá dentro.

O quarto está banhado por uma luz vermelha e dourada. O vermelho é do abajur. O dourado vem de várias velas posicionadas atrás dele. Há um aparelho de som que foi retirado do armário que uso como depósito. Peggy Lee ronrona "Fever".

Na suave meia-luz, consigo discernir Sam na beirada da cama. Pelo menos, acho que é ela. Está tão diferente de como é normalmente que demoro a reconhecê-la. Ela está com um vestido muito diferente daquele preto molambento que usava na primeira vez em que nos encontramos. Este é vermelho, tem manga japonesa, corte evasê, e um decote que dá a ele um ar irresistivelmente provocante. Nos pés, o sapato de salto alto combina com ele. O cabelo está preso, expondo seu pescoço pálido. Ela não está sozinha.

Há um homem sentado ao lado dela com uma camisa polo preta impecável e calça cáqui. Não tenho dificuldade para reconhecê-lo. Está com a mão no pescoço de Sam, acariciando a pele pálida logo abaixo do queixo. Sam também está tocando nele, deslizando o dedo indicador pelo bíceps esquerdo. Estavam se inclinando na direção um do outro, com os rostos virados, à beira de um beijo.

– Mas...

Mas que merda é essa?

Era o que eu pretendia falar, mas somente a primeira palavra sai. Sam tira a mão do braço dele. A de Coop permanece no pescoço dela, e seu corpo todo fica imóvel de surpresa. Não o via tão chocado desde a primeira vez em que nos encontramos perto do Chalé Pine. Estava com a mesma expressão que tinha naquela noite. Não tão extrema, não tão horrorizada. Mas está ali. Uma cópia levemente borrada do original.

– Quincy – diz ele. – Eu sinto...

– Sai daqui.

Ele consegue se levantar e caminhar até mim.

– Posso explicar.

– Sai daqui – repito, rosnando as palavras.

– Mas...

– *Sai daqui!*

De repente, estou em cima dele, arranhando-o com uma mão e dando uma série de tapas com a outra. Minhas mãos não demoram para se fecharem em punhos que descem com tudo em cima dele, e não me importo com que parte dele acerto, contanto que acerte. E é o que acontece, distribuo soco após soco enquanto Coop fica parado ali tomando cada um deles. Então Sam arremete, um *flash* vermelho que praticamente me prende à parede.

– Vai! – ela ordena a Coop entredentes.

Ele para à porta e fica me observando chorar, espernear e socar a cabeça na parede, cada golpe mais forte do que o outro.

– Sai daqui, porra! – berra Sam.

Desta vez, Coop obedece e sai do quarto. Escorrego parede abaixo, chorando. A dor faz com que me curve, com os braços cruzados à barriga. Tenho a sensação de que uma lâmina afiada está sendo enfiada nas minhas entranhas, uma facada e outra e outra e outra.

CHALÉ PINE

10H56 DA NOITE

Quincy, que havia esgotado suas lágrimas, saiu do quarto em busca de Janelle. Ela precisava daquela combinação de abrasividade e piedade que somente a amiga podia lhe proporcionar. Ela era como uma lixa humana nesse aspecto. Áspera e suave em iguais medidas.

Na sala, encontrou Ramdy enfiados em uma das poltronas. Amy estava sentada no colo de Rodney, com um braço ao redor do pescoço dele enquanto se pegavam. Faziam Quincy se lembrar de nadadores arquejando com as bocas abertas.

– Cadê Janelle?

A metade feminina de Ramdy apareceu, recuperando o fôlego, aborrecida por ser perturbada.

– Janelle. Vocês a viram?

Amy negou com a cabeça e mergulhou de volta. Quincy saiu e atravessou o deque que rangia sob seus pés. A noite estava clara e a lua cheia coloria as árvores de cinza-claro. Ela parou na escada do deque e ficou tentando escutar algum sinal de Janelle. Passos na grama, por exemplo. Ou a risada gutural tão familiar que ela conseguiria distinguir em meio a uma multidão. Não ouviu coisa alguma com exceção dos últimos insetos da estação nas árvores e o distante e desamparado pio de uma coruja.

Em vez de voltar para a casa, Quincy seguiu caminhando mata adentro. Ela se encontrou percorrendo o mesmo caminho que tinham feito mais cedo, onde as folhas ainda estavam pisoteadas. Foi somente quando o solo da floresta começou a ficar mais íngreme que Quincy pensou em voltar. Mas, nesse momento, já era tarde demais. Precisava seguir em frente, ainda que não tivesse certeza do porquê. Chame isso de palpite. Instinto. Até mesmo de certeza agitando-se junto ao sangue em suas veias.

A pedra grande ficou visível quando chegou perto do topo da subida. Ela criava um intervalo no emaranhado de galhos das copas das árvores. Era como um buraco em um guarda-chuva, o luar prateado escorria por ele e despencava sobre duas pessoas no alto da pedra.

Uma delas era Janelle. A outra era Craig.

Ele estava deitado de costas, de torso nu, com a camisa embolada debaixo de sua cabeça, servindo de travesseiro improvisado. A calça tinha sido puxada até os tornozelos e os circulava como uma algema. Janelle estava montada em cima dele, cavalgando-o. Cada enfiada movimentava a saia de seu vestido. Um ir e vir nas coxas nuas de Craig. O decote de seu vestido estava bem abaixado, expondo seus seios, tão pálidos que praticamente reluziam ao luar.

– Ah – gemia ela, a palavra era um filete sonoro mesclando-se ao ar da noite. – Ah, ah, ah.

Raiva e dor reviraram o estômago de Quincy, como se houvesse uma garra ali segurando suas entranhas, espremendo-as com muita força.

Mesmo assim ela não conseguia desviar o olhar. Não com Janelle gemendo daquele jeito, com seus movimentos mais desesperados do que apaixonados. Aquilo era tudo muito bonito, doloroso e grotesco.

Então vieram-lhe os soluços de choro, ruidosamente expelidos. Quincy pôs a mão depressa sobre a boca para bloquear o som. Ainda que não devesse se preocupar com a possibilidade de ser ouvida. Ainda que tudo que ela quisesse fosse gritar para o céu e deixar seu uivo esganiçado ser levado pela brisa.

Mas o punho nervoso dentro dela continuava a espremer, aumentando a raiva, a dor. Ela voltou pela mata com mais lágrimas se formando no lugar em que as anteriores haviam secado. Ela continuava a escutar Janelle enquanto descia, seus gemidos frequentes eram como um pássaro zombando dela nos galhos.

Ah, ah, ah.

33.

– Por quê? – digo, ainda no chão.

Sam me ignora e atravessa o quarto para desligar o som. Depois vai até a mochila, de onde tira a calça *jeans* preta e começa a vesti-la por baixo do vestido vermelho.

– *Por quê?*

– Porque isso precisava ser feito.

– Não precisava, não – contesto ficando de joelhos. – Você achou que precisava.

Porque ela sabia o quanto aquilo me machucaria quando eu descobrisse. E eu tinha certeza de que a intenção dela era certificar-se de que eu descobriria. Era somente mais uma maneira de me perturbar, me despertar, me deixar com raiva.

Apoio-me na parede e vou deslizando nela para me levantar. Ainda instável, escoro na parede e suspendo o olhar na direção de Sam. Ela tirou o vestido e está pondo a camisa do Sex Pistols. Em seguida, ela senta na cama e troca o salto alto estilo venha-me-foder pelo coturno.

– Você é doente – falo. – Você sabe disso, não sabe? Você não suporta imaginar que uma de nós tenha uma vida normal. Que pelo menos uma de nós possa realmente ser feliz.

Sam vai até a janela, abre-a e acende um cigarro. Soprando a fumaça lá fora, ela fala:

– Você já me sacou direitinho, não sacou?

– Saquei. Você veio aqui, viu que eu era normal e estável e decidiu que tinha que foder tudo.

– Estável? Você mandou um cara para o hospital, querida. Ele ainda está em coma, porra.

– Por sua culpa! Você queria que eu fizesse aquilo!

– Continue pensando assim, Quinn. Se precisa dessa mentira pra ser capaz de viver com você mesma, então continue acreditando nisso.

Desvio o olhar, sem saber direito o que pensar. Tenho a sensação de que não há mais gravidade e tudo que já foi seguro e sossegado na minha vida agora está dando cambalhotas no ar, fora do meu alcance.

– Por que o Coop? Estamos em Manhattan. Você podia ter escolhido um milhão de caras. Por que ele?

– Por garantia.

– De quê?

– Aquela detetive passou aqui hoje de manhã – disse Sam. – A Hernandez. Ela falou que queria conversar com você. Quando contei que tinha viajado, ela disse que voltaria e que você não devia ter saído da cidade.

Porque minha escapulida com meu namorado advogado faria com que eu parecesse suspeita. É claro que sim.

– Eu não sabia o que fazer – explicou Sam. – Então liguei para o Coop.

Respiro fundo, sentindo-me repentinamente entorpecida.

– Você não contou pra ele o que aconteceu no parque, contou?

Sam revira os olhos, soprando fumaça para fora e responde:

– De jeito nenhum. Falei pra ele que a gente devia se conhecer melhor. Que ele devia vir à cidade se pudesse. Ele veio.

– E você o seduziu.

– Eu não diria isso – discorda Sam. – Ele bem que estava querendo.

– Então por que você fez isso?

Sam dá um suspiro exausto. Ela parece tão cansada, tão destroçada pela vida. Tão perturbada.

– Porque achei que isso nos ajudaria. A você, principalmente. Se a polícia for capaz de ligar o espancamento daquele cara a nós, vamos precisar de alguém do nosso lado. Alguém além do Jeff.

– Um policial – digo, com uma compreensão macabra se apoderando de mim – que possa nos defender diante dos colegas. Cego demais pelas emoções pra fazer a coisa certa e nos entregar caso suspeite de alguma coisa.

– Bingo – diz Sam. – Mas você entende disso muito bem, não entende?

– Nunca tentei trepar com Coop.

Sam dá uma bufada e solta fumaça pelas narinas.

– Como se isso fizesse diferença. Você o está usando do mesmo jeito. Há anos você o usa. Manda mensagem pra ele a qualquer hora. Pede pra vir à cidade a qualquer momento. Flerta com ele de vez em quando pra mantê-lo interessado.

– Não tem nada disso – discordo. – Nunca faria uma coisa dessas com ele.

– Você faz isso o tempo todo, Quinn. Já vi você fazendo isso.

– Não de propósito.

– É mesmo? – questiona Sam. – Você está querendo dizer que esse lance sinistro e assustador entre vocês dois não tem nada a ver com o que aconteceu no Chalé Pine? Que você nunca percebeu, nem um tiquinho, que tem o cara na palma da mão?

– Nunca – respondo.

Sam dispensa a guimba. Acende outro cigarro e fala:

– Mentiras, mentiras, mentiras.

– Vamos falar de mentiras, então – digo, me afastando da parede, fortalecida pela raiva. – Você mentiu quando me disse que nunca tinha se encontrado com Lisa. Encontrou com ela, sim. Ficou na casa dela.

Sam parou de tragar o cigarro, ficou com as bochechas ligeiramente repuxadas para dentro, com a fumaça parada na boca. Quando separa os lábios, uma nuvem acinzentada rola para fora como uma densa neblina.

– Você está louca.

– Isso não é resposta. Pelo menos admita que esteve lá.

– Está bem, eu estive lá.

– Quando?

– Algumas semanas atrás – ela revela. – Mas você já sabia disso.

– Por que foi lá? Lisa convidou você?

Sam nega com um aceno de cabeça.

– Então você simplesmente apareceu lá do mesmo jeito que fez comigo?

– É – responde Sam. – Diferentemente de você, ela pelo menos falou oi quando percebeu quem eu era.

– Quanto tempo ficou lá?

– Mais ou menos uma semana – diz Sam.

– Então ela gostava de ter você por lá?

É uma pergunta desperdiçada. É claro que Lisa gostava de ter Sam lá. Era para isso que ela vivia, para acolher jovens perturbadas debaixo das asas e ajudá-las. Sam era provavelmente a mais perturbada de todas.

– Gostava – confirma Sam. – A princípio. Mas no final da semana, Lisa não conseguia lidar mais comigo.

Deduzo o resto. Sam apareceu do nada, com a mochila estufada de Wild Turkey e declarações de irmandade. Lisa a deixou dormir no quarto de hóspedes por gentileza. Mas isso não foi o suficiente. Não para Sam.

Ela precisava se intrometer, alfinetar. Ela provavelmente tentou arrancar Lisa de sua complacência. Tentou deixá-la com raiva, transformá-la em uma sobrevivente. Lisa não deixou que ela fizesse isso. Eu deixei. Nós duas pagamos um preço muito diferente.

– Então por que você mentiu sobre isso?

– Porque eu sabia que você iria fazer o maior drama se eu contasse. Que ia começar a suspeitar.

– Por quê? – questiono. – Você tem alguma coisa a esconder? Você matou a Lisa, Sam?

Aí está. A pergunta que não queria calar no fundo do meu cérebro há dias, finalmente dita, transformada em realidade. Sam balança a cabeça como se estivesse com pena de mim.

– Pobre e triste Quincy. Você é mais perturbada do que pensei.

– Me fala que você não teve nada a ver com a morte dela – peço.

Sam larga o cigarro e faz uma cena ao esmagá-lo no assoalho de madeira com a ponta da bota.

– Não interessa o que eu diga agora, você não vai acreditar em mim.

– Você não me deu nenhuma razão até agora. Então por que começar?

– Não matei a Lisa – declara Sam. – Acredite se quiser. Estou pouco me fodendo.

Um bipe ecoa do fundo do meu bolso. Meu telefone.

– Provavelmente é o seu namorado – comenta Sam com uma nítida aversão. – Um deles, pelo menos.

Confiro o telefone. De fato, é uma mensagem de Coop.

precisamos conversar.

À janela, Sam pergunta:

– É de qual deles?

Não respondo, o que por si só já é uma resposta. Olho fixamente para a tela e sinto meu coração apertado pela possibilidade de ter que ver Coop novamente. Não apenas hoje. Mas para sempre.

Sam prende outro cigarro entre os lábios e fala:

– Corre para o seu policialzinho, Quincy Carpenter. Mas lembre-se, cuidado com o que fala. Meus segredos são os seus segredos. E o Cooper pode não gostar dos seus.

– Vai para o Inferno!

Sam acende o cigarro e sorri.

– Já estive lá, querida.

CHALÉ PINE

11H12 DA NOITE

Quincy não tinha fôlego quando chegou à cabana. Seus pulmões estavam queimando e ardendo tanto pelo esforço quanto pelo ar da noite. Apesar do frio, uma fina camada de suor cobria sua pele, gelada e pegajosa.

Dentro da casa, reinava um caos silencioso, os pratos estavam todos sujos e havia apenas restos nas garrafas de bebida. A sala estava abandonada. Até o fogo havia se apagado, um vestígio do calor da lenha era a única lembrança de que ele já tinha existido.

Dormir. Era tudo o que Quincy queria. Cair no sono e acordar sem lembrança de tudo o que tinha visto. Era possível, ela sabia disso. Seu cérebro já lhe dizia que estava enganada, que viu algo que na verdade não tinha visto. Talvez Janelle estivesse com outra pessoa. Joe, talvez. Ou quem sabe Quincy tenha somente imaginado ter visto Craig deitado de costas debaixo dela, com o rosto contorcido, estocando dentro da amiga.

Mas seu coração sabia que não era imaginação. Enxugando as lágrimas, Quincy se arrastou pelo corredor e passou pelo quarto vazio de Janelle. Do outro lado, Betz tinha ido dormir, a porta fechada impossibilitava que alguém visse os beliches lá dentro. A porta do quarto de Ramdy também estava fechada, o que não bloqueava o violento barulho do colchão-d'água, acompanhado por grunhidos eventuais de Rodney.

Quincy virou e entrou no quarto de Craig. Craig que se fodesse. Era o quarto dela agora.

Mas ele não estava vazio. Havia alguém na cama. Um contorno vago na escuridão enluarada. Estava com as mãos atrás da cabeça. Quincy enxergou indistintamente seus olhos arregalados atrás dos óculos sujos.

– Não sabia onde dormir – ele justificou.

Quincy o encarou e sentiu inveja do quanto ele parecia confortável, do quanto estava absorto. Ela fungou. Capturou uma lágrima antes que lhe escorresse pelo rosto.

– Você está bem? – ele perguntou.

– Vai embora daqui – Quincy falou.

Ele sentou-se e a preocupação fez seus olhos meio escurecidos reluzirem.

– Você não está bem.

– Não mesmo, que merda! – disse Quincy, sentada na cama. Outra lágrima caiu. Desta vez, ela não foi capaz de contê-la.

– Vi os dois saindo juntos – ele comentou. – Foram pra mata.

– Eu sei.

– Sinto muito.

Ele tocou no ombro dela, o gesto súbito fez Quincy se retrair.

– Por favor, vai embora – ela pediu.

– Ele não te merece.

Quando tocou no ombro dela pela segunda vez, Quincy permitiu. Encorajado, ele deslizou a mão pelo braço de Quincy até a cintura. Ela deixou.

– Você é melhor do que ele – sussurrou Joe. – Melhor do que todos eles. Tão linda.

– Obrigada – disse Quincy.

– Estou falando sério.

Quincy se virou para ele, agradecida por sua presença. Ele parecia tão sincero. Tão inexperiente. O oposto de Craig. Ela se inclinou e o beijou. Os lábios quentes de Joe retribuíram o beijo. Sua língua deslizou para dentro da boca de Quincy. Hesitante. Exploradora. Ela quase se esqueceu do que tinha visto na mata. De como Janelle estava sentada sobre Craig, cavalgando-o, com o corpo irradiando luxúria e dor.

Mas isso não era o suficiente. Quincy queria esquecer completamente.

Sem pronunciar uma palavra, ela subiu em Joe, surpresa com o quanto ele estava sólido debaixo dela. Como uma árvore tombada. Um carvalho robusto. Quincy tirou o suéter dele, que tinha um leve cheiro de produto de limpeza industrial. O odor ferroou seu nariz quando o jogou no chão e puxou a camisa de Joe pela cabeça.

Ela começou a chupar seu peito exíguo, passando as mãos pela pele leitosa. Tão pálida. Tão fria. Como um fantasma.

Em seguida, tirou a calcinha. A calça de veludo dele estava arriada.

No chão ao lado da cama encontrava-se a mochila de Craig. Dentro dela, havia uma caixa de camisinha. Quincy pegou uma e a colocou na palma da mão trêmula de Joe.

– Você tem certeza? – ele perguntou.

– Tenho.

– Me fala se estiver doendo – ele sussurrou. – Não quero te machucar. Só quero que se sinta bem.

Quincy respirou fundo e se abaixou, preparando-se para o prazer e a dor, ciente de que não seria uma coisa nem outra.

Seriam as duas de uma vez, eternamente entrelaçadas.

34.

Coop me manda uma mensagem com o nome de um hotel a algumas quadras do meu apartamento e o número do quarto em que está. Não sei se reservou o quarto antes de vir para a cidade se encontrar com Sam ou depois. Decido não perguntar.

Fico parada diante da porta, incerta se conseguirei encará-lo de novo. Já sei que não quero isso. Prefiro estar em qualquer outro lugar a estar neste corredor sombrio de hotel, com o zumbido da máquina de gelo e o mau cheiro do detergente para carpete. Mas nós temos uma história. Não interessa o que Coop fez, devo a ele a chance de se explicar.

Bato e rapidamente a porta se abre rangendo debaixo do meu pulso. Minha mão permanece fechada à imagem de Coop.

– Quincy – o aceno de cabeça com que me cumprimenta é rápido e envergonhado. – Entre. Caso queira entrar.

Só o passado me faz permanecer ali. O meu passado. O papel de Coop nele. O inegável fato de que eu nem sequer teria um passado se não fosse por ele. Então entro, dando passos dentro de um quarto surpreendentemente minúsculo. Não passa de um *closet* grande em que alguém conseguiu enfiar uma cama e uma penteadeira. Há aproximadamente cinquenta centímetros entre a cama e a parede, o que dificulta passar por Coop enquanto ele fecha a porta.

Não há cadeira no quarto. Em vez de sentar na cama, permaneço em pé. Sei exatamente o que preciso fazer, contar tudo a Coop. O que Sam fez. O que *eu* fiz. Talvez a partir de então eu possa dar início ao processo de voltar à minha vida normal. Não que em algum momento ela tenha sido normal depois do que aconteceu no Chalé Pine.

Mas não consigo confessar para Coop. Mal consigo olhar para ele.

– Vamos acabar logo com isso – digo, de braços cruzados, apoiando o peso do corpo na perna esquerda, de modo que meu quadril fique com uma saliência nervosa.

– Vai ser rápido.

Ele acabou de tomar banho e o vapor demora-se no banheiro minúsculo. A água se agarra a seu cabelo curtíssimo e o corpo dele parece irradiar umidade, tentação e aroma de sabonete.

– Preciso me explicar. Explicar minhas ações.

– O que você faz nas suas horas de folga não é da minha conta. Você não significa nada pra mim.

Coop estremece e sinto uma gloriosa pontada de poder. Também o estou machucando. Fazendo-o sangrar.

– Quincy, nós dois sabemos que isso não é verdade.

– Não é? – questiono. – Se significássemos alguma coisa um para o outro, você não teria ido ao meu apartamento pra foder a Sam enquanto eu estava viajando.

– Não era por isso que eu estava lá.

– Só que foi exatamente essa a impressão que eu tive.

– Ela me ligou, Quincy. Disse que estava preocupada com você. Então eu vim. Porque senti que tinha alguma coisa errada. Não confio nela, Quincy. Desde que ela chegou. Sam está tramando alguma coisa, e eu queria descobrir o que era.

– Sedução é uma técnica de interrogatório interessante – eu falo com sarcasmo. – Você a utiliza com frequência?

– O que você viu não foi planejado, Quincy. Simplesmente aconteceu.

Reviro os olhos, que ficam arregalados e dramáticos, do mesmo jeito que Janelle costumava fazer.

– Essa é a desculpa mais velha do mundo.

– É verdade. Você não sabe o quanto eu sou solitário, Quincy. Completamente solitário. Tenho uma casa em que podem viver cinco pessoas. Mas só eu moro lá. Em alguns cômodos eu não entro há anos. Eles estão vazios e ficam com as portas fechadas.

A confissão dele me deixa sem palavras. É a primeira vez que Coop se abre dessa maneira comigo. Ao que parece, temos mais em comum do que jamais imaginei. No entanto, recuso-me a sentir pena dele. Não estou preparada para perdoá-lo.

– Foi por isso que você me pediu pra vir aqui? Pra sentir pena de você?

– Não. Pedi que viesse aqui porque preciso te dizer uma coisa. Há uma razão... – Coop para e limpa a garganta. – A razão pela qual eu tentava estar sempre disponível pra você. A razão pela qual eu me colocava à disposição dia e noite. Quincy...

Instintivamente, sei o que vem em seguida. Balanço a cabeça e, nos meus pensamentos, berro, *Não. Por favor, Coop, não diga isso.*

Ele fala mesmo assim:

– Eu te amo.

– Não – digo, desta vez em voz alta. – Não fala mais nada.

– Mas eu amo – insiste Coop. – Você sabe disso, Quincy. Acho que sempre soube. Por que mais você acha que venho de carro até aqui na mesma hora em que você me chama? É pra te ver. Pra estar com você. Não me importo se é por um minuto ou uma hora. O simples fato de te ver faz toda aquela viagem solitária valer a pena.

Ele faz um movimento na minha direção, me afasto e fico agarrada entre a penteadeira e a parede. Coop continua a se aproximar e não para até estar bem diante de mim.

– Nunca conheci alguém como você, Quincy. Acredite em mim quando digo isso. Você é tão forte. Uma verdadeira sobrevivente.

Ele olha para mim, seus olhos azuis fazem meus joelhos tremerem. Ele encosta um polegar na minha bochecha e o desliza até a boca.

– Coop – digo, enquanto a unha de seu polegar roça meus lábios. – Para.

– Você sente a mesma coisa – Coop afirma, com voz rouca. – Sei que sente.

Eu o visualizo aninhado ao lado de Sam, acariciando o pescoço dela, os lábios começando a se aproximar dos dela. Odeio Coop por ter feito aquilo. Ele deveria ter sido todo meu.

– Não sinto – eu digo.

– Está mentindo.

Está quente dentro do quarto. Sufocante, na verdade. O ar-condicionado que zumbe debaixo da janela é insuficiente para resfriá-lo. E Coop está muito perto de mim, emanando um tipo diferente de calor.

– Preciso ir.

– Não precisa, não.

Quando ele se aproxima ainda mais, eu o afasto, dando um empurrão em seu peito. Ele está suando. O tecido debaixo dos meus dedos gruda em sua pele.

– O que você quer de mim, Coop? Já falou o que tinha que falar. O que mais você quer?

– Você – ele responde suavemente. – Quero você, Quincy.

Ao contrário do que disse a Sam, eu tinha pensado no que poderia me fazer sucumbir à atração por Coop. Sempre tive a sensação de que aqueles olhos azuis eram os prováveis culpados. Claros como *lasers*, eles enxergam tudo. Mas é a voz dele que finalmente me convence. Aquela confissão suave me empurra para os braços dele.

É nosso primeiro abraço desde o Chalé Pine. A primeira vez que ele me envolve com aqueles braços fortes. Espero que a memória embace este novo abraço. O que não acontece. Ela só o deixa ainda mais doce.

Com ele, me sinto segura. Sempre me senti.

Eu o beijo. Ainda que isso seja errado. Ele também me beija, com lábios famintos que me mordem. São anos de luxúria reprimida, que finalmente se liberta, o resultado é mais necessidade do que desejo. Mais dor do que prazer.

Não demoramos a ir para a cama. Não há nenhum outro lugar aonde ir. Fico sem roupa. Não sei como. Parece que elas simplesmente caíram, assim como as de Coop.

Ele sabe o que quer. Que Deus me ajude, eu me entrego a ele.

CHALÉ PINE

11H42 DA NOITE

Ele ainda estava dormindo quando Quincy saiu sorrateiramente da cama e atravessou o quarto na ponta dos pés, à caça do sapato, do vestido e da calcinha. Os movimentos a machucavam. A dor persistia entre suas pernas e sentia a queimação toda vez que se curvava. Ainda assim, não foi tão ruim quanto ela achou que seria. Havia consolo nisso.

Ela se vestiu depressa, repentinamente se dando conta do gelo que pairava no quarto. Era como se estivesse com febre. Ela arrepiava de frio mesmo com a pele queimando de calor.

No corredor, Quincy abaixou a cabeça para entrar no banheiro e não se deu ao trabalho de acender a luz. Não tinha vontade alguma de se ver no espelho sob a luminosidade hostil. Em vez disso, encarou o reflexo escuro com a maior parte de sua fisionomia apagada. Havia se tornado uma sombra.

Uma canção lhe veio à cabeça. Algo que cantavam no ensino fundamental. Ela e suas amigas no breu do banheiro feminino, repetindo um nome.

Maria Sangrenta, Maria Sangrenta, Maria Sangrenta.

– Maria Sangrenta – disse Quincy, com os olhos no reflexo sem olhos. Depois de sair do banheiro, ela ficou parada à entrada da sala. Temendo que Craig e Janelle pudessem ter retornado, bêbados, dando risadinhas e fingindo que não havia acontecido nada entre eles. Ela só continuou depois de ter certeza de que não ouvia nada. A cabana estava em silêncio.

Quincy foi para a cozinha, onde ficou parada planejando o próximo passo. Ela deveria confrontá-los? Exigir que fossem embora? Quem sabe procurar as chaves de Craig, pegar a SUV dele e deixar todos encalhados ali sem os celulares.

A ideia a fez sorrir. Já havia entrado na segunda fase do luto, que tinha aprendido na aula de Psicologia apenas três dias antes. Janelle havia faltado à aula e Quincy ainda tinha que lhe passar suas anotações. Ela não sabia qual era o segundo degrau na escada do luto. Mas Quincy sabia.

Era a raiva. Raiva berrada a plena voz e pelos cotovelos.

E Quincy sentiu a raiva lhe queimar o estômago. Como azia, porém mais quente. Ela pulsava, irradiando-se pelos braços e pelas pernas.

Foi à pia, decidida a dar uma utilidade para aquela energia flamejante. Esse era o jeito de sua mãe agir. A boa e velha Sheila Carpenter passiva-agressiva, fazendo faxina em vez de gritar, consertando em vez de quebrar. Sem nunca, jamais falar o que sentia.

Quincy não queria ser aquela mulher. Não queria arrumar a bagunça que todos os outros fizeram. Queria ficar furiosa, cacete. Ela *estava* furiosa. Com tanta raiva que catou um prato sujo na pia e se preparou para espatifá-lo no balcão.

Foi o próprio reflexo que a impediu. Aquele rosto pálido encarando-a na janela acima da pia da cozinha. Dessa vez ela não conseguiu evitar. Desta vez, ela se viu claramente.

Olhos vermelhos devido às lágrimas. Lábios retorcidos. A pele latejando rosada em consequência da raiva, mágoa e vergonha por ter acabado de se entregar a um completo estranho. Essa não era a Quincy que ela imaginava ser. Era outra pessoa, completamente diferente. Alguém que ela não conseguia reconhecer.

A escuridão rastejava de baixo para cima ao redor dela. Quincy sentia seu movimento. Uma maré negra se aproximando da costa, que não demorou a envolvê-la, a encolher a cozinha, a eclipsá-la. Quincy só conseguia ver o próprio rosto encarando-a. O rosto de uma estranha. Até que ele também foi consumido pela escuridão. Quincy pôs o prato de volta na pia e o substituiu na mão por outra coisa. Pela faca.

Ela não sabia por que tinha pegado a faca. Com certeza não tinha ideia do que faria com ela. Só sabia que a sensação de segurá-la era boa.

Com a faca firme na mão, ela saiu pela porta dos fundos do Chalé Pine e atravessou o deque com três passos largos. Lá fora, as árvores mais próximas da cabana erguiam-se como sentinelas cinza vigiando o resto da floresta.

Ao passar por elas, Quincy estapeou um tronco com a lateral da lâmina. O impacto manteve sua mão e seu braço tremendo enquanto se movia mata adentro.

35.

Alguém bateu uma porta e o estrondo que ecoou pelo corredor me arrancou de um sono pesado. Sem fôlego, abro os olhos assustada e o ar seco que inalo arranha minha língua. Um raio do sol da manhã queima diagonalmente através da janela e pousa bem em cima do meu travesseiro. Claro e penetrante, ele parece agulhas espetando minhas retinas. Rolo de lado, xingando o sol ao jogar o braço para o outro lado da cama. Está vazia.

Neste momento lembro onde estou. Com quem estava. O que fiz.

Pulo da cama com a cabeça zonza e o quarto rodando. Consigo chegar ao banheiro minúsculo antes de desabar no chão, o piso debaixo da minha bunda nua está frio e meus joelhos, afundados no peito. Meus pensamentos estão anuviados, indistintos. Sinto-me no mundo, porém não parte dele.

É ressaca, me dou conta. Ressaca moral. Não tenho uma dessas há anos.

As lembranças arrastam-se para dentro de mim com um ritmo constante, como o ponteiro dos segundos de um relógio. Tique, tique, tique. Em um minuto, já me recordo de tudo. Todos os detalhes devassos e sórdidos.

Coop, obviamente, foi embora. Pode ter sido ele o responsável pelo barulho da porta, embora suspeite que ele tenha saído silenciosamente, preferindo não me acordar. Não posso culpá-lo.

Pelo menos foi cavalheiro o suficiente para deixar um bilhete, rabiscado às pressas no bloquinho de anotações do hotel. Vi que estava ao lado da TV quando cambaleava até o banheiro.

Eu o lerei depois. Assim que conseguir me levantar do chão.

Meu corpo todo está dolorido, mas é aquela dor prazerosa que se sente depois de conseguir o que se quer. A mesma dor que às vezes sinto após correr. Exausta, saciada e um pouquinho preocupada com a possibilidade de ter exagerado.

Desta vez, não tenho dúvida, exagerei da forma mais cataclísmica. Olho para as mãos. A maior parte do esmalte preto com que Sam havia me pintado tinha descascado e sobravam apenas algumas nódoas. Há sujeira debaixo das unhas. Mais esmalte, muito provavelmente. Ou talvez lascas da pele de Coop, pois arranhei suas costas, implorando para que me fodesse com mais força. O cheiro dele ainda estava nas minhas mãos. O cheiro de suor e sêmen, além do quase imperceptível aroma de Old Spice.

Eu me esforço para conseguir me levantar e vou até a pia, que é do tamanho de uma tigela. Jogo água fria no rosto, tomando cuidado para não me olhar no espelho. Tenho medo do que verei. Na verdade, tenho medo de não ver absolutamente nada.

Dois passos depois, estou ao lado da cama novamente, me sentando. Ao lado do controle da TV, o bilhete de Coop me encara.

Eu o pego e leio.

Querida Quincy, estou com vergonha do meu comportamento. Por mais que eu quisesse isso, tenho consciência agora de que nunca devia ter acontecido. Acho melhor que fiquemos sem nos comunicar durante muito tempo. Sinto muito.

E ponto final. Dez anos de proteção, amizade e veneração perdidos em uma única noite. Jogados fora com a mesma facilidade que jogo o bilhete amassado na lixeira de plástico encostada na parede. Erro, ele cai no chão, engatinho, pego de volta, ponho lá dentro.

Em seguida, seguro a lixeira e a arremesso do outro lado do quarto.

Depois que ela atinge a parede e cai no chão, agarro outra coisa. O controle remoto. Ele também sai voando e se quebra ao bater na cabeceira da cama. Lacrimejando, cato os lençóis bagunçados no chão, enrolo nas mãos cerradas e os aperto na boca para abafar o choro. Coop se foi.

Sempre supus que esse dia chegaria. Ora, isso tinha quase acontecido, logo antes daquela carta ameaçadora tê-lo empurrado de volta para a minha órbita. Mas não estou preparada para uma vida em que Coop não esteja disponível quando eu precisar dele. Não tenho certeza de que posso lidar com as coisas sozinha.

Mas agora não tenho escolha. Agora não resta ninguém na minha vida a não ser Jeff. Jeff.

Puta merda! Tomar consciência do quanto eu o havia traído me faz sentir uma onda nauseante nas entranhas que me apunhala sem parar. Isso o deixará devastado.

Imediatamente decido que nunca, jamais contarei a ele o que fiz. É minha única opção. Descobrirei um jeito de esquecer este quarto bolorento, estes lençóis bagunçados, a sensação do peito de Coop contra meus seios, a respiração quente na minha orelha. Assim como o que aconteceu no Chalé Pine, vou bloquear tudo isso na minha memória.

E quando vir Jeff novamente, ele não suspeitará de nada. Enxergará somente a Quincy que acha que conhece. A Quincy normal.

Com tudo planejado, me sento, tentando ignorar a culpa que me rói por dentro. É uma sensação com a qual terei que me acostumar.

Confiro meu telefone e vejo três chamadas não atendidas e uma mensagem de Jeff. Não consigo ouvir a mensagem de voz dele. O som de sua voz me destruirá. Mas leio o texto, cada uma das palavras que o compõe está carregada de preocupação.

por que não atende o telefone? está tudo bem??

Respondo à mensagem dele.

desculpe. peguei no sono assim que cheguei em casa. ligo mais tarde.

Acrescento um *te amo,* mas deleto, temendo que ele possa achar suspeito. Já estou começando a agir como uma traidora.

Além das chamadas do Jeff, tenho outra chamada não atendida. É de Jonah Thompson, que ligou pouco antes das oito. Aproximadamente uma hora atrás. Quando retorno a ligação, ele atende depois de um toque apenas:

– Finalmente.

– Bom dia pra você também – digo.

Jonah me ignora e fala:

– Dei uma investigada na Samantha Boyd, também conhecida como Tina Stone. Acho que você vai ficar muito interessada no que descobri.

– O que você descobriu?

– É difícil explicar pelo telefone – disse Jonah. – Você tem que ver isso pessoalmente.

Dou um suspiro e marco:

– Bethesda Fountain. Vinte minutos. Leve café.

CHALÉ PINE

11H49 DA NOITE

A lua tinha deslizado para trás de algumas nuvens, deixando a mata mais escura do que antes. Quincy teve dificuldade de se manter no caminho, pois o solo era uma mixórdia escura de folhas e mato. Mas ela chegou à subida. Sentia o peso do esforço extra tensionar-lhe as panturrilhas.

Ela não tinha planos. Não de verdade. Queria apenas confrontá-los. Queria ir à pedra, ficar diante de seus corpos ofegantes iluminados pelo luar e dizer-lhes o quanto estava magoada. A faca os faria acreditar. A faca os deixaria com medo.

Não demorou para Quincy chegar à metade da subida. Seu coração bombeava sangue quente. A respiração lhe escapava em bufadas irregulares. À medida que marchava morro acima, foi tomada pela sensação de que estava sendo observada. Não passava de um arrepio na parte de trás do pescoço, mas lhe dizia que não estava sozinha. Ela parou e olhou ao redor. Embora não tivesse visto nada, não conseguiu se livrar da sensação de olhos sobre seu corpo. Aquilo a fez lembrar-se dos boatos sobre os fantasmas de índios que vagavam pela floresta. Ela deu boas-vindas a eles, àqueles espíritos vingativos, desejosa que se juntassem à sua causa.

Um som adentrou a mata. Passos rápidos farfalhando na sujeira do chão. Por um momento, Quincy achou que realmente havia fantasmas na floresta, um bando deles vindo na sua direção. Ela olhou para trás, esperando vê-los precipitando-se em meio às árvores. Porém aquele fantasma era demasiado humano. Quincy ouviu arquejos de cansaço, mais pesados do que os dela própria. Não demorou para o som estar bem atrás dela, o que a fez virar-se.

Joe apareceu, ele tinha acordado e se vestido às pressas. O suéter estava do avesso. A etiqueta raspava em seu pomo de Adão enquanto ele encarava Quincy.

– Preciso ficar sozinha – ela avisou.

Ele ainda estava com a respiração pesada e arquejava as palavras.

– Não faça isso.

Quincy se virou. Só de olhar para ele, ficou enjoada. Ainda o sentia dentro de si. A queimação entre as pernas a envergonhava tanto quanto a excitava.

– Você não sabe o que vou fazer.

– Sei, sim. E não vale a pena.

– Como você sabe?

– Porque já fiz isso. E na época eu me sentia do mesmo jeito que você se sente agora.

– Me deixa em paz.

– Sei que você quer machucá-los – ele disse.

A densa escuridão que tinha envolvido Quincy de repente desapareceu, deixando-a tonta e desorientada. Ela viu a faca em sua mão e tomou um susto. Não conseguia se lembrar por que a havia pegado. Tinha mesmo a intenção de usá-la neles? Em si mesma?

A vergonha queimou-lhe o corpo. Ela balançou a cabeça para trás e para a frente. A floresta escura se transformou em um borrão.

– Não é o que você está pensando – disse ela.

– Não é?

– Eu não ia...

Parou de falar, ciente de que qualquer coisa que dissesse não faria sentido. Faltaram-lhe palavras.

– Você devia voltar – Joe aconselhou. – Não é uma boa ideia ficar aqui fora desse jeito.

– Eles me magoaram – justificou Quincy, voltando a chorar de repente.

– Eu sei. É por isso que você devia voltar agora.

Quincy enxugou os olhos. Ela se odiou por chorar na frente dele. Odiou o quanto gostava de ficar com ele. Odiou o fato de que, de todos na cabana, ele era o único que enxergava a verdadeira Quincy.

– Eu vou – ela concordou. – Aonde você vai?

Ele olhou para a frente, como se procurasse um local ao longe, um lugar depois das árvores.

– Pra casa – ele respondeu. – Você devia ir pra casa também.

Quincy concordou com um gesto de cabeça.

Soltou a faca. Ela caiu ao seu lado e foi amortecida pelas folhas.

Em seguida, Quincy começou a correr de volta pelo caminho por onde tinha vindo e passou por Joe, tentando ignorar a maneira como o luar anuviava seus óculos e deixava as lentes opacas. Como uma névoa.

36.

Vinte e cinco minutos depois de finalizar a ligação com Jonah, estou no Central Park, caminhando apressada pelo túnel barroco que leva à Bethesda Fountain. Eu já o vi através dos arcos ornados ao final do túnel, sentado à beira da fonte. Camisa rosa, calça azul, blazer cinza. Erguendo-se acima dele está a estátua do anjo das águas, sobre a qual repousa um bando de pombos com as asas estendidas.

– Desculpe pelo atraso.

Jonah dá uma fungada e exclama:

– Nossa!

Também sinto meu cheiro. Quis tomar banho no hotel, mas não tinha sobrado água quente. Tive de me contentar em lavar partes bem específicas usando água da pia antes de vestir as mesmas roupas do dia anterior.

Enquanto me vestia, pensei em quantos quilômetros aquelas roupas tinham viajado nas últimas 24 horas. De Chicago a Muncie e o mesmo percurso em sentido contrário: de Chicago a Nova York, para o quarto minúsculo responsável pela minha ressaca moral. Agora elas percorreram o caminho até o Central Park, fedendo e com manchas de suor. Depois de hoje, acho que vou queimá-las.

– Noitada da pesada? – pergunta Jonah.

– Ah, me poupe – desconverso. – Cadê o meu café?

Há dois copos aos pés dele, ao lado de uma bolsa estilo carteiro. Espero que cheia de informações sobre Sam que a forçarão a sair da minha vida. Mas eu já me contentaria com algo que a tirasse do meu apartamento.

– Qual veneno vai querer? – pergunta Jonah, suspendendo os copos. – Puro ou com creme e açúcar?

– Com creme e açúcar. Preferencialmente na veia.

Ele me passa um copo marcado com um X. Engulo metade do conteúdo antes de parar para respirar.

– Obrigada. Não interessa quantas boas ações você fizer hoje, nada vai superar isso.

– Você vai repensar isso daqui a um minuto – provoca Jonah, estendendo o braço na direção da bolsa.

– O que você descobriu?

Ele abriu o zíper, tirou dela uma pasta bege e disse:

– Uma bomba.

Dentro da pasta há dezenas de folhas soltas. Jonah as folheia, com dedos ágeis, permitindo-me ter apenas breves vislumbres de matérias de jornais xerocadas e arquivos impressos da internet.

– Uma busca com o nome Samantha Boyd gera a informação habitual sobre o Nightlight Inn – começa ele. – Ela é a única sobrevivente. Uma Garota Remanescente. Desapareceu do mapa há oito anos e nunca mais foi vista nem se ouviu falar dela até alguns dias atrás.

– Isso eu já sei – eu digo.

– Com Tina Stone a história é diferente – Jonah fala finalmente parando de folhear as páginas na pasta e se fixando em uma notícia. Ele a entrega a mim.

– É do *Hazleton Eagle*. De doze anos atrás.

Meu coração dá solavancos altos no peito quando olho para o papel. Eu o reconheço. O mesmo que estava na casa de Lisa.

HAZLETON, Pensilvânia – *Um homem foi encontrado morto ontem dentro da casa que compartilhava com a esposa e com a enteada. Ao atender às chamadas de emergência, a polícia de Hazleton encontrou Earl Potash, 46, morto na cozinha de seu duplex na Maple Street, vítima de vários ferimentos à faca no peito e na barriga. As autoridades categorizaram o incidente como homicídio. A investigação continua.*

– Como você achou isso?

– Fiz uma busca no LexisNexis com o nome Tina Stone – responde Jonah.

– Mas o que isso tem a ver com ela?

– De acordo com o jornal, a enteada de Earl Potash confessou que o matou por causa de anos de abuso sexual. Como o caso envolveu agressão sexual, os registros do tribunal mantiveram o nome dela em sigilo.

Agora eu sei por que Lisa tinha essa matéria.

– Foi ela – digo. – Tina Stone. Ela matou o padrasto.

Jonah fez que sim com um gesto firme de cabeça e completou:

– Infelizmente, sim.

Engulo mais café, na esperança de que ele afugente a dor de cabeça que está novamente latejando no meu crânio. Neste momento, eu seria capaz de matar por um Xanax.

– Ainda não entendi – digo. – Por que Sam mudaria o nome pra que ficasse igual ao de uma mulher que matou o padrasto?

– É aí que a coisa fica estranha – diz Jonah. – Não tenho certeza de que ela realmente mudou o nome.

Da pasta saem várias páginas de registros médicos. No alto delas há o nome Tina Stone.

– Os registros médicos também não deveriam ser sigilosos? – pergunto.

– É evidente que você subestima os meus poderes – diz Jonah. – O suborno é um grande motivador.

– Você é desprezível.

Folheio os registros, que começam no ano passado e retrocedem. Tina Stone foi ao médico esporadicamente, sempre por alguma emergência e geralmente sem plano de saúde. Um pulso quebrado quatro anos atrás, resultado de um acidente de moto. Uma mamografia um ano antes quando encontrou um caroço que acabou se revelando benigno. Uma overdose de anitrofilina oito anos atrás. Isso chama minha atenção.

Há uma segunda tentativa de overdose uma página e dois anos antes disso. Confiro a data. Três semanas depois do Chalé Pine.

– Esta não pode ser a Sam – digo. – As datas não batem. Ela me falou que só mudou de nome alguns anos depois do Chalé Pine.

A compreensão daquilo, quando me dou conta, quase me faz recuar e cair dentro da fonte. Deixo a pasta cair, as páginas se espalham, forçando Jonah a se levantar correndo para pegá-las antes que voassem.

Permaneço imóvel quando ele retorna para o meu lado com a pasta enfiada debaixo do braço e pergunta:

– Você entendeu agora, não entendeu?

– Tina Stone e Samantha Boyd – consigo articular. – Elas não são a mesma pessoa.

– O que leva à questão: qual delas está no seu apartamento?

– Não tenho ideia.

Mas preciso descobrir. Imediatamente. Levanto, com as pernas bambas, pronta para ir embora. Jonah me impede, com um olhar apreensivo estampado em seu rosto enquanto diz:

– Infelizmente, tem mais.

Ele abre a pasta, folheia até uma página no fundo dela.

– Houve um incidente onde ela teve a overdose.

– Já sei – digo. – Foi antes da suposta troca de nome.

– É melhor você dar uma olhada no lugar em que ela teve a overdose.

Jonah apontou para o nome do local em que Tina Stone foi tratada. Blackthorn Psychiatric Hospital, localizado do outro lado da mata em que fica o Chalé Pine.

Olhar para aquilo me deixa instantaneamente tonta. Pior do que quando acordei de manhã. Quase pior do que no momento em que me dei conta de que tinha espancado Ricardo Ruiz e o deixado com um fiapo de vida.

Tina Stone foi paciente em Blackthorn. Na mesma época em que Ele estava lá.

Exatamente no mesmo período em que Ele foi para o Chalé Pine e estripou o meu mundo.

CHALÉ PINE

MEIA-NOITE

O primeiro grito a atingiu quando Quincy chegou ao deque nos fundos da cabana. Ele explodiu na floresta e precipitou-se em sua direção quando estava subindo a escada de madeira. Quincy se virou para o som, surpresa demais para se amedrontar. O medo viria depois.

Ela observou a floresta escura atrás da cabana, açoitando árvore por árvore com seu olhar, como se o grito tivesse vindo de uma delas. Mas já sabia a origem dele. Janelle. Quincy tinha certeza.

Um segundo grito irrompeu da mata. Mais longo que o primeiro, ele se tornou um barulho rasgado ecoando pelo céu. Também era mais alto. Alto o suficiente para fazer uma coruja fugir assustada dos galhos mais altos de uma árvore ali perto. O pássaro voou apressado pelo deque, batendo as asas e desaparecendo sobre o telhado da cabana.

O som de sua retirada misturou-se com a aproximação de outra coisa. Passos. Passos afobados. Um momento depois, Craig saiu correndo da mata. Seus olhos estavam vazios, mas seus movimentos eram de certa maneira convulsivos. Ele tinha vestido a camisa. A calça também, mas Quincy percebeu que a braguilha estava aberta e o cinto sacodia desafivelado.

– Corre, Quincy – disse ele avançando aos tropeços, frenético. – A gente tem que correr.

No deque, ao passar por Quincy, ele tentou puxá-la, mas o braço dela estava bambo nas mãos dele. Ela não iria a lugar algum. Não até que Janelle estivesse com eles.

– Janelle? – berrou ela.

Sua voz ecoou, ricocheteou na mata, o que criou novos chamados, cada um mais fraco do que o outro. A resposta a eles foi outro grito. Craig berrou ao ouvi-lo. Ele deu uma balançada no corpo como se tentasse se livrar de algo nas costas.

– Anda logo! – berrou para Quincy.

Porém um quarto grito a induziu a avançar um pouco mais, até o degrau mais alto da escada do deque, onde os dedos de seus pés já estavam para além da beirada. Atrás dela, Craig tentava entrar, mas os outros, forçando para sair, impediam-no.

– O que foi *isso*? – perguntou Amy, com o medo rachando sua voz.

– Cadê Janelle? – perguntou Betz.

– Morta! – vociferou Craig. – Ela está morta!

Mas não estava. Quincy ainda ouvia a respiração dela sibilando na noite. Passos tão silenciosos quanto as patas de um gato cambaleando pela mata.

Janelle apareceu de repente, materializando-se como o fantasma de um índio na fileira de árvores atrás da cabana. A impressão era de que pairava no ar e apenas o instinto de ficar de pé a mantinha nessa posição. Florescências vermelho-escuras pontilhavam seu vestido no ombro, no peito, na barriga.

Ela estava com as mãos sobrepostas no pescoço, uma pressionando a outra com força. O sangue escorria por elas – uma cachoeira carmesim escorrendo-lhe pelo peito.

Foi então que o medo atacou. Um medo de apertar as entranhas e paralisar o corpo, que deixou os outros imóveis à porta dos fundos.

Somente Quincy foi capaz de se mover, o medo a empurrava para a frente, para fora do deque, para a grama que começava a acumular geada, estalando embaixo de seus pés à medida que corria na direção de Janelle. A umidade gelada entranhava em seus sapatos.

Aproximou-se de Janelle, estendeu os braços e a segurou quando ela tombou para a frente. As mãos de Janelle despencaram do pescoço, expondo o enorme rasgo. O ferimento vertia sangue, quente e pegajoso, em todo o vestido branco de Quincy.

Quincy tampou o talho. O sangue bombeado fazia cócegas nas palmas de suas mãos. Então o corpo de Janelle afrouxou, seu peso recaiu sobre Quincy, fazendo com que seus joelhos cedessem. Não demorou para estar sentada no chão, com Janelle no colo, uma boneca de pano encarando-a com olhos arregalados, tomados pelo terror, e respiração ruidosa.

– Socorro! – gritou Quincy, mesmo sabendo que já não havia socorro para Janelle. – Socorro! Por favor!

Os outros permaneceram no deque. Amy estava agarrada a Rodney e a borda de sua camisola flamulava. Betz começou a chorar incontrolavelmente, emitindo um som que aumentava e baixava. Somente Craig olhava para elas. Quincy sentiu que ele enxergava dentro de seu coração. Como se soubesse de todos os terríveis, terríveis segredos dela. Ela o encarava e enxergou uma nova onda de medo em seus olhos.

– Quincy! Corre!

Mas Quincy não conseguia. Não com Janelle ainda morrendo em seus braços. Nem mesmo quando ela sentiu uma presença nova em meio a eles. Algo vil, fervilhando ódio.

Ele estava em cima delas antes de Quincy ter a chance de se virar para olhar. Dedos escavaram seu cabelo, agarraram uma mecha e puxaram com força. Ela estremeceu com a dor enquanto era virada depressa e via o que os outros já estavam enxergando. Uma figura agigantando-se. Uma faca levantada. Um lampejo prateado.

As facadas a acertaram quase simultaneamente, uma depois da outra. Dois golpes dolorosos no ombro. Quentes. Abrasando pele e músculos, entalhando o osso.

Quincy não gritou. Doía demais. Na verdade, a dor gritou por seu corpo. Ela desmoronou e Janelle rolou de seu colo. Ficaram caídas no chão, rosto com rosto, Quincy encarando os olhos mortos de Janelle. O sangue empoçava na grama entre elas, melando a geada, que soltava uma leve fumaça.

Ele ainda estava ali. Quincy escutava o ritmo sereno da respiração dele. Uma mão tocou seu cabelo. Não o puxou. Acariciou.

– Pronto, pronto – disse ele.

Quincy o viu bem no canto do olho, ainda uma sombra. E quando estava aguardando a última ferroada da faca, Ele começou a se mover.

Passou por ela. Passou pelo que tinha sido Janelle.

Continuou a caminho do Chalé Pine.

Foi a última coisa que Quincy viu antes de a dor, a tristeza e o medo esmagarem-na. Nuvens negras rolaram por sua visão, borrando o mundo. Ela fechou os olhos, deu boas-vindas ao esquecimento e cedeu à escuridão.

37.

Jonah implora para que eu o deixe voltar comigo ao apartamento, mas não permito. Ele diz que é muito perigoso e tem razão. Porém, a presença dele só complicaria as coisas. Isto tem que ser entre mim e Sam.

Ou Tina. Ou quem quer que essa filha da puta seja.

Uma vez mais, entro com cautela no apartamento. E uma vez mais, desejo que ela não esteja ali.

Mas ela está. Do *foyer*, ouço o fluxo contínuo de água vindo do banheiro do corredor. Sam está tomando banho. Vou até o banheiro e fico ali até ouvir barulhos do outro lado. Uma tosse de Sam. Uma raspada na garganta inquieta de fumante. O chuveiro continua ligado.

Corro até o quarto de Sam, onde sua mochila ainda está largada em um canto. Não consigo abri-la. Minhas mãos estão tremendo demais. Respiro fundo algumas vezes, louca por um Xanax, apesar de saber que preciso estar com a mente limpa. Mas o vício ganha e me empurra para a cozinha tempo suficiente para jogar um Xanax na boca. Em seguida, tomo vários goles de refrigerante de uva e continuo a beber muito depois de o comprimido ter escorregado garganta abaixo.

Apropriadamente fortificada, volto ao quarto de Sam. Minhas mãos estão mais firmes agora, e abro a mochila com facilidade. Vasculho-a, tirando dela roupas roubadas, camisas pretas, um conjunto de sutiã e calcinha usado. Pego também uma garrafa de Wild Turkey – nova, que ainda não foi aberta. Ela cai ruidosamente no chão e rola até meu joelho.

Dentro da mochila, remexo em coisas que escorregaram para o fundo. Uma escova, desodorante, um frasco vazio de remédio. Confiro a etiqueta. Ambien, e não anitrofilina.

Acho o iPhone que Sam pegou na minha gaveta secreta. O mesmo telefone que roubei no café. Está desligado, provavelmente a bateria acabou. Bem no fundo da mochila, as pontas dos meus dedos deslizam sobre páginas frias e lisas. Uma revista.

Arranco-a de lá e viro para ver a capa. É uma edição da *Time*, toda molambenta e ameaçando soltar as folhas. A foto na capa é de um motel caindo aos pedaços rodeado de carros de polícia e pinheiros cheios de barba-de-pau. A manchete, em letras vermelhas enfiadas sobre um céu nubladíssimo, é a seguinte: **HORROR EM HOTEL**.

É o mesmo número da *Time* que devorei quando criança, estremecendo debaixo das cobertas, com medo dos pesadelos que estavam por vir. Folheio a revista até encontrar o artigo que gerou tanto medo na minha infância. Havia outra foto do Nightlight Inn – a imagem externa de um dos quartos. Na porta aberta, há um clarão branco. Uma das vítimas cobertas com lençol.

O artigo começa ao lado dela em uma coluna estreita de texto.

> *Você acha que só acontece em filme. Nunca na vida real. Pelo menos, não desse jeito. E certamente não com você. Mas aconteceu. Primeiro em uma república estudantil em Indiana. Depois em um motel na Flórida.*

A passagem me desperta algo familiar. Um beijo do *déjà-vu*. Não oriundo da minha infância, embora eu com certeza a tenha lido quando criança. Essa memória é mais recente.

Sam falou a mesma coisa comigo na primeira noite que passou aqui. Na primeira noite em que nos aconchegamos. Uma passando o Wild Turkey para a outra. O solilóquio sincero dela sobre o Nightlight Inn. Aquilo era um monte de asneira, retirada palavra por palavra da revista.

Enfio as coisas dela de volta na mochila. Tudo menos a revista, que posso usar como munição contra ela, e o iPhone roubado, que pode ser usado contra mim. Coloco a revista enrolada debaixo do braço. Enfio o telefone pela frente da camisa e o prendo debaixo da alça do sutiã.

Satisfeita, estou saindo do quarto quase na mesma condição de quando entrei, corro de novo até a cozinha, pego o refrigerante de uva o levo até meu laptop. Tomo outro golinho enquanto abro o computador e entro no YouTube. No campo de busca, digito "entrevista com samantha boyd". A página mostra várias versões da entrevista individual de Sam na TV, todas postadas pelos mesmos malucos que administram sites de crimes reais. Clico na primeira e o vídeo começa.

Na tela, aparece a mesma repórter de TV que tinha enfiado a oferta de entrevista com perfume Chanel por baixo da minha porta. A expressão dela é afável – uma máscara de imparcialidade. Apenas os olhos a traem. Estão negros e vorazes. Olhos de tubarão.

Uma jovem mulher está sentada de costas para a câmera, quase fora do enquadramento. Só é possível ver sua silhueta. Trata-se de uma garota pela metade e borrada a ponto de ser irreconhecível.

– Lembra-se do que aconteceu com você naquela noite, Samantha? – pergunta a repórter.

– Claro, lembro, sim.

Aquela voz. Não soa como a Sam que conheço. A voz da Sam Entrevistada não é tão clara, a dicção é menos precisa.

– Você pensa naquilo com frequência?

– Muito – responde a Sam Entrevistada. – Penso nele o tempo todo.

– Você está se referindo a Calvin Whitmer, certo? Ao Homem do Saco?

A tela dá uma escurecida quando Sam Entrevistada faz que sim com a cabeça e responde:

– Eu ainda o vejo, sabe? Quando fecho os olhos. Ele tinha feito buracos para os olhos no saco. E um cortezinho bem em cima do nariz para respirar. Nunca vou me esquecer do jeito como balançava quando respirava. Ele tinha amarrado uma cordinha ao redor do pescoço pra manter o saco no lugar.

Ela roubou essa fala também. E a disse para mim como se fosse a primeira vez.

Volto ao início do vídeo, sinto-me levemente tonta quando a Srta. Chanel N.º 5 crava seus olhos de tubarão na Sam Entrevistada.

– Lembra-se do que aconteceu com você naquela noite, Samantha?

Pisco, sentindo um repentino cansaço nos olhos.

– Claro, lembro, sim.

As vozes no computador tornam-se vagas.

– Você pensa naquilo com frequência?

Um torpor rasteja para dentro do meu corpo. Primeiro pelas mãos, depois sobe pelos braços como uma fileira de formigas-de-fogo.

– Muito. Penso nele o tempo todo.

A tela do laptop fica embaçada, o rosto da entrevistadora de repente sai do foco. Quando desvio o olhar, vejo que a cozinha inteira se transformou numa listra borrada de cores. Olho para o refrigerante de uva, que adquiriu um brilho neon roxo. Minhas mãos estão bambas demais para levantar a garrafa, então bato nela com o cotovelo e o resto do líquido se agita, levantando borbulhas de gás. Boiando no fundo há pedacinhos esfarelados de Xanax que brilham azuis.

Uma voz se eleva atrás de mim:

– Sabia que você ia estar com sede.

Giro meu corpo para trás e a vejo na cozinha, seca e vestida. O chuveiro continua aberto ao longe, tão abafado quanto a voz da Sam Entrevistada que sai do laptop. Era uma isca. Uma armadilha.

– O qu...

Não consigo falar. Minha língua inchou e parece um peixe estabanado na boca.

– *Shhhh* – diz Sam.

Ela se transformou em um borrão sombrio, assim como sua contraparte, que ainda está falando no laptop. Sam Entrevistada ganha vida. Só que ela não é Sam. Nem os comprimidos fazendo estragos no meu sistema nervoso conseguem suprimir isso. É um momento de claridade. O último que terei por Deus sabe quanto tempo. Talvez para sempre.

– Tina – digo, com a língua gorda ainda estabanada. – Tina Stone.

Ela se aproxima de mim. Reajo levando a mão na direção do bloco de madeira que serve de suporte para facas na bancada, meu braço move-se em câmera lenta. Agarro a maior delas. Na minha mão, ela pesa cinquenta quilos.

Avanço cambaleando, as pernas são inúteis, os pés parecem pedras pesadas. Consigo dar um golpe antes de a faca cair dos meus dedos moles como macarrão cozido. A cozinha se inclina, mas sei que sou eu que está tombando, caindo de lado, e tudo se transforma em um borrão repugnante quando meu crânio explode no chão.

CHALÉ PINE

UM ANO DEPOIS DO MASSACRE

Tina estava entre as últimas pessoas a irem embora. Ela sentou-se em sua cama que rangia muito e ficou olhando com a expressão vazia para a outra cama do lado contrário do quarto, muito recentemente ocupada por uma piromaníaca de cabelo oleoso chamada Heather. Haviam tirado a roupa de cama dela e deixado apenas o colchão cheio de caroços com uma mancha ovalada de urina. Na parede ao lado dela, não muito bem escondidos debaixo de uma mão de tinta, estavam os palavrões rabiscados com batom pela predecessora de Heather, May. Quando transferida, ela deixou de herança para Tina seu estoque de batons.

No total, Tina tinha passado mais de três anos naquele quarto. O maior tempo que já havia passado em qualquer lugar. Não por escolha própria. O estado decidiu por ela. Mas era hora de ir embora. A enfermeira Hattie gritou do corredor com seu sotaque caipira estridente:

– Hora de fechar, minha gente! Todo mundo pra fora!

Tina suspendeu a mochila apoiada na cama. Ela tinha sido de Joe. Seus pais a deixaram para trás quando recolheram os pertences do quarto dele depois que ele foi morto. Agora a bolsa era de Tina, e tudo o que ela possuía estava ali dentro, o que não era muito. A leveza dela a deixou perplexa.

Ao sair do quarto, Tina não olhou para trás. Ela havia se mudado vezes suficientes para saber que ficar olhando demoradamente para um lugar pela última vez não tornava a partida mais fácil. Mesmo que você estivesse morrendo de vontade de ir embora do lugar desde o momento em que chegou.

No corredor, Tina assumiu seu posto junto aos outros retardatários, que se enfileiravam para a última contagem. Em vez de conferir se todos estavam lá, os auxiliares certificavam-se de que ninguém estava ficando para trás. Ao meio-dia, as portas do Blackthorn se fechariam para sempre.

A maioria dos pacientes do Blackthorn ainda eram loucos demais para serem soltos no mundo. Eles já haviam sido transferidos para outras instituições e Heather estava entre eles. Tina era uma das poucas consideradas mentalmente aptas a serem libertadas. Ela havia cumprido sua pena. Agora estava livre para ir embora.

Depois da contagem, ela e os outros foram conduzidos lentamente pela grande e ventilada sala de recreação, de onde já estavam retirando os móveis. Tina viu que a TV havia sido desparafusada da parede e que a maioria das cadeiras tinha sido empilhada em um canto. Porém a mesa dela ainda estava lá. A mesa ao lado da janela gradeada, onde ela e Joe ficavam observando a mata do outro lado do gramado raquítico do Blackthorn, nomeando todos os lugares a que iriam depois que saíssem.

Tina se permitiu olhar para ela pela última vez, mas arrependeu-se instantaneamente, pois isso a fez lembrar-se de Joe. Ela tinha recebido ordens para não pensar nele. Mesmo assim, ela pensava. O tempo todo. Ir embora não mudaria isso.

Também tinha recebido ordens para não pensar naquela noite. Nas coisas terríveis que aconteceram. Em todos aqueles garotos mortos. Mas como conseguiria não pensar? Essa era justamente a razão pela qual o local estava sendo fechado. O exato motivo pelo qual ela e os outros estavam indo embora.

Alguns assistentes foram observá-los sair. Matt Cromley estava lá, aquele escroto de cabelo com permanente. Tinha enfiado a mão na calça de Tina tantas vezes que ela havia perdido a conta. Encarou-o com raiva ao passar. Ele deu uma piscadinha e lambeu os lábios. Estacionada do lado de fora havia uma van que os levaria à rodoviária. Depois disso, ninguém dava a mínima para onde iriam, desde que não ficassem ali.

Quando Tina entrou, a enfermeira Hattie entregou a ela um envelope grande. Dentro dele, havia o nome de uma agência de serviços sociais que a ajudaria a achar emprego, os registros médicos dela, todas as receitas de que precisaria e dinheiro que Tina sabia que duraria miseráveis duas semanas.

A enfermeira Hattie pôs uma das mãos no ombro dela e sorriu:

– Tenha uma ótima vida, Tina. Felicidades pra você.

CHALÉ PINE

DOIS ANOS DEPOIS DO MASSACRE

Não havia ninguém em casa. Tina continuava a dizer isso para si mesma enquanto batia uma vez mais na porta descorada pelo sol. Não havia ninguém em casa e ela devia ir embora.

Mas não podia ir embora. Tinha apenas mais um dólar. Tina tentou seguir adiante com sua vida, e durante um tempo conseguiu fazer isso. Graças àquela simpática senhora do serviço social, ela conseguiu um emprego, ainda que fosse empacotando compras em um supermercado chinfrim, e um lugar para morar em uma pensão para pessoas como ela. Porém, várias violações às regras de vigilância sanitária fecharam o estabelecimento, de modo que ela não pôde mais pagar a pensão. O que recebia de seguro-desemprego mal cobria as despesas com comida e passagem de ônibus.

Por isso, ela estava em Hazleton, batendo na porta de uma casa geminada que não via há quatro anos, rezando para que ninguém atendesse. Quando uma pessoa abriu a porta, quase saiu correndo. Preferia morrer de fome a ficar ali. Mas obrigou as pernas a ficarem sobre aquele tapete gasto de boas-vindas.

A mulher que abriu a porta estava mais gorda do que da última vez que Tina a vira. Sua bunda era tão grande quanto uma poltrona de dois lugares. Estava carregando um bebê na cintura – um merdinha de rosto vermelho e fralda frouxa que não parava de se contorcer e chorar. Tina deu uma olhada para ele e sentiu um aperto no coração. Outro filho. Pobre criaturinha condenada.

– Oi, mamãe – disse Tina. – Estou em casa.

A mãe olhou para Tina como se fosse uma estranha. Ela sugou as bochechas gordas e franziu os lábios.

– Esta casa não é sua, não – a mulher respondeu. – Acho que você confundiu.

O coração de Tina parou, ainda que fosse exatamente isso que ela esperava. A mãe jamais acreditou que Earl tinha feito aquilo com ela. As apalpadas, as carícias e as investidas sorrateiras debaixo de suas cobertas às três da manhã. *Shh*, fazia ele, com um bafo fedorento de cerveja. *Não conte pra mamãe.*

– Por favor, mamãe – implorou Tina. – Preciso de ajuda.

O neném alvoroçou-se ainda mais. Tina se perguntou se tinham contado ao bebê sobre a existência da meia-irmã. Ela se perguntou se em algum momento sequer haviam mencionado a existência dela.

Da sala, a voz de um homem cortou o choro. Tina não tinha a menor ideia de quem ele era.

– Quem está aí? – perguntou ele.

A mãe de Tina a encarou e respondeu:

– Ninguém importante.

CHALÉ PINE

TRÊS ANOS DEPOIS DO MASSACRE

O bar estava lotado para uma terça-feira à noite. Todos os bancos do balcão estavam ocupados. As mesas também. Nada como cerveja a dois dólares para atrair os quase alcoólatras funcionais. A multidão mantinha Tina ocupadíssima durante seu turno inteiro, pois não paravam de chegar para ela montanhas de canecos vazios e pratos besuntados de ketchup. Ela lavava tudo e suas mãos permaneciam submersas na água por tanto tempo que os dedos ficavam enrugados e esbranquiçados.

Quando o turno de Tina terminou, ela arrancou a redinha de cabelo, tirou o avental e os enfiou no cesto de roupa suja ao lado da porta dos fundos na cozinha. Em seguida, foi para o bar, pediu a bebida gratuita a que tinham direito os funcionários e que supostamente servia para compensar o salário miserável que o dono mesquinho pagava.

Lyle estava atendendo o bar naquela noite. Tina gostava mais dele do que dos outros. Ele tinha antebraços grossos e peludos, um bigode com as pontas viradas para cima e seus dentes sobrepostos eram bem sexy. Ele lhe serviu uma bebida sem sequer perguntar o que ela queria.

– E um Wild Turkey pra Srta. Tina – disse, servindo também um para si.

Brindaram e os copos retiniram.

– Saúde – disse Tina antes de mandar o uísque para dentro com uma única talagada.

Ela pediu mais um. Lyle deu a bebida de graça, ainda que Tina tivesse lhe dito que possuía dinheiro para pagar. Este ela tomou aos golinhos, sentou-se na ponta do bar e ficou observando as pessoas. O aglomerado de gente era um borrão indefinível – uma exposição intercambiável de cabelos compridos, barrigas de cerveja e rostos com manchas vermelhas causadas pelo álcool. Tina reconhecia vagamente a maioria. De repente, ela viu alguém que realmente conhecia.

Ele estava enfiado atrás de uma mesa nos fundos agarrando uma ruiva que nitidamente não queria que ele fizesse aquilo. Já haviam se passado alguns anos, mas a aparência dele era exatamente a mesma. Nem mesmo seu risível permanente masculino tinha mudado. Matt Cromley.

O assistente que ficava metendo a mão nela, em Heather e só Deus sabe em quantas outras mulheres mais em Blackthorn. Vê-lo depois de todos aqueles anos destrancou a caixa na mente de Tina em que as lembranças ruins estavam armazenadas. Isso a fez lembrar de todas as vezes em que ele a puxou para aquele minúsculo depósito de material de limpeza e mergulhou a mão dentro da calça dela enquanto falava entredentes: *Você não vai contar pra ninguém, está ouvindo? Posso fazer as coisas ficarem ruins pra você, sabe disso. Muito ruins.*

A única pessoa para quem contou foi Joe. Aquilo o deixou tão bravo que ele se ofereceu para esfaquear o asqueroso, ou seja, queria tomar a mesma atitude que o tinha levado para Blackthorn. Um bosta da faculdade não parava de agredi-lo. Joe revidou e enfiou uma faca na lateral do corpo dele.

Tina recusou a oferta. Mas ao vê-lo ali no bar, desejou ter aceitado. Escrotos como Matt Cromley não deveriam ficar impunes.

Foi por isso que Tina virou a bebida. Ela entrou sorrateiramente na cozinha para pegar alguns materiais. Em seguida, aproximou-se da mesa dele, deu um sorriso de sereia e disse:

– Oi, estranho.

Dez minutos depois, estavam de pé em um canteiro cheio de ervas daninhas atrás do bar e uma das mãos de Matt já serpenteava para dentro da calça jeans de Tina, enquanto a outra esfregava furiosamente aquele pinto minúsculo.

– Você gosta disso, né? – grunhiu ele. – Gosta do jeitinho que o Matty Boy faz você se sentir.

Tina fez que sim com um gesto de cabeça, apesar de o toque dele lhe dar vontade de vomitar. Mas ela suportou. Sabia que não duraria muito.

– Em quantas meninas você fez isso? – perguntou ela. – Lá no Blackthorn?

– Sei lá – disse ele com a voz áspera no ouvido dela, praticamente arquejando. – Dez, onze, doze.

O corpo de Tina enrijeceu.

– Isto é por elas.

Ela deu uma cotovelada na barriga dele, o que o fez se curvar e afastar, levando consigo a mão fria e viscosa. Em seguida, firmou o corpo e o esmurrou. Várias vezes. Socos rápidos bem no nariz. Ele não demorou a cair de joelhos, segurando o nariz com as mãos para tentar estancar o sangue que jorrava.

Tina o chutou. Na barriga. Nas costelas. Na virilha.

Assim que ele ficou de costas rolando de dor, Tina enfiou um pano imundo da cozinha na boca dele. Arrancou a calça jeans e a cueca. Rasgou a camisa e as costuras dela até que não sobrasse nada além de trapos dependurados em seus ombros. Depois amarrou uma corda que tinha achado debaixo da pia da cozinha ao redor dos pulsos e tornozelos de Matt. Assim que o deixou bem imobilizado, Tina sacou o pincel atômico preto que tinha pegado no quadro-branco em que anotavam as promoções de bebida do dia. Ela destampou o pincel atômico com os dentes e garranchou três palavras no torso nu de Matt Cromley. MOLESTADOR. PERVERTIDO. ESCÓRIA.

E foi embora levando as roupas dele.

CHALÉ PINE

NOVE ANOS DEPOIS DO MASSACRE

Era outubro, o que significava que ela estava pensando em Joe. Isso sempre acontecia quando o outono se aproximava. Mesmo nove anos depois, aquele frio penetrante no ar levava sua mente até ele, com seu suéter cor de areia, escapulindo pelo corredor. *Espere por mim!* ela havia sussurrado freneticamente à porta dos fundos, tentando comunicar-se com ele.

Todo ano, ela achava que seria diferente, que as lembranças desbotariam. Mas agora, contudo, suspeitava que elas eram uma parte permanente de si. Assim como a tatuagem em seu pulso. Durante a pausa no trabalho para fumar atrás da lanchonete, Tina esfregava o polegar na tatuagem do pulso, sentindo a escura maciez das letras.

SOBREVIVENTE

Ela a tinha feito seis anos atrás. Muito antes de ter ido para Bangor, no norte do país. Tatuou o pulso em um surto de inspiração depois de ter escrito no corpo rosado e gorducho de Matt Cromley. Não se arrependia disso nem um pouco. Ela se sentiu fortalecida, ainda que depois ela tenha ficado preocupada com a possibilidade de alguns fregueses se sentirem contrariados com aquilo e passarem a lhe dar menos gorjeta. Mas, em vez disso, muitos passaram a dar mais. Pessoas que davam gorjeta por pena. Graças a elas, conseguiu comprar um carro. Não passava de um Ford Escort velho, mas ela não se importava. Rodas eram rodas.

Dentro da lanchonete, começavam a pingar as primeiras pessoas que a encheriam no almoço. Tina reconhecia a maioria dos fregueses. Trabalhava ali há tempo suficiente para saber quem eram e o que queriam. Somente um freguês era estranho – um garoto gótico drapejado de preto. A maneira como ele a encarava deixou Tina desconcertada. Quando foi atendê-lo, perguntou:

– Eu te conheço?

O garoto levantou o olhar para ela.

– Não, mas eu te conheço.

– Acho que não.

– Você é aquela moça – ele disse, com os olhos cravados na tatuagem. – A moça que quase foi assassinada no hotel muitos anos atrás.

Tina fez uma bola de chiclete e falou:

– Não sei do que você está falando.

– Seu segredo está guardado comigo – sussurrou o garoto. – Não vou contar a ninguém que você é Samantha Boyd.

Quando seu turno terminou, Tina foi direto à biblioteca e se dirigiu à bancada de computadores antigos. Sentada em meio a idosos desprovidos de internet, pesquisou no Google o nome de Samantha Boyd. Elas não se pareciam tanto a ponto de serem confundidas como gêmeas. Tina era um pouco mais magra do que Samantha, e os olhos não eram tão iguais assim. Mas a semelhança estava lá. Poderia ser até maior se Tina deixasse o cabelo tão escuro quanto o do garoto gótico.

Ela pensou em Joe novamente. Não conseguia evitar. Uma busca com o nome dele mostrou a mesma foto impressa em todos os lugares depois dos assassinatos no Chalé Pine. E sempre que aparecia uma foto de Joe, ele estava acompanhado daquela garota.

Quincy Carpenter. A sobrevivente.

Tina olhou fixamente para a foto de Quincy. Em seguida, para a de Joe. Depois, novamente para a de Samantha Boyd, seu clone perdido de cabelo escuro.

No fundo de seu cérebro, um clique. Um plano.

CHALÉ PINE

NOVE ANOS E ONZE MESES DEPOIS DO MASSACRE

Tina tirou a mochila do porta-malas do Escort, convencendo-se de que conseguiria executar aquilo. Tinha planejado tudo durante quase um ano. Feito o dever de casa. Memorizado as falas. Estava pronta.

Com a mochila pendurada no ombro, Tina caminhou com determinação pela viela de lajota e tocou a campainha. Quando uma loura de olhos gentis atendeu a porta, Tina soube exatamente para quem estava olhando.

– Lisa Milner? Sou eu, Samantha.

– Samantha Boyd? – interrogou Lisa, com a voz grave de tão espantada.

Tina confirmou com um gesto de cabeça e disse:

– Prefiro Sam.

38.

Estou acordada, porém meus olhos ainda não sabem disso. As pálpebras se recusam a levantar, independentemente do quanto eu contorça o rosto. Tento suspender as mãos para abrir as pálpebras à força com o dedo. Não consigo. Minhas mãos parecem de chumbo em cima do colo.

– Sei que pode me ouvir – ouço a voz de Tina. – Consegue falar?

– Sim – a palavra não pode sequer ser considerada um sussurro. – O que...

É só o que consigo pronunciar. Meus pensamentos estão igualmente fracos. São lesmas arando um campo de lama.

– Vai passar – diz Tina.

Isso já está acontecendo. Um pouco. Os sentidos rastejam de volta para o meu corpo. O suficiente para que eu saiba que estou sentada, que há algo amarrado diagonalmente no meu peito. Um cinto de segurança. Estou em um carro.

Tina está sentada à minha esquerda. Sinto sua presença. Ouço o barulho das mãos dela no couro do volante, ainda que o carro esteja parado e o motor, silencioso. Está estacionado. Tento me mover, me contorcendo contra o cinto de segurança.

– Por quê...

– Relaxa – diz Tina. – Guarde suas forças. Vai precisar delas em breve.

Continuo a me debater no banco. Estendo o braço na direção da maçaneta. Meus dedos pesados rasgam no ar.

– Você podia ter facilitado tudo, Quincy. Acredite em mim, eu queria que fosse fácil. Que durasse um dia. Dois, no máximo. Eu apareço lá, me passo por uma pessoa legal, depois faço você me contar tudo o que lembra do Chalé Pine. Era coisa rápida.

Meus dedos finalmente agarram a maçaneta. Não sei como sou capaz de puxá-la. A porta abre e uma brisa de outubro com cheiro de mato golpeia meu rosto. Curvo-me na direção dela e tenho de rolar o corpo para sair, mas o cinto de segurança me impede. Minha mente enevoada se esqueceu dele. Não que isso importe. Mesmo que estivesse livre tanto do cinto quanto do carro, não havia chance de fugir. Não quando meu corpo parece feito de mármore.

– Ei, espera aí – exclama Tina, puxando-me de volta para o banco. Quando ela estende o braço sobre o meu colo para fechar a porta, eu o espanco, os murros são tão fracos que mais parecem carícias.

– Isto não precisa ser difícil, querida. Só quero a verdade. O que você se lembra do Chalé Pine.

– Nada – respondo, com a língua melhorando. Sou capaz até mesmo de pronunciar uma frase inteira. – Não me lembro de nada.

– Você continua falando isso. Mas eu não consigo acreditar em você. Lisa se lembrava de tudo. Estava no livro dela. Sam também. Ela contou tudo àquela entrevistadora.

Minha mente continua a voltar ao normal. O mesmo acontece com a boca.

– Há quanto tempo você finge que é ela?

– Não muito. Um mês, mais ou menos. Só quando me dei conta de que poderia me safar.

– Por quê?

– Porque eu precisava descobrir o quanto *você* sabia, Quinn – responde ela. – Depois de todo esse tempo, eu tinha que saber. Mas precisava de ajuda. E como eu sabia que você e Lisa iam me ignorar que nem uma merda de um chuchu na janta, fingi ser a Sam. Eu sabia que era arriscado e que podia não funcionar. Mas também sabia que ia chamar a atenção de vocês. Especialmente a da Lisa. Ela fez tudo que pôde pra me ajudar a descobrir mais coisas sobre o Chalé Pine. Eu falei pra ela que isso seria bom pra você. Disse que fazer você se lembrar te ajudaria no processo de cura. Ela comprou a história por alguns dias antes de começar a desconfiar.

– Mas você continuou – afirmo. – Ligou pra minha mãe.

Tina não parece surpresa por eu saber disso e revela:

– Liguei, depois que percebi que Lisa não ia me ajudar mais. Aí ela me expulsou da casa dela.

– Porque ela descobriu quem você é de verdade – continuo, recuperando as forças com toda essa conversa. A energia agita-se no meu corpo. Minhas mãos estão mais leves. Assim como minhas pernas. Consigo falar espontaneamente.

– Ela achou minha carteira de motorista. Investigou.

– Foi por isso que você a matou?

Tina dá um murro tão forte no volante que o carro inteiro treme:

– Eu não matei a Lisa, Quincy! Eu gostava dela, pelo amor de Deus. Eu me senti um lixo quando ela descobriu a verdade.

– Mas você foi atrás de mim mesmo assim.

– Quase não fui. Não parecia a melhor das ideias – uma risada irrompe dela, inadequada e carregada de ironia. – E não é que eu estava certa?!

– O que você está querendo?

– Informação.

– Sobre o quê?

– Joe Hannen – respondeu Tina.

O nome é como um relâmpago que me desperta de vez. Abro os olhos na mesma hora e uma luz rosa alaranjada atinge minhas pestanas. Pôr do sol. Uma listra de luz moribunda corta o painel do carro de lado a lado e é refletida por algo que Tina havia colocado ali. Uma faca. A da cozinha.

– Vai em frente, tenta pegar – instiga Tina. – Te garanto que sou mais rápida.

Tiro os olhos da faca e miro pelo para-brisa acima dela, que tem manchas deixadas por folhas molhadas e riscos feitos pelo limpador de para-brisa. Através da sujeira, vejo árvores, uma estradinha de cascalho, uma cabana decrépita com janelas rachadas flanqueando uma porta salpicada de musgo.

– Não – digo, fechando os olhos com força novamente. – Não, não, não.

Continuo falando isso, na esperança de que muitas repetições farão com que aquilo não seja verdade. Que não passe de um pesadelo do qual acordarei em breve. Mas não é um pesadelo. É real. Sei disso no momento em que reabro os olhos.

Tina me trouxe de volta para o Chalé Pine.

39.

O tempo não foi gentil com o lugar, que sucumbe sob o peso da decadência e da negligência. Parece menos uma construção do que algo asqueroso que emergiu do solo da floresta. Um fungo. Um veneno. Folhas envolvem de seixos a chaminé, que se ergue toda rachada como um dente podre. O exterior da cabana, acinzentado pelo desgaste provocado pelo tempo, está carcomido por musgo e plantas moribundas que brotam dos nós da madeira. Apesar de a placa ainda estar pendurada sobre a porta, um dos pregos foi corroído pela ferrugem, deixando as palavras tombadas de lado.

– Não vou entrar lá! – a histeria colore todas as minhas palavras, que saem em gritos cheios de pânico. – Você não pode me fazer entrar lá!

– Não precisa – diz Tina, muito mais calma do que eu. – É só me contar a verdade.

– Já contei o que sei!

Ela se vira para mim com o cotovelo apoiado no volante e fala:

– Quinn, ninguém acredita que você não consegue se lembrar de nada. Eu li a transcrição. Aqueles policiais acham que você está mentindo.

– Coop acredita em mim – contesto.

– Só porque ele queria te comer.

– Por favor, acredita em mim quando digo que não me lembro de nada – imploro. – Juro por Deus, não lembro.

Tina abana a cabeça e suspira. Abrindo a porta, ela fala:

– Então acho que a gente vai entrar.

Meu corpo começa a vibrar. A adrenalina engrossa meu sangue. Vejo a faca no painel e me arremeto na direção dela. Tina faz o mesmo e a tira do alcance da minha mão elástica. Tina está certa, ela *é* mais rápida.

Tento as chaves em seguida, minha intenção é pegar o chaveiro. Novamente, Tina me supera. Arrancando as chaves da ignição, ela sai, levando-as juntamente com a faca.

– Volto em um segundo – ela avisa. – Nem tente correr. Não vai chegar muito longe.

Ela caminha na direção da cabana e me deixa sozinha no carro, lutando para pensar em um plano. Aperto o polegar na fivela ao meu quadril e o cinto de segurança se solta. Começo a procurar meu telefone nos bolsos.

Não está comigo. Tina o pegou. Mas tenho outro.

Lembrar dele gera um turbilhão no meu cérebro transtornado pela droga. Enfio a mão na camisa, fico tateando com os dedos em busca do telefone roubado ainda preso na alça do sutiã.

Pelo para-brisa, observo Tina à porta da cabana, de pé bem embaixo da placa torta em que está escrito Chalé Pine, sacudindo a maçaneta na tentativa de abrir a porta. Como isso não funciona, ela joga o corpo de lado contra ela. Ligo o telefone sem nem conseguir respirar de tanta ansiedade. Está no vermelho. Também quase não há sinal. Uma única barra aparece e desaparece em intervalos rápidos. Calculo que há bateria e sinal para uma ligação.

Assim espero. Mas ligar para a polícia não é uma opção. Tina me escutará falar. Ela poderá tomar o telefone de mim. Ou fazer coisa pior. Não posso correr esse risco, ainda que suspeite que não tenho como escapar da pior parte, a que ainda está por vir.

Resta-me mandar uma mensagem. O que quer dizer que me resta apenas Coop. Por não estar usando meu telefone, sei que ele não reconhecerá o número. Isso pode ser bom para mim, levando em consideração o que aconteceu ontem à noite.

Olho para a cabana de novo e vejo Tina ainda se jogando contra a porta. Esta é a minha única chance. Mando uma mensagem para Coop, buscando o número dele em minha memória nebulosa, digitando com dedos trêmulos no telefone moribundo.

é quinn sam tá me mantendo refém no chalé pine me ajuda

O telefone bipa quando aperto "Enviar", confirmando que a mensagem está a caminho. Então a tela do telefone fica preta na minha mão. A bateria finalmente morreu. Enfio-o no bolso.

Na cabana, Tina consegue arrombar a porta. Ela se abre e a entrada transforma-se em uma boca escura pronta para me engolir inteira. O farol do carro aponta diretamente para ela, os feixes recortam o rápido anoitecer até o fundo da cabana, onde um pedaço do chão empoeirado é iluminado.

Aquele vislumbre do interior da cabana triplica o pavor que se apoderou dos meus pulmões. Tenho a sensação de que cacos de vidro perfuram o tecido esponjoso, cortando o fluxo do ar. Quando Tina marcha de volta para o carro, não tenho outra opção a não ser correr. Porém, não consigo.

Levantar é muito diferente de ficar sentada. Agora que estou fora do carro e em pé, as drogas assumem o controle novamente e me desequilibram. Cambaleio de lado, me preparando para a inevitável queda. Mas Tina está próxima e me segura. A faca voa até meu pescoço e fica pairando ali com a lâmina esfolando minha pele.

– Desculpe, querida. Não tem como você escapar disto.

Tina me arrasta na direção da cabana e me debato tentando me soltar. Cravo os calcanhares no cascalho, o que não contribui em nada para impedir nosso movimento, e duas trilhas gêmeas de resistência são o único resultado do meu esforço. Um dos meus braços está preso debaixo de um dos dela. O que segura a faca, que não vejo, mas, sem dúvida, sinto. Meu queixo bate no cabo todas as vezes que grito. O que faço o tempo todo.

Quando não estou gritando, tento convencer Tina a não fazer o que quer que esteja planejando.

– Você não pode fazer isso – digo, bufando as palavras com cuspe voando da minha boca. – Você é como eu. Uma sobrevivente.

Tina não responde. Ela continua a me arrastar para a porta da cabana, agora a apenas dez metros.

– O seu padrasto abusava de você, não abusava? Foi por isso que você o matou?

– É mais ou menos isso – responde Tina.

Ela diminui um pouco a força com que me segura. Um fiapo apenas. O suficiente para que eu saiba que estou conseguindo afetá-la.

– Eles te mandaram para o Blackthorn – continuo. – Mesmo você não sendo louca. Você estava se protegendo. Dele. E é isso que vem tentando fazer desde então. Proteger mulheres. Machuca os homens que tentam machucá-las.

– Para de falar – ordena Tina.

Não paro. Não posso.

– E em Blackthorn, você O encontrou.

Não estou mais falando sobre Earl Potash. Tina sabe disso, pois fala:

– *Ele* tem nome, Quincy.
– Vocês eram próximos? Ele era seu namorado?
– Ele era meu amigo. O único amigo que tive, porra! Na vida.
Ela para nosso avanço tumultuoso na direção da cabana, me segura com mais força e pressiona o gume da faca na carne logo abaixo de meu queixo. Tenho vontade de engolir, mas não posso, por medo de que isso faça a lâmina romper a pele.
– Fala o nome dele – ela ordena. – Você tem que falar, Quincy!
– Não consigo. Por favor, não me obrigue a fazer isso.
– Você consegue. E vai falar.
– Por favor – as palavras saem sufocadas, praticamente inaudíveis. – Por favor, não.
– Fala a porra do nome dele!
Engulo contra a minha vontade. Um movimento que força meu pescoço para a frente sobre a lâmina da faca. Ela ferroa como queimadura. Quente e pulsante. Lágrimas escorrem dos meus olhos.
– Joe Hannen.
Uma ânsia de vômito sai trepada nas palavras golfadas pela minha boca. Tina mantém a faca onde está enquanto regurgito o conteúdo do meu estômago. Café, refrigerante de uva e fragmentos dos comprimidos que ainda não rastejaram como vermes para dentro do meu corpo.
Quando termino, não me sinto nem um pouco melhor. Não quando ainda tem uma faca no meu pescoço. Não a meros cinco metros do Chalé Pine. Ainda estou nauseada, ainda tonta. Mas acima de tudo, estou esgotada, meu corpo enfraquecido a ponto de paralisar.
Tina volta a me empurrar para a cabana e não ofereço resistência. Não resta mais força em mim. Só consigo chorar e fios de vômito pingam do meu queixo.
– Por quê? – pergunto.
Mas já sei por quê. Ela estava aqui naquela noite. Com Ele. Ela O ajudou a matar Janelle e todos os outros. Assim como ela O tinha ajudado a matar aqueles jovens acampados na mata. Assim como ela depois matou Lisa, apesar de alegar o contrário.
– Porque preciso saber o quanto você lembra – responde Tina.
– Mas *por quê*?
Porque isso vai ajudá-la a decidir se eu também tenho que morrer. Como Lisa.

Estamos à porta agora, aquela boca insidiosa. Um frio sussurra bem fundo dentro de mim, débil e febril. Começo a gritar. Berros de pânico que irrompem da garganta coberta de bile.

– Não! Por favor, não!

Agarro o umbral com a mão livre, cravo as unhas na madeira. Tina dá um puxão e a madeira a que me agarro estala ao quebrar. Solto a lasca e continuo a gritar.

O Chalé Pine me deu as boas-vindas.

40.

Fico em silêncio assim que entro. Não quero que o Chalé Pine saiba que estou ali.

Tina me solta e dá um empurrão. Caio na sala e saio me arrastando pelo chão. É uma benção que o interior esteja escuro. As janelas encardidas bloqueiam a maior parte da luz que míngua lá fora. A porta aberta deixa entrar a claridade amarela do farol – um retângulo brilhante estendendo-se pelo chão. No centro dele está a sombra de Tina, com os braços cruzados, bloqueando minha fuga.

– Lembra de alguma coisa? – ela pergunta.

Olho ao redor, com a curiosidade misturando-se ao terror. Manchas de água escurecem as paredes. Ou talvez seja sangue. Tento não olhar para elas. Há mais manchas no teto, circulares. Sem dúvida eram estragos causados pela água. As vigas estão lotadas de ninhos e teias de aranha. Num canto há o que restou de um rato morto, um pedaço de couro ressecado.

O lugar tinha sido esvaziado, toda aquela mobília rústica foi levada embora e, espero, queimada. Isso faz o cômodo parecer maior, com exceção da lareira, que é menor do que eu me lembrava. Vê-la me traz à memória Craig e Rodney agachados diante dela – garotos tentando agir como homens, lidando de modo desajeitado com gravetos e fósforos.

Outras lembranças vêm a mim em vislumbres curtos e aterradores. Como se eu estivesse mudando de canais, parando por um segundo em cada um deles e capturando *flashes* de filmes que sei que já vi.

Vejo Janelle, dançando descalça no meio da sala, cantando junto com aquela música que nós duas adorávamos, até que todo mundo começou a odiá-la. Vejo Betz e Amy, fazendo o frango e batendo papo até começarem a dar gargalhadinhas. Vejo Ele. Encarando-me do outro lado da sala. Lentes sujas escondem seus olhos. Quase como se soubesse o que nós dois faríamos mais tarde.

– Não lembro – digo com a voz amplificada pela sala vazia.

Tina afasta-se da porta e me põe de pé com um safanão.

– Vamos dar uma volta.

Ela me puxa na direção da cozinha aberta, uma sombra do que havia sido. Tiraram o forno, e o espaço transformou-se em um quadrado vago cheio de folhas, sujeira e finos amontoados de poeira. Também se foram as portas dos armários. As prateleiras vazias estão emporcalhadas de cocô de rato. Mas a pia continua ali, com quatro buracos de ferrugem. Eu me agarro à beirada dela para me apoiar. Minhas pernas permanecem instáveis. Mal as sinto. É como se estivesse flutuando.

– Nada? – interroga Tina.

– Não.

Então vamos para o corredor, com Tina na frente apertando impiedosamente a carne da parte de cima do meu braço. Ela dá passos pesados. Eu flutuo. Nós duas paramos quando chegamos ao quarto com beliche. O quarto de Betz. Vazio, com exceção do trapo cinza embolado no chão no centro do cômodo. Não guardo memória alguma dele. Até hoje à noite, nunca havia colocado os pés ali dentro.

Como não digo nada, Tina me puxa para o quarto que eu supostamente dividiria com Janelle. Como na faculdade. Uma das duas camas ainda está ali, sem o colchão. Afastada da parede, não passava de uma armação sarapintada de ferrugem.

Este quarto me traz memórias. Penso em Janelle e em mim conversando sobre sexo enquanto experimentávamos os vestidos. Tudo teria sido diferente se eu não tivesse usado aquele vestido branco que Janelle havia me emprestado. Se tivesse insistido em passar a noite aqui e não no quarto no final do corredor. Tina dispara o olhar para mim e questiona:

– Alguma coisa?

– Não.

Eu tinha começado a chorar. Estar ali novamente, reviver as coisas. É demais para mim. Tina não perde tempo e me puxa para o quarto do outro lado do corredor.

O colchão-d'água se foi, é claro. Tudo se foi. A única coisa perceptível no quarto vazio é uma grande faixa escura de madeira apodrecida no chão. Ela se estende até a porta e passa por baixo dos nossos pés antes de atravessar o corredor até o último quarto. Meu quarto.

Hesito à porta, pois não quero entrar. Não quero ser lembrada do que fiz nele. Com Ele. E do que fiz depois. Marchando como uma louca em meio às árvores. Segurando com força aquela faca. Deixando-a lá assim que retomei a consciência. Praticamente colocando-a nas mãos Dele. A culpa é minha.

Ele e Tina podem tê-los matado, mas sou eu que mereço ser culpada.

E, ainda que tenha tido a chance, Ele não me matou. Certificou-se de que eu viveria, desferindo em mim aqueles ferimentos não letais que deixaram Cole e Freemont tão desconfiados. Fui poupada pelo que Ele tinha feito comigo. Pelo que eu O deixei fazer.

Ter feito sexo com Ele foi a única coisa que salvou a minha vida. Sei disso agora. Sempre soube disso. Tina nota algo no meu rosto. Um frêmito. Uma hesitação.

– Você lembrou de algo novo.

– Não.

É mentira. *Há* algo novo. Uma fatia de lembrança que nunca havia me ocorrido. Estou neste quarto. No chão.

A água passa por baixo da porta fechada, escorre na minha direção e depois me rodeia. Ela encharca meu cabelo, meus ombros, meu corpo inteiro, que convulsiona de dor e terror. Alguém está sentado ao meu lado. Lágrimas intrometem-se em sua respiração irregular.

Você vai ficar bem. Nós dois vamos ficar bem.

Ouvimos, do outro lado da porta, um som terrível de passos na água. Bem ali fora. Mais memórias. Breves retalhos. Batida na porta. Ruído na maçaneta. Uma pancada. O barulhão de quando a porta abre rangendo e explode na parede. O *flash* do luar na faca, que brilha vermelha.

Grito. Na época. Agora. Os dois gritos colidem a ponto de eu não saber qual é o do presente e qual é o do passado. Quando alguém me agarra, começo a berrar e espernear, lutando para me soltar, sem saber quem é, nem quando é, nem o que está acontecendo comigo.

– Quincy – é a voz de Tina, cortando meu transtorno. – Quincy, o que está acontecendo?

Levanto o olhar para ela, firme no presente. A faca continua em sua mão, um lembrete de que não posso desapontá-la.

– Estou começando a me lembrar.

41.

Detalhes. Finalmente. Minha memória está perambulando entre os estados de consciência e inconsciência, meus olhos abrem e fecham. Como se estivesse enclausurada em um quarto e alguém não parasse de acender e apagar a luz. Rolei e fiquei deitada de costas, na esperança de que isso faria as facadas no meu ombro doerem menos. Não funcionou.

Piscando contra as estrelas que rodopiam no céu, escuto os outros no deque, berrando e brigando para entrar.

E a Quinn? Deve ser Amy, com a voz plangente. *Cadê ela?*

Está morta.

Conheço essa voz. Com certeza é do Craig.

Escuto a porta dos fundos bater com força. O clique da tranca.

Tenho vontade de olhar, mas não consigo. A dor lancina meu ombro quando tento virar a cabeça. Dói tanto. Como se eu estivesse em chamas. E o sangue. Tanto sangue. Ele é bombeado para fora no ritmo da batida do meu coração em pânico.

Ele ainda está atravessando a grama encrostada de geada, que crepita sob seus pés. Quando Ele chega ao deque, o crepitar da grama se transforma em rangidos de madeira. Dentro do Chalé Pine, alguém grita à janela e o som emudece ao ricochetear no vidro.

Então a janela é estilhaçada. Escuto outro clique, o rangido da porta, gritos de várias pessoas correndo para o lado contrário da cabana. Eles vão desfalecendo até sobrar um grito apenas. Amy novamente. Ela está gritando e gritando logo depois da porta que acabou de ser aberta. Então um de seus gritos é interrompido. E é seguido por um gorgolejo doentio.

Amy está em silêncio. Solto um gemido e fecho os olhos. A luz é apagada novamente.

Sou acordada por mãos que me puxam pelos braços, colocando-me de pé. O movimento reacende a dor que queima meu ombro. Dou um berro e na mesma hora alguém faz sinal para que eu fique calada.

Silêncio, sussurra a pessoa.

Abro os olhos e vejo Betz de um lado e Rodney do outro. As mãos dela estão manchadas de sangue e deixam digitais vermelhas em todos os lugares em que encosta. Estou coberta por elas. Rodney também está ensanguentado, há manchas em seu rosto e nos ombros. Ele tem um torniquete amarrado no antebraço encharcado de sangue.

Anda, Quinn, sussurra ele. *Vamos sair daqui.*

Eles jogam meus braços sobre os ombros, sem se importarem com a dor que sinto e que me dá muita vontade de gritar. Engulo o som e o sufoco lá no fundo.

Quando estamos saindo, vislumbro Janelle, deitada exatamente onde eu a havia deixado. Está de lado, com a cabeça tombada e os olhos arregalados. Um de seus braços está esticado diante do corpo, em cima da grama empapada de sangue, como se ela estivesse me implorando para ficar.

Vamos embora sem ela, nós três atravessamos na direção da cabana. Betz e Rodney fazem todo o trabalho. Eu simplesmente me deixo carregar, fraca por causa da perda de sangue, delirando de dor. Estou tão impotente que Rodney é forçado a me carregar pela escada do deque. Os dois sussurram por cima de mim quando sou colocada no chão novamente.

Ele está aí?

Não estou vendo.

Pra onde ele foi?

Não sei.

Eles ficam em silêncio, escutando. Presto atenção também, mas ouço apenas os barulhos da noite – os últimos grilos da estação, galhos nus estalando, o sussurro fantasmagórico de folhas caindo. Todo o resto é silêncio.

Então eles começam a se movimentar novamente, agora mais depressa, pisando sobre o monte de vidro perto da porta antes de se apressarem cabana adentro. Amy está logo depois da porta, escorada na parede como uma boneca abandonada. Ela inclusive lembra uma boneca. Os olhos tão vazios quanto botões de plástico e os braços largados ao lado do corpo.

Não olhem, sussurra Rodney, com a voz falhando. *Não é real. Nada disto é real.*

Quero acreditar nele. Na verdade, quase acredito. Mas pisamos em uma mancha de sangue, eu escorrego para a frente e solto um gritinho. Rodney mete a mão na minha boca e meneia a cabeça.

Começamos a nos movimentar de novo, entramos na sala e seguimos na direção da janela ao lado da porta da frente.

Aonde a gente está indo? – sussurro.

Rodney responde, também sussurrando:

O mais longe possível daqui.

Nós três paramos à janela e ficamos observando. O quê, eu não sei. Até que de repente me dou conta. Craig está lá fora. Correndo abaixado na direção da SUV que nos trouxe até aqui. A SUV em que todos os nossos celulares foram deixados.

Craig abre a porta lentamente, com as mãos trêmulas, e recua quando a luz interna acende. Depois entra e liga o carro.

Agora! grita Rodney.

Betz abre a porta com força, saímos apressados, somos apanhados pela luminosidade do farol da SUV e nossas sombras avolumam-se na porta da cabana. Viro e olho para elas – três gigantes escuros, altos e ameaçadores.

Um quarto gigante se junta a nós. Está segurando uma faca, a sombra dele na parede tem um metro de comprimento. De repente, estou sendo puxada novamente para o Chalé Pine. Mais gritos. De Betz. Talvez até meus.

Dentro da cabana, Rodney bate a porta e coloca a poltrona esfarrapada na frente. Betz e eu voltamos até a janela. O farol da SUV passa por nós quando Craig dá meia-volta.

Ele está indo embora!, grita Betz. *Está indo embora sem a gente!*

A SUV percorre uns dez metros antes de bater em uma grande árvore ao lado da estradinha, e suas folhas ficam balançando e chovendo no para-brisa. Um feixe de vapor sibila através da grade amassada. O motor engasga e morre. Dentro da SUV, Craig desmorona sobre o volante e sua bochecha fica pressionando a buzina. O barulho quebra o silêncio da noite com a sirene constante.

Em um instante, a sombra com a faca está em cima da SUV, abre a porta com força e arranca Craig do banco da frente. O ruído da buzina para. O silêncio reina novamente.

Apesar da colisão no volante, Craig ainda está consciente. No entanto, ele não emite som algum quando um empurrão o obriga a ajoelhar-se ao lado da SUV. Ele fica apenas olhando para a frente, com os olhos fagulhando de terror. Desvio o olhar da janela, sentindo-me tonta de repente. Desmorono, bato na parede, deslizo por ela e sinto o chão erguer-se ao meu encontro. Logo antes de tudo ficar escuro novamente, Craig finalmente grita.

Mais tarde.

Não sei quanto tempo. Estou no chão em um dos quartos. Meu quarto. Reconheço as colchas na parede. A água escorre lentamente por baixo da porta. Não sei de onde ela está vindo. Um cano estourado? Uma enchente?

Só sei que estou molhada, sangrando e com mais medo do que jamais senti na vida. Quando começo a gemer, Rodney fala, *Você vai ficar bem. Nós dois vamos ficar bem.*

Ele está encolhido ao meu lado, com uma das colchas da parede jogada por cima dos ombros. Há sangue em seu cabelo.

Cadê a Betz? – sussurro.

Rodney não responde. Do lado de fora do quarto, tudo está silencioso. Até os grilos. Até as árvores e folhas. Então um som emerge do outro lado da porta. Passos.

Lentos, cuidadosos, que chapinham pela água no corredor. Eles me lembram do esfregão da minha mãe pelo chão da cozinha. *Splash. Splash.*

Eles param do outro lado da porta. Olho para Rodney, com os olhos fazendo a pergunta que não ouso pronunciar: *Você trancou a porta?*

Ele confirma com um gesto de cabeça. A maçaneta chacoalha. Em seguida algo arremete contra a porta, arqueando-a e envergando a madeira. O medo me levanta quando a porta sacode com outro golpe. Ela abre de supetão e vejo a faca e seu brilho sombrio. Grito. Fecho os olhos.

A faca rasga minha barriga. Ela me enche. Um estupro com aço afiado. Respiro ruidosamente por entre os dentes cerrados e, quando a faca é retirada, desabo no chão.

Quincy, não!

É Rodney, passando por mim, jogando o corpo na frente do meu. Não abro os olhos. Não consigo. As luzes se apagaram. Só consigo ouvir o barulho da luta se movendo para fora do quarto e pelo corredor. Ouço Rodney grunhindo, xingando e dando empurrões. Depois um único, estrangulado e curto grito. Mais nada.

Mais tarde ainda. Acordo novamente no quarto molhado.

A cabana está em silêncio. Assim como os grilos, as árvores, as folhas. Está tudo ou morto ou longe dali. Tudo menos eu. Sento, a dor na barriga supera a do ombro. Ambos ainda sangram. Meu vestido está encharcado de sangue e água. Principalmente de sangue. É mais grosso.

Não sei como me levanto, descalça, meus sapatos só Deus sabe onde estão. De alguma maneira, as pernas exaustas me levam à porta aberta. E de alguma maneira permaneço de pé no corredor, mesmo depois de ver Betz morta no outro quarto, rodeada pelo líquido do colchão-d'água furado à faca. Rodney está mais adiante no corredor, também morto. Evito olhar para ele ao dar um passo por cima do cadáver.

Não é real, sussurro. *Nada disto é real.*

Não O vejo até chegar à sala e ficar em pé diante da lareira, tremendo de frio e por causa da perda de sangue. Ele está de quatro ao lado de Amy, como um cachorro fungando uma carcaça, conferindo se vale a pena consumi-la. Sons estranhos erguem-se do fundo da garganta Dele. Gemidos minúsculos. O cachorro está sentindo dor.

Então Ele nota que estou ali e vira a cabeça na minha direção. A faca está no chão ao lado Dele, negra devido ao sangue fresco. Ele a pega e suspende acima da cabeça.

Estava indo embora, ele diz, respirando com dificuldade. *Escutei gritos. Voltei. E vi...*

Não escuto o resto porque estou ocupada demais correndo. Terror, dor e raiva queimam pelo meu corpo inteiro, misturando-se, borbulhando debaixo da pele como uma reação química. Continuo correndo.

Para fora da cabana. Para dentro da mata. Sem parar de gritar.

42.

As lembranças chegam todas de uma vez. Uma horda de zumbis que retornam dos mortos e me agarram com as mãos despeladas. Luto para me livrar, mas não consigo. Estou cercada, esmagada e convulsionando sob as lembranças que vêm a mim, uma atrás da outra. Todos aqueles sons e imagens que mantive reprimidos durante muito tempo. Eles estão todos de volta, alojados na minha cabeça, inabaláveis, repetindo-se sem parar em uma sequência sem fim.

Amy e seus olhos de boneca morta.

Craig sendo arrastado para fora da SUV.

Betz, Rodney e seu horror e desespero palpáveis. Eles viram mais do que eu. Viram tudo. Porém, vi algo mais do que eles. Eu O vi. Rastejando ao redor de Amy, lamuriando, pegando a faca, levantando-a. Essa é a imagem que mais se repete. Há algo nela, algo que não consigo compreender.

Livrando-me das garras de Tina, corro pelo corredor, minhas pernas dormentes só funcionam por causa dos insistentes puxões que as lembranças me dão. Minha respiração está ofegante. Meu coração retumba dentro do peito.

Só paro quando chego à sala. Exatamente onde começamos. Ela para no mesmo lugar em que fiquei uma década atrás, olhando fixamente para o local em que O vi pela última vez. É quase como se Ele ainda estivesse ali, congelado no mesmo lugar por uma década. Vejo a faca erguida em Suas mãos. Vejo os óculos manchados. Atrás das lentes, os olhos arregalados e incompreensíveis são luas cheias de medo. De mim. Ele estava com medo de *mim.*

Ele achava que eu O machucaria. Que eu havia matado os outros. Caio de joelhos engasgada, inalando ar empoeirado, tossindo.

– Não foi ele – digo entre as tosses que chacoalham meu corpo. – Ele não fez aquilo.

Tina mergulha na minha direção, com a faca abaixada, esquecida. Ela se ajoelha diante de mim e segura meus braços com força. Com tanta força que me machuca.

– Você tem certeza? – a esperança colore as palavras dela. Uma esperança trêmula, incerta, lastimável. – Me fala que você tem certeza.

– Eu tenho certeza.

Agora entendo por que estamos aqui. Por que Tina procurou Lisa e a mim. Ela queria que eu me lembrasse de tudo, queria provar a inocência de Joe, declarar de uma vez por todas que não foi ele quem fez aquilo. Foi tudo por ele. Por Joe.

– Eu queria ter vindo com ele – diz Tina. – Eu queria fugir. Junto com ele. Mas ele me disse pra ficar. Mesmo depois que eu o segui pelo corredor até a porta arrombada. Ele disse que voltaria pra me buscar. Então eu fiquei. Depois me disseram que ele estava morto. Que tinha matado um monte de jovens. Mas eu sabia que ele não tinha feito isso.

– Eu não sabia – digo. – Achava de verdade que tinha sido ele.

– Então quem foi? Quem os matou?

A descrença ergue-se na minha garganta como bile. Tusso de novo, tentando expeli-la.

– Outra pessoa.

– Você? – ela pergunta. – Foi você, Quinn?

Deus sabe que ela tinha todo o direito de pensar aquilo. Eu tinha me esquecido de tanta coisa. Ela tinha me visto com tanta fúria. Esse era, enfim, o objetivo dela. Atiçar-me, me deixar brava, ver do que eu era capaz. Eu não a desapontei.

– Não – respondo. – Eu juro, não fui eu.

– Então quem foi?

Abano a cabeça. Sem ar e exausta, respondo.

– Não sei.

Mas eu sei. Pelo menos, acho que sei. Outra lembrança. Retardatária. É uma recordação de mim mesma correndo na mata, vendo algo mais. *Alguém.*

– Você está se lembrando de alguma coisa – afirma Tina.

Aceno que sim com a cabeça. Fecho os olhos. Penso. Penso até minha cabeça latejar. Então eu vejo, tão vibrante quanto no dia em que aconteceu. Estou correndo pela mata, berrando, e aquele galho praticamente me dá um murro no rosto. Vejo faróis. Vejo a silhueta de um homem na claridade. Um policial. Vejo seu uniforme.

Está coberto com algo escuro e molhado. Ao luar mortiço, parece até que ele está coberto de óleo de motor. Embora eu saiba que não é. Mesmo correndo para ele, sei que seu uniforme está coberto de sangue. Meu sangue. O sangue de Janelle. O sangue de todo mundo.

Mas estou com medo demais para pensar com clareza. Ainda mais com Joe em algum lugar na mata atrás de mim. Perseguindo-me. O gosto dos lábios dele ainda presente nos meus.

Então corro na direção do policial e o abraço, pressiono meu vestido nele.

Sangue contra sangue.

Estão mortos – falo com a voz sufocada. – *Estão todos mortos. E Ele ainda está solto por aí.*

E de repente Joe aparece, irrompendo em meio às árvores. O policial saca a arma e dá três tiros. Dois no peito, um na cabeça. Tão altos na memória quanto na vida real.

Ouço um quarto tiro. Mais alto do que a memória. Definitivamente vida real.

Ele explode pela cabana, fazendo as paredes vibrarem. Sua energia passa pela porta aberta e entra no Chalé Pine. Ela tem uma presença, uma força que enche a sala.

Uma gota de líquido quente acerta meu rosto. Berro quando sinto, abro os olhos imediatamente e vejo Tina desmoronando de lado. Uma de suas mãos desaba por cima da cabeça, os nós dos dedos colidem no chão e ela solta a faca. Uma pequena poça de sangue começa a escorrer por baixo dela e se espalha depressa. Não está se mexendo. Não tenho certeza de que está viva.

– Tina? – chamo, sacudindo-a. – *Tina?*

Um barulho vem lá da porta. Alguém respirando. Levanto o olhar e vejo Coop em pé ali. Mesmo na escuridão, consigo distinguir o resplendor de seus olhos azuis enquanto ele baixa a arma.

– Quincy – ele diz gesticulando a cabeça.

O gesto de cabeça de sempre.

43.

Noto o anel imediatamente. O anel de formatura vermelho que ele usa no lugar da aliança de casamento. É familiar, ainda que estranho. Eu o vi tantas vezes que passei a não enxergá-lo mais. Sequer o percebia, assim como tantas outras coisas sobre Coop.

Foi por isso que não o reconheci quando o vi na fotografia na penteadeira de Lisa. O rosto de Coop não estava na foto. Era apenas a mão dele pousada no ombro de Lisa, o anel bem ali, visível, só que eu não vi.

Mas agora é só o anel que vejo, na mesma mão que segura a Glock. Embora a arma esteja abaixada, o dedo polegar permanece no gatilho.

– Você está ferida? – ele pergunta.

– Não.

– Bom – diz Coop. – Isso é muito bom, Quincy.

Ele dá mais um passo em minha direção, suas pernas compridas cobrem duas vezes a distância de um passo normal. Dá mais um e está bem ao nosso lado, enorme diante de Tina e de mim. Ou talvez, agora, apenas de mim. Tina provavelmente está morta. Não sei dizer.

Coop dá um chute rasteiro na faca perto da mão de Tina, fazendo-a deslizar até um canto distante, onde ela é engolida pelas sombras. Não faz sentido tentar correr. O dedo de Coop não sai do gatilho. Um tiro apenas seria o necessário para me derrubar. Assim como Tina. E nem sei se consigo correr. A tristeza, os comprimidos e o peso da lembrança daquela noite me deixaram paralisada.

– Durante alguns anos, bem lá no início, sempre me perguntei o quanto você sabia – diz Coop. – Quando você pediu pra me ver no hospital naquele dia, achei que estava de brincadeira comigo. Que queria que eu estivesse lá quando contasse aos detetives que lembrava de tudo. Quase não fui.

– Por que você foi então?

– Porque acho que já te amava naquela época.

Dou uma pequena bambeada, atordoada pela repulsa. Quando tombo demais para a esquerda, Coop firma ainda mais o dedo no gatilho. Esforço-me para parar de me mover.

– Quantas mais? – pergunto. – Antes daquela noite?

– Três.

Não há hesitação. Ele diz aquilo com a mesma facilidade com que pede um café. Eu esperava que pelo menos fizesse uma pausa. Três. A mulher estrangulada na beira da estrada e as duas pessoas acampadas, esfaqueadas na barraca. Todas elas foram mencionadas no artigo que encontrei na casa de Lisa. Acho que ela sabia o que tinha acontecido com aquelas pessoas. Acho que morreu por causa disso.

– É uma doença. Você precisa entender isso, Quincy. Nunca quis fazer aquelas coisas.

Choro. Começa a escorrer muco do meu nariz e eu não me dou ao trabalho de limpar.

– Então por que você fez?

– Passei a vida inteira nesta mata. Caminhando, caçando, fazendo coisas que era jovem demais pra estar fazendo. Perdi minha virgindade naquela pedra grande lá em cima na colina – Coop encolhe-se com essa lembrança, odiando a si mesmo. – Ela era a vadia da escola. Disposta a transar com todo mundo. Até comigo. Quando acabou, vomitei no mato. Jesus Cristo, eu estava com vergonha do que tinha feito. Com tanta vergonha que pensei em quebrar o pescoço dela ali mesmo na pedra, só pra que não contasse a ninguém. Foi só o medo de ser pego que me impediu de fazer isso.

Abano a cabeça e ponho uma mão na têmpora. A cada palavra, uma parte do meu coração se quebra e definha.

– Por favor, pare.

Coop continua falando, palavras que carregam a carga de alívio da confissão.

– Mas eu estava curioso. E como estava, meu Deus. Achei que as forças armadas iriam tirar isso de mim. Que matar pelo meu país iria arrancar aquela vontade de mim. Mas não deu certo. Todas as coisas perturbadoras que vi lá só pioraram o que eu sentia. E não muito tempo depois que voltei pra casa, me encontrei de volta nesta mata, em um carro, com uma puta me chupando em troca de uma carona pra Nova York. Dessa vez eu não tive medo. A guerra arrancou todo o medo de mim. Dessa vez eu agi.

Mantenho o rosto inexpressivo, me forçando a não demonstrar o medo e a repulsa que se agitam dentro de mim. Não quero que ele saiba no que estou pensando. Não quero deixá-lo bravo.

– Jurei que só faria isso aquela única vez. Que eu tinha arrancado aquilo de dentro de mim. Mas continuei a vir pra esta mata. Geralmente com uma faca. E quando vi aqueles dois acampados, soube que a doença não tinha me abandonado.

– E agora?

– Estou tentando, Quincy. Estou me esforçando muito mesmo.

– Você não estava se esforçando naquela noite – digo, tremendo de vontade de encará-lo furiosamente, de mostrar o quanto eu o odiava. Não sobrou nada do meu coração. Ele tinha sido reduzido a cacos pontiagudos.

– Eu estava me testando – ele responde. – A ida à cabana. Era assim que eu me testava. Estacionava na estrada e caminhava até aqui, espiava pelas janelas, tanto com esperança quanto com pavor de ver algo que trouxesse a doença de volta. Isso nunca aconteceu. Até eu te ver.

Tenho a sensação de que vou desmaiar. Rezo para que isso aconteça.

– Era pra eu estar procurando o garoto que tinha fugido do hospital psiquiátrico – diz ele. – Em vez disso, comecei a rodear este lugar, pronto pra outro teste. Foi aí que te encontrei na mata. Com a faca. Você passou bem diante de mim. Tão perto que se eu tivesse esticado o braço, encostaria em você. Mas você estava com raiva demais pra conseguir me enxergar. Você estava com tanta raiva, Quincy. E com uma tristeza tão furiosa. Foi lindo.

– Eu não ia fazer o que você acha que eu ia – falo, na esperança de que ele acredite em mim.

– Eu sei. Vi o que fez quando ele apareceu. Depois você foi embora. E ele também. Mas a faca ficou. Eu a peguei.

Coop dá mais um passo na minha direção. Fica tão perto que sinto seu cheiro. Uma mistura de suor e loção pós-barba. Sou golpeada por *flashes* da noite de ontem. Ele em cima de mim. Dentro de mim. O cheiro dele agora é exatamente o mesmo de ontem.

– Jamais quis que aquilo tudo acontecesse, Quincy. Você tem que acreditar em mim. Só queria ver aonde você estava indo com aquela faca. Queria saber o que fez uma pessoa tão normal quanto você ficar com tanta raiva. Então fui até a pedra e os vi, e soube que foi aquilo que te desconcertou. Aqueles dois fodendo como animais imundos. Essa era a aparência deles, você sabe. Dois animais sujos e grunhindo que mereciam ser liquidados.

Coop dá uma leve balançada na mão que segura a arma, fica esticando e retraindo o braço como se não quisesse mais apontá-la para mim.

– Só que o seu amigo correu – ele continua. – Craig. Era esse o nome dele, não era? E eu não podia deixá-lo fugir, Quincy. Simplesmente não podia. E você estava lá. E os seus amigos. E eu sabia que tinha que acabar com todos vocês.

Estou chorando mais agora. Lágrimas de vergonha, aflição e transtorno encharcam meu rosto.

– Por que não me matou também? Você matou os outros. Por que não eu?

– Por que eu sabia que você era especial – Coop disse lentamente, como se ainda estivesse maravilhado comigo depois de todos esses anos. – E eu estava certo. Você devia ter se visto correndo pela mata, Quincy. Forte, mesmo depois de tudo. Até mais forte, você estava correndo na *minha* direção, querendo que eu te ajudasse.

Ele me encara com os olhos brilhando de admiração. De reverência.

– Eu não tinha o direito de extinguir aquilo.

– Mesmo que eu pudesse de repente lembrar que tinha sido você?

– Sim – responde Coop. – Mesmo assim. Porque eu sabia o que estava acontecendo. Eu tinha criado outra Lisa Milner. Outra Samantha Boyd.

– Você sabia quem elas eram – afirmo.

– Sou policial. É claro que sabia – Coop confirma. – As Garotas Remanescentes. Mulheres fortes e desafiadoras. E eu tinha criado uma. Eu. Na minha cabeça, isso compensava tudo de ruim que eu tinha feito. Jurei que nunca iria deixar nada de mal acontecer a você. E providenciei tudo de modo que sempre precisasse de mim. Mesmo quando parecia que você estava se afastando.

A princípio, não sei o que ele está querendo dizer. Mas logo a compreensão, pesadíssima, pousa nos meus ombros. Desmorono de frente no chão.

– A carta – digo com a voz fraca. – Foi você que escreveu a carta.

– Tive que fazer aquilo – Coop explica. – Você estava se afastando demais de mim.

É verdade. Estava mesmo. Criei o site, Jeff foi morar comigo, finalmente estava me tornando a mulher que sempre quis ser. Então Coop foi de carro até Quincy, Illinois, e postou aquela ameaça datilografada, sabendo que ela me faria voltar correndo para ele num piscar de olhos. E foi o que fiz. Uma pergunta se desdobra na minha cabeça, desabrochando como uma flor.

– O que mais você fez? Depois daquela noite? Fez mais coisas ruins?

– Tenho sido bom – ele responde. – Geralmente.

Estremeço à última frase. Tanto horror reside naquela única palavra.

– Tem sido difícil, Quincy. Houve vezes em que fiquei muito próximo de cometer um deslize. Mas aí eu pensava em você e conseguia me controlar. Não podia correr o risco de te perder. Você fazia com que eu me comportasse.

– E Lisa? – questiono. – O que aconteceu com ela?

Coop abaixa a cabeça, com uma expressão de pesar verdadeira.

– Aquilo foi por necessidade.

Porque ela suspeitava de alguma coisa. Provavelmente depois que Tina apareceu lá fazendo perguntas sobre o Chalé Pine. Lisa começou a investigar, pois ela era assim – uma entusiasta dos detalhes. E continuou a investigar depois que Tina foi embora.

Ela achou aquelas matérias sobre os assassinatos na mata, mandou alguns e-mails, juntou as peças e chegou à conclusão de que Joe provavelmente não tinha capacidade física para matar todo mundo no Chalé Pine. Não uma pessoa tão grande quanto Rodney nem tão atlética quanto Craig. Coop era o único lá naquela noite forte o bastante para rendê-los.

Por isso Lisa mandou um e-mail para mim pouco antes de ser assassinada. Ela queria me alertar sobre Coop.

– Você a conhecia, não conhecia? – pergunto. – Por isso ela te deixou entrar, te ofereceu vinho, confiou em você.

– Ela não confiou em mim – Coop me corrige. – Não naquela noite. Ela estava tentando me fazer confessar.

– Mas ela já confiou em você no passado.

Coop concorda com o menor dos acenos de cabeça e fala:

– Anos atrás.

– Vocês foram amantes?

Outra confirmação com a cabeça. Quase imperceptível. Não estou surpresa. Penso novamente na foto no quarto de Lisa. No braço de Coop largado de modo tão casual sobre os ombros dela, insinuando despreocupação e intimidade.

– Quando? – pergunto.

– Não muito tempo depois do que aconteceu aqui. Pedi a Nancy pra nos colocar em contato. Assim que me dei conta de que tinha criado uma Garota Remanescente, quis conhecer as outras. Queria ver se elas eram tão fortes quanto você.

Coop dá um tom factual ao que diz, como se aquela ideia pervertida fizesse total sentido. Como se eu, entre todas as pessoas, devesse entender a necessidade de nos comparar e contrastar.

– Lisa era impressionante, tenho que admitir isso – ele diz. – Ela só queria te ajudar. Não sei quantas vezes me perguntou como você estava lidando com o que aconteceu, se precisava de assistência. Me sinto mal pelo que aconteceu com Lisa. A preocupação dela com você era admirável, Quincy. Nobre. Não era como Samantha.

Tento não demonstrar meu choque. Não quero dar essa satisfação a Coop. Mas ele o enxerga de qualquer maneira e dá um meio sorriso, orgulhoso de si.

– Sim, eu conheci Samantha Boyd – confirma ele. – A verdadeira. Não essa imitação barata.

Ele avança o queixo na direção do corpo de Tina e franze os lábios. Por um momento nauseante, acho que ele vai cuspir nela. Fecho os olhos para não ter que assistir a isso, caso ele o faça.

– Você sabia o tempo todo que ela não era Sam?

– Sabia. Soube no segundo em que vi aquela foto de vocês duas no jornal. Há alguma semelhança, é claro. Mas eu sabia que ela não podia ser a Samantha Boyd verdadeira. Só não sabia o que fazer em relação a isso.

Um *flash* de ontem à noite surge na minha cabeça, o momento em que cheguei em casa e vi os dois juntos. Lembro-me da maneira como a mão de Coop estava no pescoço dela. Parecia uma carícia. Podia estar se preparando para apertar. Ele tinha planejado matar Tina também. Talvez ali mesmo no quarto de hóspedes.

– Por que você não me contou?

– Não podia. Não sem revelar que a verdadeira Samantha Boyd está morta.

Solto um gemido, a dor e o sofrimento finalmente tornam-se grandes demais para continuarem escondidos. Continuo gemendo, cada vez mais alto, tentando bloquear a confissão de Coop. Mas já escutei demais. Agora sei que também matou Samantha Boyd. Ela não sumiu no mapa. Coop é que tinha apagado Samantha dele.

– Por quê? – murmuro.

– Por que ela não era como você, Quincy. Não merecia ser comparada a você de jeito nenhum. Peguei um voo pra uma cidade de merda na Flórida só pra me encontrar com ela. E o que encontrei foi um lixo fraco e gordo. Não era nada como a Samantha Boyd que eu tinha imaginado. Eu não conseguia acreditar que aquela era a garota que tinha sobrevivido ao que havia acontecido naquele motel. Ela era medrosa e submissa, nada a ver com você. E tinha uma ânsia tão grande em agradar. Jesus Cristo, ela praticamente se jogou em mim. Pelo menos a Lisa mostrou alguma resistência.

De repente, aquilo tudo se encaixou. Todos aqueles detalhes. Como um colar de contas. Uma em cima da outra, formando um círculo completo. Coop tinha dormido com nós três.

Sam, Lisa e eu.

Agora duas delas estão mortas. Sou a última que resta viva.

Continuo a chorar. Estou tomada pela aflição, que parece um punho me espremendo e arrancando lágrimas.

– Ela nem perguntou de você – Coop continua, como se isso justificasse a morte dela. – Samantha Boyd, a Garota Remanescente, estava tão interessada em transar comigo que nem se deu ao trabalho de perguntar como você estava.

– E como eu estava, Coop? – pergunto, com as palavras tão amargas quanto as lágrimas. – Eu estava bem?

Ele baixa a arma e a desliza suavemente para dentro do coldre. Em seguida, se aproxima, desviando do corpo de Tina, e se ajoelha onde eu tinha desmoronado, até seus olhos azuis estarem mirando diretamente nos meus.

– Você estava bem.

– E agora?

Estremeço, com medo de que ele me toque. Não quero saber que tipo de toque aquele poderia ser.

– Você ainda pode ficar ótima. Pode esquecer tudo. Sobre esta noite. Sobre dez anos atrás. Já esqueceu uma vez. Consegue esquecer de novo.

No chão, algo cutuca minha perna. Algo afiado.

– E se eu não conseguir? – pergunto.

– Vai esquecer. Vou te ajudar.

Arrisco desviar o olhar de Coop e vejo que o que está me espetando é um canivete. O mesmo canivete que caiu do bolso de Rocky Ruiz. Tina ficou com ele por segurança. Ela ainda está viva e empurra o canivete na minha direção, olhando para mim com um olho ensanguentado.

A tatuagem espreita de dentro da manga da jaqueta. Embora de cabeça para baixo, a palavra ainda é clara:

SOBREVIVENTE

– A gente pode ir pra algum lugar – Coop continua. – Só nós dois. Vamos começar vidas novas. Juntos.

Ele parece tão sincero. Como se quase acreditasse que isso é mesmo possível. Mas não é. Nós dois sabemos disso. Mesmo assim, continuo com a encenação. Concordo com um gesto de cabeça. Lentamente no início, mas aumento a velocidade quando Coop se inclina e toca minha bochecha.

– Sim – digo. – Eu ia gostar disso.

Continuo movimentando a cabeça até Coop me beijar. Primeiro na testa, depois nas duas bochechas. Quando seus lábios tocam os meus, me esforço para não ter ânsia de vômito, nem gritar, nem me contorcer. Também o beijo e ao mesmo tempo abaixo a mão direita até o chão.

– Quincy – sussurra Coop. – Minha doce e linda Quincy.

Em seguida ele põe as mãos ao redor do meu pescoço, apertando gentilmente, tentando não me machucar muito. Ele também está chorando. Suas lágrimas se misturam às minhas enquanto aperta meu pescoço com mais força.

Meu polegar roça na lâmina do canivete e desliza pelo gume gelado.

Coop continua a apertar meu pescoço. Os polegares deslizam pela minha traqueia, e a pressionam. Ele me beija novamente. Expira ar para dentro dos meus pulmões, ainda que esteja apertando meu pescoço para esvaziá-los. Ele continua chorando. Lamentando palavras na minha boca.

– Quincy. Doce, doce, Quincy.

Meus dedos encontram o cabo. Eles se fecham ao redor dele. Não há mais ar em mim. Ele acabou, mesmo assim Coop continua a me beijar, bafejando desculpas em meus lábios.

– Eu sinto muito – ele sussurra.

Levanto o canivete. Coop ainda está apertando, ainda beijando, ainda se desculpando:

– Sinto muito, muito mesmo.

Espero que o corpo de Coop ofereça resistência, como se fosse feito de mais do que pele e tecidos. No entanto, o canivete mergulha em seu flanco com facilidade, deixando-o surpreso e paralisado.

– Quincy.

Há choque nessa única palavra. Choque, traição e, suspeito, um pouco de admiração.

As mãos dele não soltam meu pescoço até eu retirar a lâmina. O ferimento vomita sangue pegajoso e quente. Coop tenta se afastar de mim, mas sou mais rápida. O canivete penetra de novo. Desta vez no meio da barriga.

Eu a torço e o corpo de Coop dá um espasmo. Golfadas de sangue e saliva são regurgitadas de sua boca.

Ele põe as mãos nas minhas, tentando remover o canivete. Eu ranjo os dentes, solto um grunhido, seguro a lâmina no lugar. Quando as mãos de Coop enfraquecem, dou a torcida final.

– Quincy – repete ele, com sangue gorgolejando no fundo da garganta.

Faço um único movimento de cabeça, certificando-me de que ele o veja antes que seus olhos revirem nas órbitas. Quero que ele saiba que sou mais do que uma sobrevivente, mais do que a lutadora que ele sempre achou que eu fosse.

Sou criação dele, forjada em sangue, dor e no aço frio de uma lâmina.

Eu sou uma Garota Remanescente, porra.

CHALÉ PINE

QUATRO MESES DEPOIS

Bege não era a cor de Tina. Deixava-a desbotada, pois o tecido e a pele eram quase indistinguíveis um do outro. Tirando a palidez, ela parecia bem. A mesma fisionomia tensa. A mesma linguagem corporal irritadiça. Apenas o cabelo estava diferente. Mais curto e castanho escuro, em vez de negro.

– Você vai parecer uma pessoa diferente quando sair – Quincy disse para ela.

– Vamos ver – respondeu Tina. – Quinze meses é muito tempo.

Ambas sabiam que podia ser um período menor do que esse. Ou não. Era uma situação incomum. Qualquer coisa era possível. Quincy ficou surpresa com a duração da sentença, mas Tina, não. É impressionante como a polícia pode lhe enquadrar quando está fingindo ser outra pessoa. Personificação criminosa. Roubo de identidade. Uma dúzia de tipos diferentes de fraude. As acusações contra Tina eram tão variadas e se estendiam por tantos estados que Jeff a alertou sobre a possibilidade de passar dois anos na cadeia.

Quincy queria que fosse menos. Tina tinha passado por muita coisa, embora jurasse que tudo valeu a pena. Parte pode ter valido. Principalmente por ter conseguido limpar o nome de Joe Hannen. Proclamaram a inocência dele para o mundo, e isso era o que ela queria desde o início.

Contudo, Tina quase tinha morrido, graças a Ele, o novo nome que Quincy não conseguia proferir.

A bala que ele disparou não acertou o pulmão de Tina por uma questão de milímetros. E não atingiu o coração por menos ainda. A perda de sangue foi grande o suficiente para deixar os médicos um pouco preocupados, mas, no geral, a recuperação foi tranquila. Ela melhorou bem na hora de ser mandada para a prisão.

– Você sabe que não precisa fazer isto – disse Quincy, não pela primeira vez. – Eu confesso tudo na hora que você quiser, é só falar.

Ela deu uma olhada na sala, que estava abarrotada de outras mulheres vestidas de bege e suas visitas. Conversas abafadas erguiam-se das mesas vizinhas, em muitas línguas diferentes. Através da janela gradeada, Quincy viu a neve suja em uma cerca de segurança alta com rolos de arame farpado na parte de cima. Honestamente, ela não sabia como Tina conseguia suportar aquilo, ainda que afirmasse não ser tão ruim assim. Ela dizia que aquele lugar a fazia se lembrar de Blackthorn.

– A sua confissão não vai me tirar daqui mais rápido – argumentou ela. – Além disso, você estava certa. Eu te induzi a fazer aquilo com Rocky Ruiz.

Rocky saiu do coma praticamente no mesmo momento em que Quincy estava enfiando o canivete Nele pela última vez. A memória de Rocky estava nebulosa, não tanto pelo espancamento, e sim pelo fato de que estava chapado de *crack* quando levou a surra. Mas ele sabia que tinha sido agredido. Contra a vontade de Quincy, Tina confessou ter feito aquilo. Rocky não questionou, e a Detetive Hernandez não insistiu no assunto. Jeff fez um acordo judicial e conseguiu que Tina cumprisse ambas as penas, tanto pela agressão quanto pela fraude, simultaneamente.

– Você não me induziu a fazer nada – Quincy contestou. – Minhas escolhas pertencem a mim.

Isso era verdade. Era a repercussão dessas escolhas que ela não conseguia controlar.

– Eles já acharam a verdadeira Samantha? – questionou Tina. – Sempre pergunto aos guardas se eles têm alguma notícia.

– Não – disse Quincy, encapando a palavra com um som estalado. – Ainda estão procurando o corpo dela.

Assim que ficou evidente que Samantha Boyd havia sido assassinada, a polícia da Flórida não mediu esforços para encontrar o corpo. Quincy vinha monitorando as notícias nos últimos quatro meses. As autoridades faziam buscas em pântanos, vasculhavam lagos, procuravam em lotes baldios entulhados. Mas a Flórida era um estado grande, e as chances de encontrá-la eram pequenas.

Quincy chegou à conclusão de que era melhor assim. Enquanto não encontrassem o corpo de Sam, ela teria a sensação de que havia outra Garota Remanescente no mundo.

– E Jeff? – perguntou Tina. – Como é que ele está?

– Você provavelmente conversa mais com ele do que eu – respondeu Quincy.

– Talvez. Na próxima vez que me encontrar com ele, falo que você mandou um oi.

Quincy sabia que isso não ajudaria muito a mudar a situação. Jeff deixou sua opinião muito clara naquela noite longa e tortuosa em que ela confessou todos os seus delitos. Vê-lo saltar entre amor e raiva, compaixão e aversão a destruiu. Em um determinado momento, ele simplesmente a agarrou e implorou por uma razão lógica que a tivesse levado a dormir com Ele. Ela não conseguiu responder.

Por isso, Quincy decidiu que seria melhor seguirem caminhos diferentes, mesmo se houvesse a possibilidade de Jeff conseguir perdoá-la. Eles não eram feitos um para o outro. Ambos deviam ter percebido isso desde o início.

– Fala, sim – disse Quincy. – Fala que desejo tudo de bom pra ele.

E ela não disse isso da boca para fora. Jeff precisava de alguém normal. E ela precisava se concentrar em outras atividades. Como voltar a trabalhar no site, para começar. E suspender o vinho. E parar de tomar Xanax.

No dia seguinte ao que Jeff foi embora, a mãe de Quincy foi até o apartamento da filha e ficou lá por um bom tempo. Falando. Chorando. Perdoando. Juntas, jogaram todos aqueles comprimidinhos azuis na privada e deram descarga. Depois disso, sempre que Quincy tinha necessidade de tomar um, ela dava um gole de refrigerante de uva na tentativa de enganar seu cérebro desprovido de Xanax. Às vezes funcionava. Às vezes, não.

– Li a sua entrevista – Tina comentou.

– Eu, não – Quincy revelou. – O que achou?

– Jonah fez um bom trabalho.

Depois do Chalé Pine Parte II, Quincy concedeu exatamente uma entrevista – uma exclusiva a Jonah Thompson. Isso lhe pareceu o certo a fazer, levando em consideração que ele a ajudou, apesar daquele seu jeito convencido. Todos os grandes veículos de notícias, de Trenton a Tóquio, procuraram por ela. Todo mundo queria um pedacinho de Quincy. Entretanto, como ela preferiu silenciar, foram atrás de Jonah. Ele aproveitou toda a atenção que recebeu e conseguiu um emprego bem melhor. Começou no *New York Times* na segunda-feira. Quincy esperava que o pessoal do jornal estivesse pronto para ele.

– Fico feliz que tenha dado tudo certo – disse ela.

A sala ao redor delas começou a esvaziar. O horário de visitas estava quase acabando. Quincy sabia que também devia ir embora, mas havia uma pergunta que não lhe saía da cabeça e implorava para ser feita.

– Você suspeitava que era Ele o responsável pelo que aconteceu no Chalé Pine?

– Não – respondeu Tina, entendendo exatamente a quem ela estava se referindo. – Eu só sabia que não podia ter sido o Joe.

– Me desculpa por ter culpado o Joe esses anos todos. Me desculpa por ter causado tanta dor a você.

– Não se desculpe. Você salvou a minha vida.

– E você salvou a minha.

Elas ficaram se olhando, sem falar mais nada, até que o guarda parou à porta e anunciou que estava na hora de ir embora. Quando Quincy se levantou, Tina perguntou:

– Você acha que vai voltar aqui mais vezes? Só pra dar um oi?

– Não sei. Você quer que eu venha?

Tina deu de ombros e respondeu:

– Não sei.

Pelo menos elas eram honestas uma com a outra. De certa maneira, sempre foram, mesmo quando estavam mentindo.

– Então acho que a gente vai ter que esperar pra ver – disse Quincy.

Tina suspendeu os lábios, que ficaram à beira de um sorriso e falou:

– Vou ficar esperando, querida.

Quincy voltava para a cidade com seu carro alugado, semicerrando os olhos ao pôr do sol que refletia na neve amontoada no acostamento da rodovia. A paisagem que passava pela janela era, no máximo, inexpressiva. Uma fileira de centros comerciais sem graça, igrejas e estacionamentos cheios de carros usados pontilhados de branco por causa do sal na estrada. Contudo, um local chamou a atenção dela – uma fachada minúscula espremida entre uma pizzaria e uma agência de viagens que não estava funcionando por ser fim de semana. Uma placa em neon rosa brilhava na vitrine.

TATUAGEM

Sem pensar, Quincy entrou no estacionamento, desligou o carro e entrou.

Um sininho minúsculo acima da porta anunciou sua chegada. A mulher atrás da caixa registradora tinha lábios rubros e uma constelação de estrelas cor-de-rosa tatuada no pescoço. O cabelo dela era da mesma cor que Tina costumava usar.

– Posso ajudar? – ela perguntou.

– Pode – respondeu Quincy. – Acho que pode, sim.

Uma hora depois, estava pronta. Doeu, mas não tanto quanto Quincy imaginava.

– Gostou? – perguntou a garota das estrelas cor-de-rosa.

Quincy virou o braço para examinar o trabalho dela. A tinta, que ainda estava molhada e pinicando, tinha um tom escuro contra a penugem de seu pulso. Pintinhas de sangue margeavam cada uma das letras como as lâmpadas de um letreiro iluminado.

SOBREVIVENTE

– Está perfeita – Quincy respondeu, maravilhada com a tatuagem. Era parte dela agora. Tão permanente quanto suas cicatrizes.

Ainda estava olhando para a tatuagem quando a TV do estúdio começou a transmitir uma notícia de última hora. Quincy deu umas olhadas para a tela enquanto toda aquela tinta preta era enfiada debaixo de sua pele, porém estava mais concentrada na dor do que no que estava passando.

No entanto, a notícia que estavam dando agora a fisgou e ela ficou paralisada com o que viu. Vários adolescentes foram encontrados mortos em uma casa em Modesto, na Califórnia, anunciou o repórter. No total, nove pessoas foram mortas.

Quincy saiu do estúdio de tatuagem e voltou depressa para a cidade. Em casa, passou o resto da noite assistindo a canais de notícias na TV a cabo para conseguir mais informações sobre o que estava sendo chamado de Massacre em Modesto. Oito das vítimas eram alunos do último ano do ensino médio que participavam de uma festa na casa de um garoto cujos pais estavam viajando. A outra pessoa morta era um zelador que trabalhava na escola deles e apareceu lá sem avisar com uma tesoura de podar afiada. A única sobrevivente era uma garota de 18 anos chamada Hayley Pace, que conseguiu fugir depois de matar o homem que assassinou cruelmente seus amigos.

Quincy não ficou surpresa quando um dos apresentadores mencionou seu nome. Afinal, era o primeiro incidente desse tipo desde o Chalé Pine.

O telefone dela vibrou a noite inteira por causa de ligações e mensagens de repórteres.

Às três da manhã, ela desligou a TV. Às cinco, encontrava-se no aeroporto. Quando o relógio marcou sete, estava no ar, indo para Modesto, com a dor da tatuagem ainda pulsando no braço.

Quincy aguardou a coletiva de imprensa antes de entrar sorrateiramente no hospital. Os abutres de notícias acotovelando-se perto da porta de entrada estavam muito distraídos com o que era dito pelos pais e médicos de Hayley para notá-la entrando depressa, escondida atrás de óculos escuros redondos que tinha comprado em uma lojinha no aeroporto.

Lá dentro, ela não teve dificuldade para convencer, com uma conversinha mansa, a mulher de aparência maternal ao balcão de informações a lhe dar o número do quarto de Hayley.

– Sou prima dela – disse Quincy. – Acabei de sair de um voo de Nova York pra cá e estou morrendo de vontade de vê-la.

O quarto de Hayley tinha um ar fúnebre, cerimonioso e sufocante pelo cheiro de flores. Parecia um santuário de igreja. Como se Hayley já se encontrasse em processo de consagração.

Ela estava acordada quando Quincy entrou, recostada em uma pilha de travesseiros. Era uma garota de aparência simples. Bonita, mas nada estonteante. Cabelo castanho liso e um narizinho arrebitado. Em uma aglomeração de pessoas, ela passaria despercebida facilmente. Com exceção daqueles olhos.

Foram eles que puxaram Quincy mais para dentro do quarto. Verdes e brilhantes como esmeraldas, lampejavam força e inteligência, mesmo em meio à profunda dor. Quincy viu um pouquinho de si naqueles olhos. De Tina também. Eles estavam radiantes.

– Como está se sentindo? – Quincy perguntou ao se aproximar da cama.

– Estou com dor – respondeu Hayley, com a voz um pouco indistinta pela mistura desconfortável de fadiga, analgésicos e tristeza. – Em tudo.

– Isso era de se esperar – disse Quincy. – Mas vai passar com o tempo.

Os olhos de Hayley não se despregaram dos dela.

– Quem é você? – perguntou a menina.

– Meu nome é Quincy Carpenter.

– O que está fazendo aqui?

Quincy segurou uma das mãos de Hayley e apertou afetuosamente.

– Estou aqui pra te ensinar a ser uma Garota Remanescente.

AGRADECIMENTOS

Escrever um livro é uma empreitada solitária. Publicá-lo, por outro lado, é como um esporte em equipe e sinto-me abençoado por fazer parte de um time brilhante e dedicado que se estende por continentes.

Agradeço à minha agente, Michelle Brower, cujo entusiasmo por *As Sobreviventes* me ajudou a estabelecer um recorde de velocidade de escrita; Chelsey Heller, que o colocou na mão de editores ao redor do mundo; e a todos na Kuhn Projects e na Zachary Shuster Harmsworth. Dedico um agradecimento especial a Annie Hwang, da Folio Literary Management, que foi quem tomou a primeira facada ao receber minha canhestra primeira versão.

Na Dutton, agradeço a minha maravilhosa e incrível editora, Maya Ziv, com quem trabalhar é sempre um deleite; Madeline Newquist, por manter as coisas fluindo tranquilamente; Christopher Lin, pela maravilhosa arte da capa; e Rachelle Mandik, por ter me poupado de um monte de constrangimentos gramaticais.

Também quero agradecer muito a todos na minha editora britânica, a Ebury, especialmente minha editora, Emily Yau, cujo entusiasmo inabalável por este livro ficou nítido desde o início.

Também devo um enorme agradecimento aos companheiros escritores Hester Young, Carla Norton e Sophie Littlefield, por colocarem o selo de aprovação na versão preliminar do livro. O apoio de vocês fez toda a diferença.

Finalmente, tenho que agradecer a todos os amigos e familiares que me ofereceram apoio emocional durante o período sombrio em que *As Sobreviventes* foi escrito, especialmente a Sarah Dutton. Que suas casinhas de gengibre sempre ganhem fitas azuis. E para você, Mike Livio, não existem agradecimentos suficientes. Nada disso teria sido possível sem a sua força silenciosa e incansável insistência em que, sim, eu conseguiria fazer este livro. Então eu fiz, e devo tudo a você.

Este livro foi composto com tipografia Electra Std e impresso
em papel Off-White 70 g/m² na gráfica Assahi.